COLLECTION
FOLIO CLASSIQUE

Tourguéniev

Premier amour

PRÉCÉDÉ DE

Nid de gentilhomme

Traductions
de Françoise Flamant
et Édith Scherrer
Préface
de Françoise Flamant

Gallimard

Traduction de la Bibliothèque de la Pléiade.

PRÉFACE

On imagine mal aujourd'hui que Tourguéniev ait pu être l'écrivain russe le plus célèbre en France dans le troisième tiers du XIXe *siècle : à partir de 1856 ses principales œuvres étaient traduites en français et publiées chez nous presque aussitôt après leur parution en Russie ; Tourguéniev était une personnalité en vue des cercles littéraires et des salons parisiens, il fut le protégé de George Sand, l'ami de Mérimée et de Flaubert, un modèle pour Maupassant, un protecteur pour Zola... Mais les étoiles de première grandeur que sont Dostoïevski et Tolstoï ont en grande partie éclipsé à nos yeux Tourguéniev, qui est pourtant le plus occidental, le plus européen des écrivains russes. S'il survit aujourd'hui dans notre culture, c'est grâce à deux ou trois nouvelles, à sa pièce* Un mois à la campagne *— à cause de son parfum tchekhovien... or Tourguéniev, dramaturge mal compris de son époque, est le génial précurseur de Tchekhov ! — et surtout aux* Mémoires *(ou* Récits*)* d'un chasseur. *Ce recueil d'esquisses paysannes évoquant la Russie d'avant l'abolition du servage mérite, il est vrai, d'être rangé parmi les chefs-d'œuvre de la littérature universelle ; on y voit porté à un degré de perfection inégalé le genre mineur et quelque peu austère de l'esquisse un genre « modèle » pour la nouvelle littéra-*

ture russe engagée, dans les années quarante du XIXe *siècle. Avec ses esquisses paysannes, Tourguéniev prend aussi brillamment la relève d'Auerbach et de George Sand dans le courant européen des littératures paysannes, et incontestablement il y dépasse ses prédécesseurs ; enfin il était réservé à ce recueil, d'inspiration humanitaire, mais fort discret dans son « engagement », de convertir effectivement la minorité cultivée des aristocrates terriens à l'abolition du servage, et d'influencer dans ce sens l'héritier du trône, Alexandre, le futur « tsar réformateur ».*

Toute la vie de Tourguéniev fut marquée par cet accord parfait de l'art et de l'engagement qui s'était réalisé sans qu'il l'eût réellement cherché dans les premières de ses esquisses paysannes écrites entre 1847 et 1851. Jusqu'en 1874, d'ailleurs, il continuera d'enrichir ses Mémoires d'un chasseur *de nouvelles esquisses, avec toujours autant de talent et de succès. La réputation d'écrivain contestataire que lui attira ce recueil lui valut aussi quelques ennuis : dix-huit mois d'exil sur ses terres, décrétés sous un mauvais prétexte, et les tracasseries d'une censure soupçonneuse jusque bien avant dans sa carrière. Plus déterminante, plus pesante que ces « persécutions » sur sa production littéraire fut la propension de la critique et du public à comparer toute œuvre nouvelle de « l'auteur des* Mémoires d'un chasseur *» à ce prototype prestigieux, que ce fût pour le louer de s'y conformer ou pour le blâmer de s'en écarter : or Tourguéniev était fort sensible à l'opinion de ses lecteurs. Quelque peu encombré, de son vivant et en Russie, par la réussite de ses esquisses paysannes, il en souffre aussi dans la limitation abusive de sa réputation en France. Le moment est venu de replacer le romancier, le nouvelliste Tourguéniev dans la succession serrée des grands prosateurs réalistes russes et de lui rendre,* ipso facto, *toute* *son importance. Car entre la génération des génies fondateurs, Pouchkine et Gogol, et celle de Dostoïevski et de Tolstoï, précurseurs et prophètes des temps modernes, l'œuvre de Tourguéniev, dont l'apogée se situe entre le milieu des années quarante et le début des années soixante, constitue bien un maillon capital. Dans la pléiade pourtant brillante de ses contemporains, il est incontestablement l'écrivain qui a le plus contribué d'abord à la modernisation et à l'enrichissement de la langue russe littéraire, non pas en rupture mais en continuité avec les héritages (d'ailleurs disparates) de Pouchkine et de Gogol ; d'autre part, c'est à lui qu'on doit l'élaboration progressive de la formule même du « roman russe » psychologique et idéologique, à partir du schéma linéaire fourni par Pouchkine dans son roman en vers* Eugène Onéguine. *Dostoïevski et Tolstoï, parmi bien d'autres, ont reconnu leur dette envers Tourguéniev écrivain, malgré leur antipathie envers l'homme Tourguéniev. Pour peu qu'on y prête attention, l'évidence est d'ailleurs frappante :* Les Démons *de Dostoïevski sont en germe dans* Pères et fils ; Les Cosaques *de Tolstoï ont le parfum des* Mémoires d'un chasseur, *et sa dialectique de l'âme est préfigurée dans les analyses psychologiques si subtiles, si modernes, de Tourguéniev.*

L'impact des œuvres de Tourguéniev sur les Russes de son temps fut extraordinaire ; et si elles déchaînèrent des passions plus violentes que tant d'autres infiniment plus engagées, si ses contemporains se reconnurent immédiatement — avec complaisance, avec indignation, parfois avec fureur — dans la représentation qu'il donnait d'eux, c'est qu'au départ Tourguéniev lui-même est extraordinairement représentatif de son milieu et de sa génération. Il connaît à merveille, par expérience, la psychologie des aristocrates cultivés de son temps et les avatars de cet embryon d'opinion publique qu'il leur revint de constituer : opinion suffisamment éclairée pour s'intéresser aux destinées de son pays, empêchée par l'autocratie tsariste d'y jouer un rôle autrement que par la spéculation pure ou par la violence, déchirée entre sa conscience nationale et son complexe d'infériorité vis-à-vis de l'Occident.

Tourguéniev appartient lui-même à cette génération post-décembriste née à la fin des années dix, grandie pendant les années vingt sur un terroir russe entièrement soumis au joug du servage ; pendant les années trente et la première moitié des années quarante, cette génération initiée aux valeurs, aux idées, à la civilisation occidentale grâce aux bons soins de Nicolas Ier qui expédie volontiers les futurs cadres de l'État russe parfaire leur éducation dans l'État prussien. Mais ce que les plus doués y découvrent, c'est l'Idéalisme de Hegel ; ce qu'ils en rapportent, c'est le goût de la liberté. Au début des années quarante, cette jeune élite intellectuelle rentre en Russie où, au contact déprimant d'un pays arriéré, elle se convertit bientôt au rationalisme et se mobilise pour lutter (théoriquement, abstraitement il est vrai) contre le scandale du servage et contre l'aberration politique que représente l'autocratie tsariste. On débat alors à l'infini sur les moyens d'appliquer à la réalité russe les idées et les techniques importées d'Occident : tel est le point de vue des Occidentalistes (pour lesquels penche Tourguéniev), point de vue contesté par les Slavophiles qui luttent, au demeurant, pour les mêmes objectifs, mais rêvent de les atteindre par des voies strictement nationales. Dans les années cinquante, les tenants de la solution occidentale tombent dans une véritable dépression causée par le naufrage des espoirs qu'incarnait pour eux la révolution française de 1848 ;

nombre d'entre eux se raccrochent alors momentanément aux valeurs russes ancestrales et se rapprochent des Slavophiles. À la fin des années cinquante, ces libéraux déçus, souvent démobilisés, voient se lever une génération nouvelle de jeunes roturiers qui, ayant enfin accédé à la culture politique et scientifique, en dégagent pour leur part une idéologie révolutionnaire qu'ils proclament avec audace. Quelques aristocrates leur emboîtent le pas, se posent même en leaders de la nouvelle vague, tel Bakounine, qui avait été le grand ami de Tourguéniev à Berlin; les autres, effrayés, se laissent plus ou moins récupérer par le pouvoir qui, justement, donne la preuve de son libéralisme lors de l'accession au trône d'Alexandre II, en particulier par l'abolition du servage en 1861. Après avoir flirté avec les jeunes radicaux, Tourguéniev se retrouvera dans le camp des modérés, tout en se défendant de pactiser avec un pouvoir redevenu autoritaire et répressif après l'écrasement sanglant de l'insurrection de Pologne et les premiers attentats terroristes. Les polémiques violentes qui, au cours des années soixante-dix, opposent les extrémistes de tout bord lui paraissent, ce qu'elles sont peut-être, stériles, ridicules, dangereuses pour le pays. Il assiste encore, mais en témoin marginalisé par l'âge, la maladie, l'éloignement de la Russie, au passage de l'intelligentsia de la spéculation à l'action ; il analyse avec une perspicacité en quelque sorte détachée le phénomène de la « marche au peuple » orchestrée par les Populistes, aussi bien que le terrorisme systématique instauré par Niétchaïev et par Tkatchev.

C'est donc dans la génération de Tourguéniev et dans la couche cultivée de l'aristocratie terrienne à laquelle il appartenait qu'a tardivement émergé en Russie une opinion éclairée, aussitôt divisée en tendances puis déchirée de conflits. Ce phénomène, d'une importance incalculable pour l'avenir et pour le monde, Tourguéniev l'a connu, vécu, observé avec une curiosité passionnée : « J'ai tenté, dans la mesure où j'en avais les forces et le talent, de représenter avec bonne foi et impartialité, et d'incarner dans des types adéquats tout à la fois ce que Shakespeare appelle The body and pressure of time *et cette physionomie rapidement changeante des Russes de la couche cultivée qui a été le principal objet de mes observations », écrit-il en 1880 dans la* Préface *de ses* Œuvres complètes.

S'il a mieux qu'un autre réussi dans cette entreprise, si la représentation qu'il donne des hommes de son temps, des idées et des passions qui les agitent, est si frappante de vérité et d'émotion, c'est peut-être aussi en raison même des singularités de son caractère et de sa biographie, qui le distinguent imperceptiblement de ses contemporains, alors même qu'il les côtoie, qu'il est porté comme eux par les courants et les fluctuations de l'époque.

On ne peut manquer d'être frappé, chez Tourguéniev, par la gravité en quelque sorte irrémédiable que prennent des conflits intérieurs qui sont le lot de tous les aristocrates russes ouverts aux idées européennes ; chez lui, ils sont portés à une sorte de paroxysme et ne débouchent jamais sur une véritable solution. Ainsi l'amour-haine du pays natal, ce sentiment ambigu que connaissent plus ou moins tous les nobles russes cultivés et que symbolise en quelque sorte la division de l'opinion en deux clans de frères ennemis, les Slavophiles et les Occidentalistes · il s'enracine, chez Tourguéniev, dans la fêlure presque congénitale d'une relation ambiguë à la mère. Très tôt Tourguéniev a aimé la campagne russe, ses paysans, sa nature, toute la sphère chaleureuse de la belle propriété de Spasskoïé, dans la province d'Orel, dont sa mère était la souveraine absolue; cet amour ne l'a jamais quitté : tant qu'il en eut la force, il revint passer l'été à Spasskoïé, de très loin parfois; et presque toutes ses nouvelles, cinq romans sur six ont pour décor une demeure seigneuriale perdue dans la « steppe » russe. Mais en même temps, tout petit enfant, Tourguéniev a pris en haine cette tare du terroir russe qu'était le servage, probablement parce que le servage était exceptionnellement dur à Spasskoïé où sa mère régnait en despote capricieuse et cruelle : or cette Barbe Pétrovna qui adorait son fils cadet, Ivan, ne sut jamais le lui manifester qu'en le tyrannisant lui aussi, en l'étouffant, en le privant de liberté, d'argent; elle était elle-même, il est vrai, la première victime d'une perversion héritée de générations de tyranneaux viciés par l'exercice brutal de leur autorité sur les serfs. Le dégoût que montra Tourguéniev envers le servage et envers toute l'arriération des mentalités, typique selon lui de la « steppe », et dont le servage n'était que la manifestation la plus criante, ne s'est jamais démenti et l'a toujours poussé à fuir de l'autre côté des frontières une terre vers laquelle le ramenait périodiquement son instinct profond.

Le phénomène inverse qui s'observe également dans l'aristocratie russe est une admiration passionnée pour l'Europe : mais l'Europe est à vrai dire indifférente sinon hostile aux Russes, étrangère au souci qu'ils ont de leur destin national; de sorte que l'admiration démesurée se transforme en amertume douloureuse, et, chez les plus fiers, en une sorte de mépris haineux. Tourguéniev a, pour sa part, plongé avec délice dans la « mer germanique », le Berlin des années trente et quarante, où le ravissaient surtout la liberté et l'intensité de la vie intellectuelle, culturelle. Il s'imprégna de la beauté des choses en Italie, berceau de l'art et de la civilisation européenne. Il se trouva si bien en France qu'il en fit sa seconde patrie. Il a donc aimé l'Europe comme le lieu d'une très haute civilisation mûrie au soleil de la liberté et, à partir de l'hiver 1843-1844, il a lié pour toujours son destin personnel à celui d'une femme qui incarnait à ses yeux tout l'art, tout le raffinement, tout l'éclat de l'Europe, la cantatrice franco-espagnole Pauline Viardot-Garcia. Mais l'amour de Tourguéniev pour la diva européenne lui coûta bien des souffrances et des humiliations, ne lui procura une sorte de bonheur résigné que dans les dernières années de sa vie, alors qu'il était amoindri par l'âge et par la maladie. S'il est devenu un véritable Européen grâce à Pauline Viardot et à son entourage prestigieux, il n'a pas pu profiter de l'Europe avec bonheur et sérénité, en grande partie à cause de l'esclavage où l'a maintenu sa passion pour la cantatrice. On ne peut qu'admirer la fatalité symétrique qui l'a mis successivement — et même simultanément, entre 1843 et 1850 — sous la coupe de deux femmes dominatrices, la riche propriétaire russe et la cantatrice européenne...

Cette aristocratie russe aliénée, déchirée entre sa conscience nationale et son complexe d'infériorité vis-à-vis de l'Occident, a vécu, au début des années quarante, une crise idéologique aiguë qu'elle n'a jamais complètement surmontée : le retournement brutal d'un idéalisme extrême au matérialisme historique, au rationalisme dialectique. Chez les écrivains, engagés alors par le critique Biélinski au service de la « réalité russe », se produisit une conversion brutale et en quelque sorte forcée du romantisme au réalisme, de la poésie à la prose. Mais la conversion ne fut jamais si totale que la génération suivante, matérialiste et scientiste dans l'âme, n'ait pu qualifier en vrac les « hommes des années quarante » d' « idéalistes ». Or Tourguéniev, déçu par l'Idéal, et bien que devenu comme les autres un rationaliste agnostique, est resté plus réticent que les autres devant l'engagement de sa personne et de son art au service des idées nouvelles. Il aima, admira des hommes enthousiastes et engagés (Bakounine, Biélinski, Dobrolioubov entre autres), mais les idées en elles-mêmes l'attiraient peu, en un siècle où la plupart des Russes les découvraient et les brassaient avec ivresse. L'incapacité à s'engager, l'indécision, une certaine lâcheté, accompagnées bien entendu de débats intérieurs fiévreux, ont torturé Tourguéniev toute sa vie. Ce « mal des années quarante » qu'il n'a jamais réussi à surmonter, alors que l'opinion, elle, allait tout de même de l'avant et se jetait bientôt à corps perdu dans l'idéologie révolutionnaire, conditionne, en définitive, toute sa vision du monde : il le décrit et remonte jusqu'à ses origines historiques, psychologiques, dans toute la galerie de ses « hommes de trop », puis finit par le considérer comme une sorte de fatalité qui frappe certains hommes, les « Hamlet », et les oppose aux « Don Quichotte » qui, eux, se jettent dans l'action — mais seulement tant qu'ils ne pensent pas, ou s'ils sont incapables de penser.

La conversion de l'écrivain Tourguéniev au réalisme sous les auspices de l'« école naturelle » (au réalisme historique) de Biélinski est un bienfait pour la postérité ; elle fit du jeune poète romantique sans originalité un prosateur admirable, un inventeur de « types » immortels (l'homme de trop, le nihiliste...), un peintre savant (non un photographe) de la réalité russe, un témoin perspicace de la naissance des idéologies. Son œuvre répond entièrement aux préceptes de la nouvelle littérature réaliste, et pourtant Tourguéniev n'adhère pas au principe fondamental de l'engagement de l'art au service d'une cause, fût-elle la plus noble de toutes. Son credo *esthétique demeure celui qu'il a trouvé formulé chez Hegel : l'art est plus grand que la nature, il n'a pas à l'imiter, il crée. La beauté dans l'art demeure pour lui un absolu, le seul article de foi qui ait survécu au naufrage de son idéalisme. C'est cette foi qui fait de lui un très grand écrivain ; elle fait surgir partout, au cœur de ses « représentations » réalistes, ces* leitmotive *éternels du romantisme que sont : la Nature, tantôt chaleureuse, tantôt indifférente ; l'Amour, vivifiant et salvateur ou, au contraire, maladie mortelle ; la Femme, tantôt exquise et spontanée comme la nature dont elle émane, tantôt perverse et destructrice ; la Musique, suprême forme de l'art, langage universel ; la Mort, partout sous-jacente à la vie... Ajoutons que Tourguéniev a toujours montré une prédilection d'abord discrète puis plus ou moins avouée pour l'irrationnel, pour les mystères de la nature, de la nature humaine surtout. Enfin la nostalgie d'un âge d'or perce en maints endroits de son œuvre ; l'âge d'or de sa vie fut sa belle adolescence idéaliste et romantique, et c'est vers elle qu'il se retourne, à la veille de sa mort, lorsqu'il écrit ses* Poèmes en prose.

L'œuvre de Tourguéniev, esquisses, nouvelles, romans, a ceci de particulier qu'elle communique une impression de beauté harmonieuse dont on est tenté de créditer le monde russe qu'on y voit représenté, et peut-être aussi la vision du monde de l'écrivain lui-même. Or, on le voit, c'est en pleine crise que Tourguéniev représente le monde et la société russes, et il est lui-même un homme déchiré, incertain, malheureux. Ce paradoxe est aussi le secret de son génie : Tourguéniev réalise dans son œuvre, par l'effet d'un art syncrétique, cette unité de l'être et cette harmonie du monde auxquelles il aspire en vain dans la réalité vécue. La création littéraire assume chez lui une fonction vitale, ce qui lui confère à chaque instant une authenticité presque pathétique. Pour atteindre à cette harmonie sans schématiser ou appauvrir la réalité qui lui sert de modèle, et dans les limites de genres qu'il a choisis courts et denses (il est toujours tenté d'appeler ses romans des « nouvelles »), Tourguéniev a été amené à élaborer une prose véritablement poétique, aux niveaux de signification multiples ; la moindre description devient chez lui image poétique, suggère même un symbole ; au-delà des mots, il excelle à laisser entendre un message plus profond, parfois même différent de ce que disent les mots ; le matériau sonore du langage, ses rythmes, sont exploités chez lui avec subtilité et deviennent porteurs de sens. Par pudeur, et aussi pour paraître se conformer au goût du jour, Tourguéniev s'est toujours déclaré un « écrivain objectif », un peintre de la scène contemporaine ; et de fait il fut reconnu d'emblée, il est encore reconnu comme le plus fidèle portraitiste de ses contemporains ; la postérité lui accorde en outre d'avoir appréhendé avec une étrange perspicacité les problèmes du monde moderne, extrémisme révolutionnaire des mouvements étudiants, conflits de générations se muant en conflits sociaux, aliénation des intellectuels et besoin chez eux de s'identifier au peuple, apparition, fonctionnement des idéologies. Mais un « autre Tourguéniev », trop novateur pour n'avoir pas été entièrement méconnu de son temps, décèle, derrière la face visible et souvent trompeuse des choses, une réalité invisible, mystérieuse, plus envoûtante et inquiétante que celle dont il se complaît déjà à faire apparaître la passionnante complexité. Les Symbolistes russes ont reconnu en lui leur précurseur direct ; il est bien le maillon qui relie l'Âge d'or, pouchkinien, de la littérature russe, avec son Âge d'argent, la Renaissance idéaliste de la fin du XIXe *et du début du* XXe *siècle.*

Nid de gentilhomme *fut écrit entre la mi-juin et la mi-décembre 1858 et parut en janvier 1859 dans la revue* Le Contemporain. *C'est le second roman de Tourguéniev, il vient après* Roudine *paru en 1856, avant* À la veille, *paru en 1860.*

Ce roman semble avoir été conçu immédiatement après la parution de Roudine, *dès l'automne 1856. Le projet de cette « longue nouvelle » est mentionné plusieurs fois dans la correspondance de Tourguéniev à cette époque ; le plan en est, semble-t-il, tout tracé, et la rédaction bientôt si avancée que l'écrivain envisage de le voir publié dans le numéro de février 1857 du* Contemporain. *Mais l'année 1856 se termine mal : Tourguéniev sombre dans une dépression grave, causée par la froideur de Pauline Viardot à son égard ; il est atteint de surcroît d'une douloureuse affection de la vessie. Le 15/27 février 1857 il décide de mettre fin à sa carrière d'écrivain et détruit tous ses plans et tous ses travaux en cours, parmi lesquels certainement le manuscrit de son roman, car il ne nous en reste aucune trace. Le titre de cet ouvrage détruit semble avoir été* Lisa, *si l'on en croit une lettre écrite en 1868 à son traducteur anglais. Toutefois l'expression « nid de gentilhomme » se rencontre plusieurs fois sous sa plume dès avant 1856, en particulier dans le récit des* Mémoires d'un chasseur *intitulé* Mon voisin Radilov *et daté de 1847, où il en donne une explication détaillée : « Quand nos grands-pères choisissaient un lieu de résidence, ils ne manquaient jamais de planter en verger quatre à cinq arpents de bonne terre et d'y aménager une allée de tilleuls. Au bout de cinquante, soixante, soixante-dix ans au plus, ces " nids de gentilshommes " disparaissaient peu à peu de la face de la terre. »*

Le projet de Nid de gentilhomme *est repris par Tourguéniev à Rome, en décembre 1857 ; il mûrit pendant un long séjour en Europe — en Italie, en France, en Allemagne, en Angleterre — qui s'achève au mois de mai 1858. Malgré de fréquents déplacements et tout en suivant avec passion les progrès, en Russie, de la grande entreprise de l'abolition du servage, Tourguéniev construisait des scènes et notait des détails de descriptions de son futur roman, si l'on en croit les souvenirs de son ami Annenkov. Mais ce n'est qu'à partir de la mi-juin 1858, une fois réinstallé dans sa propriété de Spasskoïé, que Tourguéniev aborde la rédaction proprement dite ; celle-ci est achevée à la fin d'octobre, l'écrivain revient à Saint-Pétersbourg avec son manuscrit au mois de novembre et en donne la primeur lors d'une lecture devant un « aréopage » d'amis, qui eut lieu probablement en décembre ; cette séance de lecture était jugée par lui indispensable à la mise au point définitive du texte, et, de fait, les observations qu'il recueillit à cette occasion l'amenèrent à le modifier sur certains points importants.*

Le manuscrit de travail de Nid de gentilhomme *se trouve à la Bibliothèque nationale de Paris. Sur sa page de garde, l'écrivain a noté : « Nouvelle conçue au début de 1856; n'y ai guère travaillé pendant longtemps, la tournais sans arrêt dans ma tête ; ai commencé à travailler en été 1858 à Spasskoïé. Terminée le 27 octobre 1858 à Spasskoïé. » Au verso de cette page figure une liste des chapitres. En marge de la première page du texte, une indication de date plusieurs fois raturée montre l'hésitation de l'auteur sur l'année où situer le début de l'action, 1849 ou 1850. Le manuscrit tout entier, très raturé, surchargé, offre un grand intérêt pour l'étude du processus de la création chez Tourguéniev. Entre la dernière rédaction de ce manuscrit et le texte paru dans* Le Contemporain *(reproduit, à peu de chose près, dans toutes les éditions ultérieures), on observe des différences importantes : le découpage en chapitres ne correspond pas à la liste inscrite sur le manuscrit ; certains développements concernant des personnages secondaires ont disparu du texte imprimé ; inversement, tout un chapitre a été rajouté, le chapitre XXXV montrant l'influence de la nourrice sur la formation de Lise. Tourguéniev l'a introduit pour lever une objection formulée par Annenkov après la séance de lecture de décembre 1858 : selon Annenkov, on ne comprenait pas bien d'où provenait la piété de Lise ; le thème religieux est encore renforcé par l'adjonction, dans le texte imprimé, du développement sur le service célébré chez les Kalitine, au chapitre XXXII. À l'issue de la même séance, Gontcharov avait de son côté trouvé des ressemblances suspectes entre* Nid de gentilhomme *et le roman-fleuve qu'il avait en chantier depuis longtemps déjà,* Le Ravin, *dont il avait lu le plan détaillé à Tourguéniev en 1855. Tourguéniev laisse entendre, dans la version du manuscrit, que Lise se donne à Lavretski, la nuit dans le jardin, tout comme l'héroïne du* Ravin, *Véra, se donnait à Marc dans les mêmes circonstances. Donc Tourguéniev innocente Lise et modifie en conséquence l'admonestation qu'elle reçoit de sa tante, trop semblable, trouvait Gontcharov, à celle que Véra recevait de sa grand-mère. L'épilogue du roman est aussi complètement transformé : il ne se termine plus, comme dans le manuscrit, par des considérations sur la destinée du général Korobine.*

Les personnages de Nid de gentilhomme *n'ont pas de modèles formellement identifiés, mais diverses hypothèses ont été formulées, surtout sur le personnage de Lise. Plusieurs jeunes filles de l'aristocratie russe sont entrées au couvent dans les années quarante et cinquante, dont une lointaine parente de l'écrivain, Élisabeth Chakhov, qui s'y réfugia à la suite d'une déception sentimentale. D'autres femmes encore, telle Natalie Herzen, ont pu suggérer à l'écrivain certains traits de son héroïne. D'autre part, Tourguéniev avait noué en 1856, 1857 des liens d'amitié très étroits avec la comtesse Lambert, une dame d'âge mûr, philosophe et théologienne, animée d'une vie religieuse très intense. L'influence de la comtesse Lambert est certainement pour beaucoup dans la conception d'une héroïne pieuse et hautement morale, mais elle ne peut bien entendu en être à proprement parler le prototype.*

Les origines de Lavretski ont, en tout cas, un caractère nettement autobiographique. L'aïeul André représente le grand-oncle maternel de Tourguéniev, Alexis Loutovinov ; son petit-fils Ivan a pour modèle un autre membre de la tribu Loutovinov, Ivan Ivanovitch, qui passait pour avoir été « voltairien ». Le nom même de Lavretski apparaît dans l'arbre généalogique de l'écrivain, il est porté par la belle-fille d'Alexis. Les caractères et aussi les styles de vie des hommes « du temps de Catherine » étaient bien connus de Tourguéniev à travers la tradition familiale Quant aux jeux favoris du petit Fédia, ils avaient été ceux de Tourguéniev enfant : le livre, bien fatigué, des Symboles et emblèmes *se trouve encore dans la bibliothèque de Spasskoïé.*

La maison Kalitine semble correspondre à une maison aristocratique d'Orel entourée d'un grand jardin et située un peu à l'extérieur de la ville, dans l'ancienne « rue de la Noblesse » ; ce quartier était précisément baptisé « Le nid de gentilshommes », nous apprend l'écrivain Bounine dans ses Souvenirs. *Quant à la demeure ancestrale de Vassilievskoïé, elle a également son modèle dans la réalité si l'on en croit le poète Fet : Fet se souvient d'avoir chassé une fois avec Tourguéniev à Topki dans la province d'Orel, où son ami possédait un petit domaine ; d'après Fet, le pavillon où ils furent accueillis par un très vieux domestique, l'état d'abandon des lieux, le repas improvisé étaient ceux qui sont décrits dans* Nid de gentilhomme. *Tourguéniev a certainement créé Vassilievskoïé en associant au souvenir de Topki certains traits de Spasskoïé, l'étang, les tilleuls, les portraits d'ancêtres.*

L'action de Nid de gentilhomme, *située en définitive en 1842, reflète, beaucoup plus que l'atmosphère des années quarante, les grandes polémiques qui ont agité l'opinion russe dans les années 1856-1858, pendant lesquelles le roman fut conçu et rédigé. Ainsi s'explique le fait au premier abord surprenant que Tourguéniev, Occidentaliste convaincu au début des années quarante, attribue à son héros des positions nettement slavophiles. Durant la deuxième moitié des années cinquante, en effet, la Russie vit dans l'attente de l'abolition promise du servage. L'opinion éclairée se préoccupe des modalités de la réforme ; Occidentalistes et Slavophiles multiplient les déclarations de principe et les prises de position. Dans ce débat Tourguéniev comme son ami Herzen et beaucoup de personnalités connues jusque-là pour leurs sympathies occidentalistes penchent nettement pour les thèses slavophiles qu'ils trouvent plus réalistes et surtout animées d'une plus chaude sympathie envers les paysans. Tourguéniev entretient avec Herzen des relations étroites depuis 1848 ; il comprend, sans la partager entièrement, la lourde déception de Herzen devant la faillite des idéaux qui fondaient son Occidentalisme ; il lui rend visite quatre fois à Londres entre 1856 et 1858 et échange avec lui de nombreuses lettres. L'article de Herzen paru en 1857,* Nouvelles variations sur un thème ancien, *sous-titré « Lettre ouverte à Tourguéniev », expose les positions respectives des deux amis à propos du devenir historique de la Russie : au pessimisme de Herzen ébranlé dans ses convictions occidentalistes, Tourguéniev oppose le souvenir réconfortant, encore tout proche, des enthousiastes des années trente et quarante, il rappelle leur désintéressement, leur pureté morale.*

C'est ce type d'homme qu'incarne précisément, dans le roman, le personnage de Mikhaliévitch ; mais l'écrivain, déçu comme Herzen par les suites de la révolution de 1848, met a posteriori *dans la bouche de cet idéaliste impénitent des formules et des convictions* slavophiles. *Mikhaliévitch prône le primat de la foi ou de la révélation sur le rationalisme cérébral, et appelle les nobles russes à secouer leur nonchalance naturelle pour se soumettre à la loi du devoir, deux points de vue largement développés dans la presse slavophile des années cinquante. On a par ailleurs souligné de nombreuses ressemblances entre Mikhaliévitch et le poète et critique Apollon Grigoriev qui était, à cette époque, un Slavophile convaincu ; Tourguéniev aimait Grigoriev qui lui rappelait l'enthousiaste Biélinski ; les deux hommes appartenaient, selon lui, à la catégorie des « Don Quichotte ». En face de Mikhaliévitch, le pur défenseur des belles causes, que l'écrivain apparente donc nettement aux Slavophiles, entre 1856 et 1858, Panchine incarne, lui, l'Occidentalisme doctrinaire et le centralisme bureaucratique que prônaient à la même époque des revues comme* L'Athénée, les Annales de la patrie. *Le monologue de Panchine, au chapitre XXXIII, est rempli d'allusions à des polémiques alors célèbres : la citation de Khomiakov était un lieu commun diversement interprété selon les tendances ; Tchitchérine, un Occidentaliste extrémiste, niait l'originalité de la nation russe et l'appelait à « rattraper, dans le domaine des connaissances, les peuples qui l'avaient devancée dans cette voie » ; Doudychkine, dans une recension des* Nouvelles et récits *de Tourguéniev parus en 1857, stigmatisait les « hommes de trop » de son époque en citant* Pensée *de Lermontov ; dans une thèse soutenue en 1857, Tchitchérine exposait sa « théorie du gouvernement » et démontrait qu'il était possible d'instaurer « des institutions* [...] *contraires à l'esprit national ». Tourguéniev n'aimait pas Tchitchérine ; dans la polémique qui opposa ce dernier à Herzen en décembre 1858, il prit le parti de Herzen ; on en a déduit, un peu rapidement, que Panchine était une charge de Tchitchérine.*

Quant à la position de Lavretski, elle est très voisine de celle de Herzen telle qu'on la trouve exposée dans l'article daté de 1857, dont certaines formules sont mises textuellement dans la bouche de Lavretski ; mais le héros de Tourguéniev s'exprime moins clairement que Herzen, il ne défend pas, notamment, l'une des thèses fondamentales des Slavophiles, la commune paysanne. L'idéal de vie adopté par Lavretski et approuvé par la pieuse Lise est typiquement slavophile. Pour sa part, Tourguéniev n'a pas choisi ce genre de vie, mais pendant le temps où il écrivait son roman, il a indiscutablement recherché l'amitié de Slavophiles (Herzen, Ogariov, les frères Aksakov) et s'est abstenu de toute polémique directe avec eux.

Nid de gentilhomme *reflète non seulement les idées politiques et sociales de l'écrivain et de plusieurs de ses contemporains dans la deuxième moitié des années cinquante, mais aussi les états d'âme de Tourguéniev à cette époque de sa vie. Ce roman est d'abord le bilan d'une période de dépression : années de maladie, d'amour déçu, de dépit aussi, pour l'homme de lettres, de voir monter, à la rédaction du* Contemporain *dont il avait été la vedette, l'étoile nouvelle de Saltykov-Chtchédrine. Il est alors obsédé par le vieillissement, les occasions perdues, son inutilité d'« homme de trop ». Il combat ces obsessions en se tournant, sous l'influence de la comtesse Lambert, vers les valeurs sûres, éternelles, du devoir, du sacrifice. Il éprouve le besoin profond de retrouver ses racines russes, familiales, campagnardes, revoit son passé avec nostalgie. C'est de ce bilan mélancolique et résigné qu'est issu le personnage de Lavretski, très semblable au Tourguéniev que révèle la correspon-*

dance avec la comtesse Lambert : un homme vieillissant, à la personnalité comme estompée par la grisaille d'une vie sans bonheur. L'histoire d'amour est, comme toujours chez Tourguéniev, celle d'un bonheur entrevu et aussitôt perdu. Mais ce bilan, médité pendant des années sombres, fut rédigé au seuil d'une nouvelle vie, dans cet afflux d'énergie nouvelle et d'optimisme qui gagna la Russie réformiste à partir de décembre 1857. Tourguéniev rentre en Russie décidé à préparer l'application de la réforme sur ses terres. Et c'est avec le goût de la vie et de l'action que lui revient aussi le besoin d'écrire. C'est donc une inspiration toute revigorée qui lui dicte ce roman tourné vers le passé. Mais ce passé est pour lui révolu : il le fait comprendre à travers la sympathie qu'inspire, malgré ses ridicules, le personnage de Mikhaliévitch, un de ces « Don Quichotte » des temps modernes sans lesquels « l'humanité n'avancerait pas ». Puis l'épilogue du roman montre la maison Kalitine débordante de jeunesse et de rires ; et l'éclat presque brutal de cette vitalité rejette dans l'ombre les destins brisés de Lavretski et de Lise.

La vitalité retrouvée se manifeste chez Tourguéniev par la conception hardiment esthétique du roman. Il était déterminé, en l'écrivant, à réaliser une « grande chose » en appliquant toute la force de son talent au service de l'art. Nid de gentilhomme *est peut-être le plus poétique des romans de Tourguéniev, la peinture de la société et de ses types y est repoussée au second plan, dans un propos esthétique délibéré, à l'encontre de l'utilitarisme anti-esthétique de la génération montante. Le roman contient de magnifiques variations sur le thème de la nature ; il est placé sous le signe de la musique, l'art préféré de Tourguéniev, incarné ici dans le vieil Allemand romantique Lemm. Quant à la prose de Tourguéniev, elle n'est nulle part aussi musicale, riche d'effets sonores et rythmiques malheureusement intraduisibles.*

« Nid de gentilhomme — *écrit Tourguéniev dans la* Préface *de ses* Œuvres complètes *de 1880 — a connu le plus grand succès que j'aie jamais eu. C'est à dater de sa parution que j'ai commencé à compter parmi les écrivains qui méritaient l'attention du public.* »

La nouvelle Premier amour *fut conçue durant l'année 1858, alors même que mûrissait et prenait forme* Nid de gentilhomme. *Une « liste des personnages » de la nouvelle semble pouvoir être datée de cette année-là. Mais l'écrivain ne commence à la rédiger qu'en janvier 1860, immédiatement après avoir terminé le roman* À la veille, *écrit pendant l'année 1859. Le manuscrit d'impression, conservé à la Bibliothèque nationale de Paris, porte les indications suivantes : « Commencé à Saint-Pétersbourg dans les premiers jours de 1860. Achevé à Saint-Pétersbourg le jeudi 10/22 mars 1860. » La nouvelle parut dans le numéro de mars 1860 de la revue* Bibliothèque de lecture.

Ce manuscrit, raturé et surchargé, reflète fidèlement les étapes d'une élaboration minutieuse durant laquelle, toutefois, le projet initial ne subit aucune modification importante. Les portraits se précisent, les analyses psychologiques s'approfondissent peu à peu, mais les caractères et la ligne du récit restent les mêmes. Les différents personnages ont légèrement vieilli au cours du travail : sur la « liste des personnages » de 1858, le jeune narrateur a successivement 13 ans, puis 15 ans ; il en a 16 dans la rédaction définitive ; le père passe de 38 à 40 ans ; la mère de 36, 40, à 50 ans, et Zénaïde de 20 à 21 ans. Le nom du comte Malievski était primitivement Malietski.

Premier amour *est une des œuvres de Tourguéniev les plus autobiographiques. L'écrivain l'a déclaré à maintes reprises, plusieurs de ses contemporains en témoignent, comme Mme Ostrovski qui rapporte les propos suivants de l'écrivain : « Dans* Premier amour *j'ai représenté mon père. Beaucoup me l'ont reproché, et m'ont reproché en particulier de n'avoir jamais songé à le cacher. Mais je crois qu'il n'y a rien de mal à cela. Je n'ai rien à cacher. Mon père était un très bel homme, je puis le dire car je ne lui ressemble en rien, de visage je ressemble à ma mère. Il était très beau, d'une beauté authentiquement russe. Il avait généralement un air froid, inaccessible, mais il lui suffisait de vouloir plaire pour que son visage et ses manières prennent un charme irrésistible. C'est surtout avec les femmes qui lui plaisaient qu'il se métamorphosait ainsi. » L'écrivain aurait ensuite déclaré à son interlocutrice : « — Ce jeune homme, c'est votre très humble serviteur. — Comment ? Et vous étiez si amoureux ? — Oui, je l'étais. — Et vous vous êtes promené avec un couteau ? — Oui, je me suis promené avec un couteau. » Selon un autre témoin, Tourguéniev aurait déclaré à la fin de sa vie : « Il n'y a qu'une de mes nouvelles que je relise avec plaisir, c'est* Premier amour. *Elle est peut-être mon œuvre préférée. Partout ailleurs, si peu que ce soit, il y a des choses inventées ; mais dans* Premier amour *j'ai décrit un événement réel sans le moindre embellissement, et quand je le relis les personnages se dressent devant moi comme s'ils étaient vivants. »*

C'est bien en 1833, en effet, que le jeune Tourguéniev vécut son premier amour. Un cahier de notes autobiographiques intitulé Mémorial, *conservé à la Bibliothèque nationale de Paris, indique, en face de la date de 1833 : « Nouvel an à Moscou (premier amour). Princesse Chakhovskoï. [...] Vie à la maison de campagne en face du Niéskoutchny. » Ce fut après ces vacances d'été à « la maison de campagne » que l'adolescent fut admis à l'université de Moscou, en septembre/octobre 1833. Il était alors âgé de quinze ans, et sa précocité affective devait aller de pair avec sa précocité intellectuelle ; c'est pour rendre plus vraisemblable la psychologie de son narrateur qu'il finit par lui donner un an de plus. Quant à son père, dont il envisage successivement — par pudeur sans doute — de faire un « oncle » puis un « beau-père » sur la « liste des personnages », il avait bien 40 ans en 1833. Serge Nikolaïévitch Tourguéniev devait mourir un peu plus d'un an après, comme le père du narrateur dans la nouvelle, le 20 octobre/11 novembre 1834.*

Le prototype de Zénaïde est la princesse Catherine Lvovna Chakhovskoï, nièce du dramaturge du même nom, qui avait 19 ans en 1833. Sa famille était ruinée, et sa mère possédait en effet une maison à Moscou, en face du jardin Niéskoutchny, maison dont les Tourguéniev furent sans doute les locataires en cet été 1833. Tout laisse à penser que la jeune fille eut alors une liaison avec Serge Nikolaïévitch ; la mère de Tourguéniev lui en voulait encore six ans plus tard, quand elle écrivait à son fils : « La princesse Chakhovskoï, que sa mémoire soit maudite ! [...] La scélérate lui écrivait des vers quand il est parti [...] De tout ce que je dis ou écris j'ai des preuves écrites... Avant, je n'en ai pas parlé, mais lis-les maintenant [...] ne jamais prononcer devant moi ce nom maudit. » *Un an après la mort du père de Tourguéniev, la princesse Chakhovskoï épousa un certain Vladimirov ; elle mourut neuf mois après son mariage ; de même, dans la nouvelle, Zénaïde finit par épouser son amoureux Dolski et meurt en couches après quelques mois de mariage. Le prénom de Zénaïde a certainement été pris par Tourguéniev dans une nouvelle inachevée de Pouchkine intitulée* Les invités se rassemblaient à la maison de campagne, *dont l'héroïne se nomme Zénaïde Volski.*

Des deux parents de Tourguéniev, c'est la mère qui se profile le plus fréquemment dans son œuvre sous les traits d'une femme-propriétaire plus ou moins tyrannique. L'écrivain est infiniment plus discret sur le chapitre de son père, tôt disparu il est vrai, et dont la personnalité semble avoir moins pesé sur lui que celle de Barbe Pétrovna. Premier amour *constitue de ce point de vue une exception remarquable : la mère, dont certains traits rappellent indéniablement celle de Tourguéniev, est reléguée au second plan, et c'est le père qui est mis en avant.* Premier amour *est le meilleur document que nous possédions sur la personnalité de Serge Nikolaïévitch Tourguéniev et sur ses relations avec son fils qui semblent bien avoir été déterminantes malgré leur brièveté.*

Serge Nikolaïévitch Tourguéniev, né en 1793, était un officier des cuirassiers de la Garde, un aristocrate peu fortuné mais de très ancienne noblesse; sa famille descendait d'un khan tatar nommé Tourga, et s'était distinguée depuis le XVIe *siècle au service des grands princes de Moscou. Il avait épousé à vingt-quatre ans, par intérêt, la très riche héritière des Loutovinov, une femme plus âgée que lui et qu'il n'aima jamais, tandis qu'elle était fort amoureuse et jalouse. Le couple eut trois fils : Nicolas (né en 1816), Ivan (né en 1818) et Serge (né en 1821 et mort à seize ans, en 1837). Sur ce point, la nouvelle s'écarte un peu de la réalité en faisant du narrateur un fils unique.*

Premier amour *est d'abord une histoire d'amour. Son héroïne, Zénaïde, comme Lise de* Nid de gentilhomme, *fait partie de la célèbre galerie des « jeunes filles de Tourguéniev ». Ces deux caractères féminins, aux antipodes l'un de l'autre, renvoient pourtant l'un comme l'autre à cette mystérieuse « essence de la féminité » que Tourguéniev aurait été le premier à percevoir et à* transmettre, si l'on en croit le poète symboliste Balmont. Zénaïde, comme Lise, est appréhendée dans sa réalité poétique ; sa psychologie demeure assez obscure, mais sa nature devient transparente aux yeux de ceux qui l'aiment : l'écrivain, qui l'aime en créateur, en poète, et les personnages masculins qui forment son entourage, le plus aimant de tous étant précisément le narrateur qui se confond avec l'écrivain adolescent.

Premier amour est de ce fait empreint de la nostalgie du bel âge de l'adolescence ; le lyrisme subtil engendré par le thème de la nostalgie s'allie dans une combinaison bien tourguéniévienne avec la précision réaliste d'une analyse psychologique extrêmement fouillée. La nouvelle apporte ainsi un témoignage précieux sur l'adolescence romantique qui fut celle des contemporains de Tourguéniev.

Mais l'originalité exceptionnelle de cette œuvre est qu'elle s'abreuve, en quelque sorte, au courant souterrain de la relation passionnée et ambiguë d'un adolescent à son père : modèle trop écrasant pour pouvoir être égalé, trop distant pour se laisser aimer. Ce courant irrigue toute l'œuvre, mais secrètement et comme à l'insu des protagonistes eux-mêmes. Le jeune narrateur ne prend pleinement conscience de la fascination exercée sur lui-même par son père qu'à l'instant où il découvre en lui son rival victorieux. La profondeur de l'analyse, alliée à une construction à la fois subtile et naturelle comme la vie même, font pour nous de Premier amour un des sommets atteints dans l'art de la nouvelle. Elle scandalisa en revanche les contemporains de Tourguéniev, tant russes que français. Pour satisfaire ses amis français indignés par cette « scandaleuse histoire » (l'expression est de Louis Viardot), Tourguéniev ajouta même un épilogue à la traduction française de Premier amour par Delaveau qui parut en 1863, dans le recueil Nouvelles scènes de la vie russe. *Dans cet épilogue, l'auteur tente d'excuser « l'immoralité » de ses personnages par les « conditions sociales » au milieu desquelles ils ont vécu.*

Les deux œuvres de Tourguéniev réunies dans ce volume appartiennent l'une et l'autre à la période la plus féconde de sa carrière d'écrivain. La part de la confession et de l'autobiographie, exploitées selon des méthodes très différentes, y est plus grande que dans la plupart des autres œuvres. Elles illustrent toutes les deux cette conception pessimiste de l'amour qui devint dominante chez l'écrivain à partir du début des années cinquante et persista jusqu'à la fin de sa vie. Toutes les deux évoquent des moments de crise, des déchirements, elles sont imprégnées de souffrance — et résonnent pourtant d'une jubilation discrète, communiquent le sentiment d'une liberté heureuse où l'artiste évolue avec une souveraine aisance.

Françoise Flamant.

La publication de *Romans et nouvelles complets* de Tourguéniev est en cours dans la Bibliothèque de la Pléiade. Les deux premiers tomes ont paru en 1981 et 1982.

Dans les deux œuvres de Tourguéniev que réunit ce volume, les mots ou passages composés entre deux étoiles noires sont en français dans le texte russe. Les mots en italique sont en italique ou en langue étrangère dans le texte russe.

Nid de gentilhomme

Traduction par Françoise Flamant

I

L'éclatante journée de printemps inclinait vers le soir ; de petits nuages roses flottaient très haut dans le ciel clair et, au lieu de dériver, paraissaient s'enfoncer peu à peu dans le cœur même de l'azur.

Devant la fenêtre grande ouverte d'une belle maison située dans une rue périphérique de la capitale de la province d'O***[1] (on était en 1842), deux femmes étaient assises : l'une d'environ cinquante ans, l'autre déjà septuagénaire.

La première des deux se nommait Marie Dmitrievna Kalitine. Son mari, ancien procureur de la province, brasseur d'affaires bien connu en son temps (c'était un homme entreprenant et opiniâtre, colérique et entêté), était mort depuis une dizaine d'années. Il avait bénéficié d'une excellente éducation, fait des études universitaires mais, étant, par sa naissance, de condition modeste, il avait compris de bonne heure la nécessité de se frayer un chemin et d'amasser de l'argent. Marie Dmitrievna l'avait épousé par amour : il était bien fait de sa personne, intelligent, et très aimable quand il le voulait. Marie Dmitrievna (Pestov de son nom de jeune fille) avait perdu ses parents tout enfant, avait passé ensuite quelques années en pension à Moscou et, à sa sortie du pensionnat, s'était installée à cinquante verstes d'O***, dans son village héréditaire de Pokrovskoïé, en compagnie de sa tante et de son frère aîné. Ce frère partit bientôt occuper une charge à Saint-Pétersbourg et contraignit sa sœur aussi bien que sa tante à une existence misérable jusqu'à ce qu'une mort subite vienne mettre un terme à sa carrière. Marie Dmitrievna hérita de Pokrovskoïé mais n'y demeura pas longtemps ; dès la seconde année de son mariage avec Kalitine, qui avait su en quelques jours gagner son cœur, Pokrovskoïé fut échangé contre un autre domaine de bien meilleur rapport, mais laid, et dépourvu de résidence seigneuriale ; et simultanément, Kalitine acquit une maison dans la ville d'O*** où il s'installa à demeure avec sa femme. La maison possédait un grand jardin ; elle donnait d'un côté directement sur les champs, à l'extérieur de la ville. « Dès lors, nous n'avons plus de raison de nous traîner à la campagne », en avait décidé Kalitine, piètre amateur de tranquillité villageoise. Marie Dmitrievna avait bien des fois regretté à part soi son joli Pokrovskoïé, avec son allègre petite rivière, ses vastes prairies et ses bosquets de verdure ; mais elle ne contrariait son mari en rien et vénérait son intelligence et sa connaissance du monde. Et lorsque, après quinze ans de mariage, il mourut en lui laissant un fils et deux filles, Marie Dmitrievna était si bien habituée à sa maison, habituée à vivre en ville qu'elle n'eut, d'elle-même, aucune envie de quitter O***.

Marie Dmitrievna passait pour avoir été, dans sa jeunesse, une charmante petite blonde ; à cinquante ans encore ses traits n'étaient pas dépourvus d'agrément, bien qu'un peu épaissis et engraissés. Elle était plus sensible que bonne et avait conservé jusque dans sa maturité des façons de pensionnaire ; elle était aux petits soins pour sa personne, s'énervait facilement et allait même jusqu'à pleurer lorsque ses habitudes étaient dérangées ; en revanche elle se montrait très affectueuse et aimable lorsque tous ses désirs étaient satisfaits et que personne ne la contrariait. Sa maison comptait parmi les plus agréables de la ville. Elle jouissait d'une jolie fortune, moins héritée de ses parents qu'édifiée par son mari. Ses deux filles vivaient près d'elle ; son fils faisait ses études dans l'un des meilleurs établissements publics de Saint-Pétersbourg.

La vieille femme assise devant la fenêtre avec Marie Dmitrievna était justement cette tante, sœur de son père, avec laquelle elle avait passé jadis quelques années de vie retirée à Pokrovskoïé. Elle se nommait Marthe Timoféïevna Pestov. Elle passait pour une excentrique, était d'un naturel indépendant, disait à chacun ses quatre vérités et, avec des moyens fort réduits, se donnait les allures d'une personne riche à millions. Elle ne pouvait pas souffrir le défunt Kalitine et, dès que sa nièce l'eut épousé, elle s'était retirée dans un petit village à elle, où elle vécut dix années entières à la paysanne dans une isba sans cheminée. Marie Dmitrievna la craignait quelque peu. Le cheveu noir et la prunelle rapide jusque dans sa vieillesse, petite femme au nez pointu, Marthe Timoféïevna avait le pas vif, le maintien droit et parlait vite et distinctement d'une voix grêle et sonore. Elle portait toujours bonnet et corsage blancs.

« Qu'est-ce que tu as ? Pourquoi soupires-tu, ma bonne ? demanda-t-elle brusquement à Marie Dmitrievna.

— Pour rien, répondit cette dernière. Quels merveilleux nuages !

— Et alors, ils te font pitié ? »

Marie Dmitrievna ne répondit rien.

« Comment se fait-il que Gédéonovski n'arrive pas ? dit Marthe Timoféïevna en faisant travailler ses aiguilles avec dextérité (elle tricotait une grande écharpe de laine). Il pousserait quelques soupirs en ta compagnie, ou nous déballerait encore une de ses inventions.

— Que vous êtes sévère, toujours, quand vous parlez de lui ! Serge Pétrovitch est un homme estimable.

— Estimable ! répéta la vieille femme d'un ton réprobateur.

— Et combien il était dévoué à mon défunt époux ! dit Marie Dmitrievna ; aujourd'hui encore, il ne peut prononcer son nom sans émotion.

— Il ne manquerait plus que ça ! Un homme qui l'a sorti de la boue par les oreilles ! » maugréa Marthe Timoféïevna ; et le mouvement des aiguilles s'accéléra encore entre ses mains.

« Cet air de sainte nitouche qu'il a, reprit-elle au bout d'un moment ; tout grisonnant qu'il soit, dès qu'il ouvre la bouche, c'est pour lâcher un mensonge ou un ragot. Et conseiller d'État, avec cela [2] ! Il faut dire aussi que quand on est fils de pope [3]...

— Qui donc est sans péché, ma tante ? Il a cette faiblesse, certes. Serge Pétrovitch, certes, n'a pas reçu d'éducation, il ne parle pas le français ; mais quoi que vous en disiez, c'est un homme agréable.

— Oui, il n'arrête pas de te lécher les mains. Il ne parle pas le français ? Le beau malheur ! Moi-même, je ne suis guère ferrée en " dialekhte [4] " français. Mieux vaudrait qu'il ne parle point du tout : il ne mentirait pas, au moins. Mais tiens, justement le voilà : quand on parle du loup..., ajouta Marthe Timoféïevna après un coup d'œil dans la rue. Le voilà qui s'amène, ton " homme agréable ". Regardez-moi cette perche ! Il a tout de l'autruche ! »

Marie Dmitrievna tapota ses boucles. Marthe Timoféïevna la regarda d'un air moqueur.

« Qu'as-tu donc là ? Serait-ce un cheveu gris, ma bonne ? Tu devrais gronder ta Palachka. Où a-t-elle la tête ?

— Oh ! vous, ma tante, il faut toujours que..., marmonna Marie Dmitrievna avec dépit, tout en pianotant sur le bras de son fauteuil.

— Serge Pétrovitch Gédéonovski ! » glapit le petit cosaque[5] aux joues rouges qui venait de surgir sur le pas de la porte.

II

On vit entrer un homme de haute taille vêtu d'une redingote irréprochable et de pantalons assez courts, ganté de daim gris et portant deux cravates, une noire dessus, une blanche dessous. Tout, en lui, respirait la distinction et la bienséance, depuis le visage digne aux cheveux lissés sur les tempes, jusqu'aux bottes non grinçantes à talons plats. Il s'inclina d'abord devant la maîtresse de maison, puis devant Marthe Timoféïevna et, après avoir lentement retiré ses gants, il se pencha sur la main de Marie Dmitrievna. Il la baisa respectueusement et deux fois de suite, puis s'assit sans hâte dans un fauteuil et dit avec un sourire, en se frottant le bout des doigts :

« Élisabeth Mikhaïlovna se porte-t-elle bien ?

— Oui, répondit Marie Dmitrievna, elle est au jardin.

— Et Hélène Mikhaïlovna ?

— Lénotchka[6] aussi est au jardin. N'avez-vous rien de neuf à nous raconter ?

— Mais comment donc, madame, mais comment donc, répondit le visiteur en clignant des yeux et en avançant les lèvres avec lenteur. Hum !... eh bien, tenez, voici une nouvelle pour vous, si vous voulez, et des plus étonnantes : Lavretski Théodore Ivanytch est dans nos murs.

— Fédia[7] ! s'écria Marthe Timoféïevna. Mais suffit : n'est-ce pas une de tes inventions, mon bon ?

— Point du tout, je l'ai vu de mes propres yeux.

— Allons, ce n'est encore pas une preuve.

— Plein de santé, poursuivit Gédéonovski, feignant de ne pas entendre les remarques de Marthe Timoféïevna ; il s'est encore élargi des épaules, et sa mine est florissante.

— Plein de santé, répéta Marie Dmitrievna en détachant ses mots ; il n'y a pourtant pas de quoi, dirait-on.

— Dame, oui, répondit Gédéonovski. À sa place, quelqu'un d'autre aurait honte même de se montrer au grand jour.

— Pourquoi cela ? Que débitez-vous là ? l'interrompit Marthe Timoféïevna. Voici un homme revenu dans son pays natal : où donc voudriez-vous qu'il aille se fourrer ? Si encore il y avait la moindre faute de sa part !

— C'est toujours la faute du mari, madame, si je puis me permettre, quand la femme ne se conduit pas bien.

— Tu dis cela, mon bon, parce que tu n'as jamais été marié. »

Gédéonovski eut un sourire forcé.

« Oserai-je prendre la liberté de vous demander à

qui est destinée cette délicieuse écharpe ? » demanda-t-il après une courte pause.

Marthe Timoféïevna lui lança un bref regard.

« Elle est destinée, rétorqua-t-elle, à celui qui jamais ne médit, ne finasse et n'invente d'histoires, si du moins un tel homme existe en ce monde. Quant à Fédia, je le connais bien ; il n'est coupable que d'avoir trop gâté sa femme. Ma foi, il s'est marié par amour, n'est-il pas vrai ? et de ces mariages d'amour il ne sort jamais rien de sensé, ajouta la vieille femme en regardant Marie Dmitrievna du coin de l'œil et en se levant. — Et maintenant, mon bon, aiguise-toi les dents sur qui tu voudras, fût-ce sur moi ; je m'en vais, je ne te gêne plus. »

Et Marthe Timoféïevna quitta la pièce.

« Elle est toujours comme cela, toujours ! dit Marie Dmitrievna en suivant sa tante des yeux.

— C'est l'âge ! Qu'y faire ? fit observer Gédéonovski. Tenez : elle a daigné dire : " qui ne finasse pas ". Mais qui peut s'en dispenser, de nos jours ? C'est l'époque qui le veut. J'avais un collègue, des plus respectables et d'un grade non négligeable, je vous le promets, qui avait coutume de dire : " De nos jours, même la poule ne va pas au grain sans finasser ; elle s'arrange toujours pour ne pas l'aborder de front. " Mais laissez-moi vous regarder, ma chère dame : en vérité vous avez un caractère angélique ; accordez-moi de baiser votre petite main blanche comme la neige. »

Marie Dmitrievna sourit faiblement et tendit à Gédéonovski sa main grassouillette, le petit doigt écarté. Il y posa ses lèvres ; elle rapprocha de lui son fauteuil et, le buste légèrement penché en avant, lui demanda à mi-voix :

« Ainsi, vous l'avez vu ? Réellement, il va bien ? Il est bien portant, enjoué ?

— Mais oui, il va bien, chuchota Gédéonovski en réponse.

— Et vous n'avez pas entendu dire où était sa femme actuellement ?

— Dernièrement, elle était à Paris ; maintenant, le bruit court qu'elle se serait installée dans le royaume d'Italie.

— C'est horrible, assurément, la situation de Fédia ; je ne sais pas comment il arrive à la supporter. Certes, chacun a ses malheurs, mais lui, vrai, on peut dire qu'il est la fable de toute l'Europe. »

Gédéonovski soupira.

« Dame oui, dame oui. Car on raconte bien qu'elle fréquentait des artistes, des pianistes, des... comment dit-on dans leur langage ? des lions, et autres bêtes sauvages. Elle a perdu toute pudeur...

— C'est triste, bien triste, fit observer Marie Dmitrievna. Je parle en parente : car vous le savez, Serge Pétrovitch, il est mon petit-neveu.

— Mais comment donc, madame, si je le sais. Comment ne saurais-je pas tout ce qui touche à votre famille, pensez donc.

— Il viendra nous voir, à votre avis ?

— C'est à prévoir ; du reste on raconte qu'il est sur le point de s'en aller dans ses terres. »

Marie Dmitrievna leva les yeux au ciel.

« Ah ! Serge Pétrovitch, Serge Pétrovitch, quand je pense à la prudence avec laquelle nous devons nous conduire, nous autres femmes !

— Il y a femme et femme, Marie Dmitrievna. Il en est qui sont malheureusement d'un naturel inconstant... question d'âge, aussi ; et puis encore les principes qui n'ont pas été inculqués dès l'enfance. (Serge Pétrovitch tira de sa poche un mouchoir bleu à carreaux et entreprit de le déployer.) De telles femmes existent, certes. (Serge Pétrovitch porta le coin de son mouchoir à l'un de ses yeux, puis à l'autre.) Mais dans l'ensemble, si l'on y réfléchit, c'est-à-dire... Il y a en ville une poussière extraordinaire, acheva-t-il.

— * Maman, maman *, cria une fillette de onze ans au joli minois, qui venait d'entrer en courant dans la pièce, voici Vladimir Nikolaïtch qui vient nous voir à cheval ! »

Marie Dmitrievna se leva ; Serge Pétrovitch en fit autant et s'inclina : « Hélène Mikhaïlovna, votre très humble serviteur », dit-il et, s'éloignant par politesse dans un angle de la pièce, il s'occupa à moucher son long nez rectiligne.

« Quel merveilleux cheval il a ! poursuivit la fillette. Il était à l'instant près de la petite porte du jardin et il nous a dit, à Lise et à moi, qu'il allait venir devant le perron. »

Un bruit de sabots se fit entendre et la silhouette élancée d'un cavalier monté sur un beau cheval bai se montra dans la rue et s'arrêta devant la fenêtre ouverte.

III

« Bonjour, Marie Dmitrievna ! s'écria le cavalier d'une voix sonore et plaisante. Que pensez-vous de ma nouvelle acquisition ? »

Marie Dmitrievna s'approcha de la fenêtre.

« Bonjour, * Woldemar[8] * ! Ah ! Le beau cheval ! À qui l'avez-vous acheté ?

— À la remonte... Ils m'ont pris cher les brigands.

— Comment s'appelle-t-il ?

— Orlando... Mais ce nom est idiot ; je veux en

changer... * Eh bien, eh bien ! mon garçon *... Que tu es turbulent ! »

Le cheval s'ébrouait, dansait d'un pied sur l'autre et encensait, la bouche écumante.

« Lénotchka, caressez-le, n'ayez pas peur... »

La fillette tendit la main par la fenêtre, mais Orlando se cabra brusquement et se jeta de côté. Son cavalier, sans s'affoler, le serra entre ses genoux, lui cingla le cou et, malgré sa résistance, lui fit reprendre position devant la fenêtre.

« * Prenez garde, prenez garde *, répétait Marie Dmitrievna.

— Lénotchka, caressez-le, dit le cavalier ; je ne lui permettrai pas d'en faire à sa tête. »

La fillette tendit la main à nouveau, et frôla timidement les naseaux frémissants d'Orlando qui tremblait sans arrêt et rongeait son frein.

« Bravo ! s'écria Marie Dmitrievna. Et maintenant, descendez et entrez nous voir. »

Le cavalier fit faire crânement demi-tour à sa bête, l'éperonna, parcourut au petit galop la longueur de la rue et pénétra dans la cour. Une minute après, courant et balançant sa cravache, il franchissait la porte qui donnait de l'antichambre dans le salon ; au même instant, sur le seuil de l'autre porte apparut une grande jeune fille brune, svelte, d'une vingtaine d'années, la fille aînée de Marie Dmitrievna, Lise.

IV

Le jeune homme que nous venons de présenter à nos lecteurs se nommait Vladimir Nikolaïtch Panchine. Il était fonctionnaire à Saint-Pétersbourg, délégué au ministère de l'Intérieur. Il se trouvait à O*** en mission officielle temporaire, mis à la disposition du gouverneur, le général Sonnenberg, auquel il était vaguement apparenté. Le père de Panchine, un capitaine de cavalerie en retraite, joueur célèbre, homme aux yeux doucereux, au visage fripé, aux lèvres agitées de tics, s'était toute sa vie frotté aux gens du beau monde : il fréquentait les Clubs Anglais des deux capitales et passait pour un garçon adroit, sinon très sûr, charmant et cordial. Malgré toute son adresse, il avait presque constamment côtoyé de très près la pauvreté, et n'avait laissé à son fils unique qu'une fortune minime et compromise. En revanche, il s'était, à sa manière, préoccupé de son éducation : Vladimir Nikolaïtch parlait le français parfaitement, l'anglais bien et l'allemand mal. Ainsi doit-il en être : un homme « comme il faut » rougirait de bien parler l'allemand ; mais laisser tomber au passage un mot allemand de-ci de-là, en telle ou telle occasion de préférence humoristique, cela, c'est permis, *c'est même très chic*, pour parler comme les Parisiens de Saint-Pétersbourg. Dès l'âge de quinze ans, Vladimir Nikolaïtch savait entrer sans timidité dans n'importe quel salon, y papillonner un moment avec agrément et se retirer à propos. Le père de Panchine procura à son fils maintes relations ; tout en battant les cartes entre deux robres, ou après un grand chelem réussi, il ne manquait pas une occasion de glisser un mot sur son « petit Volodia » à tel gros bonnet amateur de jeux de contrat. De son côté, durant son séjour à l'Université d'où il sortit avec le titre d'étudiant effectif [9], Vladimir Nikolaïtch se lia avec un certain nombre de jeunes aristocrates et obtint ses entrées dans les meilleures maisons. On le recevait partout avec plaisir ; il était fort bien de sa personne, plein d'aisance, amusant, toujours d'attaque et prêt à tout ; respectueux quand il le fallait, audacieux quand il le pouvait, excellent camarade, *un charmant garçon*. Les plus hautes espérances s'offraient à lui. Panchine eut tôt fait de comprendre le secret de la science du monde ; il savait se pénétrer d'une considération réelle pour ses préceptes, savait s'adonner à des balivernes avec une gravité à demi moqueuse, et faire semblant de considérer toute chose grave comme une baliverne ; il dansait parfaitement, s'habillait à l'anglaise. En peu de temps, il passa pour l'un des jeunes gens les plus aimables et les plus adroits de Saint-Pétersbourg. Panchine était effectivement très adroit — non moins que son père ; mais il était également très doué. Tout lui avait réussi : il chantait joliment, il avait le coup de crayon hardi, il faisait des vers, jouait fort honnêtement la comédie. À peine âgé de vingt-huit ans, il était déjà gentilhomme de la chambre [10] et titulaire d'un grade fort honorable. Panchine croyait fermement en lui-même, en son intelligence, en sa perspicacité ; il allait de l'avant hardiment et gaiement, d'un bel élan ; sa vie marchait comme sur des roulettes. Il était habitué à plaire à tous, jeunes et vieux, et se figurait connaître l'humanité, particulièrement les femmes : il connaissait bien leurs petites faiblesses. Homme pour qui l'art n'était pas indifférent, il était sujet à des ardeurs, à des emballements, à l'exaltation, et se permettait, en conséquence, divers écarts de conduite : il faisait la noce, frayait avec des gens qui n'appartenaient pas à la bonne société et se comportait, dans l'ensemble, librement et sans façon ; mais dans son cœur il était froid et rusé, et au beau milieu de la plus folle bamboche son œil brun et intelligent était toujours sur ses gardes, à l'affût ; ce hardi, ce libre jouvenceau ne pouvait jamais s'oublier, se laisser entraîner complètement. Il faut dire à son honneur qu'il ne se vantait jamais de ses conquêtes. Venu par hasard chez Marie Dmitrievna aussitôt après son arrivée à O***, il s'y était rapidement senti chez lui. Marie Dmitrievna l'adorait.

Panchine s'inclina aimablement devant toutes les personnes présentes dans la pièce, serra la main de Marie Dmitrievna et d'Élisabeth Mikhaïlovna, donna une petite tape sur l'épaule de Gédéonovski et, faisant demi-tour sur ses talons, attrapa Lénotchka par la tête et l'embrassa sur le front.

« Et vous ne craignez pas de monter un cheval aussi méchant ? lui demanda Marie Dmitrievna.

— Voyons, il est tranquille au possible ; mais tenez, je vais vous dire ce que je crains : c'est de jouer à la préférence avec Serge Pétrovitch ; hier, chez les Bélénitsyne, il m'a complètement lessivé. »

Gédéonovski fit entendre un rire grêle et obséquieux : il était aux petits soins pour le jeune et brillant fonctionnaire pétersbourgeois, le favori du gouverneur. Dans ses entretiens avec Marie Dmitrievna, il évoquait souvent les aptitudes remarquables de Panchine. « Car voyez-vous, raisonnait-il, comment ne ferait-on pas son éloge ? Un jeune homme qui réussit dans les plus hautes sphères, qui fait une carrière exemplaire, et qui ne montre pas la moindre fierté. » De fait, Panchine était considéré même à Saint-Pétersbourg comme un fonctionnaire efficace : le travail fondait dans ses mains ; il en parlait sur le ton de la plaisanterie, comme il sied à un homme du monde qui n'accorde pas à ses travaux une importance particulière, mais il était un « exécutant ». Les supérieurs aiment ce genre de subordonnés ; pour sa part il ne doutait pas de devenir ministre, le temps aidant, s'il le voulait.

« Vous daignez dire que je vous ai battu, répondit

Gédéonovski, mais qui m'a gagné douze roubles, la semaine dernière ? Et encore...

— Brigand, brigand », l'interrompit Panchine avec une nonchalance aimable et très légèrement méprisante ; et, sans plus faire attention à lui, il se dirigea vers Lise.

« Je n'ai pas pu trouver ici l'ouverture d'*Obéron*[11], lui dit-il. Mme Bélénitsyne se vantait bien de posséder toute la musique classique ; en réalité, elle n'a rien que des polkas et des valses ; mais j'ai déjà écrit à Moscou, et dans une semaine vous aurez cette ouverture. Au fait, ajouta-t-il, j'ai composé hier une nouvelle romance ; les paroles en sont aussi de moi. Voulez-vous que je vous la chante ? Je ne sais trop ce qu'il faut en penser ; Mme Bélénitsyne l'a trouvée ravissante, mais ce qu'elle dit ne rime à rien, je veux avoir votre avis. Au fait, mieux vaut plus tard, je pense.

— Pourquoi plus tard ? intervint Marie Dmitrievna. Pourquoi pas maintenant ?

— À vos ordres », dit Panchine avec un de ces sourires clairs et doux qui disparaissaient aussi soudainement chez lui qu'ils étaient apparus ; du genou il approcha une chaise, se mit au piano et, après avoir plaqué quelques accords, se mit à chanter en détachant bien ses mots la romance que voici :

La lune vogue loin au-dessus de la terre
Dans les nuées du ciel ;
Mais d'en haut la magie de ses rayons soulève
Les vagues de la mer.

Mon âme est une mer, tu es sa souveraine,
Sa lune, c'est toi.
Tout ce qui l'émeut, de joie ou de peine,
Le fait par ta loi.

De nostalgie d'amour, d'aspirations secrètes
Mon cœur est trop plein ;
Je souffre... Et tu demeures étrangère et muette
Comme la lune, au loin[12].

Dans le second couplet, Panchine mit une expressivité et une force particulières ; l'accompagnement tumultueux évoquait le bruit des vagues. Après les mots « Je souffre » il poussa un léger soupir, baissa les yeux, et sa voix alla *morendo.* Lorsqu'il eut terminé, Lise le complimenta sur la mélodie ; Marie Dmitrievna dit : « C'est charmant » ; quant à Gédéonovski, il alla jusqu'à s'écrier : « C'est enchanteur ! La poésie, l'harmonie, tout est également enchanteur !... » Lénotchka regarda l'interprète avec une vénération enfantine. En un mot, toutes les personnes présentes apprécièrent grandement l'œuvre du jeune dilettante ; mais derrière la porte du salon, dans l'antichambre, se tenait depuis quelques instants un nouveau venu, un homme déjà âgé à qui, si l'on en jugeait par l'expression de son visage baissé et par ses mouvements d'épaules, la romance de Panchine, encore que tout à fait jolie, n'avait procuré aucun plaisir. Cet homme laissa passer un moment, essuya la poussière de ses bottes avec un mouchoir grossier, puis brusquement plissa les yeux, serra les lèvres d'un air sombre, courba le dos qu'il avait déjà voûté, et entra lentement dans le salon.

« Ah ! Christophe Fiodorytch, bonjour ! s'écria, le premier, Panchine en se levant d'un bond de sa chaise. Je ne me doutais pas que vous étiez ici ; je ne me serais jamais hasardé à chanter ma romance devant vous. Je sais que vous n'êtes pas amateur de musique légère.

— Je n'ai pas ententi », prononça en mauvais russe l'homme qui venait d'entrer et, après avoir salué chacune des personnes présentes, il resta gauchement planté au milieu de la pièce.

« Vous êtes venu donner à Lise sa leçon de musique, monsieur Lemm ? demanda Marie Dmitrievna.

— Non, pas à Élisabeth Mikhaïlovna à Hélène Mikhaïlovna.

— Ah ! Eh bien, c'est parfait. Lénotchka, monte avec M. Lemm. »

Le vieil homme s'en allait déjà derrière la fillette mais Panchine l'arrêta.

« Ne partez pas après la leçon, Christophe Fiodorytch ; Élisabeth Mikhaïlovna et moi, nous allons jouer une sonate de Beethoven à quatre mains. »

Le vieillard grommela quelque chose entre ses dents, mais Panchine poursuivit en allemand, avec une mauvaise prononciation :

« Élisabeth Mikhaïlovna m'a montré la cantate religieuse que vous lui avez apportée : une chose magnifique ! Je vous en prie, ne croyez pas que je ne sache pas apprécier la musique sérieuse, au contraire : elle est parfois ennuyeuse mais, en revanche, très salutaire. »

Le vieillard rougit jusqu'aux oreilles, jeta à Lise un regard de travers et sortit rapidement de la pièce. Marie Dmitrievna demanda à Panchine de rechanter sa romance, mais il déclara ne pas vouloir offenser les oreilles du savant Allemand et proposa à Lise de se mettre à la sonate de Beethoven. Alors Marie Dmitrievna poussa un soupir et proposa de son côté à Gédéonovski de faire un tour avec elle dans le jardin. « Je veux encore parler avec vous de notre pauvre Fédia et vous demander conseil à son sujet », lui dit-elle. Gédéonovski sourit de toutes ses dents, s'inclina, prit à deux doigts son chapeau sur l'un des bords duquel reposaient délicatement ses gants, et s'éloigna en compagnie de Marie Dmitrievna. Dans la pièce ne restèrent que Panchine et Lise : elle chercha la sonate et l'ouvrit ; tous deux, sans parler, se mirent au piano. D'en haut parvenait faiblement le bruit des gammes jouées par les petits doigts malhabiles de Lénotchka.

V

Christophe Théodore Gottlieb Lemm était né en 1786 dans le royaume de Saxe, à Chemnitz, au foyer de pauvres musiciens. Son père jouait du cor, sa mère de la harpe ; lui-même étudiait déjà à cinq ans trois instruments différents. À huit ans il perdit ses parents et, dès sa dixième année, commença à gagner son pain au moyen de son art. Il mena longtemps une vie errante, jouant partout, aussi bien dans les auberges, dans les foires, dans les noces paysannes, que dans les bals ; il finit par entrer dans un orchestre et, graduellement, atteignit le poste de chef d'orchestre. Comme exécutant, il était assez médiocre ; mais il connaissait la musique à fond. À vingt-huit ans il quitta l'Allemagne pour la Russie, engagé par un grand seigneur qui, tout en détestant pour sa part la musique, entretenait un orchestre par ostentation. Lemm vécut chez lui en qualité de maître de chapelle pendant sept ans et le quitta les mains vides : le seigneur s'était ruiné ; malgré son intention première de lui garantir une rente, il lui refusa par la suite même cette dernière satisfaction : bref, il ne lui donna pas un kopeck. On lui conseillait de partir, mais il ne voulait pas rentrer dans son pays tel un mendiant, venant de Russie, de cette grande Russie qui était le pactole des artistes ; il décida de rester et de tenter sa chance. Il la tenta pendant vingt ans, le pauvre Allemand : il séjourna dans diverses maisons, tant à Moscou que dans des capitales de provinces, en vit de toutes les couleurs, connut la misère, se débattit comme un forcené ; mais la pensée du retour dans sa patrie ne le quittait pas au milieu de tous les malheurs qu'il subissait ; cette idée seule le soutenait. Le destin, toutefois, ne daigna pas lui donner cette joie, la première et la dernière qu'il aurait connue : à cinquante ans, malade, vieilli avant l'âge, il vint échouer dans la ville d'O*** et y resta définitivement, ayant à jamais perdu désormais tout espoir de quitter la Russie qui lui était odieuse, et assurant tant bien que mal sa pauvre subsistance au moyen de leçons. L'apparence de Lemm ne plaidait pas en sa faveur. Il était de petite taille, voûté, il avait les omoplates saillantes et asymétriques, le ventre creusé, de grands pieds plats, des mains rouges et noueuses aux doigts raidis et aux ongles d'un blanc bleuâtre ; son visage était ridé, ses joues enfoncées ; ses lèvres serrées remuaient et mâchonnaient continuellement, ce qui, vu son naturel taciturne, produisait une impression presque sinistre ; ses cheveux gris pendaient en mèches emmêlées sur son front bas ; tels des morceaux de braise que l'on vient tout juste d'arroser d'eau, ses petits yeux immobiles se consumaient sans éclat dans leurs orbites ; il marchait lourdement, déversant d'un côté puis de l'autre, à chaque pas, son corps malhabile. Certains de ses mouvements faisaient penser aux façons maladroites d'une chouette en cage, qui sent qu'on la regarde, mais qui n'y voit qu'à peine, avec ses immenses yeux jaunes clignotant de peur et de sommeil. Le guignon invétéré, implacable, avait marqué le pauvre musicien de son sceau ineffaçable, tordu et défiguré sa silhouette déjà peu avenante ; mais pour qui savait ne pas s'arrêter aux impressions premières, une lueur de bonté, d'honnêteté, une clarté extraordinaire émanait de cet être à demi détruit. Admirateur fervent de Bach et de Haendel, très fort dans sa spécialité, doué d'une imagination vive et de cette hardiesse de conception que la race germanique est seule à atteindre, Lemm serait peut-être devenu avec le temps, qui sait ? un des grands compositeurs de sa patrie, si sa vie s'était orientée autrement ; mais il n'était pas né sous une bonne étoile ! Il avait beaucoup composé, tout au long de son existence, et n'avait jamais eu la chance de voir une seule de ses œuvres éditée ; il ne savait pas s'y prendre comme il fallait, y aller d'une courbette au bon moment, d'une démarche en temps voulu. Une fois, il y avait de cela bien bien longtemps, un admirateur et ami, Allemand lui aussi et lui aussi pauvre, avait édité à son compte deux sonates de Lemm : elles restèrent intégralement enfouies dans les sous-sols des magasins de musique, sombrèrent dans l'oubli sans laisser de traces ; on aurait pu tout aussi bien les jeter de nuit à la rivière. Lemm finit par renoncer à tout ; et puis le temps aussi faisait son œuvre : il s'était endurci, raidi, tout comme ses doigts avaient raidi. Seul avec une vieille cuisinière recrutée par lui à l'hospice (il n'avait jamais été marié), il vivait à O*** dans une toute petite maison proche de la maison des Kalitine ; il marchait beaucoup, lisait la Bible et aussi un psautier protestant et Shakespeare dans la traduction de Schlegel[13]. Depuis longtemps il n'avait rien composé ; mais Lise, sa meilleure élève, avait apparemment réussi à l'ébranler : il avait écrit pour elle la cantate dont Panchine venait de parler. Les paroles de cette cantate étaient empruntées au psautier, avec quelques versets de sa composition. Elle était chantée par deux chœurs, celui des « fortunés » et celui des « infortunés » ; les deux chœurs s'unissaient à la fin et chantaient ensemble :

« Dieu de bonté, prends pitié de nous, pécheurs, et délivre-nous de toute pensée mauvaise et de tout espoir terrestre. » Sur la page de garde soigneusement calligraphiée et même ornée, on pouvait lire : « Seuls les justes sont dans la voie. Cantate religieuse. Composée et dédiée à Mlle Élisabeth Kalitine, mon aimable élève, par son maître C.T.G. Lemm. » Les mots « Seuls les justes sont dans la voie » et « Élisabeth Kalitine » étaient entourés de rayons. En bas, il avait ajouté : « Pour vous seule, *für Sie allein.* » C'est pour cela que Lemm avait rougi et regardé Lise de travers : il avait eu très mal lorsque Panchine avait parlé devant lui de sa cantate.

VI

Panchine frappa les premiers accords de la sonate avec force et décision (il jouait la basse), mais Lise ne commençait toujours pas sa partie. Il s'arrêta et la regarda. Les yeux de Lise dirigés droit sur lui exprimaient le mécontentement ; ses lèvres ne souriaient pas, tout son visage était sévère, presque triste.

« Qu'avez-vous ? demanda-t-il.

— Pourquoi n'avez-vous pas tenu votre parole ? dit-elle. Je vous ai montré la cantate de Christophe Fiodorytch à la condition que vous ne lui en parleriez pas.

— Pardon, Élisabeth Mikhaïlovna, cela m'a échappé.

— Vous lui avez fait de la peine, et à moi aussi. Maintenant il n'aura même plus confiance en moi.

— Que voulez-vous, Élisabeth Mikhaïlovna ! Depuis ma plus tendre enfance je ne peux pas rester froid en présence d'un Allemand : quelque chose me pousse à les taquiner.

— Que dites-vous là, Vladimir Nikolaïtch ! Cet Allemand est un pauvre homme, solitaire, brisé, et vous n'avez pas pitié de lui ? Vous avez envie de le taquiner ? »

Panchine se troubla.

« Vous avez raison, Élisabeth Mikhaïlovna, dit-il. Tout cela vient de mon éternelle étourderie. Non, ne protestez pas ; je me connais bien. Elle m'a fait beaucoup de mal, mon étourderie. À cause d'elle je me suis acquis une réputation d'égoïste. »

Panchine garda un moment le silence. Quel qu'ait été le début de la conversation, il en arrivait toujours à parler de lui, et cela lui venait avec une sorte de gentillesse, de douceur, du fond du cœur, comme s'il le faisait à son corps défendant.

« Tenez, dans votre maison même, poursuivit-il votre maman me montre certes de la bienveillance, elle est si bonne ; vous... au fond, je ne sais pas ce que vous pensez de moi ; en revanche, votre tante ne peut tout simplement pas me souffrir. J'ai dû, elle aussi, l'offenser par quelque parole étourdie et stupide. Car elle ne m'aime pas, n'est-ce pas ?

— Non, prononça Lise d'une voix légèrement hésitante, vous ne lui plaisez pas. »

Panchine fit rapidement courir ses doigts sur le clavier ; un petit sourire à peine visible effleura ses lèvres.

« Et vous ? dit-il. À vous aussi je donne l'impression d'être un égoïste ?

— Je vous connais encore trop peu, répliqua Lise, mais je ne vous trouve pas égoïste ; au contraire, je dois vous être reconnaissante...

— Je sais, je sais ce que vous voulez dire, l'interrompit Panchine, et de nouveau ses doigts coururent sur le clavier : pour les partitions, pour les livres que je vous apporte, pour les méchants dessins dont j'orne votre album, etc., etc. Je pourrais faire tout cela et être quand même un égoïste. J'ai l'audace de penser que vous ne vous ennuyez pas avec moi, et que vous ne me considérez pas comme un mauvais homme, mais tout de même vous admettez que... Voyons, quelle est la formule déjà ?... que pour un joli trait je n'épargnerais ni parents ni amis.

— Vous êtes dispersé et oublieux, comme tous les mondains, dit Lise, voilà tout. »

Panchine fronça un peu les sourcils.

« Écoutez, dit-il, ne parlons plus de moi ; jouons notre sonate. Je ne vous demande qu'une chose, ajouta-t-il en lissant de la main les pages du cahier ouvert sur le pupitre : pensez de moi ce que vous voudrez, traitez-moi d'égoïste à la limite, soit ! Mais ne me traitez pas de " mondain " : ce sobriquet m'est insupportable... *Anch'io sono pittore*[14]. Je suis moi aussi un artiste, quoique mauvais ; et c'est ce que je vais vous prouver sur l'heure, et par les faits, que je suis un mauvais artiste. Commençons donc.

— Commençons, je veux bien », dit Lise.

L'*adagio* du début se passa assez bien, malgré maintes fautes commises par Panchine. Il jouait avec beaucoup de charme ses compositions et ce qu'il avait appris, mais il déchiffrait mal. En revanche, le second mouvement de la sonate, un *allegro* assez rapide, ne marcha pas du tout : à la vingtième mesure, Panchine, qui en avait au moins deux de retard, renonça, et recula son siège en riant.

« Non ! s'écria-t-il, je n'arrive pas à jouer aujourd'hui ; encore heureux que Lemm ne nous ait pas entendus ; il en aurait eu une syncope. »

Lise se leva, ferma le piano et se tourna vers Panchine.

« Qu'allons-nous faire, alors ? demanda-t-elle.

— Je vous reconnais bien dans cette question ! Vous êtes totalement incapable de rester les bras croisés. Eh bien, si vous voulez, dessinons, avant qu'il ne fasse tout à fait sombre. Qui sait, l'autre Muse, celle du dessin (comment s'appelait-elle, déjà ? J'ai oublié...) me sera peut-être plus clémente. Où est votre album ? J'y ai laissé un paysage inachevé, je me souviens. »

Lise alla chercher l'album dans une autre pièce et Panchine, resté seul, tira de sa poche un mouchoir de batiste, s'en frotta les ongles, et penchant la tête un peu de côté, regarda ses mains qu'il avait très belles et blanches ; le majeur de sa main gauche était orné d'un anneau d'or en spirale. Lise revint ; Panchine alla s'asseoir près de la fenêtre, ouvrit l'album.

« Ah ! ah ! s'exclama-t-il, je vois que vous avez commencé à reproduire mon paysage, et vous avez bien fait. C'est très bien ! Il n'y a que là... Passez-moi le crayon... Les ombres ne sont pas assez accentuées. Regardez. »

Et Panchine, d'un trait ample, traça quelques hachures. Il dessinait toujours un seul et même paysage : au premier plan de grands arbres échevelés, derrière une clairière, et des montagnes dentelées à l'horizon. Lise regardait son travail par-dessus son épaule.

« En dessin comme dans la vie en général, disait Panchine en penchant la tête tantôt à droite, tantôt à gauche, l'essentiel c'est la légèreté et l'audace. »

À cet instant Lemm entra dans la pièce et, s'étant incliné sèchement, se dirigea vers la sortie ; mais Panchine laissa de côté album et crayon et vint lui barrer le passage.

« Mais où allez-vous, cher Christophe Fiodorytch ? Vous ne restez donc pas pour le thé ?

— Je dois rentrer, dit Lemm d'une voix bourrue, j'ai mal à la tête.

— Allons, ce n'est rien, restez. Nous discuterons de Shakespeare tous les deux.

— J'ai mal à la tête, répéta le vieillard.

— Eh bien, nous, en votre absence, nous avons essayé de jouer une sonate de Beethoven, poursuivit Panchine en le prenant amicalement par la taille avec un sourire ouvert, mais cela n'a pas marché du tout. Figurez-vous que je n'ai pas pu jouer juste deux notes de suite.

— Fous feriez mieux de janter encore fotre romance », répondit Lemm en écartant les mains de Panchine ; et il sortit.

Lise lui courut après. Elle le rattrapa sur le perron.

« Christophe Fiodorytch, écoutez-moi, lui dit-elle en allemand tout en le raccompagnant jusqu'au portail par la cour garnie d'une herbe verte et rase, je suis coupable envers vous, pardonnez-moi. »

Lemm ne répondit rien.

« J'ai montré votre cantate à Vladimir Nikolaïtch ; j'étais sûre qu'il l'apprécierait, et elle lui a beaucoup plu en effet. »

Lemm s'arrêta.

« Ce n'est rien », dit-il en russe ; puis il ajouta dans sa langue natale : « Mais il ne peut rien comprendre ; comment ne voyez-vous pas cela ? C'est un dilettante, et rien d'autre !

— Vous êtes injuste envers lui, répondit Lise ; il comprend tout, et il sait lui-même presque tout faire.

— Oui, tout ce qui est deuxième qualité, article de fantaisie, travail à la va-vite. Cela plaît, il plaît lui aussi, et cela lui suffit, eh bien, bravo ! Quant à moi je ne suis pas fâché ; cette cantate et moi, nous sommes deux vieux idiots ; j'ai un peu honte, mais cela n'a pas d'importance.

— Pardonnez-moi, Christophe Fiodorytch, redit encore Lise.

— Allons, allons, tout va bien, reprit-il en russe ; vous êtes une bonne jeune fille... Mais voici quelqu'un qui vient chez vous. Au revoir. Vous êtes une très bonne jeune fille. »

Et Lemm accéléra le pas jusqu'au portail par lequel entrait justement un monsieur inconnu de lui, vêtu d'un manteau gris et coiffé d'un large chapeau de paille. Avec un salut courtois (il saluait tous les nouveaux venus dans la ville d'O*** ; des visages connus il se détournait quand il les croisait dans la rue : telle était la règle qu'il s'était fixée), Lemm le dépassa et disparut derrière la palissade. L'inconnu le suivit des yeux avec étonnement et, son regard s'étant arrêté sur Lise, il se dirigea droit vers elle.

VII

« Vous ne me reconnaissez pas, dit-il en ôtant son chapeau, mais moi je vous ai reconnue bien que huit ans se soient écoulés depuis la dernière fois que je vous ai vue. Vous étiez alors une enfant. Je suis Lavretski. Votre maman est-elle chez elle ? Peut-on la voir ?

— Maman sera très heureuse, répondit Lise, elle a entendu dire que vous étiez de retour.

— C'est bien vous qui vous appelez Élisabeth ? dit Lavretski en gravissant les marches du perron.

— Oui.

— Je me souviens bien de vous ; vous aviez déjà

alors un de ces visages que l'on n'oublie pas ; je vous apportais des bonbons, alors. »

Lise rougit et pensa : « Qu'il est étrange ! » Lavretski s'arrêta un instant dans l'antichambre. Lise entra dans le salon où retentissaient la voix et le rire sonore de Panchine ; il faisait part de quelque ragot de la ville à Marie Dmitrievna et à Gédéonovski revenus du jardin entre-temps, et riait lui-même à gorge déployée de ce qu'il racontait. Au nom de Lavretski, Marie Dmitrievna s'affola, devint toute pâle et s'avança au-devant de lui.

« Bonjour, bonjour, mon cher * cousin * ! s'exclama-t-elle d'une voix traînante et presque larmoyante, comme je suis heureuse de vous voir !

— Bonjour, ma bonne cousine, répondit Lavretski en serrant chaleureusement sa main tendue. Comment vous portez-vous, par la grâce de Dieu ?

— Asseyez-vous, asseyez-vous, mon cher Théodore Ivanytch. Ah ! que je suis heureuse ! Permettez-moi tout d'abord de vous présenter ma fille Lise...

— Je me suis déjà présenté à Élisabeth Mikhaïlovna, l'interrompit Lavretski.

— Monsieur Panchine... Serge Pétrovitch Gédéonovski... Mais asseyez-vous donc ! J'ai beau vous regarder, je n'en crois pas mes yeux, je vous assure. Êtes-vous en bonne santé ?

— Mais oui, comme vous pouvez le voir : je suis florissant. Et vous non plus, cousine, je ne voudrais pas vous porter malheur, mais vous n'avez pas maigri pendant ces huit années.

— Quand on y songe, que de temps a passé depuis que nous ne nous sommes plus revus, dit Marie Dmitrievna d'une voix pensive. D'où arrivez-vous, maintenant ? Où avez-vous laissé... enfin je voulais dire... Êtes-vous des nôtres pour longtemps ? se reprit-elle précipitamment.

— J'arrive à l'instant de Berlin, répondit Lavretski, et dès demain je me rends à la campagne, pour longtemps sans doute.

— Vous habiterez bien sûr Lavriki ?

— Non, pas Lavriki ; mais je possède à vingt-cinq verstes d'ici un petit village ; c'est là que je vais.

— Ce petit village qui vous vient de Glaphyre Pétrovna ?

— Exactement.

— Voyons, Théodore Ivanytch ! Vous avez une si merveilleuse maison à Lavriki ! »

Lavretski fronça imperceptiblement le sourcil.

« Oui... mais dans ce village aussi j'ai un petit pavillon ; et pour le moment il ne me faut rien de plus. Cet endroit est pour moi le plus commode à l'heure actuelle. »

Marie Dmitrievna se troubla de nouveau au point de sursauter et d'écarter les bras. Panchine vint à son secours et lia conversation avec Lavretski. Marie Dmitrievna se calma, se laissa aller contre le dossier de son fauteuil, et se borna à dire son mot de temps en temps ; mais ce faisant elle regardait son visiteur d'un œil si apitoyé, poussait des soupirs si lourds de sens et secouait la tête si tristement que, finalement, Lavretski n'y tint plus et lui demanda assez sèchement si elle était en bonne santé.

« Oui, grâce à Dieu, répondit Marie Dmitrievna mais pourquoi ?

— Ma foi, il m'avait semblé que vous ne vous sentiez pas bien. »

Marie Dmitrievna prit un air digne et légèrement offusqué. « S'il en est ainsi, moi ça m'est bien égal, pensa-t-elle ; apparemment, mon bon, tout glisse sur toi comme l'eau sur les plumes d'un canard ; là où un autre aurait dépéri de chagrin, toi, tu as encore pris du lard. » Marie Dmitrievna ne faisait pas de manières lorsqu'elle se parlait à elle-même ; à voix haute, elle s'exprimait d'une façon plus raffinée.

Lavretski ne ressemblait pas, en effet, à une victime du destin. Son visage aux joues colorées, de pur type russe, avec son grand front blanc, son nez un peu épais et sa bouche régulière aux lèvres charnues, rayonnait littéralement de la santé des steppes, d'une solide robustesse venue du fond des temps. Il était admirablement bâti, et ses cheveux blonds bouclaient comme ceux d'un jeune homme. Seuls ses yeux bleus, à fleur de tête, avaient quelque chose de pétrifié qui trahissait un naturel rêveur ou peut-être de la lassitude, et le son de sa voix semblait trop égal.

Panchine, cependant, continuait de soutenir la conversation. Il la porta sur les avantages du raffinage du sucre, sujet de deux brochures françaises qu'il avait lues récemment et, avec une modestie tranquille, il se mit en devoir d'exposer leur contenu sans pour autant les mentionner d'un seul mot.

« Mais c'est Fédia ! (La voix de Marthe Timoféïevna retentit brusquement dans la pièce voisine, derrière la porte entrouverte.) C'est bien Fédia ! » Et la vieille femme entra dans le salon d'un pas leste. Lavretski n'eut pas le temps de se lever de son siège que déjà elle l'avait embrassé. « Montre-toi donc un peu, montre-toi, dit-elle en reculant pour mieux voir son visage. Eh ! mais, quel beau gars tu fais ! Tu as vieilli, mais pas enlaidi, la chose est sûre. Qu'est-ce qui te prend de m'embrasser les mains ? Embrasse-moi donc pour de bon, si mes joues ridées ne te dégoûtent pas. Pour sûr, tu n'as pas pensé à demander " Et alors, est-elle toujours en vie, la bonne tante ? " Pourtant je t'ai tenu dans mes mains à ta naissance, polisson que tu étais ! Mais allons, cela n'a pas d'importance ; où aurais-tu trouvé le temps de te souvenir de moi ! En tout cas, tu es un malin d'être venu. Eh quoi, ma bonne, ajouta-t-elle en se tournant vers Marie Dmitrievna, lui as-tu offert quelque chose ?

— Je n'ai besoin de rien, se hâta de dire Lavretski.

— Voyons, prends au moins un bon thé, mon ami. Seigneur Dieu ! Il arrive on ne sait d'où, et on ne lui donne même pas une tasse de thé. Lise, va t'en occuper, et vite. Je me rappelle que, tout petit, il était un goinfre épouvantable, et maintenant aussi il doit aimer manger.

— Mes respects, Marthe Timoféïevna, dit Panchine en abordant de côté la vieille dame surexcitée et en s'inclinant profondément.

— Excusez-moi, mon bon monsieur, répondit Marthe Timoféïevna ; je ne vous avais pas remarqué, c'est la joie. Tu ressembles maintenant à ta mère, la douce colombe, poursuivit-elle en s'adressant de nouveau à Lavretski ; il n'y a que ton nez que tu avais comme ton père, et qui l'est resté. Eh bien, tu es chez nous pour longtemps ?

— Je pars demain, ma bonne tante.

— Où vas-tu ?

— Chez moi, à Vassilievskoïé.

— Demain ?

— Oui.

— Bon, si c'est demain, va pour demain. Dieu te protège, tu sais ce que tu as à faire. Seulement prends garde, n'oublie pas de passer me dire adieu. (La vieille femme lui tapota la joue.) Je ne pensais pas te revoir ; non que je sois à la mort : j'en ai bien encore pour dix ans, allez ; nous autres, les Pestov, nous avons la vie longue ; feu ton grand-père, dans le temps, nous avait surnommés " double vie "; mais seul le Seigneur aurait pu savoir combien de temps tu allais encore baguenauder à l'étranger. Bon, dis donc, tu es un gaillard, un beau gaillard; sûrement tu soulèves encore dix pouds[15] d'une seule main ? Ton défunt père, tout sot qu'il était, excuse-moi, avait en tout cas bien fait d'engager pour toi un Suisse; tu te rappelles comme vous vous battiez à coups de poing? Cela s'appelle gymnastique, je crois ? Mais au fait, qu'est-ce qui me prend de caqueter de la sorte : je ne fais qu'empêcher M. Panchine (elle accentuait toujours ce nom sur la deuxième syllabe et non sur la première comme il aurait fallu) de poursuivre ses raisonnements. Tiens, allons plutôt boire notre thé; et allons le boire sur la terrasse, ce bonhomme de thé! Notre crème est délicieuse, autre chose que ce qu'on trouve dans vos Londres et dans vos Paris. Allons, allons, et toi, Fédioucha, donne-moi le bras. Oh! quel gros bras tu as! Avec toi, on ne craint pas de tomber. »

Tous se levèrent et se dirigèrent vers la terrasse, à l'exception de Gédéonovski qui se retira sur la pointe des pieds. Durant toute la conversation entre Lavretski, la maîtresse de maison, Panchine et Marthe Timoféïevna, il était resté dans son coin, clignant des yeux d'attention et avançant les lèvres avec une curiosité enfantine; maintenant il se hâtait pour répandre à travers la ville la nouvelle de la venue de Lavretski.

Le soir du même jour, à onze heures, voici ce qui se passait dans la maison de Mme Kalitine. En bas, sur le seuil du salon, profitant d'un instant favorable, Vladimir Nikolaïtch prenait congé de Lise et lui disait, en lui tenant la main : « Vous savez ce qui m'attire ici · vous savez pourquoi je viens constamment dans votre maison ; à quoi bon des mots quand tout est clair ainsi. » Lise ne lui répondait rien et, sans sourire, les sourcils un peu relevés, rougissante, elle regardait à terre, mais ne retirait pas sa main ; et en haut, dans la chambre de Marthe Timoféïevna, à la lueur de la veilleuse suspendue devant les très vieilles icônes ternies, Lavretski était assis dans un fauteuil, les coudes sur ses genoux, le visage dans ses mains ; debout devant lui, la vieille femme lui caressait de temps en temps les cheveux en silence. Il passa plus d'une heure chez elle après avoir pris congé de la maîtresse de maison ; il ne dit presque rien à sa vieille et bonne amie, et elle n'essaya pas de l'interroger... D'ailleurs, à quoi bon parler, quelles questions poser ? Elle comprenait bien assez sans paroles, sans paroles elle sympathisait avec tout ce qui lui gonflait le cœur.

VIII

Théodore Ivanovitch Lavretski (il nous faut demander au lecteur la permission d'interrompre momentanément le fil de notre récit) descendait d'une famille noble de vieille souche. Le fondateur de la race des Lavretski venait de Prusse ; il arriva en Russie sous le règne de Vassili l'Aveugle[16] et reçut en bénéfice trois cents acres[17] de terre dans le haut de Béjetsk[18]. Nombre de ses descendants se virent attribuer divers offices, occupèrent sous des princes et des chefs célèbres des voïévodats[19] lointains, mais aucun d'entre eux ne s'éleva au-dessus du grade de sénéchal et n'édifia de fortune importante. Le plus riche et le plus remarquable des Lavretski fut l'arrière-grand-père de

Théodore Ivanytch, André, homme cruel, audacieux, intelligent et rusé. Aujourd'hui encore son despotisme, ses colères effrénées, sa folle générosité et sa cupidité insatiable sont restés légendaires. Il était très gros et grand, le visage basané et glabre, il grasseyait et semblait à moitié endormi ; mais plus il parlait bas, plus on tremblait autour de lui. La femme qu'il s'était trouvée était bien à sa mesure. Des yeux à fleur de tête, un nez busqué, le visage rond et jaune, tzigane d'origine, irascible et vindicative, elle ne le cédait en rien à son mari qui faillit la conduire à la tombe et auquel elle ne survécut pas, malgré leurs perpétuelles disputes. Le fils d'André, Pierre, le grand-père de Théodore, ne ressemblait pas à son père ; c'était un simple hobereau de la steppe d'assez peu de cervelle, braillard et balourd, un rustre, mais non un méchant homme, hospitalier et chasseur à courre. Il avait trente ans passés lorsqu'il hérita de son père deux mille âmes en excellent état, mais il eut vite fait de les dissiper : il vendit en partie sa propriété, pourrit ses domestiques. Tel un grouillement de cafards, tout un menu peuple de familiers et d'inconnus venus de partout se rassemblait dans les vastes pièces chaudes et mal tenues de sa maison ; tout ce monde s'empiffrait de ce qui lui tombait sous la dent, mais à satiété, buvait à en rouler par terre et barbotait ce qu'il pouvait, tout en célébrant et en proclamant l'amabilité du maître de maison ; et ce dernier, lorsqu'il était de mauvaise humeur, proclamait lui aussi que ses hôtes étaient des pique-assiettes et des parasites, mais s'ennuyait sans eux. La femme de Pierre Andréïtch était une bonne pâte ; il l'avait prise dans une famille voisine, sur le choix et sur l'ordre de son père ; son nom était Anne Pavlovna. Elle ne se mêlait de rien, recevait de bon cœur et prenait elle-même plaisir à faire des visites, bien qu'elle craignît comme la mort de se poudrer, pour citer ses propres paroles. « On vous met sur la tête une tiare en feutre, racontait-elle sur ses vieux jours, on vous peigne tous les cheveux en hauteur, on vous les graisse, on vous les saupoudre de farine, on enfonce des épingles en fer, impossible après ça de s'en débarrasser ; mais il ne s'agirait pas de faire des visites sans poudre ! Les gens se vexeraient ! Quel supplice ! » Elle aimait rouler en voiture à trotteurs, pouvait jouer aux cartes du matin au soir et avait coutume de cacher avec sa main les quelques kopecks de gain inscrits à son nom, lorsque son mari s'approchait de la table de jeu ; mais elle lui avait abandonné toute sa dot, tout son argent, qui était à sa libre et entière disposition. Elle eut de lui deux enfants : un fils, Ivan, le père de Théodore, et une fille, Glaphyre. Ivan fut élevé non pas dans la maison de son père, mais chez une vieille tante riche, la princesse Koubenski, qui avait fait de lui son héritier (sans cela, son père ne l'aurait pas laissé partir) ; elle l'habillait comme une poupée, engageait pour lui des maîtres de toutes sortes, attacha à sa personne un précepteur français, un ancien abbé, disciple de Jean-Jacques Rousseau, un certain * M. Courtin de Vaucelles *, fin matois et rusé compère, la vraie * fine-fleur * de l'émigration, avait-elle coutume de dire ; elle finit, à soixante-dix ans ou presque, par épouser cette fine-fleur, après avoir mis à son nom toute sa fortune ; elle mourut peu après, fardée et parfumée d'ambre * à la Richelieu * [20], entourée de négrillons, de petits chiens aux pattes frêles et de perroquets criards, sur un canapé de soie Louis XV bancal, tenant entre ses mains une tabatière émaillée de Petitot [21] — et abandonnée par son mari : le mielleux M. Courtin avait pris le parti de gagner Paris avec l'argent de sa femme. Ivan venait tout juste d'avoir vingt ans quand le frappa ce coup inattendu (nous parlons du mariage de la princesse, non de sa mort) ; il ne voulut pas rester dans la maison de sa tante où, de riche héritier, il s'était subitement transformé en parasite ; à Saint-Pétersbourg, la société dans laquelle il avait grandi lui ferma ses portes ; une carrière commencée aux degrés les plus bas, difficile et obscure, ne lui inspirait que dégoût (tout cela se passait au début du règne de l'empereur Alexandre[22]) ; il dut, à contrecœur, revenir à la campagne, chez son père. Qu'il lui parut sale, pauvre, sordide, le nid de sa famille ; la routine arriérée et enfumée de la vie au fond de la steppe l'offensait à chaque pas ; l'ennui le rongeait ; et inversement, tout le monde dans la maison, à l'exception de sa mère, le regardait de travers. Son père n'appréciait pas ses habitudes de la capitale, ses fracs, ses jabots, ses livres, sa flûte, sa méticulosité où il flairait, non sans raison, un relent de dégoût ; il ne cessait de se plaindre de son fils et de bougonner contre lui. « Rien n'est à son idée, ici, disait-il souvent ; à table il fait des chichis, il ne mange pas, il ne peut pas supporter l'odeur des gens, le manque d'air ; voir des ivrognes l'exaspère ; surtout, pas de batailles non plus en sa présence ! Il ne veut pas prendre du service : sa santé est trop faible, voyez-vous. Pfut ! En voilà une petite nature ! Et tout ça, parce qu'il a Voltaire dans la tête. » Le vieil homme s'en prenait de préférence à Voltaire et aussi à « Diderot, ce monstre », sans avoir lu pour autant une seule ligne de leurs œuvres : la lecture n'était pas son fort. Pierre Andréïtch ne se trompait pas : oui, son fils avait bien en tête Diderot et Voltaire, et beaucoup d'autres encore ; Rousseau, Rênal, Helvétius et de nombreux écrivains de la même trempe lui remplissaient la tête, mais la tête seulement. L'ancien mentor d'Ivan Pétrovitch, le ci-devant abbé et encyclopédiste, s'était contenté de déverser intégralement dans le cerveau de son pupille tous les trésors de sagesse du XVIIIe siècle, et ce dernier en était littéralement rempli à ras bord ; ils résidaient en lui sans se mélanger avec son sang, sans pénétrer dans son âme, sans se manifester par une conviction vigoureuse... Mais pouvait-on exiger des convictions d'un jeune garçon d'il y a cinquante ans, alors que nous-mêmes, à l'heure actuelle, ne sommes pas encore arrivés à ce degré de maturité ? Ivan Pétrovitch mettait aussi dans l'embarras les habitués de la maison paternelle ; il les méprisait, eux le craignaient ; quant à sa sœur Glaphyre qui avait vingt ans de plus que lui, il n'eut jamais aucune intimité avec elle. Cette Glaphyre était une bizarre créature : laide, bossue, maigre, avec des yeux sévères tout grands ouverts et une bouche mince et serrée, elle rappelait par le visage, par la voix par ses gestes rapides et anguleux, sa grand-mère tzigane, la femme d'André. Obstinée, autoritaire, elle ne voulut jamais entendre parler de mariage. Le retour d'Ivan Pétrovitch ne fut pas de son goût ; tant que la princesse Koubenski le gardait chez elle, elle pouvait espérer recevoir au moins la moitié de l'héritage paternel : pour l'avarice aussi elle tenait de sa grand-mère. De plus, Glaphyre était jalouse de son frère ; il était si bien élevé, il parlait si bien le français, avec l'accent parisien, alors qu'elle savait tout juste dire « bonjourr » et « commann vous porrtez-vous ? » Ses parents, il est vrai, n'avaient pas la moindre notion de français, mais elle ne s'en trouvait pas mieux pour autant. Ivan Pétrovitch ne savait où se fourrer, de désespoir et d'ennui ; il venait de passer moins d'une année à la campagne, et cette seule année lui avait semblé en durer dix. Sa mère était la seule personne avec laquelle il pouvait soulager son cœur, et il passait des heures entières sous les plafonds bas de ses appartements, à écouter le babillage simplet de la brave femme et à se bourrer de confiture. Il arriva que, parmi les filles de chambre d'Anne Pavlovna, se trouvât une très jolie jeune fille aux doux yeux clairs et aux traits fins du nom de Mélanie, une enfant intelligente et modeste. Au premier coup d'œil, elle ressentit de la sympathie pour Ivan Pétrovitch ; et lui tomba amoureux d'elle : il aima sa façon timide de marcher, ses réponses pudiques, sa petite voix douce, son doux sourire ; de jour en jour elle lui paraissait plus charmante. Elle aussi s'attacha à Ivan Pétrovitch de toute la force de son âme, comme seules savent s'attacher les jeunes filles russes, et elle se donna à lui. Dans la maison d'un propriétaire foncier, aucun secret ne peut se garder longtemps : bientôt tout le monde fut au courant de la liaison du jeune maître avec Mélanie ; le bruit de cette liaison parvint enfin aux oreilles de Pierre Andréïtch lui-même. En d'autres circonstances, il n'aurait sans doute pas prêté attention à une affaire de si peu d'importance ; mais il en voulait à son fils depuis longtemps et saisit avec délices l'occasion d'humilier l' « esprit fort », le « gandin » de Saint-Pétersbourg. Il y eut un bel esclandre avec hurlements et vociférations : Mélanie fut enfermée au grenier, Ivan Pétrovitch convoqué chez son père. Anne Pavlovna accourut au bruit elle aussi. Elle tenta vainement de calmer son mari : Pierre Andréïtch n'écoutait plus rien. Il fondit sur son fils comme le faucon sur sa proie, l'accusa de débauche, d'irréligion, de duplicité ; il profita de l'occasion pour déverser sur lui toute la rancœur bouillonnante qu'il avait accumulée contre la princesse Koubenski, il le couvrit d'insultes. Tout d'abord, Ivan Pétrovitch garda le silence et sut se contenir ; mais, quand son père s'avisa de le menacer d'un châtiment humiliant, il n'y tint plus. « Diderot le monstre est encore une fois sur la sellette ? pensa-t-il. Eh bien, je m'en vais vous le mettre en pratique ; vous allez voir. » Et sur-le-champ, d'une voix calme et égale malgré le frisson intérieur qui parcourait tous ses membres, Ivan Pétrovitch déclara à son père qu'il avait tort de l'accuser de débauche ; que bien qu'il n'eût pas l'intention d'essayer de justifier sa faute, il était prêt à la racheter, et d'autant plus volontiers qu'il se sentait au-dessus de tous les préjugés ; autrement dit, il était prêt à épouser Mélanie. En prononçant ces mots, Ivan Pétrovitch atteignit indiscutablement son but : il stupéfia Pierre Andréïtch à tel point que celui-ci écarquilla les yeux et resta quelques instants sans voix ; mais il se reprit aussitôt et, tel qu'il était, en petit gilet de peau d'écureuil, les pieds nus dans ses pantoufles, il se jeta littéralement, les poings en avant, sur Ivan Pétrovitch qui, ce jour-là, comme par un fait exprès, était coiffé * à la Titus * et portait un nouveau frac bleu ciel à la mode anglaise, des bottes ornées de glands et un élégant pantalon ajusté en peau d'élan. Anne Pavlovna se mit à crier à tue-tête et cacha son visage dans ses mains ; son fils traversa toute la maison au pas de course, bondit dans la cour, se rua dans le potager, de là dans le jardin ; le jardin traversé, il s'élança sur la route, toujours courant et sans regarder derrière lui, jusqu'à ce que le lourd galop de son père et ses cris redoublés, entrecoupés, eussent enfin cessé de parvenir à ses oreilles... « Arrête, brigand ! hurlait-il, arrête, ou je te maudis ! » Ivan Pétrovitch se cacha chez un gentilhomme pauvre du voisinage ; quant à Pierre Andréïtch il rentra chez lui complètement épuisé et en sueur, déclara, avant même de reprendre haleine, qu'il dépouillait son fils de sa bénédiction et de son héritage, ordonna de brûler tous ses livres de crétin et d'expédier sur-le-champ la fille Mélanie dans un village éloigné. Il se trouva de braves gens pour dénicher Ivan Pétrovitch et l'informer de tout. Humilié, enragé, il jura de se venger de son père et, la même nuit, ayant guetté au passage la charrette de paysans dans laquelle on emmenait Mélanie, il l'enleva de force, gagna avec elle au galop de son cheval la ville la plus proche et l'épousa. L'argent lui fut fourni par un voisin, marin à la retraite, éternel ivrogne et excellent cœur, grand amateur, selon sa propre expression, de toutes les nobles affaires de cœur. Le lendemain, Ivan Pétrovitch écrivit à Pierre Andréïtch une lettre d'une courtoisie glacée et venimeuse et se rendit dans le village où un petit-cousin à lui, Dmitri Pestov, résidait en compagnie de sa sœur, cette Marthe Timoféïevna déjà connue des lecteurs. Il leur raconta tout, leur déclara qu'il avait l'intention d'aller à Saint-Pétersbourg chercher une position et les pria instamment d'abriter au moins quelque temps son épouse. En prononçant le mot « épouse » il se mit à pleurer amèrement et, malgré son éducation d'homme de la capitale et toute sa philosophie, il s'inclina humblement, jusqu'aux pieds, en pauvre hère russe qu'il était, devant ses parents, allant jusqu'à frapper le sol de son front. Les Pestov, gens pitoyables et bons, accédèrent volontiers à sa prière ; il vécut chez eux trois semaines, attendant, dans le secret de son cœur, une réponse de son père ; mais cette réponse ne vint pas, et ne pouvait pas venir. Ayant appris le mariage de son fils, Pierre Andréïtch s'était alité, et avait interdit que l'on mentionnât devant lui le nom d'Ivan Pétrovitch ; sa mère seule, en cachette de son mari, emprunta au vicaire diocésain cinq cents roubles en assignats qu'elle lui envoya, avec une petite icône pour sa femme ; elle n'osa pas écrire, mais lui fit dire par un émissaire, petit bonhomme sec capable de couvrir jusqu'à soixante verstes en vingt-quatre heures, qu'il ne se fasse pas trop de souci, qu'avec la grâce de Dieu tout s'arrangerait et que la colère de son père ferait place au pardon ; qu'elle aurait, elle aussi, trouvé plus souhaitable une autre belle-fille, mais que Dieu l'avait apparemment voulu ainsi, et qu'elle envoyait à Mélanie Serguéïevna sa bénédiction maternelle. Le petit bonhomme sec reçut un rouble, demanda la permission de voir la nouvelle Madame (ils étaient compère et commère), lui baisa la main et regagna au pas de course ses pénates.

Ivan Pétrovitch partit pour Saint-Pétersbourg le cœur léger. Un avenir inconnu l'attendait ; la pauvreté le menaçait peut-être, mais du moins avait-il rompu avec cette vie campagnarde qu'il haïssait, et surtout, il n'avait pas trahi ses maîtres, il avait effectivement « mis en pratique » et vérifié par les faits Rousseau, Diderot et * la Déclaration des droits de l'homme *. Le sentiment du devoir accompli, un sentiment de triomphe et de fierté, gonflait sa poitrine ; même la séparation d'avec sa femme ne l'effrayait pas trop ; il aurait été bien plus embarrassé par l'obligation de vivre continuellement avec elle. C'était une bonne chose de faite ; il fallait maintenant en entreprendre d'autres. À Saint-Pétersbourg, contrairement à ses propres appréhensions, la chance lui sourit : la princesse Koubenski, que M. Courtin avait eu le temps d'abandonner, mais qui n'avait pas encore eu le temps de mourir, voulant atténuer quelque peu ses torts envers son neveu, le recommanda à tous ses amis et lui fit cadeau de cinq mille roubles, son dernier argent ou peu s'en fallait, ainsi que d'une montre magnifique gravée à son chiffre encadré d'une guirlande d'amours. Trois mois ne s'étaient pas écoulés qu'il obtenait un poste à l'ambassade russe à Londres et qu'il prenait la mer par le premier voilier anglais en partance (il n'était pas encore question de bateaux à vapeur à cette époque). Quelques mois après, il reçut une lettre de Pestov. Le brave propriétaire félicitait Ivan Pétrovitch pour la naissance de son fils, qui avait vu le jour au village de Pokrovskoïé le 20 août 1807, et qui avait reçu le prénom de Théodore en l'honneur du saint martyr Théodore le Stratélate[23]. En raison de sa grande faiblesse, Mélanie Serguéïevna s'était contentée d'ajouter quelques lignes ; mais elles suffirent à étonner Ivan Pétrovitch : il ne savait pas que Marthe Timoféïevna avait appris à sa femme à lire et à écrire. D'ailleurs Ivan Pétrovitch ne s'abandonna pas longtemps au doux émoi de la paternité : il faisait alors la cour à l'une des célèbres Phryné ou Laïs de l'époque[24] (les noms classiques faisaient encore fureur en ce temps-là) ; la paix de Tilsit[25] venait tout juste d'être conclue, et c'était partout une rage de jouissance, une sorte de tourbillon frénétique ; les yeux noirs de cette belle effrontée lui avaient tourné la tête comme à bien d'autres. Il avait très peu d'argent ; mais la chance lui souriait au jeu, il se faisait des amis, prenait part à tous les divertissements possibles, en un mot menait la vie à grandes guides.

IX

Le vieux Lavretski ne put, de longtemps, pardonner le mariage de son fils ; si, au bout de six mois, Ivan Pétrovitch s'était présenté devant lui la tête basse et s'était jeté à ses pieds, il l'aurait sans doute absous après un bon lavage de tête et un coup de canne sur le dos, histoire de lui faire peur ; mais Ivan Pétrovitch vivait à l'étranger et, apparemment, ne s'inquiétait pas le moins du monde. « Tais-toi ! Pas un mot là-dessus ! » répétait Pierre Andréïtch à sa femme, chaque fois que celle-ci essayait de l'incliner au pardon. « Ce sale chiot, il ne lui reste qu'à remercier Dieu toute sa vie de ce que je ne l'aie pas maudit ; mon défunt père l'aurait tué de ses propres mains, le vaurien, et il aurait bien fait. » Après des discours aussi terrifiants, Anne Pavlovna ne pouvait que se signer à la dérobée. Quant à la femme d'Ivan Pétrovitch, au début Pierre Andréïtch ne voulut même pas entendre parler d'elle, et, en réponse à la lettre de Pestov où celui-ci mentionnait sa belle-fille, il lui fit même dire qu'il ne se connaissait aucune « belle-fille » et qu'en revanche la loi interdisait de garder chez soi des serves fugitives, ce dont il se faisait un devoir de l'avertir ; mais ensuite, ayant appris la naissance de son petit-fils, il se radoucit, fit prendre des nouvelles de la mère en sous-main et lui envoya un peu d'argent, toujours comme si cela ne venait pas de lui. Fédia n'avait pas encore un an quand Anne Pavlovna tomba malade d'une maladie fatale. Quelques jours avant sa mort (elle ne quittait déjà plus son lit), les yeux à demi éteints et gonflés de larmes craintives, elle déclara à son mari en présence du prêtre qu'elle souhaitait voir sa belle-fille, lui faire ses adieux et bénir son petit-fils. Le vieillard éploré la tranquillisa et envoya aussitôt chercher sa belle-fille dans son équipage personnel, la nommant pour la première fois Mélanie Serguéïevna. Elle vint avec son fils et avec Marthe Timoféïevna qui, pour rien au monde, ne l'aurait laissée partir seule et exposée à un outrage. C'est à demi morte de frayeur que Mélanie Serguéïevna entra dans le cabinet de Pierre Andréïtch. Derrière elle, la nourrice portait Fédia. Pierre Andréïtch la regarda sans mot dire ; elle s'approcha de sa main ; ses lèvres tremblantes eurent peine à se joindre pour un baiser silencieux.

« Eh bien, noble dame de fraîche date, bonjour, dit-il enfin ; allons voir la maîtresse. »

Il se leva et se pencha sur Fédia ; l'enfant lui sourit et lui tendit ses menottes blanches. Le vieillard en fut retourné.

« Hélas ! dit-il, pauvre orphelin ! Tu me supplies de te servir de père ; je ne t'abandonnerai pas, mon petit oiseau. »

À peine entrée dans la chambre d'Anne Pavlovna, Mélanie Serguéïevna se mit à genoux près de la porte et n'en bougea plus. Anne Pavlovna lui fit signe de venir près de son lit, l'embrassa, bénit son fils ; puis, tournant vers son mari un visage rongé par la cruelle maladie, elle essaya de parler...

— Je sais, je sais ce que tu veux me demander, dit Pierre Andréïtch. Ne t'afflige pas : elle restera chez nous, et pour elle je pardonnerai à Vanka[26]. »

Anne Pavlovna rassembla ses forces pour prendre la main de son mari et la presser contre ses lèvres. Le soir même elle mourut.

Pierre Andréïtch tint parole. Il informa son fils qu'eu égard à la dernière volonté de sa mère et pour le petit Théodore, il lui rendait sa bénédiction et gardait chez lui Mélanie Serguéïevna. Deux pièces furent réservées à la jeune femme à l'entresol, il la présenta aux « très respectables » habitués de sa maison, le brigadier borgne Skouriékhine et sa femme ; il lui fit don de deux servantes et d'un petit cosaque pour ses commissions. Marthe Timoféïevna lui dit adieu : elle avait pris Glaphyre en haine et s'était trois fois disputée avec elle dans l'espace d'une journée.

La pauvre femme se sentit d'abord bien malheureuse et mal à l'aise ; puis elle s'y fit peu à peu et s'habitua à son beau-pere. Lui aussi s'habitua à sa belle-fille, la prit même en affection : malgré cela, il ne lui parlait jamais, et ses manifestations de tendresse elles-mêmes contenaient toujours une trace de mépris involontaire. Les pires épreuves de Mélanie Serguéïevna lui venaient de sa belle-sœur. Déjà, du vivant de sa mère, Glaphyre avait peu à peu réussi à prendre en main toute la maison : tous, à commencer par son père, lui étaient soumis ; il ne se donnait pas un morceau de sucre sans sa permission ; elle aurait mieux aimé mourir que partager son pouvoir avec une autre maîtresse et quelle maîtresse ! Le mariage de son frère l'avait enragée plus encore que Pierre Andréïtch : elle se chargea d'apprendre à vivre à cette parvenue, dès la première heure Mélanie Serguéïevna devint son esclave. Et où aurait-elle trouvé la force de lutter avec l'impérieuse, la hautaine Glaphyre, cette humble fille perpétuellement confuse et effrayée, de santé fragile ? Il ne se passait pas de jour où Glaphyre ne lui rappelât son ancien état, ne la félicitât de ne pas s'oublier. Mélanie Serguéïevna aurait accepté de bon cœur ces rappels et ces félicitations, si amers qu'ils fussent... mais on lui avait enlevé Fédia : voilà ce qui la désespérait. Sous prétexte qu'elle n'était pas en mesure de s'occuper de son éducation, on ne le lui laissait presque pas voir ; c'était Glaphyre qui avait pris la chose en main ; l'enfant fut entièrement confié à sa responsabilité. Le chagrin décida Mélanie Serguéïevna à supplier dans ses lettres Ivan Pétrovitch de revenir au plus vite ; Pierre Andréïtch lui aussi désirait voir son fils ; mais ce dernier dans ses réponses ne faisait que tergiverser, remerciant son père pour sa femme, pour l'argent envoyé, promettant de revenir bientôt, et ne revenant pas. L'année 1812 le fit rentrer enfin de l'étranger. En se revoyant pour la première fois après six années de séparation, le père et le fils s'embrassèrent et n'évoquèrent même pas leur ancienne brouille ; on n'en était plus là : la Russie entière se soulevait contre l'ennemi, et ils sentirent tous deux que du sang russe coulait dans leurs veines. Pierre Andréïtch équipa de ses deniers tout un régiment de réservistes. Mais la guerre s'acheva, le danger fut écarté ; Ivan Pétrovitch recommença à s'ennuyer, de nouveau il sentit l'appel du large, de ce monde avec lequel il ne faisait qu'un depuis l'enfance et où il se sentait chez lui. Mélanie Serguéïevna ne pouvait pas le retenir : elle représentait trop peu pour lui. Même ses espoirs de mère ne se réalisèrent pas : son mari trouva lui aussi qu'il était beaucoup plus convenable de confier à Glaphyre l'éducation de Fédia. La pauvre femme d'Ivan Pétrovitch ne supporta pas ce coup, ne supporta pas une seconde séparation : sans un murmure, en quelques jours, elle s'éteignit. Durant toute sa vie, elle n'avait su s'opposer à personne, elle ne s'opposa pas davantage à la maladie. Déjà elle ne pouvait plus parler, déjà l'ombre de la tombe s'étendait sur son visage : et ses traits pourtant exprimaient toujours le même étonnement patient et l'éternelle douceur de l'humilité ; elle regardait Glaphyre avec la même soumission muette et, comme Anne Pavlovna sur son lit de mort avait embrassé la main de Pierre Andréïtch, elle posa ses lèvres sur la main de Glaphyre en lui confiant à elle, Glaphyre, son fils unique. Ainsi s'acheva la vie terrestre de cette créature douce et bonne, arrachée Dieu sait pourquoi à sa glèbe natale, et aussitôt rejetée, comme un arbrisseau abandonné, racines au soleil ; il se fana, disparut, ce pauvre être, sans laisser de trace, et nul ne pleura sur lui. Mélanie Serguéïevna fut regrettée par ses servantes et aussi par Pierre Andréïtch. Sa présence muette manquait au vieillard. « Pardon, adieu, mon humble fille ! » murmura-t-il en s'inclinant une dernière fois devant ses restes, à l'église. Il pleurait, en jetant une poignée de terre sur sa tombe.

Lui-même ne lui survécut pas plus de cinq ans. L'hiver 1819, il s'éteignit doucement à Moscou où il avait déménagé avec Glaphyre et son petit-fils ; par testament, il avait demandé d'être enterré à côté d'Anne Pavlovna et de « Malacha[27] ». Ivan Pétrovitch se trouvait alors à Paris pour son plaisir ; il avait pris sa retraite peu après 1815. Apprenant la mort de son père, il décida de rentrer en Russie. Il fallait penser à l'aménagement de la propriété, et puis Fédia avait maintenant douze ans, d'après la lettre de Glaphyre, et le moment était venu de s'occuper sérieusement de son éducation.

X

Ivan Pétrovitch revint en Russie anglomane. Les cheveux coupés court, un jabot empesé, une redingote vert pois à longs pans et à multiples collets, un air pincé, quelque chose de cassant en même temps que d'impassible dans les manières, l'habitude de parler entre les dents, des éclats de rire brusques et inexpressifs, l'absence de sourire, une conversation portant exclusivement sur la politique et l'économie politique, la passion des rosbifs saignants et du porto, tout en lui fleurait bon la Grande-Bretagne ; toute sa personne était comme imprégnée de son parfum. Mais — ô merveille ! —, s'étant métamorphosé en anglomane, Ivan Pétrovitch était en même temps devenu patriote ; du moins il se disait patriote, bien qu'il connût la Russie fort mal, qu'il n'eût contracté aucune habitude russe et qu'il s'exprimât en russe de curieuse façon : dans la conversation courante, son langage malhabile et invertébré était une mosaïque de gallicismes ; mais pour peu que l'entretien touchât aux sujets sérieux, on voyait aussitôt apparaître chez lui des expressions du genre : « faire à nouveau la preuve d'une diligence égocentrique », « ce fait ne concorde pas avec la nature même des circonstances », etc. Ivan Pétrovitch avait rapporté plusieurs « plans » manuscrits concernant l'organisation et l'amélioration de l'État russe ; il était très mécontent de tout ce qu'il voyait : l'absence de système, notamment, excitait sa hargne. Lorsqu'il revit sa sœur, il lui déclara d'emblée qu'il avait l'intention d'introduire des transformations radicales, qu'à l'avenir tout fonctionnerait chez lui selon un nouveau système. Glaphyre Pétrovna ne répondit rien à Ivan Pétrovitch, mais elle serra les dents et pensa : « Que vais-je alors devenir, moi ? » Au demeurant, lorsqu'elle se retrouva à la campagne en compagnie de son frère et de son neveu, elle fut vite tranquillisée. Dans la maison, il se produisit bien quelques changements : les parasites de fondation et les pique-assiettes furent bannis sans délai ; la sentence frappa, entre autres, deux vieilles femmes, l'une aveugle et l'autre paralytique, ainsi qu'un vieux major décrépit du temps d'Otchakov[28] qu'en raison de sa gloutonnerie en effet remarquable on nourrissait exclusivement de pain noir et de lentilles. L'ordre tomba également de ne pas recevoir les anciens familiers : ils furent tous remplacés par un lointain voisin, un vague baron blond et scrofuleux, homme parfaitement bien élevé et très bête. De nouveaux meubles apparurent, venus de Moscou ; crachoirs, clochettes, tables de toilette se multiplièrent ; le service du déjeuner fut changé ; les vins étrangers chassèrent les vodkas et les liqueurs ; les domestiques reçurent de nouvelles livrées ; sous le blason de la famille on ajouta l'inscription *In recto virtus*[29]... Mais dans les faits, l'autorité de Glaphyre ne fut aucunement diminuée : toutes les sorties d'argent, tous les achats dépendaient d'elle comme avant ; le maître d'hôtel ramené d'Europe, un Alsacien, tenta vainement de rivaliser avec elle et en perdit sa place, bien qu'il fût le protégé du maître. Pour ce qui était de l'exploitation, de l'administration des domaines (car Glaphyre Pétrovna entrait aussi dans ces matières), mon Dieu, malgré l'intention maintes fois exprimée par Ivan Pétrovitch d'« insuffler une nouvelle vie dans ce chaos », tout resta comme avant : si ce n'est que la redevance fut augmentée ici et là, la corvée quelque peu alourdie, et qu'il fut interdit aux paysans de s'adresser directement à Ivan Pétrovitch. Ce patriote méprisait fort ses concitoyens. Le système d'Ivan Pétrovitch dans toute sa vigueur ne fut appliqué qu'à Fédia ; son éducation fut effectivement soumise à une « transformation radicale » : son père s'en occupa exclusivement.

XI

Avant le retour de l'étranger d'Ivan Pétrovitch, Fédia se trouvait, comme nous l'avons déjà dit, entre les mains de Glaphyre Pétrovna. Il n'avait pas huit ans lorsque sa mère mourut ; il ne la voyait pas tous les jours et s'était pris pour elle d'un amour passionné : son souvenir, le souvenir de son visage doux et pâle, de ses regards mélancoliques et de ses timides caresses se grava dans son cœur à tout jamais ; mais il comprenait confusément sa position dans la maison ; il sentait qu'entre elle et lui existait une barrière qu'elle n'osait pas et ne pouvait pas renverser. Il fuyait son père ; d'ailleurs de son côté Ivan Pétrovitch n'était jamais tendre avec lui ; son grand-père lui caressait les cheveux de temps en temps et lui donnait sa main à baiser mais le traitait de sauvage et le prenait pour un niais. Après la mort de Mélanie Serguéïevna, sa tante le prit en main définitivement. Fédia la craignait, craignait ses yeux clairs et perçants, sa voix tranchante ; il n'osait pas broncher en sa présence ; à peine bougeait-il un peu sur sa chaise qu'elle sifflait déjà : « Où vas-tu ? Reste tranquille. » Le dimanche, après la messe, on lui permettait de jouer, c'est-à-dire qu'on lui donnait un gros livre, un livre mystérieux, œuvre d'un certain Maximovitch-Ambodik, intitulé *Symboles et emblèmes*[30]. Ce livre contenait environ mille dessins fort énigmatiques par certains côtés, avec des explications tout aussi énigmatiques en cinq langues. Un Cupidon au corps nu et potelé jouait un grand rôle dans ces dessins. L'un d'eux, intitulé « Le Safran et l'arc-en-ciel », avait pour explication : « Son effet est grand » ; vis-à-vis d'un autre dessin représentant « Un héron volant avec une fleur de violette dans le bec » il y avait écrit : « Ils te sont tous connus. » « Cupidon et un ours léchant son ourson » signifiait « Petit à petit ». Fédia regardait ces dessins ; ils lui étaient tous familiers jusqu'aux moindres détails ; quelques-uns, toujours les mêmes, le faisaient rêver et excitaient son imagination ; il ne connaissait pas d'autres distractions. Quand le moment fut venu de lui apprendre les langues et la musique, Glaphyre Pétrovna engagea pour un salaire de misère une vieille fille suédoise aux yeux de lièvre qui écorchait le français et l'allemand, tapotait du piano et, de plus, réussissait admirablement les concombres au sel. Ce fut dans la société de cette institutrice, de sa tante et de la vieille femme de chambre Vassilievna que Fédia passa quatre années entières : assis là dans son coin, avec ses *Emblèmes*, tandis que les heures passaient... La pièce au plafond bas sent le géranium, l'unique bougie de suif brûle faiblement, un grillon pousse son cri monotone, on dirait qu'il s'ennuie ; la petite pendule accrochée au mur tictaque vite, vite ; une souris gratte et ronge furtivement derrière les tentures, cependant que les trois vieilles filles, telles des Parques, remuent activement, sans dire un mot, leurs aiguilles à tricoter ; les ombres de leurs mains tantôt courent, tantôt frémissent bizarrement dans la pénombre, et des pensées bizarres, elles aussi pleines d'ombre, grouillent dans la tête du petit garçon. Nul n'aurait pu dire de Fédia qu'il était un enfant intéressant : plutôt pâle, mais gros, mal bâti et lourd, on l'aurait pris pour un vrai paysan, selon l'expression de Glaphyre Pétrovna ; la pâleur aurait vite disparu de son visage si on l'avait plus souvent laissé sortir au grand air. Il étudiait convenablement, malgré de fréquentes paresses ; il ne pleurait jamais ; en revanche, il avait de temps en temps des crises d'entêtement sauvage ; nul ne pouvait alors en venir à bout. Fédia n'aimait aucune des personnes de son entourage... Malheur au cœur qui n'a pas aimé dès son jeune âge !

C'est ainsi que le trouva Ivan Pétrovitch et, sans perdre de temps, il entreprit de lui appliquer son système. « Je veux faire de lui un homme avant tout, *un homme*, dit-il à Glaphyre Pétrovna, et non seulement un homme, mais un Spartiate. » Procédant à l'application de son projet, Ivan Pétrovitch commença par habiller son fils en Écossais : ce garçon de douze ans se promena désormais les mollets nus, une plume de coq au calot ; la Suédoise fut remplacée par un jeune Suisse qui connaissait la gymnastique à la perfection ; la musique fut bannie à jamais, comme une occupation indigne d'un homme ; les sciences naturelles, le droit international, les mathématiques, la menuiserie (sur le conseil de Jean-Jacques Rousseau) et l'héraldique, pour entretenir le sens de la chevalerie, voilà à quoi devait s'adonner le futur « homme » ; on le réveillait à quatre heures du matin, on lui faisait prendre immédiatement une douche froide et on l'obligeait à courir autour d'un grand poteau au bout d'une corde ; il mangeait une fois par jour et d'un seul plat, montait à cheval, tirait de l'arbalète ; toutes les fois que l'occasion s'en présentait, il s'exerçait, suivant l'exemple de son père, à endurcir sa volonté, et chaque soir il portait sur un registre spécial le compte rendu de la journée écoulée et ses impressions ; de son côté, Ivan Pétrovitch lui écrivait des homélies en français dans lesquelles il l'appelait *mon fils* et lui disait *vous*. En russe, Fédia tutoyait son père, mais il n'osait pas s'asseoir en sa présence. Le « système » dérouta complètement l'enfant, lui embrouilla les idées, lui bloqua la cervelle ; sur sa santé, en revanche, le nouveau genre de vie eut des effets bénéfiques : il attrapa d'abord la fièvre, mais se rétablit vite et devint un rude gaillard. Son père était fier de lui et l'appelait dans son étrange dialecte « un fils de la nature », « l'œuvre de mes mains ». Lorsque Fédia eut seize ans, Ivan Pétrovitch jugea de son devoir de lui inculquer le mépris du sexe féminin ; et le jeune Spartiate, intérieurement transi de timidité, son premier duvet aux lèvres, plein de sève et de forces, le sang chaud, s'efforça désormais de paraître indifférent, froid et grossier.

Cependant, le temps passait. Ivan Pétrovitch résidait la majeure partie de l'année à Lavriki (ainsi s'appelait son principal domaine héréditaire) et, l'hiver, se rendait seul à Moscou ; il descendait à l'hôtel, fréquentait assidûment son club, pérorait et développait ses « plans » dans les salons, et plus que jamais se posait en anglomane, en grondeur et en homme de gouvernement. Mais l'année 1825 survint, apportant avec elle bien des malheurs[31]. Les intimes et les compagnons d'Ivan Pétrovitch eurent à subir de dures épreuves. Ivan Pétrovitch se retira en toute hâte à la campagne et s'enferma dans sa maison. Une année encore s'écoula, et Ivan Pétrovitch tout d'un coup s'étiola, s'affaiblit, s'abandonna ; sa santé l'avait trahi. Le libre penseur qu'il avait été se mit à fréquenter l'église et à commander des services religieux ; l'Européen prit des bains de vapeur, dîna à deux heures, se coucha à neuf, piquait du nez, bercé par le caquet de son vieux maître d'hôtel ; l'homme de gouvernement brûla tous ses plans, toute sa correspondance, trembla devant le gouverneur, frétilla devant le chef de police ; l'homme à la volonté d'acier reniflait et geignait pour un clou qui lui sortait, pour une assiette de soupe refroidie qu'on lui servait. Glaphyre Pétrovna reprit toute l'autorité dans la maison ; de nouveau l'on vit aller et venir par le perron de service les intendants, les régisseurs, les simples paysans qui se rendaient chez la « vieille grincheuse », comme la surnommaient les domestiques. Le changement qui s'était produit dans Ivan Pétrovitch impressionna fortement son fils ; il avait maintenant dix-neuf ans et commençait à réfléchir, à se libérer peu à peu de la main pesante qui l'écrasait. Auparavant déjà il avait remarqué une discordance entre les paroles et les actes de son père, entre ses larges théories libérales et son despotisme racorni et mesquin ; mais il ne s'attendait pas à un revirement aussi brutal. L'égoïste invétéré se révélait brusquement tout entier. Le jeune Lavretski était sur le point de partir pour Moscou, de préparer l'examen d'entrée à l'Université, quand un nouveau malheur, un malheur inattendu, tomba sur la tête d'Ivan Pétrovitch : il devint aveugle, et sans espoir de guérison, en un jour.

Comme il ne se fiait pas au savoir-faire des médecins russes, il entreprit des démarches pour être autorisé à se rendre à l'étranger. On le lui refusa. Alors il prit son fils avec lui et, pendant trois années entières, il erra en Russie d'un médecin à l'autre, déménageant sans arrêt de ville en ville et mettant au désespoir les médecins, son fils, ses serviteurs, par sa lâcheté et son manque de patience. Il était devenu une véritable loque, un enfant pleurard et capricieux, lorsqu'il revint à Lavriki. Ce fut le début d'une suite de jours bien amers où la patience de tous fut mise à bout. Ivan Pétrovitch ne se calmait qu'à table ; jamais il ne mangea aussi voracement et en telle quantité ; tout le reste du temps, il ne laissait de repos ni à lui-même ni à personne. Il priait, se lamentait sur son destin, s'invectivait lui-même, invectivait la politique, son système, tout ce dont il s'était vanté et targué, tout ce qu'il avait jadis proposé en exemple à son fils ; il répétait qu'il ne croyait à rien, et se remettait à prier ; il ne supportait pas un seul instant de solitude et exigeait de tous ses familiers qu'ils demeurassent constamment, jour et nuit, assis près de son fauteuil à l'occuper par des histoires qu'il interrompait à tout moment en s'exclamant : « Sornettes que tout cela, quel galimatias ! »

Glaphyre Pétrovna en prit particulièrement pour son grade ; il ne pouvait absolument pas se passer d'elle ; et elle, jusqu'à la fin, satisfit tous les caprices du malade, bien que parfois elle n'osât pas lui répondre, de peur que le son de sa voix ne trahît la haine qui l'étouffait. C'est ainsi qu'il grinça, plutôt qu'il ne vécut, encore deux années ; il mourut un des premiers jours de mai, alors qu'on venait de le mettre sur le balcon au soleil. « Glacha ! Glacha ! Mon bouillon, mon bouillon, vieille imb... », balbutia-t-il d'une langue de plus en plus raide et, avant d'avoir achevé le dernier mot, il se tut pour toujours. Glaphyre Pétrovna qui venait de prendre des mains du maître d'hôtel la tasse de bouillon s'arrêta, scruta le visage de son frère, se signa lentement, largement, et s'éloigna en silence ; le fils, qui se trouvait là, ne dit rien lui non plus ; il s'accouda à la rampe du balcon et regarda longtemps le jardin tout odorant et vert, tout resplendissant dans les rayons d'or du soleil printanier. Il avait vingt-trois ans ; avec quelle vitesse terrifiante, insoupçonnée, avaient passé ces vingt-trois années !... La vie s'ouvrait devant lui.

XII

Après avoir enterré son père et confié à l'immuable Glaphyre la gestion du domaine et la haute main sur les intendants, le jeune Lavretski partit pour Moscou où l'appelait une force obscure, mais puissante. Il avait conscience des défauts de son éducation et s'était mis en tête de rattraper autant que possible les occasions manquées. Durant les cinq dernières années, il avait beaucoup lu et passablement vu ; son cerveau avait brassé successivement beaucoup d'idées ; n'importe quel professeur d'université aurait envié certaines de ses connaissances, mais en même temps il ignorait une foule de choses que le premier lycéen sait depuis beau temps. Lavretski avait conscience de n'être pas libre ; dans le secret de son cœur, il se considérait comme un anormal. L'anglomane avait joué à son fils un bien mauvais tour; cette éducation capricieuse portait maintenant ses fruits. Durant de longues années il s'était soumis sans discussion aux exigences de son père ; et lorsque enfin il l'eut percé à jour, le mal était fait, les habitudes enracinées. Il ne savait pas se lier avec les gens ; à l'âge de vingt-trois ans, alors qu'une soif d'amour insatiable dévorait son cœur craintif, il n'avait encore osé regarder aucune femme dans les yeux. Avec son intelligence claire et saine, mais un peu lourde, avec sa tendance à l'opiniâtreté, à la contemplation et à la paresse, il aurait eu besoin dès son jeune âge d'être lancé dans le tourbillon de la vie ; au lieu de quoi on l'avait maintenu dans un isolement artificiel... Et maintenant que le cercle enchanté était rompu, il restait toujours planté là, renfermé et contracté. C'était ridicule, à son âge, de revêtir l'uniforme d'étudiant ; mais les moqueries ne lui faisaient pas peur : son éducation spartiate avait eu cela de bon qu'elle avait développé en lui le mépris du qu'en-dira-t-on ; et il revêtit, sans broncher, l'uniforme d'étudiant. Il entra à la faculté de physique et de mathématiques. Éclatant de santé, les joues vermeilles, la barbe au menton, taciturne, il produisait une impression étrange sur ses camarades ; ceux-ci ne se doutaient guère qu'en cet homme austère, qui venait régulièrement aux cours dans un large traîneau campagnard attelé de deux chevaux, se dissimulait un cœur qui était presque un cœur d'enfant. Il passait à leurs yeux pour une sorte de pédant sophistiqué ; eux n'attendaient rien de lui et ne le recherchaient pas ; lui les évitait. Pendant les deux premières années qu'il passa à l'Université, il ne se lia qu'avec un étudiant avec lequel il prenait des leçons de latin. Cet étudiant du nom de Mikhaliévitch, enthousiaste et rimailleur, se prit d'une amitié sincère pour Lavretski et fut, par le plus grand des hasards, le responsable d'un important changement dans sa destinée.

Un jour, au théâtre (Motchalov[32] était alors au faîte de sa renommée, et Lavretski ne manquait pas une seule représentation), il vit dans une loge de balcon une jeune fille : et bien qu'aucune femme ne passât à côté de sa silhouette morose sans faire tressaillir son cœur, jamais ce dernier n'avait encore battu si fort. Accoudée sur le velours de la loge, la jeune fille ne bougeait pas ; une jeune vie frémissante animait chaque trait de son charmant visage rond et hâlé ; une intelligence raffinée se lisait dans les beaux yeux au regard attentif et doux sous leurs fins sourcils, dans le sourire malicieux et rapide des lèvres expressives, dans le port même de la tête, des bras, du cou ; elle était exquisement habillée. Elle était assise à côté d'une femme jaune et ridée d'environ quarante-cinq ans, décolletée, coiffée d'une toque noire, qui montrait un sourire édenté sur un visage vide, soucieux et tendu : dans le renfoncement de la loge on apercevait un homme d'âge mûr en redingote ample et cravate montante, dont les petits yeux exprimaient une gravité obtuse et une sorte de défiance obséquieuse ; il avait la moustache et les favoris teints, un immense front insignifiant et des joues chiffonnées : selon toute apparence, c'était un général en retraite. Lavretski ne quittait pas des yeux la jeune fille qui l'avait frappé ; soudain la porte de la loge s'ouvrit et Mikhaliévitch y entra. L'apparition de cet homme, la seule personne ou presque qu'il connût à Moscou, son apparition dans la compagnie de l'unique jeune fille qui eût absorbé toute son attention, parut à Lavretski étrange et significative. Continuant de lever fréquemment les yeux sur la loge, il observa que tous les personnages qui s'y trouvaient se comportaient avec Mikhaliévitch comme avec un vieil ami. Le spectacle donné sur la scène cessait maintenant d'intéresser Lavretski ; Motchalov lui-même, bien qu'il fût très en verve ce soir-là, ne produisait pas sur lui la même impression que d'habitude. Lors d'un passage très pathétique, Lavretski leva involontairement les yeux sur sa jeune beauté : elle était tout entière penchée en avant, ses joues flamboyaient ; sous l'effet du regard obstiné de Lavretski, ses yeux, de fixés qu'ils étaient sur la scène, se détournèrent lentement et se posèrent sur lui... Toute la nuit, ces yeux l'obsédèrent. Elle était enfin rompue, la digue artificiellement construite ; il tremblait, il brûlait tout à la fois, et dès le lendemain il se rendit chez Mikhaliévitch. Il apprit de lui que la jeune beauté s'appelait Barbe Pavlovna Korobine ; que l'homme et la femme âgés qui se trouvaient avec elle dans la loge étaient son père et sa mère et que lui, Mikhaliévitch, les avait connus un an auparavant, pendant un séjour qu'il avait fait comme précepteur dans une propriété des environs de Moscou, chez le comte N***. Ce jeune homme enthousiaste fit le plus grand éloge de Barbe Pavlovna. « Alors là, mon vieux, s'écria-t-il de cette voix entrecoupée, à l'intonation chantante, qui était la sienne, je peux te dire que cette jeune fille est une créature étonnante, géniale, une artiste au vrai sens du mot, et toute bonté par-dessus le marché. » Ayant remarqué, aux questions dont le pressait Lavretski, quelle impression avait produite sur lui Barbe Pavlovna, il lui proposa de lui-même de faire les présentations, ajoutant qu'il était dans leur maison comme chez lui ; le général n'était pas fier du tout, et la mère était bête à manger du foin ou presque. Lavretski rougit, marmonna quelques mots indistincts et s'enfuit. Cinq jours durant il lutta contre sa timidité ; au sixième jour, notre jeune Spartiate revêtit un bel uniforme tout neuf et se livra au bon plaisir de Mikhaliévitch, lequel, en tant que familier, se contenta d'un coup de peigne, et tous deux se rendirent chez les Korobine.

XIII

Le père de Barbe Pavlovna, Paul Pétrovitch Korobine, major général en retraite, avait fait toute sa carrière à Saint-Pétersbourg ; dans sa jeunesse, il passait pour être bon danseur et bon combattant ; sa pauvreté lui valut de servir comme aide de camp auprès de deux ou trois généraux médiocres ; il épousa la fille de l'un d'eux avec une dot de vingt-cinq mille roubles, et assimila jusqu'au plus petit détail tous les secrets de l'exercice et de la revue ; il connut la routine interminable du service, avant de décrocher enfin, au bout de vingt bonnes années, le grade de général et de recevoir un commandement. C'eût été pour lui le moment de respirer, et d'affermir, sans se presser, sa situation matérielle ; il y comptait bien, mais il conduisit son affaire avec un peu trop de témérité ; il inventa un nouveau moyen de faire circuler les deniers de l'État : le moyen se révéla excellent, mais le général eut le tort de se montrer avare mal à propos, il fut dénoncé ; cela fit une histoire plus que désagréable, une vraiment sale histoire, dont il se dépêtra tant bien que mal, mais sa carrière était fichue : on lui conseilla de démissionner. Pendant deux ans, il se démena encore à Saint-Pétersbourg dans l'espoir qu'une bonne petite charge civile lui tomberait du ciel ; mais rien ne venait ; entre-temps sa fille était sortie de pension, et les dépenses augmentaient chaque jour... Bien à contrecœur, il décida de déménager à Moscou où la vie était moins chère ; il loua dans la rue des Anciennes-Écuries[33] une petite maison basse surmontée d'un blason colossal et y mena la vie d'un général en retraite, dépensant 2750 roubles par an. Moscou est une ville hospitalière, elle est toujours contente de recevoir n'importe qui, à plus forte raison des généraux ; la silhouette massive mais non dépourvue de prestance militaire de Paul Pétrovitch ne tarda pas à paraître fréquemment dans les meilleurs salons moscovites. Sa nuque rasée garnie de mèches teintes et du ruban de Sainte-Anne graisseux qu'il portait sur sa cravate aile-de-corbeau devint rapidement familière à tous les pâles éphèbes dévorés d'ennui qui déambulent d'un air morose autour des tables de jeux pendant les danses. Paul Pétrovitch sut se faire une position dans la société moscovite ; il parlait peu, mais du nez, par une vieille habitude (qu'il perdait bien entendu devant des supérieurs hiérarchiques) ; il jouait aux cartes avec prudence, mangeait modérément chez lui, mais comme quatre lorsqu'il était invité. Nous ne saurions dire grand-chose de sa femme ; elle s'appelait Calliope Karlovna ; son œil gauche suintait légèrement, en vertu de quoi Calliope Karlovna (qui, de plus, était d'origine allemande) se tenait elle-même pour une femme sensible ; elle vivait toujours dans l'appréhension, comme si le pain devait lui manquer, et portait des robes de velours étroites, une toque, et de gros bracelets creux et ternes. La fille unique de Paul Pétrovitch et de Calliope Karlovna, Barbe Pavlovna, venait d'atteindre dix-sept ans lorsqu'elle sortit du pensionnat de... où elle avait été considérée sinon comme la plus belle, du moins certainement comme la plus maligne, et comme la meilleure musicienne, et où elle s'était vu décerner le chiffre de l'Impératrice[34].

Elle n'avait pas encore dix-neuf ans quand Lavretski la vit pour la première fois.

XIV

Le Spartiate avait les jambes flageolantes quand Mikhaliévitch l'introduisit dans le salon assez mal meublé des Korobine et le présenta aux maîtres de maison. Mais cet accès de timidité eut tôt fait de disparaître : chez le général, la cordialité inhérente au caractère russe se doublait de cette amabilité particulière qui est le propre de tous les hommes au passé un peu douteux ; la générale s'estompa rapidement, sans qu'on s'en aperçût ; quant à Barbe Pavlovna, elle était si tranquille, et amicale avec tant d'aisance, que chacun, en sa présence, se sentait immédiatement comme chez lui ; de plus, tout son corps plein de séduction, ses yeux souriants, ses épaules modestement penchées et ses bras d'un blanc rosé, sa démarche légère et comme lasse à la fois, le son même de sa voix lente, mélodieuse, tout cela dégageait le charme insinuant, insaisissable, d'un parfum subtil, une volupté délicate, encore voilée de pudeur, un je-ne-sais-quoi intraduisible par des mots, mais qui émouvait et provoquait — provoquait, bien entendu, tout autre chose que la timidité. Lavretski lança la conversation sur le théâtre, sur la représentation de la veille ; elle fut la première à mettre tout de suite le nom de Motchalov sur le tapis et, au lieu de se contenter d'exclamations et de soupirs de ravissement, elle énonça quelques remarques justes et pleines d'intuition féminine sur son jeu. Mikhaliévitch parla de musique ; elle se mit au piano sans faire de manières et joua avec précision quelques mazurkas de Chopin (elles commençaient tout juste, alors, d'être à la mode). L'heure du dîner arriva ; Lavretski voulut prendre congé, mais on le retint ; à table, le général lui fit boire un bon lafite que son laquais, d'un saut de fiacre, était allé chercher chez Desprès. Il était tard lorsque Lavretski rentra chez lui, et il resta longtemps assis sans se déshabiller, les mains sur les yeux, dans la stupeur de l'enchantement. Il lui semblait ne comprendre que maintenant pourquoi la vie valait la peine d'être vécue ; toutes ses suppositions, ses résolutions d'autrefois, tout ce fatras d'enfantillages, tout cela s'était envolé d'un coup ; son âme entière n'était plus qu'un flot de passion, qu'un flot de désir, désir de bonheur, de possession, d'amour, de l'amour exquis d'une femme. À dater de ce jour, il fréquenta assidûment les Korobine. Au bout de six mois, il se déclara à Barbe Pavlovna et lui offrit sa main. Sa demande fut acceptée ; depuis beau temps, dès la veille ou presque de sa première visite, le général avait demandé à Mikhaliévitch combien d'âmes possédait Lavretski ; Barbe Pavlovna elle aussi, d'ailleurs, qui tout le temps que le jeune homme lui fit sa cour et même à la minute où il lui fit sa déclaration conserva son calme et sa lucidité habituelle, Barbe Pavlovna elle aussi savait très bien que son fiancé était riche ; quant à Calliope Karlovna, elle pensa : *Meine Tochter macht eine schöne Partie*[35], et s'acheta une toque neuve.

XV

Ainsi donc la demande fut acceptée, mais à certaines conditions. Premièrement, Lavretski dut immédiatement quitter l'Université : voyons, on n'épousait pas un étudiant ! Et puis quelle idée bizarre, pour un propriétaire foncier, pour un homme riche, de prendre à vingt-six ans des leçons comme un écolier ? Deuxièmement, Barbe Pavlovna se chargea de passer les commandes et de faire les achats de sa dot, et même de choisir les présents du fiancé. Elle avait beaucoup de sens pratique, beaucoup de goût et un amour extrême du confort, ainsi qu'une grande habileté à se le procurer. Ce fut cette habileté qui impressionna Lavretski lorsque, aussitôt après leur mariage, ils partirent pour Lavriki, sa femme et lui, dans un commode petit coupé dont elle avait fait l'achat. Comme tout ce qui l'environnait avait été réfléchi, deviné, calculé à l'avance par Barbe Pavlovna ! Ces nécessaires de voyage ravissants nichés dans tous les coins de la voiture, ces adorables coffrets de toilette, ces jolies petites cafetières ! Et qu'elle faisait donc joliment le café elle-même tous les matins, Barbe Pavlovna ! En fait, Lavretski n'avait pas alors l'esprit à observer : il était au septième ciel, il se grisait de bonheur, s'abandonnait au bonheur comme un enfant... Et il était vraiment innocent comme un enfant, ce juvénile Alcide[36]. Ce n'était pas en vain que toute la personne de sa jeune femme rayonnait de séduction ; elle ne l'avait pas leurré en laissant espérer à ses sens un luxe mystérieux de jouissances inconnues ; elle tenait plus qu'elle n'avait promis. Arrivée à Lavriki, en plein cœur de l'été, elle trouva la maison sale et sombre, la domesticité ridicule et désuète, mais elle ne crut pas nécessaire d'en toucher le moindre mot à son mari. Si elle avait projeté de s'installer à Lavriki, elle y aurait tout refait, à commencer bien entendu par la maison ; mais la pensée de rester dans ce trou de la steppe ne lui était pas venue en tête un seul instant ; elle y vivait comme sous la tente, supportant avec douceur toutes les incommodités et plaisantant malicieusement à leur propos. Marthe Timoféïevna vint rendre visite à son pupille ; elle plut beaucoup à Barbe Pavlovna, mais Barbe Pavlovna ne lui plut pas. Avec Glaphyre Pétrovna non plus la nouvelle maîtresse de maison ne s'entendit pas ; elle l'aurait bien laissée en paix, si le père Korobine ne s'était mis en tête de prêter la main aux affaires de son gendre : administrer le domaine d'un aussi proche parent n'a rien de déshonorant, disait-il, même pour un général. Il est vraisemblable que Paul Pétrovitch n'aurait refusé à personne, fût-ce à un parfait étranger, de s'occuper de ses propriétés. Barbe Pavlovna conduisit son offensive avec beaucoup d'adresse ; sans se mettre en avant et tout entière plongée en apparence dans les délices de sa lune de miel, dans la paix de la vie aux champs, dans la musique et dans la lecture, elle poussa petit à petit Glaphyre Pétrovna jusqu'à un tel degré d'exaspération que celle-ci fit un matin irruption dans le cabinet de Lavretski comme une folle et, jetant son trousseau de clés sur la table, déclara qu'elle n'avait plus la force de tenir la maison et ne voulait pas rester au domaine. Dûment préparé à cet événement, Lavretski accepta immédiatement son départ. C'était là une réaction à laquelle Glaphyre Pétrovna ne s'attendait pas. « Bien, dit-elle — et ses yeux s'assombrirent —, je vois que je suis de trop ici ! Je sais qui me chasse de cette maison, du nid de ma famille. Mais retiens bien mes paroles, mon neveu : nulle part, toi non plus , tu ne feras ton nid, ton sort sera d'errer toute ta vie. Il en sera comme je te le prédis. » Le jour même, elle se retira dans un petit village qui lui appartenait ; une semaine plus tard arriva le général Korobine et, le regard et les gestes empreints d'une mélancolie charmante, il assuma la direction de tout le domaine.

Au mois de septembre, Barbe Pavlovna emmena son

mari à Saint-Pétersbourg. Elle y passa deux hivers (l'été ils s'installaient à Tsarskoïé-Sélo), dans un appartement magnifique, clair, meublé avec un goût raffiné ; ils se firent beaucoup de relations dans les milieux de moyenne et même de très haute volée de la capitale, ils sortaient et recevaient beaucoup, donnaient les plus exquises soirées musicales et dansantes. Barbe Pavlovna attirait le monde comme la flamme attire le papillon. Cette vie si dispersée n'était pas tout à fait du goût de Théodore Ivanytch. Sa femme lui conseillait de prendre du service, mais lui n'y tenait pas, par fidélité à la mémoire de son père, conformément aussi à ses propres idées ; il demeurait pourtant à Saint-Pétersbourg pour faire plaisir à Barbe Pavlovna. D'ailleurs il s'avisa bien vite que personne ne l'empêchait de s'isoler ; ce n'était pas pour rien qu'il avait le cabinet le plus silencieux et le plus confortable de tout Pétersbourg et que sa prévenante épouse était même toute prête à favoriser cet isolement ; dès lors tout alla pour le mieux. Il s'attaqua de nouveau à son éducation personnelle, inachevée selon lui, se remit à la lecture, entreprit même l'étude de l'anglais. Spectacle étrange que ce corps puissant aux larges épaules toujours penché au-dessus de sa table de travail, que ce visage plein, barbu, au teint vermeil, à demi dissimulé par les pages d'un dictionnaire ou d'un cahier. Toutes ses matinées se passaient à travailler, puis il dînait fort bien (Barbe Pavlovna était une maîtresse de maison hors pair), et le soir entrait dans un monde enchanté de parfums et de lumières, tout peuplé de jeunes visages gais, et dont le centre d'attraction était encore la même hôtesse diligente, sa femme. Elle lui fit la joie de lui donner un fils, mais le pauvre enfant ne vécut pas longtemps ; il mourut au printemps, et, l'été, sur le conseil des médecins, Lavretski emmena sa femme à l'étranger, aux eaux. Il était indispensable de la distraire après un si grand malheur, et puis sa santé exigeait un climat doux. Ils passèrent l'été et l'automne en Allemagne et en Suisse et, l'hiver venu, comme on pouvait s'y attendre, ils gagnèrent Paris. À Paris, Barbe Pavlovna s'épanouit comme une rose et sut créer autour d'elle aussi vite et aussi adroitement qu'à Saint-Pétersbourg un douillet petit nid. Elle trouva un appartement exquis dans l'une des rues tranquilles, mais à la mode, de la capitale ; fit faire à son mari une robe de chambre comme il n'en avait jamais porté ; engagea une accorte soubrette, une excellente cuisinière, un laquais plein d'entregent ; acquit un adorable coupé, un piano merveilleux. Une semaine ne s'était pas écoulée que déjà elle traversait la rue, portait son châle, ouvrait son ombrelle et enfilait ses gants avec autant de grâce qu'une Parisienne pur sang. Elle eut vite fait aussi de s'entourer d'amis. D'abord, seuls des Russes vinrent chez elle, puis on vit apparaître des Français, très aimables, courtois, célibataires, ayant de fort belles manières et portant des noms qui sonnaient bien ; ils parlaient tous vite et d'abondance, saluaient avec aisance, plissaient agréablement les yeux ; tous avaient des dents blanches éclatantes entre leurs lèvres roses, et comme ils savaient bien sourire ! Chacun amenait ses amis, et * la belle Madame de Lavretski * fut vite connue de la * Chaussée d'Antin * à la * rue de Lille *. En ce temps-là (cela se passait en 1836), la tribu des feuilletonistes et des chroniqueurs qui maintenant grouillent partout comme des fourmis dans une fourmilière éventrée n'était pas encore aussi nombreuse ; mais on rencontrait déjà dans le salon de Barbe Pavlovna un certain * M. Jules *, personnage de vilaine apparence, à la réputation scandaleuse, arrogant et vil comme tous les bretteurs et les têtes à claques. Ce * M. Jules * répugnait profondément à Barbe Pavlovna, mais elle le recevait parce qu'il écrivait dans divers journaux et y parlait toujours d'elle, l'appelant tantôt * Mme de L...tzki *, tantôt * Mme de ***, cette grande dame russe si distinguée qui demeure rue de P*** * ; parce qu'il racontait au monde entier, c'est-à-dire aux quelques centaines d'abonnés qui n'avaient rien à faire de * Mme de L...tzki *, combien cette dame, * une vraie Française par l'esprit * (les Français ne connaissent pas de plus grand compliment), était aimable et charmante, quelle musicienne exceptionnelle elle faisait et comme elle valsait merveilleusement (Barbe Pavlovna valsait en effet de façon à traîner tous les cœurs après soi dans les plis de sa robe légère et aérienne)... En un mot, il lui faisait une réputation mondiale, et cela, vous avez beau dire, c'est agréable. Mlle Mars avait alors déjà quitté la scène et Mlle Rachel n'avait pas encore fait son apparition [37] ; néanmoins Barbe Pavlovna fréquentait assidûment les théâtres. Elle s'enthousiasmait pour la musique italienne et riait des derniers restes d'Odry [38], bâillait discrètement à la Comédie-Française et pleurait au jeu de Mme Dorval [39] dans je ne sais quel mélodrame ultra-romantique ; mais surtout Liszt avait joué chez elle deux fois, et il avait été si charmant, si simple, un amour ! Telles furent les impressions agréables au milieu desquelles se passa l'hiver, hiver au terme duquel Barbe Pavlovna fut même présentée à la Cour. Théodore Ivanytch ne s'ennuyait pas de son côté, bien que la vie par moments lui parût lourde à porter, lourde parce que vide. Il lisait les journaux, suivait des cours à la * Sorbonne * et au * Collège de France *, assistait aux débats des Chambres, et entreprit la traduction d'un travail scientifique réputé sur l'irrigation. « Je ne perds pas mon temps, pensait-il ; tout cela est utile ; mais l'hiver prochain il faut absolument rentrer en Russie et se mettre au travail. » Avait-il clairement conscience de ce en quoi consistait exactement ce travail, nous ne saurions le dire ; et Dieu seul sait s'il serait parvenu à rentrer en Russie l'hiver venu ; pour le moment, il était question d'aller à Baden-Baden avec sa femme... Une circonstance imprévue détruisit tous ses plans.

XVI

Ayant pénétré un jour dans le cabinet de Barbe Pavlovna en son absence, Lavretski vit sur le sol un petit papier soigneusement plié. Il le ramassa machinalement, le déplia machinalement et y lut ce qui suit, écrit en français :

*Betsy, mon ange ! (Je ne puis me résoudre à t'appeler *Barbe * ou *Varvara *). Je t'ai attendue en vain au coin du boulevard ; viens demain à une heure et demie à notre petit appartement. Vers cette heure-là *ton gros bonhomme de mari * est généralement plongé dans ses livres ; nous chanterons encore cette chanson *de votre poète Pouskine*[40] que tu m'as apprise,* Vieux mari, mari redoutable. *Mille baisers sur tes mains et sur tes petits pieds. Je t'attends.*

ERNEST.

Lavretski ne comprit pas tout de suite ce qu'il venait de lire ; il le lut une seconde fois, et la tête lui tourna, le plancher se déroba sous lui comme le pont d'un bateau agité par la mer. Il cria, pleura, perdit la respiration, tout cela en un instant.

Il était fou. Sa confiance en sa femme avait été

aveugle ; l'éventualité d'une tromperie, d'une trahison, ne s'était jamais présentée à son esprit. Cet Ernest, cet amant de sa femme, était un gamin blond de vingt-trois ans tout au plus, à la jolie figure, au nez retroussé et aux fines moustaches, le plus insignifiant peut-être de tous ses amis. Quelques minutes, une demi-heure passèrent ; Lavretski était toujours là, debout, serrant le billet fatal dans sa main crispée, le regard vide fixé au sol ; dans une sorte de tourbillon obscur il voyait défiler des visages spectraux ; son cœur serré lui faisait mal ; il se sentait tomber, tomber, toujours plus bas... et cela ne finissait pas. Le bruissement familier d'une robe de soie le tira de son hébétude ; Barbe Pavlovna, en châle et en chapeau, rentrait de promenade d'un pas rapide. Lavretski fut saisi d'un tremblement et se rua hors de la pièce ; il s'était senti capable, en cet instant, de la torturer, de la tuer à moitié sous les coups, comme un paysan, de l'étrangler de ses propres mains. Barbe Pavlovna stupéfaite essaya de l'arrêter ; il ne put que murmurer : « Betsy », et se précipita dehors.

Lavretski prit sa voiture et se fit conduire hors de la ville. Tout le reste du jour et toute la nuit jusqu'au matin il erra, s'arrêtant à chaque instant et se tordant les mains : tantôt il se sentait devenir fou, tantôt la dérision et même une sorte de gaieté prenaient le dessus. Le matin, transi, il entra dans une mauvaise auberge des faubourgs, demanda une chambre et s'assit sur une chaise devant la fenêtre. Une crise de bâillements nerveux le saisit. Il tenait à peine sur ses jambes, son corps était épuisé, mais il ne sentait pas la fatigue ; la fatigue pourtant accomplissait son œuvre : il était là, assis, le regard vide, n'y comprenant rien ; il ne comprenait pas ce qui avait pu lui arriver, d'où venait qu'il se trouvait seul, les membres raides comme du bois, la bouche amère, le cœur lourd comme une pierre, dans une pièce inconnue ; il ne comprenait pas ce qui l'avait poussée, elle, Varia [41], à se donner à ce Français, et comment, se sachant infidèle, elle pouvait être calme, comme par le passé, tendre et confiante avec lui comme par le passé ! « Je n'y comprends rien ! murmuraient ses lèvres desséchées. — Qui me garantit maintenant qu'à Saint-Pétersbourg... » Et il n'achevait pas sa question, et bâillait de nouveau, frissonnant, tout le corps secoué de tremblements. Les souvenirs clairs et les souvenirs sombres le torturaient également ; soudain il lui vint à l'esprit que quelques jours auparavant elle s'était mise au piano devant Ernest et lui, et avait chanté *Vieux mari, mari redoutable !* Il revit l'expression de son visage, l'étrange éclat de ses yeux, le feu de ses joues, et il se leva, décidé à aller lui dire : « Vous avez eu tort de vous jouer de moi, mon arrière-grand-père pendait ses paysans par les côtes, mon grand-père était lui-même un paysan », et à les tuer tous les deux. Ou bien alors, il lui semblait que ce qui lui arrivait était un rêve, même pas, une idée folle ; qu'il suffisait de se secouer, de regarder autour de soi... Il le faisait, et comme un faucon plonge ses serres dans le corps de l'oiseau capturé, la douleur enfonçait ses griffes dans son cœur, toujours plus profond. Pour couronner le tout, Lavretski avait depuis quelques mois l'espoir d'être père... Le passé, l'avenir, toute sa vie était empoisonnée. Il rentra enfin à Paris, descendit à l'hôtel et renvoya à Barbe Pavlovna le billet d'Ernest accompagné de la lettre suivante :

Le papier ci-joint vous expliquera tout. À propos, laissez-moi vous dire que je ne vous ai pas reconnue : vous, toujours si soigneuse, laisser tomber des papiers aussi importants ! (Cette phrase, le pauvre Lavretski l'avait amoureusement fignolée pendant des heures.)

Je ne peux plus vous voir ; je suppose que vous non plus ne devez pas souhaiter me rencontrer. Je vous alloue 15 000 francs par an ; je ne puis donner davantage. Envoyez votre adresse au bureau du domaine. Faites ce que vous voulez ; vivez où vous voulez. Bonne chance. Inutile de répondre.

Lavretski avait écrit à sa femme qu'il était inutile de répondre... mais il attendait, désirait éperdument une réponse, une explication de cette incompréhensible, de cette inconcevable affaire. Barbe Pavlovna lui envoya le jour même une longue lettre en français. Cette lettre l'acheva ; ses derniers doutes s'évanouirent, et il eut honte d'en avoir conservé quelques-uns. Barbe Pavlovna n'essayait pas de se justifier : elle voulait seulement le voir, le suppliait de ne pas la condamner sans appel. La lettre était froide et compassée malgré quelques traces de larmes ici et là. Lavretski eut un sourire amer et fit dire par le porteur que tout était pour le mieux. Trois jours après, il avait quitté Paris : il n'alla pas en Russie, pourtant, mais en Italie. Pourquoi l'Italie, au juste ? Il ne le savait pas lui-même ; en réalité, il serait allé n'importe où, pourvu que ce ne fût pas chez lui. Il envoya des instructions à son régisseur concernant la pension de sa femme, en lui prescrivant, par la même occasion, de se faire remettre immédiatement par le général Korobine toutes les affaires de la propriété sans attendre la reddition de comptes, et d'organiser le départ de Son Excellence de Lavriki ; il s'imagina comme s'il y était les alarmes, les grands airs bien dérisoires du général expulsé et, malgré tout son chagrin, en ressentit une sorte de malin plaisir. Sur-le-champ il demanda par lettre à Glaphyre Pétrovna de rentrer à Lavriki et lui envoya sa procuration ; Glaphyre Pétrovna ne rentra pas à Lavriki et fit publier dans les journaux que la procuration avait été détruite, ce qui était tout à fait superflu. Caché dans une petite ville d'Italie, Lavretski ne put s'empêcher, pendant longtemps, de surveiller les faits et gestes de sa femme. Il apprit par les journaux que de Paris, comme prévu, elle avait gagné Baden-Baden ; son nom parut bientôt dans un entrefilet toujours signé du même M. Jules. La frivolité habituelle du ton y laissait transparaître une sorte de compassion amicale ; Théodore Ivanytch fut complètement écœuré par la lecture de cet entrefilet. Puis il apprit qu'une fille lui était née ; environ deux mois plus tard, il fut informé par son régisseur que Barbe Pavlovna avait réclamé le premier tiers de sa pension. Ensuite des bruits de plus en plus vilains commencèrent à circuler ; enfin une histoire tragi-comique fit grand bruit dans tous les journaux, où sa femme jouait un rôle peu enviable. C'en était fait : Barbe Pavlovna était devenue une « célébrité ».

Lavretski cessa de la surveiller, mais fut long à retrouver la paix. Parfois un si grand regret de sa femme l'envahissait qu'il aurait tout donné, lui semblait-il, qu'il lui aurait même, qui sait, pardonné, ne fût-ce que pour entendre sa voix câline, pour sentir de nouveau sa main dans la sienne. Cependant le temps faisait son œuvre. Lavretski n'était pas né pour le martyre ; sa saine nature reprit ses droits. Bien des choses s'éclairèrent pour lui ; le coup même qui l'avait frappé ne lui paraissait plus tombé du ciel ; il comprit sa femme : on ne comprend totalement un être proche que lorsqu'on est séparé de lui. De nouveau il pouvait étudier, travailler, sans y mettre toutefois le même zèle qu'auparavant, loin de là : un scepticisme auquel les épreuves de la vie, l'éducation, l'avaient prédisposé, s'était définitivement insinué dans son âme. Il devint très indifférent à tout. Quatre années passèrent, et il se sentit la force de rentrer dans sa patrie, de revoir les siens. Sans s'arrêter ni à Saint-Pétersbourg ni à Moscou, il débarqua directement à O*** où nous l'avons laissé tout à l'heure, et où nous demandons au lecteur indulgent de revenir avec nous.

XVII

Le lendemain du jour que nous avons décrit, vers dix heures du matin, Lavretski gravissait les marches du perron des Kalitine quand il vit venir à sa rencontre Lise, portant un chapeau et gantée.

« Où allez-vous ? lui demanda-t-il.

— À la messe. C'est dimanche, aujourd'hui.

— Comment cela ? Vous allez à la messe ? »

Lise le regarda avec un étonnement muet :

« Excusez-moi, je vous en prie, dit Lavretski. Ce n'est pas... Ce n'est pas cela que je voulais dire ; j'étais venu prendre congé de vous, je pars dans une heure pour la campagne.

— Ce n'est pas loin d'ici, n'est-ce pas ? dit Lise.

— À peu près vingt-cinq verstes. »

Sur le seuil de la porte parurent Lénotchka et la femme de chambre qui l'accompagnait.

« Surtout, n'allez pas nous oublier, dit Lise en commençant à descendre.

— Vous non plus, ne m'oubliez pas. Oh ! écoutez, ajouta-t-il : puisque vous allez à l'église, profitez-en pour prier pour moi. »

Lise s'arrêta et se retourna vers lui.

« Volontiers, dit-elle en le regardant bien en face ; je prierai aussi pour vous. Viens, Lénotchka. »

Dans le salon, Lavretski trouva Marie Dmitrievna seule. Elle sentait la menthe et l'eau de Cologne. Elle avait mal à la tête, lui dit-elle, et sa nuit avait été agitée. Elle le reçut avec l'amabilité dolente qui lui était habituelle, puis, petit à petit, sa langue se délia.

« Quel jeune homme agréable que Vladimir Nikolaïtch, n'est-il pas vrai ? demanda-t-elle.

— Qui donc ?

— Mais voyons, Panchine, que vous avez vu hier chez nous. Vous lui avez plu terriblement ; je vous dirai en secret, *mon cher cousin*, qu'il est tout simplement fou de ma Lise. Et puis alors ? Il est de bonne famille, il fait une très belle carrière, il est intelligent, ma foi, page de la chambre, et si c'est la volonté de Dieu... Pour ma part, en tant que mère, j'en serai très heureuse. La responsabilité est, bien sûr, écrasante ; assurément c'est des parents que dépend le bonheur des enfants, et je peux bien dire que, jusqu'à ce jour, pour le meilleur comme pour le pire, j'ai été toujours et partout bel et bien seule : pour l'éducation des enfants, pour leurs études, c'est toujours moi qui ai tout fait... Tenez, en ce moment même je viens d'écrire à Mme Bolus qu'elle m'envoie une mademoiselle... »

Marie Dmitrievna se lança dans la description de ses soucis, de ses tracas, de ses sentiments maternels. Lavretski l'écoutait sans parler, en tournant son chapeau dans ses mains. Son regard froid et lourd finit par troubler l'expansive dame.

« Et Lise, comment la trouvez-vous ? » demanda-t-elle.

Lavrestki répondit .

« Élisabeth Mikhaïlovna est une jeune fille accomplie. » Puis il se leva, salua et se rendit chez Marthe Timoféïevna. Marie Dmitrievna le suivit des yeux d'un air mécontent et pensa : « Quel empoté ! paysan, va !

Bon, je comprends maintenant pourquoi sa femme n'a pas pu lui rester fidèle. »

Marthe Timoféïevna était dans sa chambre, entourée de sa « maison » qui se composait de cinq membres, tous presque aussi chers à son cœur les uns que les autres : un bouvreuil savant au gros jabot qu'elle avait pris en affection parce qu'il s'était arrêté de siffler et de chiper de l'eau, un petit chien très peureux et très pacifique du nom de Roska, un chat hargneux, Matelot, une fillette noiraude d'environ neuf ans, véritable vif-argent aux yeux immenses et au petit nez pointu, qui s'appelait Chourotchka[42], et une femme mûre dans les cinquante-cinq ans, toujours coiffée d'un bonnet blanc et vêtue d'un caraco brun et court et d'une robe sombre, nommée Anastasie Karpovna Ogarkov. Chourotchka sortait d'une famille d'artisans pauvres ; elle était orpheline. Marthe Timoféïevna l'avait recueillie par pitié, tout comme Roska : elle les avait ramassés dans la rue l'une et l'autre, l'enfant et le chien ; tous deux étaient maigres et affamés, tous deux trempés par la pluie d'automne ; Roska ne fut réclamé par personne ; quant à Chourotchka, ce fut même de grand cœur qu'elle fut cédée à Marthe Timoféïevna par son oncle, un savetier ivrogne qui, ne mangeant lui-même jamais à sa faim, ne nourrissait pas sa nièce mais l'abreuvait de coups d'embauchoir à la tête. Quant à Anastasie Karpovna, Marthe Timoféïevna avait lié connaissance avec elle lors d'un pèlerinage, dans un monastère ; elle l'avait abordée à l'église la première (cette femme lui avait plu parce qu'elle priait « savoureusement », pour reprendre sa propre expression), lui avait la première adressé la parole et l'avait invitée à prendre une tasse de thé dans ses appartements. Depuis ce jour, elles ne s'étaient plus quittées. Anastasie Karpovna était une femme du naturel le plus gai et le plus doux qu'on puisse imaginer, une veuve sans enfants, de noblesse pauvre ; elle avait la rête ronde, les cheveux gris, des mains douces et blanches, un visage à la peau douce, aux traits épais, pleins de bonté, et un drôle de nez retroussé ; elle vénérait Marthe Timoféïevna, et celle-ci l'aimait beaucoup, tout en la taquinant souvent à propos de son cœur sensible : elle avait un faible pour tous les jeunes gens et rougissait involontairement comme une fillette à la plus innocente plaisanterie. Tout son petit capital consistait en une liasse d'assignats de mille deux cents roubles ; elle vivait aux dépens de Marthe Timoféïevna, mais sur un pied d'égalité avec elle ; Marthe Timoféïevna n'aurait pas supporté une attitude obséquieuse.

« Ah ! Fédia ! s'exclama-t-elle dès qu'elle l'aperçut. Hier soir tu n'as pas vu ma famille : admire-la. Nous étions réunis pour le thé ; c'est notre second thé, notre thé des jours de fête. Tu peux caresser tout le monde ; mais Chourotchka ne se laissera pas faire, et le chat risque de te griffer. Tu pars aujourd'hui ?

— Oui. (Lavretski s'assit sur une petite chaise basse.) J'ai déjà pris congé de Marie Dmitrievna. J'ai vu aussi Élisabeth Mikhaïlovna.

— Appelle-la Lise, mon bon ami ; que racontes-tu là : elle n'est pas " Mikhaïlovna " pour toi[43] ! Mais reste tranquille, sinon tu vas casser la chaise de Chourotchka.

— Elle allait à la messe, continua Lavretski. Seraitelle pieuse ?

— Oui, Fédia, très pieuse. Plus que toi et moi, Fédia.

— Comme si vous n'étiez pas pieuse ! fit observer Anastasie Karpovna (elle blésait un peu). Aujourd'hui vous n'êtes pas allée à la première messe, mais vous irez à la seconde.

— Ah ! bien non, tu iras seule : je me fais paresseuse,

ma bonne, répliqua Marthe Timoféïevna ; maintenant j'aime bien profiter de mon thé. » (Elle tutoyait Anastasie Karpovna bien qu'elle vécût avec elle sur un pied d'égalité : elle était une Pestov, tout de même ; trois Pestov figurent dans le diptyque[44] d'Ivan Vassiliévitch le Terrible ; Marthe Timoféïevna le savait fort bien.)

« Dites-moi, je vous prie, reprit Lavretski : Marie Dmitrievna me parlait à l'instant de ce... Voyons, quel est son nom, déjà ?... de ce Panchine. Qu'est-ce donc que ce monsieur ?

— Quelle cancanière, cette femme, Dieu me pardonne ! grommela Marthe Timoféïevna. Je parie qu'elle t'a confié sous le sceau du secret : " Voyez-vous, c'est un prétendant qui se met sur les rangs. " Ses commérages avec son fils de pope ne lui suffisent pas, je le vois. Et le comble, c'est qu'il n'y a encore rien, grâce à Dieu, d'ailleurs ! Mais déjà elle bavarde.

— Pourquoi donc " grâce à Dieu " ? demanda Lavretski.

— Mais parce que le gaillard ne me plaît pas ; et puis qu'y a-t-il là de réjouissant ?

— Il ne vous plaît pas ?

— Hé ! Il ne peut quand même pas séduire tout le monde ! C'est déjà bien beau qu'Anastasie Karpovna que tu vois là soit amoureuse de lui. »

La pauvre veuve s'écria, dans tous ses états :

« Que dites-vous là, Marthe Timoféïevna, vous n'avez pas la crainte de Dieu ! » Et une rougeur de honte envahit instantanément son visage et son cou.

« Et il sait bien, le rusé compère, l'interrompit Marthe Timoféïevna, il sait comment la séduire : il lui a offert une tabatière. Fédia, demande-lui une prise ; tu verras la belle tabatière, avec un hussard à cheval sur le couvercle. Allons, n'essaie pas de te justifier, ma bonne. »

Anastasie Karpovna ne put que lever les mains en signe de protestation.

« Et Lise, demanda Lavretski, est-elle indifférente envers lui ?

— Il semble lui plaire ; cela dit, Dieu seul la connaît ! L'âme d'autrui est une forêt obscure, tu le sais, et celle d'une jeune fille à plus forte raison. Tiens, même dans l'âme de Chourotchka, tu peux toujours essayer d'y voir clair ! Pourquoi se cache-t-elle et ne se montre-t-elle pas depuis que tu es arrivé ? »

Chourotchka pouffa en étouffant un éclat de rire et, d'un bond, sortit de son coin, tandis que Lavretski se levait.

« Oui, dit-il d'une voix lente, une âme de jeune fille est chose indéchiffrable. »

Il commença ses adieux.

« Et alors ? Te reverrons-nous bientôt ? demanda Marthe Timoféïevna.

— À l'occasion, ma tante : ce n'est pas loin.

— Oui, c'est vrai, tu vas à Vassilievskoïé. Tu ne veux pas habiter Lavriki ? Après tout, c'est ton affaire ; fais-y tout de même un saut pour saluer la tombe de ta mère, et celle de ta grand-mère par la même occasion. Tu t'es rempli la tête de toute espèce de science, là-bas à l'étranger, mais qui sait ? peut-être sentiront-ils, eux, dans leur tombe, que tu es venu les voir. Et n'oublie pas non plus, Fédia, de faire dire une messe pour Glaphyre Pétrovna ; tiens, prends cette pièce. Si, si, c'est *moi* qui veux lui faire dire cette messe. Je ne l'aimais pas de son vivant, mais il n'y a pas à dire, c'était une fille qui avait du caractère. Une fille qui avait de la tête ; bah ! à toi non plus elle n'a pas fait tort. Bon, maintenant va, Dieu te protège ; si je continue, je vais me rendre insupportable. »

Et Marthe Timoféïevna embrassa son neveu.

« Quant à Lise, elle n'épousera pas Panchine, ne t'inquiète pas ; elle mérite un autre mari.

— Mais je ne m'inquiète nullement », répondit Lavretski, et il s'en fut.

XVIII

Quatre heures plus tard, il roulait vers son village. Son tarantass avançait à vive allure sur le sol meuble du chemin vicinal. Cela faisait deux semaines que le pays souffrait de la sécheresse ; une brume ténue envahissait l'atmosphère comme un nuage de lait et couvrait les forêts lointaines, une brume qui sentait le brûlé. Des quantités de petits nuages tirant sur le gris sombre, aux contours imprécis, flottaient un peu partout dans le ciel d'un bleu pâle ; il soufflait un vent assez fort, courant d'air sec et continu qui ne réussissait pas à dissiper la canicule. La tête appuyée sur le coussin de la voiture, les bras croisés sur sa poitrine, Lavretski regardait les champs clôturés s'ouvrir en éventail sur son passage, les saules défiler avec lenteur, les corbeaux et les corneilles, oiseaux niais, lorgner de côté avec une défiance obtuse l'équipage en pleine course, les longues dérayures envahies d'absinthe et de sorbier sauvage ; il regardait... et cette nature nue et sauvage de la steppe toute fraîche et grasse, cette verdure, ces longues crêtes mamelonnées, les ravins garnis de buissons de chênes nains, les petits villages gris, les maigres bouleaux, tout ce tableau de la Russie resté si longtemps loin de ses yeux apportait à son âme des sensations à la fois suaves et presque douloureuses, pesait sur sa poitrine d'un poids qui était agréable. Ses pensées erraient lentement ; leurs contours étaient aussi indistincts et confus que les contours de ces petits nuages hauts dans le ciel qui, eux aussi, semblaient errer. Il se souvint de son enfance, de sa mère, de sa mère sur son lit de mort, lorsqu'il avait été apporté à son chevet et que, serrant sa tête contre son sein, elle s'était mise à psalmodier faiblement sur lui des lamentations puis, ayant levé les yeux sur Glaphyre Pétrovna, s'était arrêtée aussitôt. Il se souvint de son père, d'abord alerte, mécontent de tout, avec sa voix d'airain, puis aveugle, pleurnichard, la barbe grise et mal soignée ; il se souvint de lui un jour qu'à table, ayant bu un verre de trop et taché de sauce sa serviette, il avait brusquement éclaté de rire et s'était lancé dans le récit de ses conquêtes, rougissant et clignant de ses yeux éteints ; il se souvint de Barbe Pavlovna et fronça les sourcils malgré lui, comme le fait un homme qui ressent un élancement brusque, puis secoua la tête. Ensuite sa pensée s'arrêta sur Lise.

« Voici une créature neuve qui fait à peine son entrée dans la vie, pensa-t-il. Une belle nature ; que donnera-t-elle ? Jolie, aussi. Le teint pâle et frais, ce sérieux dans les yeux et les lèvres, et le regard : honnête, innocent. Dommage, elle a l'air un brin exaltée. La taille est belle, et comme elle est légère quand elle marche ; la voix est douce. J'aime beaucoup cette façon qu'elle a de s'arrêter soudain, d'écouter avec attention, sans sourire, puis de réfléchir et de rejeter ses cheveux en arrière. C'est vrai, quelque chose me dit à moi aussi que Panchine ne la mérite pas. Pourtant qu'a-t-il de mal ? Mais, au fait, je divague ! Elle aussi prendra au grand galop le même chemin que toutes les autres. Je ferais mieux de dormir un peu. » Et Lavretski ferma les yeux.

Le sommeil ne venait pas, mais il s'enfonça dans l'engourdissement somnolent du voyage. Les images du passé continuaient sans hâte de remonter, de flotter dans sa mémoire, se mêlant et s'entrelaçant avec d'autres représentations. Lavretski, Dieu sait pourquoi, se mit à penser à Robert Peel[45]..., à l'histoire de France..., à la façon dont il aurait gagné la bataille s'il avait été général ; il croyait entendre des coups de feu, des cris... Sa tête glissait sur le côté et il rouvrit les yeux plusieurs fois... Toujours les mêmes champs, les mêmes paysages de la steppe ; les fers usés des bricoliers étincellent alternativement dans des nuages de poussière ; la chemise du postillon, jaune à goussets rouges, se gonfle sous l'effet du vent... « Me voilà bien pour rentrer au pays... », pensa-t-il tout à coup, et il cria : « Vas-y ! », s'enveloppa dans son manteau et se rencogna plus profondément dans son coussin. Soudain un choc secoua le tarantass : Lavretski se redressa et ouvrit les yeux tout grands. Devant lui sur une hauteur s'étiraient les bâtisses d'un modeste village ; un peu à droite, une antique petite maison de maîtres aux volets clos, au perron de guingois ; dans la vaste cour de la maison, dès le portail, des orties vertes et drues poussaient comme du chanvre ; il y avait là aussi une petite grange en chêne encore solide. C'était Vassilievskoïé.

Le postillon tourna les chevaux vers le portail, les arrêta ; le laquais de Lavretski se dressa sur son siège et, se tenant dans la position du saut, cria : « Hé là ! » Des aboiements rauques et sourds retentirent, mais on ne vit même pas apparaître de chien ; le laquais se mit une seconde fois dans la position du saut et cria de nouveau : « Hé là ! » L'aboiement cassé se renouvela, et, au bout d'un instant, arriva, sorti d'on ne sait où, au pas de course, un homme vêtu d'un caftan de nankin, dont la tête était blanche comme la neige ; il regarda le tarantass en protégeant ses yeux du soleil, se frappa soudain les cuisses des deux mains, esquissa d'abord sur place quelques mouvements indécis, puis se précipita pour ouvrir le portail. Le tarantass fit son entrée dans la cour, froissant les orties sous ses roues, et s'arrêta devant le perron. L'homme à la tête blanche, fort leste apparemment, se tenait déjà sur la dernière marche, ses jambes torses largement écartées ; il détacha l'avant-train, releva d'un geste convulsif le rideau de cuir et, tout en aidant le maître à mettre pied à terre, lui baisa la main.

« Bonjour, mon vieux, dit Lavretski, tu t'appelles Antoine, je crois ? Toujours de ce monde ? »

Le vieillard répondit par un salut muet et courut chercher les clés. Pendant ses allées et venues, le postillon ne bougea pas de son banc ; le poing calé sur la hanche, il levait les yeux de temps en temps sur la porte fermée ; quant au laquais de Lavretski, ayant sauté à terre il conserva la pose pittoresque dans laquelle il avait atterri, une main négligemment posée sur son siège. Le vieillard apporta les clés et, tout en se contorsionnant sans aucune nécessité comme un serpent et en levant haut les coudes, il déverrouilla la porte, puis se rangea de côté et, de nouveau, fit un profond salut.

« Eh bien, me voici chez moi, me voici donc revenu », pensa Lavretski en pénétrant dans la minuscule antichambre, tandis que les volets s'ouvraient les uns après les autres à grand renfort de coups et de grincements, et que la lumière du jour se répandait dans les pièces inhabitées.

XIX

La modeste petite maison où Lavretski venait d'arriver et où, deux ans plus tôt, s'était éteinte Glaphyre Pétrovna, avait été bâtie au siècle dernier en robuste bois de sapin ; malgré son apparence vétuste, elle pouvait encore bien durer cinquante ans et plus. Lavretski parcourut toutes les pièces et, au grand désarroi des vieilles mouches indolentes au dos couvert de poussière blanche qui, immobiles, garnissaient les plafonds, il fit partout ouvrir les fenêtres : depuis la mort de Glaphyre Pétrovna, personne n'avait levé les barres. Tout dans la maison était resté en l'état. Au salon les petits canapés blancs aux pieds frêles garnis d'une étoffe glacée de couleur grise, râpés et défoncés, évoquaient irrésistiblement l'époque de Catherine II ; c'était dans ce salon que se trouvait le fauteuil préféré de la maîtresse de maison, avec son dossier haut et droit contre lequel elle ne s'était jamais appuyée, même dans ses vieux jours. Au mur principal était accroché un portrait ancien du bisaïeul de Théodore, André Lavretski ; le visage sombre et bilieux ne ressortait qu'à peine du fond noirci et gauchi du tableau ; les petits yeux méchants vous regardaient d'un air morose sous leurs paupières tombantes et comme gonflées ; les cheveux noirs sans poudre se dressaient en brosse au-dessus du front lourd creusé de rides. À l'angle supérieur du portrait était suspendue une couronne poussiéreuse d'immortelles. « C'est Glaphyre Pétrovna qui a daigné la tresser de ses propres mains », dit Antoine. La chambre à coucher était meublée d'un lit étroit voilé d'un rideau en étoffe rayée d'un âge immémorial, et d'excellente qualité ; une montagne de coussins défraîchis et une maigre petite couverture piquée étaient posés sur le lit ; à sa tête était suspendue une icône de la Présentation de la Très Sainte Vierge au Temple, celle-là même sur laquelle, seule et oubliée de tous à son lit de mort, la vieille fille avait pour la dernière fois appuyé ses lèvres déjà refroidies. Devant la fenêtre, une table de toilette en marqueterie ornée de plaques de cuivre et garnie d'un miroir déformant, avait sa dorure toute noircie. Contigu à la chambre à coucher se trouvait un oratoire, pièce minuscule aux murs nus dont un angle était occupé par une lourde armoire à icônes ; par terre, un petit tapis usé jusqu'à la corde et couvert de taches de cire : Glaphyre Pétrovna y faisait ses prosternations. Antoine, accompagné du laquais de Lavretski, s'en alla ouvrir l'écurie et la remise ; il fut remplacé par une vieille femme presque du même âge que lui, coiffée d'un fichu qui lui descendait jusqu'aux sourcils ; elle branlait la tête et son regard était stupide mais exprimait le dévouement, l'habitude immémoriale de servir humblement et, en même temps, une sorte de commisération respectueuse. Elle vint baiser la main de Lavretski et se posta près de la porte en attendant les ordres. Il n'avait pas le moindre souvenir de son nom, ne se rappelait même pas l'avoir jamais vue ; elle s'appelait Apraxie, paraît-il ; quarante ans auparavant, Glaphyre Pétrovna, toujours elle, l'avait renvoyée de la maison seigneuriale et investie des fonctions de basse-courrière ; au demeurant, elle parlait peu, à croire que la tête n'allait plus, mais ses yeux étaient pleins d'une dévotion éperdue. En dehors de ces deux vieillards et de trois petits enfants aux gros ventres vêtus de longs haillons de chemises, les petits-fils d'Antoine, vivait aussi au domaine un bonhomme malingre et manchot qui était serf non taillable[46] ; il marmottait sans arrêt comme un coq de bruyère et se montrait incapable du moindre travail ; le chien décrépit qui avait par ses aboiements annoncé le retour de Lavretski ne présentait guère plus d'utilité que lui : cela faisait maintenant dix ans qu'il était attaché à une lourde chaîne achetée sur l'ordre de Glaphyre Pétrovna, et c'est tout juste s'il était en état de se mouvoir et de traîner son fardeau. Ayant inspecté la maison, Lavretski sortit dans le jardin et s'en trouva satisfait. Ce jardin était entièrement envahi de mauvaises herbes, de bardanes, de groseilliers et de framboisiers ; mais on y trouvait de l'ombre à profusion, de vieux tilleuls qui surprenaient par leur taille gigantesque et par la curieuse disposition de leurs branches ; ils avaient été plantés trop serrés et, jadis, cent ans auparavant peut-être, tondus à ras. Le jardin se terminait par un petit étang d'eau claire bordé de grands roseaux rougeâtres. Les traces de la vie humaine s'effacent très vite : le domaine de Glaphyre Pétrovna n'était pas encore retourné à l'état sauvage, mais il semblait déjà plongé dans cette somnolence paisible à laquelle s'adonne sur terre tout ce qui ne subit pas la contagion inquiète de l'homme. Théodore Ivanytch fit aussi un tour dans le village ; les femmes le regardèrent du seuil de leurs isbas, la joue dans la main ; les hommes le saluèrent de loin, les enfants s'égaillèrent à son approche, les chiens aboyèrent avec indifférence. Après quoi, il eut faim ; mais il n'attendait ses domestiques et son cuisinier que dans la soirée ; le convoi de provisions n'était pas encore arrivé de Lavriki, il fallut s'en remettre à Antoine. Celui-ci fit immédiatement le nécessaire : il attrapa, égorgea et pluma une vieille poule ; Apraxie la gratta et la lava longuement, la frottant comme du linge, avant de la mettre à la casserole ; lorsqu'elle fut enfin cuite, Antoine étendit une nappe sur la table et mit le couvert ; devant le couvert il posa une salière à trois pieds en plaqué argent noirci, et un carafon à facettes dont le goulot étroit était fermé par un bouchon de verre rond ; puis il annonça à Lavretski d'une voix chantante : « Le maître est servi », et se posta en personne derrière sa chaise, le poing droit enveloppé d'une serviette ; il dégageait une forte odeur de vieux, semblable à l'odeur du bois de cyprès. Lavretski goûta le bouillon, puis s'attaqua à la poule ; la peau en était toute couverte de grosses pustules ; un énorme tendon courait sur chaque cuisse, la viande avait une consistance ligneuse et un goût de lessive. Après avoir dîné, Lavretski dit qu'il prendrait volontiers du thé, si... « Je vous l'apporte tout de suite », l'interrompit le vieillard ; et il tint sa promesse. On dénicha une pincée de thé enveloppée dans un lambeau de papier rouge ; on dénicha aussi un samovar, petit, mais plein de fougue et bruyant à souhait, on dénicha même du sucre, en morceaux minuscules et comme fondus. Lavretski but son thé dans une grande tasse ; cette tasse, il s'en souvenait depuis son enfance : elle était ornée de cartes à jouer ; c'était elle qui servait aux invités... et voici qu'il s'en servait, lui, comme un invité. Les domestiques arrivèrent dans la soirée ; Lavretski n'eut pas envie de dormir dans le lit de sa tante ; il s'en fit dresser un dans la salle à manger. La bougie éteinte, il resta longtemps à regarder autour de lui, en roulant de tristes pensées ; il éprouvait cette sensation familière à quiconque se voit contraint de passer une première nuit dans un endroit depuis longtemps inhabité ; les ténèbres qui le cernaient maintenant de toutes parts lui semblaient ne pouvoir s'habituer au nouvel habitant, les murs mêmes de la maison paraissaient se poser des questions. Enfin il poussa un soupir, tira sur lui la couverture et s'endor mit. Ce fut Antoine qui resta le plus longtemps debout de toute la maison ; longtemps il chuchota avec Apraxie, se lamenta à mi-voix ; au moins deux fois il se signa ; ni l'un ni l'autre ne s'attendait à ce que le maître vînt s'installer chez eux, à Vassilievskoïé, alors qu'il avait à sa disposition un si beau domaine avec une maison de maître si bien installée ; ils étaient loin de se douter que cette maison, justement, était odieuse à Lavretski ; elle lui rappelait de pénibles souvenirs. Ayant chuchoté et bavardé tout son soûl, Antoine prit un bâton, en donna quelques coups sur la planche suspendue à cet effet contre la grange et depuis longtemps réduite au silence, et sur-le-champ piqua un petit somme à la belle étoile sans même couvrir sa tête blanche. La nuit de mai était tranquille et douce, et berçait le sommeil paisible du vieillard.

XX

Le lendemain, Lavretski se leva d'assez bonne heure, eut un entretien avec le staroste, passa un moment sur l'aire, fit libérer de sa chaîne le chien de la basse-cour qui se borna à pousser quelques aboiements, mais ne s'éloigna même pas de sa niche, puis, rentré chez lui, il s'enfonça dans une sorte de torpeur tranquille dont il ne sortit plus de toute la journée. « Voilà que j'ai touché le fond de la rivière », se répéta-t-il plus d'une fois. Il était assis près de la fenêtre, immobile, comme à l'écoute du flot mouvant de cette ville tranquille qui l'entourait, des rares bruits animant cette campagne perdue. Tiens, quelque part derrière les orties quelqu'un chantonne d'une toute petite voix fluette ; on dirait qu'un moustique accompagne ce chant. Voici que la chanson s'arrête, mais le piaulement du moustique continue : dans le concert obsédant et plaintif des mouches qui bourdonnent à l'unisson éclate le vrombissement d'un gros bourdon qui cogne à tout moment le plafond de la tête ; un coq chante dans la rue du village, étirant longuement sa dernière note rauque ; un bruit de charrette, un portail qui grince... « Qu'est-ce qu'il y a ? » chevrote soudain une voix de femme. « Oh ! là, là, mon petit bout de chou ! » — c'est la voix d'Antoine cajolant une fillette de deux ans qu'il tient dans ses bras. « Apporte le kvas », reprend la même voix de femme que tout à l'heure... et tout à coup s'établit un silence de mort ; plus un choc, plus un frémissement ; pas une feuille ne bouge ; des hirondelles filent sans un cri, l'une derrière l'autre, au ras du sol, et l'âme se gonfle de tristesse à contempler cette incursion muette. « Voilà que j'ai touché le fond de la rivière, pense à nouveau Lavretski. Et toujours, en tout temps, la vie demeure ici tranquille et lente ; qui entre dans son cercle doit se soumettre : ici, nulle raison de s'agiter, rien qu'on puisse troubler ; ici ne parvient à ses fins que celui qui se fraie un sentier sans hâte, comme le laboureur trace son sillon avec sa charrue. Et quelle force, alentour, quelle vigueur dans cette quiétude inactive ! Tiens, là tout près, sous la fenêtre, un chardon noueux sort de l'herbe épaisse ; au-dessus de lui s'élance la tige juteuse d'une angélique et encore plus haut, les larmes de la Vierge déploient leurs ombelles roses ; et plus loin, là-bas dans les champs, le seigle reluit et l'avoine déjà s'enroule en cornet, et sur chaque arbre chaque feuille s'étale aussi large qu'elle peut, et chaque brin d'herbe sur sa tige en fait autant. Mes plus belles années ont été englouties par l'amour d'une femme, continue de méditer Lavretski : puisse l'ennui, ici, restaurer mes forces, puisse-t-il m'apaiser, me préparer à savoir moi aussi faire sans hâte ce que j'ai à faire. » Et, de nouveau, il se met à l'écoute du silence ; il n'attend rien, et pourtant, à chaque instant, on dirait qu'il s'attend à quelque chose ; le silence l'enveloppe de tous côtés, le soleil poursuit sa course paisible dans le bleu calme et profond du ciel, des nuages aussi y flottent, paisibles ; ils paraissent savoir où ils vont et dans quel but. Au même instant, en d'autres points de la terre, la vie bouillonnait, précipitée, tumultueuse ; ici la même vie coulait sans bruit comme l'eau dans l'herbe des marécages ; et jusqu'au soir tombé Lavretski ne put s'arracher à la contemplation de cette vie s'en allant, s'écoulant ; sa souffrance à propos du passé fondait, dans son âme, comme neige au printemps et, chose étrange, jamais il n'avait ressenti dans son cœur si profond et si fort l'amour de sa patrie.

XXI

En l'espace de deux semaines, Théodore Ivanytch remit en ordre la petite maison de Glaphyre Pétrovna, nettoya la cour, le jardin ; de Lavriki on lui apporta un mobilier confortable ; de la ville du vin, des livres, des revues ; des chevaux revinrent habiter les écuries ; en un mot, Théodore Ivanytch se pourvut de tout le nécessaire et commença une nouvelle vie, moitié hobereau, moitié ermite. Ses journées s'écoulaient de façon monotone ; mais il ne s'ennuyait pas, bien qu'il ne vît personne ; il s'adonnait ponctuellement, avec attention, aux soins du domaine, montait à cheval dans les environs, lisait. En fait, il lisait peu, préférant écouter les récits du vieil Antoine. Il avait pris l'habitude de s'installer devant la fenêtre, avec sa pipe et une tasse de thé froid ; Antoine, debout près de la porte, les mains derrière le dos, commençait à dérouler sans hâte ses histoires de l'ancien temps, de ces temps légendaires où l'avoine et le seigle ne se mesuraient pas, mais se vendaient par grands sacs, à deux ou trois kopecks le sac ; où dans toutes les directions et jusqu'aux abords de la ville s'étendaient des forêts impénétrables, des steppes vierges. « Tandis que maintenant, se plaignait le vieillard qui avait déjà largement dépassé les quatre-vingts ans, maintenant on a tellement tout abattu et labouré de partout qu'il n'y a plus moyen de circuler. » Antoine racontait aussi beaucoup de choses sur sa maîtresse, Glaphyre Pétrovna : combien elle était sensée et économe ; comment un monsieur, un jeune voisin, avait essayé de se glisser dans son amitié ; et qu'il avait pris l'habitude de lui faire des visites, et même qu'en son honneur elle daignait mettre son bonnet des dimanches aux rubans couleur massacat et sa robe jaune en « trou-trou levantine[47] » ; mais qu'après, s'étant fâchée contre ce monsieur son voisin à cause d'une question mal polie qu'il lui avait posée (« À combien il peut se monter, votre capital ? »), elle avait ordonné qu'on lui interdise l'entrée de la maison ; et c'est à ce moment-là qu'elle avait ordonné qu'après sa mort tout ce qu'elle avait, jusqu'au dernier chiffon, aille à Théodore Ivanytch. Et de fait, Lavretski retrouva intactes toutes les vieilleries ayant appartenu à sa tante, y compris le bonnet des dimanches aux rubans couleur massacat et la robe jaune en « trou-trou levantine ». En fait de vieux papiers et de documents curieux, Lavretski ne découvrit rien de ce qu'il avait escompté, rien qu'un registre vétuste sur lequel son grand-père Pierre Andréïtch avait inscrit tantôt la « Célébration en la ville de Saint-Pétersbourg de l'armistice conclu avec l'empire turc par S. G. le prince Alexandre Alexandrovitch Prozorovski[48] », tantôt la recette d'une *dékokhtion*[49] pour la poitrine, accompagnée de la mention suivante : « Cette instruction a été donnée à la générale Prascovie Fiodorovna Saltykov par l'archiprêtre de l'église de la Trinité-Principe de toute vie Théodore Avksentiévitch », tantôt une information politique du genre : « On ne parle plus guère des tigres français[50], semble-t-il », et immédiatement à côté : « Dans les *Nouvelles de Moscou* on annonce la mort de M. le premier major Michel Pétrovitch Kolytchev. Ne serait-ce pas le fils de Pierre Vassiliévitch Kolytchev ? » Lavretski retrouva aussi quelques vieux calendriers et *Clés des songes,* ainsi que le mystérieux ouvrage du sieur Ambodik ; que de souvenirs lui rappelèrent les *Symboles et emblèmes* depuis longtemps oubliés, mais si familiers ! De la table de toilette de Glaphyre Pétrovna, Lavretski retira un petit paquet entouré d'un mince ruban noir, cacheté à la cire noire et enfoui au plus profond d'un tiroir. Dans le paquet étaient serrés l'un contre l'autre face à face un pastel représentant son père dans sa jeunesse, le front couvert de boucles folles et soyeuses, avec de longs yeux langoureux, la bouche entrouverte, et le portrait presque effacé d'une femme pâle en robe blanche tenant une rose blanche à la main, sa mère. Glaphyre Pétrovna n'avait jamais permis que l'on fît son portrait à elle. « Voyez-vous, not' bon maître Théodore Ivanytch, racontait bien souvent Antoine à Lavretski, malgré qu'à l'époque j'étais pas logé dans la maison des maîtres, je m'en souviens, de votre arrière-grand-père André Afanassiévitch, je vous crois que je m'en souviens : à sa mort, je venais juste d'avoir mes dix-huit ans. Un jour, je l'ai rencontré dans le jardin, que mes jambes en tremblaient sous moi ; lui, comme ça, il ne m'a rien dit de spécial, il m'a seulement demandé mon nom et envoyé dans sa chambre chercher un mouchoir. Ça, c'était un seigneur, que voulez-vous, et il ne reconnaissait personne supérieur à lui. Parce que, je vais vous dire, votre arrière-grand-père, il avait comme ça à son cou une amulette miraculeuse ; c'était un moine du mont Athos qui lui en avait fait cadeau. Et ce moine donc, il lui avait dit : " Boïar, je te donne cela pour la joie de ton âme ; porte-le, et ne crains nul juge. " Hé ! Mais vous savez bien, not' bon maître, comment c'était dans ce temps-là : ce que le maître voulait, il le faisait. Si même, quelquefois, un autre des messieurs s'avisait de le contredire, à ce moment-là, il faisait une chose, il le regardait et disait : " Tu voles bas " (c'était son mot préféré), voilà tout. Et la maison où il habitait, votre aïeul de bienheureuse mémoire, elle était petite, en bois ; mais que de bien il a laissé après lui, que d'argent et de provisions de toutes sortes, toutes les caves étaient pleines à craquer. Ça, c'était un maître de maison. Tenez, ce carafon dont vous avez daigné faire compliment, il était à lui : il contenait sa vodka. En revanche, prenez votre grand-père, Pierre Andréïtch : sûr qu'il s'est bâti une grande maison de pierre, mais il n'a pas amassé de bien ; chez lui tout est parti dans des broutilles ; il a vécu plus mal que le papa. le plaisir, il n'a jamais su ce que c'était, et avec ça il a liquidé tout l'argent, plus rien ne reste seulement pour rappeler sa mémoire, on n'a pas gardé de lui la moindre cuillère en argent, encore heureux que Glaphyre Pétrovna en ait eu le souci.

— Est-ce vrai qu'on l'appelait la vieille grincheuse ? l'interrompait Lavretski.

— Il faut voir qui c'était qui le disait ! » répliquait Antoine d'un air mécontent.

« Dites, not' bon maître, se hasarda un jour à

demander le vieillard, pour parler de notre dame : où est-ce qu'elle daigne avoir sa résidence ?

— Je me suis séparé de ma femme, articula Lavretski avec difficulté ; s'il te plaît, ne me pose pas de questions à son sujet.

— Bien, maître », répondit le vieillard tristement.

Au bout de trois semaines, Lavretski se rendit à cheval à O***, chez les Kalitine, et passa la soirée chez eux. Lemm y était ; il plut beaucoup à Lavretski. Bien qu'il fût redevable à son père de ne jouer d'aucun instrument, il aimait passionnément la musique, la vraie, la musique classique. Panchine n'était pas chez les Kalitine ce soir-là. Le gouverneur l'avait chargé de quelque mission hors de la ville. Lise joua seule, avec beaucoup de précision ; Lemm s'anima, se déchaîna, et joua les chefs d'orchestre avec une feuille de papier roulée comme baguette. Marie Dmitrievna rit d'abord du spectacle, puis elle alla se coucher ; Beethoven, dit-elle, lui ébranlait trop les nerfs. À minuit, Lavretski raccompagna Lemm à son logement et resta chez lui jusqu'à trois heures du matin. Lemm parla beaucoup ; son dos voûté s'était déplié, ses yeux agrandis s'étaient mis à briller ; ses cheveux mêmes s'étaient redressés au-dessus de son front. Il y avait si longtemps que personne ne lui avait montré de la sympathie, et Lavretski, visiblement, s'intéressait à lui, il l'interrogeait avec sollicitude et attention. Le vieillard en était touché ; il finit même par montrer sa musique à son invité, lui joua et même lui chanta d'une voix sans timbre quelques extraits de ses compositions, entre autres toute une ballade de Schiller, *Friedlein*[51] mise par lui en musique. Lavretski le félicita, lui fit répéter quelques passages et, en s'en allant, l'invita à venir demeurer chez lui quelques jours. Lemm, qui le raccompagnait dans la rue, accepta aussitôt et lui serra la main avec force ; mais resté seul, à l'air frais et humide du dehors, dans l'aube à peine commençante, il regarda autour de lui, cligna des yeux, se recroquevilla, et, avec des airs de coupable, regagna lentement sa petite chambre. *Ich bin wohl nicht klug*[52], marmonna-t-il en se recouchant sur son lit court et dur. Il tenta de se faire passer pour malade lorsque, quelques jours plus tard, Lavretski vint le prendre en calèche, mais Théodore Ivanitch alla le trouver dans sa chambre et réussit à le convaincre. Ce qui eut le plus d'effet sur Lemm, ce fut que Lavretski ait fait apporter spécialement pour lui un piano de la ville à la campagne. Ils se rendirent tous deux chez les Kalitine et y passèrent la soirée, mais avec moins d'agrément que la fois précédente. Panchine y était, il raconta beaucoup d'histoires sur son expédition, singea et imita très spirituellement les propriétaires qu'il avait vus ; Lavretski riait, mais Lemm ne sortit pas de son coin, ne dit pas un mot, tout son corps s'agitait faiblement comme celui d'une araignée ; il conserva un regard morose et fermé, et ne s'anima que quand Lavretski commença à prendre congé. Même une fois installé dans la calèche, le vieillard continua de rester en boule dans son coin comme un sauvage ; mais l'air calme et tiède, le petit vent léger, les ombres légères, l'odeur de l'herbe, des bourgeons de bouleau, le rayonnement serein du ciel étoilé et sans lune, le trot uni et l'ébrouement des chevaux, toutes les séductions du voyage, du printemps, de la nuit descendirent dans l'âme du pauvre Allemand, et ce fut lui qui, le premier, adressa la parole à son compagnon.

XXII

Il se mit à parler de musique, de Lise, puis à nouveau de musique. Il donnait l'impression d'articuler les mots plus lentement lorsqu'il parlait de Lise. Lavretski orienta la conversation sur son travail de compositeur et, plaisantant à moitié, proposa d'écrire pour lui un livret d'opéra.

« Hum, un livret ! répondit Lemm, non, ce n'est pas pour moi : je n'ai plus cette vivacité, ce jeu de l'imagination qui est indispensable pour un opéra ; j'ai perdu mes forces, maintenant... Mais si je pouvais encore faire quelque chose, je me contenterais d'une romance ; bien sûr, je souhaiterais de belles paroles... »

Il se tut, et demeura longtemps immobile, les yeux tournés vers le ciel.

« Par exemple, reprit-il enfin, quelque chose comme : " Ô vous, étoiles, ô vous, pures étoiles !... " »

Lavretski tourna légèrement son visage vers lui et ne le quitta plus des yeux.

« " Vous, étoiles, pures étoiles, répéta Lemm... Vous regardez semblablement les justes et les coupables... Mais seuls les cœurs purs... " ou quelque chose dans ce genre, " ... vous comprennent " ; non : je dirais plutôt " vous aiment ". D'ailleurs, je ne suis pas poète ; quelle folie ! Enfin, quelque chose dans ce genre, quelque chose d'élevé. »

Lemm repoussa son chapeau sur sa nuque ; dans l'obscurité subtile de cette nuit lumineuse, son visage semblait plus pâle et plus jeune.

« " Et vous aussi — poursuivit-il d'une voix de plus en plus basse —, vous aussi vous savez qui aime, qui sait aimer, parce que vous, pures étoiles, vous seules pouvez consoler... " Non, ce n'est toujours pas cela ! Je ne suis pas poète... Enfin, quelque chose dans ce genre...

— Je regrette de ne pas être poète moi non plus, observa Lavretski.

— Rêveries vaines ! » répondit Lemm, et il se renfonça dans l'angle de la calèche. Il ferma les yeux comme s'il se préparait à dormir.

Quelques instants passèrent... Lavretski prêta l'oreille...

« Étoiles, pures étoiles, amour », murmurait le vieillard.

« Amour », se répéta en lui-même Lavretski ; puis il se perdit dans ses pensées et son cœur se fit lourd.

« Elle est magnifique, cette musique que vous avez écrite sur Fridolin, Christophe Fiodorytch, dit-il à voix haute ; mais à votre avis : ce Fridolin, une fois que le comte l'a amené à sa femme, il est bien devenu tout de suite son amant, n'est-ce pas ?

— C'est vous qui pensez cela, répondit Lemm, sans doute parce que votre expérience... » Il s'interrompit soudain et se détourna, tout confus. Lavretski eut un rire forcé, se détourna lui aussi et se mit à regarder la route.

Les étoiles pâlissaient déjà et le ciel virait au gris lorsque la calèche arriva devant le perron de la petite maison de Vassilievskoïé. Lavretski accompagna son hôte dans la chambre qui lui était dévolue, revint dans son cabinet et s'assit près de la fenêtre. Dans le jardin, un rossignol chantait sa dernière chanson, sa chanson d'avant l'aube. Lavretski se souvint qu'un rossignol chantait aussi dans le jardin des Kalitine ; et il revit aussi en esprit le doux mouvement des yeux de Lise quand, aux premières notes de ce chant, ils s'étaient tournés vers la fenêtre obscure. Il se mit à penser à elle, et son cœur se rasséréna. « Pure jeune fille », dit-il à mi-voix, « pures étoiles », ajouta-t-il avec un sourire, et il alla se coucher paisiblement.

Lemm, quant à lui, resta longtemps assis sur son lit, un cahier de musique sur les genoux. Il lui semblait qu'une mélodie exquise, sans pareille, était sur le point de le visiter : déjà une émotion brûlante le gagnait, déjà il ressentait la langueur délicieuse de son approche... mais elle ne vint pas...

« Ni poète, ni musicien ! » murmura-t-il finalement. Et sa tête lasse retomba lourdement sur l'oreiller.

XXIII

Le lendemain matin, le maître de maison et son hôte buvaient leur thé au jardin, sous le vieux tilleul.

« Maestro ! dit soudain Lavretski dans le courant de la conversation, vous aurez bientôt à composer une cantate solennelle.

— À quelle occasion ?

— À l'occasion des justes noces de M. Panchine et de Lise, voyons. Avez-vous remarqué comme il lui faisait la cour, hier ? On dirait que l'affaire est en bonne voie.

— Cela ne se fera pas ! s'écria Lemm.

— Pourquoi ?

— Parce que c'est impossible. » « Au fait, ajouta-t-il au bout d'un moment, tout est possible sous le soleil. Surtout ici, en Russie.

— Laissons la Russie de côté pour le moment ; mais que trouvez-vous donc de répréhensible à ce mariage ?

— Tout, tout. Élisabeth Mikhaïlovna est une jeune fille juste, sérieuse, ayant des sentiments élevés, tandis que lui... un mot suffit, c'est un di-let-tan-te.

— Mais enfin, elle l'aime ? »

Lemm se leva de son banc.

« Non, elle ne l'aime pas, ou plutôt elle a le cœur très pur, et ne sait pas elle-même ce que veut dire " aimer ". Mme von Kalitine lui dit que c'est un jeune homme estimable et elle obéit à Mme von Kalitine parce qu'elle est encore tout à fait une enfant, bien qu'elle ait dix-neuf ans : elle prie le matin, elle prie le soir, et cela est très louable ; mais elle ne l'aime pas. Elle ne peut aimer que le beau, et il n'est pas beau, enfin son âme n'est pas belle. »

Lemm débita tout ce discours avec aisance et fougue, tout en marchant de long en large à petits pas devant la table à thé, les yeux errants au niveau du sol.

« Très cher maestro ! s'écria soudain Lavretski, j'ai l'impression que vous êtes vous-même amoureux de ma cousine. »

Lemm s'arrêta brusquement.

« S'il vous plaît, commença-t-il d'une voix incertaine, ne vous moquez pas ainsi de moi. Je ne suis pas un insensé : j'ai les yeux tournés vers la tombe obscure, non vers un avenir couleur de rose. »

Lavretski eut pitié du vieillard ; il lui demanda pardon. Après le thé, Lemm lui joua sa cantate et, pendant le dîner, encouragé par Lavretski lui-même, il se laissa aller à reparler de Lise. Lavretski l'écoutait avec attention et curiosité.

« Qu'en pensez-vous, Chritophe Fiodorytch ? dit-il enfin ; tout est en ordre maintenant chez nous, me semble-t-il ; le jardin est dans toute sa splendeur... Si nous l'invitions ici pour une journée avec sa mère et ma vieille tante, pourquoi pas ? Cela vous ferait plaisir ? »

Lemm baissa la tête sur son assiette.

« Invitez-la, dit-il d'une voix à peine audible.

— Mais pas Panchine ?

— Pas Panchine », répondit le vieillard avec un sourire presque enfantin.

Deux jours après, Théodore Ivanytch se rendit en ville chez les Kalitine.

XXIV

Il les trouva tous à la maison, mais ne leur annonça pas immédiatement son intention ; il voulait d'abord en parler à loisir seul à seul avec Lise. Le hasard vint à son aide : on les laissa en tête à tête au salon. Ils se mirent à bavarder librement ; elle était maintenant habituée à lui, et d'ailleurs elle n'était jamais timide avec personne. Il l'écoutait, observait son visage et se redisait intérieurement les paroles de Lemm, y souscrivait entièrement. Il arrive parfois que deux personnes qui se connaissent déjà, mais qui ne sont pas intimes, tout d'un coup se rapprochent très vite, en l'espace de quelques instants ; et la conscience qu'elles en ont s'exprime immédiatement dans leurs regards, dans leurs sourires amicaux et tranquilles, et jusque dans leurs gestes. C'est exactement cela qui venait de se produire entre Lavretski et Lise. « Ainsi, voilà comment il est », pensa-t-elle en le regardant avec douceur. « Ainsi, voilà comment tu es », pensa-t-il lui aussi. Et de ce fait il ne s'étonna guère quand elle lui déclara, non sans une brève hésitation toutefois, qu'elle avait depuis longtemps sur le cœur quelque chose à lui dire, mais qu'elle craignait de le fâcher.

« N'ayez crainte, parlez », dit-il ; et il vint se mettre debout devant elle.

Lise leva sur lui ses yeux limpides.

« Vous qui êtes si bon, commença-t-elle (et en même temps elle pensa : c'est vrai qu'il est bon...), il faudra me pardonner, je ne devrais pas oser parler de cela avec vous... Mais comment avez-vous pu... Pourquoi vous êtes-vous séparé de votre femme ? »

Lavretski tressaillit, regarda Lise et s'assit à côté d'elle.

« Mon enfant, dit-il, ne touchez pas à cette blessure, je vous en prie ; vos mains sont douces, et pourtant j'aurai mal.

— Oui, je sais, reprit Lise comme si elle ne l'avait pas écouté, je sais, elle est coupable envers vous, je ne veux pas essayer de la justifier ; mais enfin, comment peut-on séparer ce que Dieu a uni ?

— Nos convictions diffèrent trop sur ce point, Élisabeth Mikhaïlovna, répliqua Lavretski d'un ton assez coupant ; nous ne saurions nous comprendre. »

Lise pâlit ; tout son corps fut pris d'un léger tremblement, mais elle ne renonça pas à parler.

« Vous devez pardonner, dit-elle doucement, si vous voulez vous aussi être pardonné.

— Pardonner ! répéta Lavretski. Il faudrait d'abord que vous sachiez en faveur de qui vous intercédez. Pardonner à cette femme, la reprendre dans ma maison, elle, cette créature vaine et sans cœur ! Et qui vous a dit qu'elle voulait revenir à moi ? Elle est parfaitement satisfaite de sa situation, je vous assure... Mais à quoi bon vous expliquer ! Son nom ne doit pas être prononcé par votre bouche. Vous êtes trop pure, vous n'êtes pas en état de comprendre seulement une pareille créature.

— Pourquoi l'offenser ? » articula Lise avec difficulté. Le tremblement de ses mains devenait perceptible. « C'est vous qui l'avez abandonnée, Théodore Ivanytch.

— Mais puisque je vous le dis, rétorqua Lavretski dans un sursaut d'impatience qu'il ne put réprimer : vous ne savez pas ce qu'est cette créature !

— Dans ce cas, pourquoi donc l'avez-vous épousée ? » chuchota Lise en baissant les yeux.

Lavretski se leva d'un mouvement vif.

« Pourquoi je l'ai épousée ? J'étais jeune, alors, et inexpérimenté ; je me suis leurré, je me suis laissé prendre à une belle apparence. Je ne connaissais pas les femmes, je ne connaissais rien. Que Dieu vous accorde de faire un plus heureux mariage ! Mais croyez-moi, il est impossible de rien garantir à l'avance.

— Je peux être malheureuse moi aussi, dit Lise (elle parlait maintenant d'une voix saccadée), mais alors il faudra que je me soumette ; je ne sais pas m'exprimer : mais si nous ne nous soumettons pas... »

Lavretski serra les poings et frappa du pied.

« Ne vous fâchez pas, pardonnez-moi », dit Lise précipitamment.

À cet instant, Marie Dmitrievna entra dans la pièce. Lise se leva et voulut se retirer.

« Arrêtez, cria brusquement Lavretski derrière elle. J'ai une grande prière à vous faire, à votre mère et à vous : venez me voir dans ma nouvelle résidence. Vous savez, j'ai fait venir un piano ; Lemm habite chez moi en ce moment ; le lilas est en fleur ; ce sera l'occasion pour vous de respirer l'air de la campagne, et vous pourrez être de retour le jour même, êtes-vous d'accord ? »

Lise regarda sa mère ; Marie Dmitrievna prit son air souffrant ; mais Lavretski ne lui laissa pas ouvrir la bouche et lui baisa sur-le-champ les deux mains. Marie Dmitrievna, toujours sensible aux caresses, et loin de s'attendre à pareille amabilité de la part de « l'ours », se sentit fondre et accepta. Pendant qu'elle réfléchissait à la date qu'il convenait de fixer, Lavretski s'approcha de Lise et, tout bouleversé encore, lui murmura à la dérobée : « Merci, vous êtes une bonne jeune fille ; c'est ma faute... » Et le visage pâli de Lise s'empourpra d'un sourire joyeux et pudique ; ses yeux sourirent aussi : elle avait eu peur jusqu'à cet instant de l'avoir peut-être blessé.

« Vladimir Nikolaïtch peut-il venir avec nous ? demanda Marie Dmitrievna.

— Bien entendu, répondit Lavretski, mais ne serions-nous pas mieux en famille ?

— C'est que peut-être... hasarda Marie Dmitrievna... Au fait, comme vous voulez », ajouta-t-elle.

Il fut décidé de prendre Lénotchka et Chourotchka. Marthe Timoféïevna refusa d'être du voyage.

« Ce serait pénible pour moi, cher petit, je ne veux pas démolir mes vieux os ; et tu n'as pas de quoi me coucher, je suppose ; et puis je ne peux pas dormir ailleurs que dans mon lit. Laissons galoper toute cette jeunesse. »

Lavretski n'eut plus l'occasion de se retrouver en tête à tête avec Lise ; mais il la regardait de telle façon qu'elle sentait monter en elle un grand bien-être, et aussi un peu de honte, et de pitié pour lui. En lui disant adieu, il lui serra fort la main ; restée seule, elle devint songeuse.

XXV

Lorsque Lavretski rentra chez lui, il fut accueilli à l'entrée du salon par un grand homme maigre vêtu d'une redingote bleue râpée, dont le visage était ridé, mais plein de vivacité ; il avait des favoris gris en désordre, un long nez droit et de petits yeux enflammés. C'était Mikhaliévitch, son ancien camarade d'Université. Lavretski ne le reconnut pas tout d'abord, mais le serra chaleureusement dans ses bras, dès qu'il se fut nommé. Ils ne s'étaient pas revus depuis Moscou. Ce fut une pluie d'exclamations, de questions; des souvenirs depuis longtemps enfouis revirent le jour. Tout en fumant fiévreusement pipe sur pipe et en ponctuant ses discours de gorgées de thé et de grands gestes de ses longs bras, Mikhaliévitch raconta à Lavretski ses aventures; elles n'avaient rien de particulièrement réjouissant, il ne pouvait pas se flatter d'avoir réussi dans ses entreprises — et pourtant il riait continuellement, d'un grand rire enroué et nerveux. Un mois plus tôt, il avait décroché un emploi au comptoir privé d'un riche fermier général, à trois cents verstes d'O***, et, ayant appris que Lavretski était rentré de l'étranger, il avait fait un crochet pour revoir son ancien camarade. Mikhaliévitch avait conservé le débit saccadé qu'il avait dans sa jeunesse, il était toujours aussi bruyant et bouillonnant. Au moment où Lavretski allait évoquer ses propres affaires, Mikhaliévitch se hâta de l'interrompre en marmonnant : « Oui, oui, mon vieux, j'en ai entendu parler, qui aurait pu s'y attendre ? » et tout de suite il détourna la conversation vers le domaine des considérations générales.

« Mon vieux, lui dit-il, je dois partir demain; aujourd'hui, donc, si tu veux bien m'en excuser, nous nous coucherons tard. Je veux absolument savoir ce que tu es, quelles sont tes opinions, tes convictions, quel homme tu es devenu, ce que la vie t'a enseigné. (Mikhaliévitch usait encore de la phraséologie des années trente[53].) En ce qui me concerne, j'ai beaucoup changé, mon vieux : les vagues de la vie ont déferlé sur ma poitrine (c'est de qui, cela, au fait ?), quoique, pour le principal, pour l'essentiel, je n'aie pas changé ; je crois au bien, à la vérité, comme auparavant ; mais je ne me contente plus de croire, j'ai la foi, maintenant, oui, oui, la foi. Écoute : il m'arrive, tu le sais, d'écrire des vers, des vers dénués de poésie, mais pleins de vérité. Je vais te dire ma dernière pièce : j'y exprime mes convictions les plus intimes. Écoute-la. »

Mikhaliévitch se mit à déclamer son poème ; il était assez long et se terminait par les vers suivants :

À des élans nouveaux tout mon cœur s'est donné,
Telle une âme d'enfant mon âme est devenue,
Tout ce que j'adorais, aujourd'hui je le brûle,
Et j'adore aujourd'hui tout ce que j'ai brûlé[54].

Lorsqu'il arriva aux deux derniers vers, il était au bord des larmes ; de légers spasmes, indices d'une forte émotion, agitaient ses grosses lèvres, son visage laid était illuminé. Lavretski écoutait, écoutait... L'esprit de contradiction se réveillait chez lui : il était agacé par cette faculté d'enthousiasme toujours en éveil, perpétuellement bouillonnante, d'étudiant moscovite. Un quart d'heure ne s'était pas écoulé qu'une discussion acharnée les opposait déjà, une de ces discussions interminables dont seuls les Russes sont capables. D'emblée, après plusieurs années de séparation passées dans deux mondes différents, aucun des deux ne comprenant clairement ni ses propres idées ni celles de l'autre, achoppant sur des mots et ne répliquant que par des mots, ils discutèrent des sujets les plus abstraits, et cela comme s'il était question de vie et de mort pour tous les deux : ils vociféraient et hurlaient si fort que toute la maison en fut tourneboulée ; quant au pauvre Lemm qui, dès l'arrivée de Mikhaliévitch, était allé s'enfermer dans sa chambre, il en fut abasourdi et même vaguement terrorisé.

« Et alors, qu'est-ce que tu es, cela dit ? un désenchanté ? criait Mikhaliévitch à une heure du matin.

— Tu en as vu, des désenchantés comme moi ? répondait Lavretski. C'est toujours pâle et souffrant, un désenchanté ; et moi, je te parie que je te soulève d'une seule main !

— Bon, si tu n'es pas un désenchanté, c'est que tu es un *sceptéque,* alors, et c'est encore pire (l'accent de Mikhaliévitch avait le parfum de sa patrie, la Petite Russie[55]). Et où prends-tu le droit d'être un *sceptéque ?* La vie ne t'a pas porté chance, j'en conviens ; il n'y a pas eu là de ta faute ; tu étais né avec une âme passionnée, aimante, et on t'a toujours maintenu de force à l'écart des femmes ; la première venue devait te berner.

— Elle t'a berné toi aussi, fit observer Lavretski d'un air sombre.

— Soit, soit ; j'ai été l'instrument du destin ; au fait, qu'est-ce que je raconte là ? le destin n'a rien à y voir ; toujours cette vieille habitude de s'exprimer avec inexactitude. Mais qu'est-ce que cela prouve ?

— Cela prouve qu'on m'a détraqué dès l'enfance.

— Eh bien, remonte-toi ! Tu es un homme, non ? quelqu'un de viril ! Ne me dis pas que tu n'as pas de l'énergie à revendre ! Mais, de toute façon, comment peux-tu accepter, comment peux-tu tolérer d'ériger ton cas particulier, pour ainsi dire, en loi générale, en règle absolue ?

— De quelle règle parles-tu ? l'interrompit Lavretski ; je ne reconnais...

— Si, c'est une règle pour toi, une règle », l'interrompait à son tour Mikhaliévitch.

« Tu es un égoïste, voilà tout ! grondait-il une heure

plus tard ; tu poursuivais ta jouissance personnelle, tu poursuivais le bonheur dans ta vie, tu voulais vivre pour toi seul...

— Qu'est-ce que c'est que la jouissance personnelle ?

— Et tout t'a déçu ! Tout s'est effondré sous tes pieds.

— Qu'est-ce que la jouissance personnelle, je te le demande ?

— Et cela devait arriver. Car tu cherchais un appui là où il est impossible d'en trouver, car tu construisais ta maison sur des sables mouvants...

— Parle plus clairement, sans user de comparaisons, *car* je ne te comprends pas.

— Car... oui, oui, moque-toi... car il n'y a pas de foi en toi, pas de chaleur du cœur ; du raisonnement, oui, du raisonnement à quatre sous, rien de plus... tu n'es qu'un pauvre voltairien attardé, voilà ce que tu es !

— Quoi, moi, un voltairien ?

— Oui, exactement comme ton père, et tu ne t'en doutes même pas.

— Après cela, s'exclama Lavretski, je suis autorisé à te traiter toi de fanatique !

— Hélas ! répondit Mikhaliévitch d'un ton désolé, je n'ai encore nullement mérité un si beau titre, malheureusement pour moi... »

« Maintenant, j'ai trouvé comment te nommer, criait Mikhaliévitch, toujours lui, à trois heures du matin ; tu n'es pas un sceptique, pas un désenchanté, pas un voltairien, non, tu es un loir, et de propos délibéré, un loir conscient, pas un loir naïf. Les loirs naïfs se vautrent sur leur poêle [56] et ne font rien parce qu'ils ne savent rien faire ; ils ne pensent rien, non plus ; tandis que toi, tu es un être pensant... et tu restes vautré sur ton poêle ; tu pourrais faire quelque chose... et tu ne fais rien ; tu te prélasses sur ta couche, le ventre bien repu, et tu dis : c'est ainsi qu'il faut vivre, couché, parce que les hommes ont beau faire, tout n'est jamais que bêtise, que sornettes ne menant à rien.

— Et d'où as-tu pris que je me vautrais ? s'obstinait Lavretski, pourquoi me supposes-tu de telles pensées ?

— Et par-dessus le marché, poursuivait l'infatigable Mikhaliévitch, vous êtes tous, tant que vous êtes, des loirs gavés de lectures. Vous savez de quel pied boite l'Allemand, vous savez ce qui va mal chez les Anglais et chez les Français, et votre pitoyable science se fait votre alliée, elle sert à justifier votre honteuse paresse, votre sordide oisiveté. D'aucuns en tirent même vanité : " Je suis un malin, moi, je me prélasse, pendant que ces idiots-là se démènent. " Oui, oui ! Et puis on voit encore chez nous de ces messieurs (remarque, je ne dis pas cela pour toi) dont toute la vie se passe dans une espèce de torpeur d'ennui, qui s'habituent à cet ennui, qui s'y installent comme... comme des rats dans un fromage, acheva Mikhaliévitch en riant lui-même de sa comparaison. Oh ! cette torpeur d'ennui, c'est notre mort, à nous les Russes ! Toute sa vie, ce sale loir la passe à se préparer au travail...

— Mais enfin, pourquoi gueuler ! hurla à son tour Lavretski. Travailler... œuvrer... Dis-nous plutôt quoi faire, et ne gueule pas, espèce de Démosthène poltavien !

— Non mais voyez-vous ce qu'il lui faut, à ce garçon ! Alors là, je suis bien incapable de te le dire, mon vieux ; cela, c'est à chacun de le savoir, répondit ironiquement Démosthène. On est propriétaire terrien, on est gentilhomme, et on ne sait pas que faire ! La foi n'y est pas, sinon tu le saurais ; sans foi, il n'y a pas de révélation.

— Laisse-moi au moins souffler, que diable, laisse-moi le temps de me ressaisir, suppliait Lavretski.

— Pas une minute, pas une seconde de repos ! répliquait Mikhaliévitch avec un geste impérieux de la main. Pas une seconde ! La mort n'attend pas ; la vie non plus ne doit pas attendre. »

« Et savez-vous quand, et où, les hommes ont décidé de se changer en loirs ? criait-il à quatre heures du matin, mais d'une voix déjà un peu enrouée. — Chez nous ! Aujourd'hui ! En Russie ! Quand chacun, individuellement, se voit affronté à son devoir, à son immense responsabilité devant Dieu, devant le peuple, devant lui-même ! Nous dormons, et le temps passe ; nous dormons...

— Permets-moi de te faire remarquer, dit Lavretski, qu'à cette heure nous ne dormons nullement, mais que nous empêchons plutôt les autres de dormir. Nous nous égosillons comme des coqs. Tiens donc : c'est bien le troisième chant du coq que j'entends là. »

Cette sortie amusa et calma Mikhaliévitch. « À demain », dit-il avec un sourire, et il remit sa pipe dans sa blague. « À demain », dit Lavretski. Mais les amis bavardèrent encore plus d'une heure... Ils ne haussèrent plus le ton, toutefois, et leurs propos furent tranquilles, tristes et bons.

Mikhaliévitch partit le lendemain malgré les efforts de Lavretski pour le retenir. Théodore Ivanytch ne réussit pas à le convaincre de rester ; mais il avait eu le temps de parler avec lui tout son soûl. Manifestement Mikhaliévitch n'avait pas un sou en poche. Lavretski avait déjà, la veille, remarqué chez lui avec un sentiment de pitié tous les signes, toutes les habitudes de la misère invétérée : ses bottes étaient éculées, il manquait un bouton au dos de sa redingote, ses mains ignoraient les gants, du duvet était piqué dans ses cheveux ; à son arrivée il n'avait pas même demandé à faire toilette, et au souper il avait mangé comme un requin, déchirant les morceaux de viande avec ses mains et faisant craquer les os sous ses robustes dents noires. Manifestement aussi, le service de l'État ne lui avait pas profité; tous ses espoirs reposaient sur le fermier général qui l'avait pris uniquement pour avoir à son comptoir « un homme ayant de l'éducation ». Malgré cela, Mikhaliévitch ne se démontait pas, il menait la vie d'un cynique, d'un idéaliste, d'un poète, sincèrement préoccupé et angoissé par le destin de l'humanité, et par sa propre vocation, et se souciant fort peu de ne pas mourir de faim. Mikhaliévitch n'était pas marié, mais tombait inlassablement amoureux et écrivait des poèmes sur toutes ses bien-aimées; il avait chanté avec une flamme toute particulière certaine « panna[57] » mystérieuse aux boucles noires... À dire vrai, des bruits couraient selon lesquels cette « panna » était une simple juive bien connue de nombreux officiers de cavalerie... mais quand on y songe : n'est-il pas vrai que cela n'a pas d'importance ?

Mikhaliévitch ne s'entendit pas avec Lemm : l'Allemand, qui n'y était pas habitué, fut effarouché par sa faconde bruyante, par ses manières brusques... Un malchanceux flaire immédiatement de loin un autre malchanceux, mais, en vieillissant, fraternise rarement avec lui, et cela ne saurait étonner : ils n'ont rien à partager, pas même des espérances.

Avant son départ, Mikhaliévitch bavarda encore longuement avec Lavretski, lui prédit sa perte, s'il ne se ressaisissait pas, le supplia de s'occuper sérieusement du bien-être de ses paysans, se cita en exemple, disant qu'il s'était purifié dans le creuset des malheurs, et aussitôt après se déclara à maintes reprises un homme heureux, se compara à l'oiseau du ciel, au lis des champs...

« Au lis noir, en tout cas, fit observer Lavretski.

— Hé, mon vieux, ne fais pas ton aristocrate, lui répondit Mikhaliévitch avec bonne humeur ; remercie plutôt Dieu d'avoir toi aussi dans les veines une dose d'honnête sang plébéien. Mais, je le vois, il te faudrait maintenant une pure, une céleste créature, pour t'arracher de force à ton apathie...

— Merci bien, vieux frère, j'en ai goûté, de tes célestes créatures, dit Lavretski.

— Tais-toi, " cénéque[58] " ! s'écria Mikhaliévitch.

— " Cynique ", le corrigea Lavretski.

— Je dis bien " cénéque " », répéta Mikhaliévitch sans s'émouvoir.

Même installé dans le tarantass où l'on avait porté sa valise jaune, plate et curieusement légère, il parlait encore ; drapé dans une sorte de cape espagnole au col jauni et aux agrafes en forme de pattes de lion, il développait encore ses vues sur le destin de la Russie et dessinait dans l'air de grands cercles avec sa main hâlée, tel un semeur jetant la graine de quelque prospérité future. Enfin les chevaux se mirent en route... « Souviens-toi de mes trois derniers mots, cria-t-il, le corps entièrement sorti du tarantass, en équilibre instable : religion, progrès, humanité !... Adieu ! » Sa tête coiffée d'une casquette enfoncée jusqu'aux sourcils disparut enfin. Lavretski resta seul sur le perron et fixa longtemps des yeux le ruban fuyant de la route jusqu'à ce que le tarantass disparût à sa vue. « C'est qu'il a peut-être bien raison, pensait-il en rentrant à la maison, allons, je ne suis peut-être qu'un loir. » Bien des paroles de Mikhaliévitch avaient irrésistiblement pénétré dans son âme, bien qu'il l'eût contesté, bien qu'ils ne fussent pas tombés d'accord. Si un homme est bon, nul ne peut le réfuter.

XXVI

Deux jours après, selon sa promesse, Marie Dmitrievna vint avec toute sa jeune bande à Vassilievskoïé. Les fillettes détalèrent aussitôt dans le jardin ; quant à Marie Dmitrievna, languissante, elle visita les pièces de la maison ; languissante, elle admira tout. Elle considérait sa visite à Lavretski comme une grande marque de condescendance, presque comme une bonne action. Elle sourit aimablement lorsque Antoine et Apraxie, selon l'ancienne coutume des serviteurs, vinrent lui baiser la main ; et d'une voix défaillante, en parlant du nez, elle réclama du thé. Au grand dépit d'Antoine qui avait enfilé des gants de coton blanc tricotés, ce ne fut pas lui qui servit le thé à la visiteuse, mais un valet engagé par Lavretski comme extra et qui, à en croire le vieillard, ne connaissait rien aux usages. En revanche, Antoine reprit l'avantage au dîner : il alla se poster d'un pas ferme derrière le fauteuil de Marie Dmitrievna, et dès lors ne céda plus sa place à personne. Des invités à Vassilievskoïé, c'était un événement comme on n'en avait pas vu depuis longtemps ; le vieillard en ressentait autant d'anxiété que de joie : il était content de voir que son maître fréquentait du beau monde. D'ailleurs il n'était pas le seul à être ému ce jour-là : Lemm l'était aussi. Il avait revêtu un habit court à queue de pie couleur tabac, son foulard était bien serré autour de son cou, et il toussotait continuellement, s'effaçait courtoisement, avec une mine affable et prévenante. Lavretski nota avec satisfaction que l'intimité qui existait maintenant entre Lise et lui se confirmait : aussitôt entrée, elle lui avait tendu la main amicalement. Après le dîner,

Lemm tira de la poche arrière de son habit (où il n'avait cessé de fourrager) un petit rouleau de papier à musique et, les lèvres pincées, il le déposa sans mot dire sur le piano. C'était une romance composée par lui la veille sur des paroles allemandes à l'ancienne mode, dans lesquelles il était question d'étoiles. Lise se mit tout de suite au piano et déchiffra la romance... Hélas! La musique s'en révéla touffue et péniblement guindée; visiblement le compositeur s'était efforcé d'exprimer quelque chose de passionné, de profond, mais sans y parvenir : il en était resté au niveau de l'effort. Lavretski et Lise sentirent cela tous les deux, et Lemm le comprit : sans un mot, il remit sa romance dans sa poche et, en réponse à la proposition de Lise de la jouer encore une fois, il se borna à secouer la tête, en disant d'un air significatif : « Maintenant, basta! » et voûté, contracté, il s'éloigna.

L'après-midi s'avançant, toute la compagnie s'en fut à la pêche. L'étang, derrière le jardin, était abondamment peuplé de carassins et de loches franches. On installa Marie Dmitrievna dans un fauteuil près de la rive, à l'ombre, on étendit un tapis sous ses pieds, on lui donna la meilleure canne; Antoine, à titre de vieux pêcheur chevronné, lui proposa ses services. Il amorçait la ligne avec zèle, assommait les vers du plat de la main, leur crachait dessus; c'était même lui qui lançait la ligne, le corps gracieusement penché au-dessus de l'eau. Marie Dmitrievna confia le jour même à Théodore Ivanytch dans son français de pensionnaire ce qu'elle pensait de lui, en ces termes : *Il n'y a plus maintenant de ces gens comme ça comme autrefois*. Lemm et les deux fillettes allèrent plus loin, jusqu'à la digue; Lavretski s'installa à côté de Lise. Le poisson mordait sans arrêt; les carassins tirés de l'eau étincelaient dans l'air à chaque instant, tantôt du côté argenté, tantôt du côté doré ; les fillettes ne tarissaient pas d'exclamations joyeuses ; Marie Dmitrievna elle-même poussa deux ou trois fois de petits glapissements affectés. C'était chez Lavretski et chez Lise que le poisson mordait le moins ; la raison en était sans doute qu'ils faisaient moins attention que les autres à leur pêche, et qu'ils avaient laissé leurs bouchons revenir jusqu'au bord du rivage. Les grands roseaux rougeâtres bruissaient doucement alentour, devant eux doucement brillait l'eau immobile, et leur conversation elle aussi se déroulait doucement. Lise était debout sur un petit ponton, Lavretski assis sur le tronc penché d'un saule ; Lise portait une robe blanche serrée à la taille par un large ruban également blanc ; son chapeau de paille pendait au bout d'une de ses mains, de l'autre elle retenait non sans peine la ligne flexible. Lavretski regardait son profil pur, un peu sévère, ses cheveux rejetés derrière les oreilles, ses joues tendres qu'elle avait bronzées comme celles d'un enfant, et pensait : « Oh ! comme tu es charmante, toute droite au-dessus de mon étang ! » Lise ne tournait pas la tête vers lui, elle regardait l'eau, avec un petit froncement de sourcils, mi-grimace, mi-sourire. L'ombre d'un tilleul voisin tombait sur eux deux.

« Savez-vous, commença Lavretski, j'ai beaucoup réfléchi à notre dernière conversation, et je suis arrivé à la conclusion que vous étiez extrêmement bonne.

— Ce n'est pas du tout dans cette intention que je... ». Lise s'interrompit, confuse.

« Vous êtes bonne, répéta Lavretski. Je suis un homme fruste, mais je sens que tout le monde doit vous aimer. Prenez Lemm, par exemple ; il est tout simplement amoureux de vous. »

Les sourcils de Lise se froncèrent ou, plutôt, frémirent : cela lui arrivait toujours quand elle entendait quelque chose de déplaisant.

« Il m'a fait grand-pitié cet après-midi, avec sa romance ratée, dit encore Lavretski. Être jeune et ne pas savoir, c'est encore supportable ; mais avoir vieilli et n'être plus de force, c'est dur. Et le plus vexant, c'est qu'on ne sent pas ses forces s'en aller. Un vieil homme supporte difficilement des coups pareils !... Prenez garde, ça mord... Vladimir Nikolaïtch a écrit, m'a-t-on dit, une très jolie romance, ajouta Lavretski après un court silence.

— Oui, répondit Lise, une petite chose, mais elle n'est pas mauvaise.

— D'après vous, il est bon musicien ? demanda Lavretski.

— Il me semble qu'il a de grandes facilités pour la musique ; mais jusqu'à maintenant il n'a pas travaillé comme il faudrait.

— Ah ! bon. Et comme homme, avez-vous bonne opinion de lui ? »

Lise se mit à rire et lança un coup d'œil rapide à Théodore Ivanytch.

« Quelle étrange question ! s'exclama-t-elle tout en ramenant sa ligne et en la relançant au large.

— Pourquoi étrange ? Je vous interroge sur lui à titre de tout nouveau venu dans la région, à titre de parent.

— Comment cela, de parent ?

— Mais oui. Je suis un peu votre oncle, il me semble !

— Vladimir Nikolaïtch a bon cœur, dit Lise ; il est intelligent ; * maman * l'aime beaucoup.

— Et vous, vous l'aimez ?

— C'est un homme de bien ; pourquoi donc ne l'aimerais-je pas ?

— Ah ! » dit Lavretski, sans plus. Une expression mi-triste, mi-moqueuse passa un instant sur son visage. Son regard insistant troublait Lise, mais elle continuait de sourire. « Eh bien, qu'ils soient heureux, avec l'aide de Dieu ! » marmonna-t-il enfin comme à part soi, en détournant la tête.

Lise rougit.

« Vous vous trompez, Théodore Ivanytch, dit-elle, vous avez tort de croire... Vladimir Nikolaïtch ne vous plairait-il donc pas ? demanda-t-elle soudain.

— Non.

— Pourquoi cela ?

— Il me semble, à moi, qu'il n'a pas de cœur. »

Le sourire de Lise s'effaça.

« Vous avez l'habitude de juger les gens sévèrement, dit-elle après un long silence.

— Moi ? Je ne crois pas. Où prendrais-je le droit de juger sévèrement les autres, je vous le demande, alors que j'ai moi-même grand besoin d'indulgence ? Ou bien auriez-vous oublié que je suis la risée de tous ?... Au fait, ajouta-t-il, avez-vous tenu votre promesse ?

— Laquelle ?

— Avez-vous prié pour moi ?

— Oui, je l'ai fait, et je le fais chaque jour. Mais ne parlez pas de cela avec légèreté, s'il vous plaît. »

Lavretski s'empressa de convaincre Lise que cette idée ne lui était jamais venue à l'esprit, qu'il respectait profondément toutes les convictions ; puis il se lança dans un grand développement sur la religion, sur son importance dans l'histoire de l'humanité, sur l'importance du christianisme...

« Il faut être chrétien, dit Lise non sans quelque effort, non pas pour connaître les choses du ciel... de la terre, enfin... mais parce que tout homme doit mourir. »

Lavretski leva les yeux sur Lise avec une surprise étonnée, et rencontra son regard.

« Quelle parole vous venez de prononcer ! dit-il.

— Cette parole n'est pas de moi, répondit-elle.

— Non... Mais pourquoi tout à coup avez-vous parlé de la mort ?

— Je ne sais pas. J'y pense souvent.

— Souvent ?

— Oui.

— On ne le dirait pas, à vous regarder en ce moment : votre visage est si gai, si lumineux, vous souriez...

— Oui, je m'amuse beaucoup en ce moment », répondit Lise avec naïveté.

Lavretski eut envie de prendre ses deux mains et de les serrer très fort...

« Lise, Lise, cria Marie Dmitrievna, viens voir quel beau carassin j'ai attrapé.

— J'arrive, * maman * », répondit Lise ; et elle s'en alla vers sa mère, tandis que Lavretski restait assis sur son tronc de saule. « Je parle avec elle comme si je n'étais pas un homme fini », pensa-t-il. En partant, Lise avait accroché son chapeau à une branche ; c'est avec un sentiment étrange, presque de la tendresse, que Lavretski regarda ce chapeau, ses longs rubans un peu froissés. Lise revint bientôt vers lui et se réinstalla sur le ponton.

« Pourquoi avez-vous l'impression que Vladimir Nikolaïtch n'a pas de cœur ? demanda-t-elle au bout de quelques instants.

— Je vous ai déjà dit que je pouvais me tromper ; d'ailleurs, le temps nous le dira. »

Ces mots la rendirent pensive. Lavretski se mit à parler de sa vie quotidienne à Vassilievskoïé, de Mikhaliévitch, d'Antoine ; il éprouvait le besoin de parler avec Lise, de lui confier tout ce qui l'intéressait profondément : elle était si charmante, si attentive, en l'écoutant ; ses rares observations, ses rares répliques lui paraissaient si simples et si intelligentes. Il finit même par le lui dire.

Lise s'étonna.

« Vraiment ? dit-elle. Et moi qui pensais que, comme ma petite femme de chambre Nastia, je n'avais pas de mots *à moi*. Une fois, Nastia a dit à son fiancé : "Tu dois t'ennuyer avec moi ; tu me dis toujours de si belles choses, et moi, je n'ai pas de mots à moi." »

« Dieu en soit loué ! » pensa Lavretski.

XXVII

Le soir tombait, cependant, et Marie Dmitrievna manifesta le désir de rentrer chez elle. On arracha non sans peine les fillettes à l'étang, on les habilla. Lavretski annonça qu'il raccompagnerait ses invitées jusqu'à la moitié de la route, et se fit seller un cheval. Au moment d'installer Marie Dmitrievna dans la voiture, il s'aperçut que Lemm n'était pas là ; le vieillard resta introuvable. Il avait disparu aussitôt après la partie de pêche. Antoine, manifestant pour son âge une force remarquable, claqua les portières et cria d'une voix impérieuse : « Fouette, cocher ! » La voiture s'ébranla. Sur le siège arrière avaient pris place Marie Dmitrievna et Lise ; sur le siège avant, les fillettes et la femme de chambre. La soirée était tiède et calme, et des deux côtés les vitres étaient abaissées. Lavretski allait au trot près de la voiture du côté de Lise, la main posée sur la portière (il avait laissé la bride sur le cou à son cheval dont l'allure était régulière), échangeant de loin en loin quelques paroles avec la jeune fille. Le crépuscule prit fin ; la nuit tomba, mais l'air n'en devint que plus tiède. Marie Dmitrievna eut tôt fait de somnoler ; les fillettes et la femme de chambre s'endormirent aussi. La voiture maintenait sa course rapide et égale ; Lise se pencha en avant ; la lune qui venait de se lever lui brillait en plein visage, la brise odorante de la nuit lui soufflait dans les yeux et sur les joues. Elle se sentait bien. Sa main s'appuyait sur la portière de la voiture à côté de celle de Lavretski. Lui aussi se sentait bien : il se laissait emporter dans la tiédeur tranquille de la nuit sans quitter des yeux le jeune visage plein de bonté, écoutant la jeune voix qui restait claire, même réduite à un chuchotement, lui dire des choses simples et bonnes ; il parcourut la moitié de la route sans même s'en apercevoir. Il ne voulut pas réveiller Marie Dmitrievna, pressa légèrement la main de Lise et dit : « Nous sommes des amis, maintenant, n'est-ce pas ? » Elle hocha la tête affirmativement, il arrêta son cheval. La voiture poursuivit sa route, ondulant et plongeant doucement dans sa course ; Lavretski prit, au pas, le chemin du retour. Il se sentit enveloppé par le sortilège de la nuit d'été ; autour de lui, tout prenait si brusquement une apparence étrange, et en même temps si anciennement et si exquisement familière ; près de lui comme au loin — et l'on y voyait loin, bien que le regard fût incapable de percevoir une bonne part de ce qui le frappait — tout reposait ; une plénitude de vie et de jeunesse se devinait dans la profondeur même de ce repos. Le cheval de Lavretski allait d'un pas vif, balançant régulièrement son cavalier de droite à gauche ; sa grande ombre noire marchait à côté de lui ; il y avait quelque chose d'étrangement plaisant dans le bruit de ses sabots, et comme une gaieté magique dans le cri retentissant des cailles. Les étoiles disparaissaient dans une sorte de fumée lumineuse ; le croissant de la lune brillait d'un éclat dur ; il déversait dans le ciel un véritable torrent de lumière bleue qui tachait d'or fumé les nuages ténus égarés dans son voisinage ; la fraîcheur de l'air faisait monter aux yeux une humidité légère, enveloppait tous les membres comme une caresse, emplissait la poitrine d'un grand souffle de liberté. Lavretski savourait ce moment, et se réjouissait de le savourer. « Allons, nous avons encore la vie devant nous, pensa-t-il, nous n'avons pas été complètement détruit par la... » Il n'acheva pas, ne dit pas par qui ou par quoi... Puis il se mit à penser à Lise : il était peu probable qu'elle aimât Panchine ; s'il l'avait, lui, rencontrée en d'autres circonstances, qu'aurait-il pu en découler, mon Dieu... Il comprenait Lemm, même si elle n'avait pas de mots « à elle ». Et d'ailleurs, cela n'était pas vrai : elle avait ses mots à elle... La phrase : « Ne parlez pas de ces choses avec légèreté », lui revint en mémoire. Il chevaucha un long moment la tête basse, puis se redressa, prononça lentement :

« *Tout ce que j'adorais, aujourd'hui je le brûle,*
Et j'adore aujourd'hui tout ce que j'ai brûlé... »

mais aussitôt après il cravacha son cheval et parcourut au galop tout le chemin qui restait jusqu'à la maison.

En descendant de cheval, il regarda une dernière fois autour de lui avec un sourire de gratitude involontaire. La nuit, une nuit muette, caressante, recouvrait collines et vallons ; de très loin, du plus profond de ses ténèbres embaumées, Dieu seul eût pu dire si cela venait du ciel ou de la terre, montait une tiédeur paisible et moelleuse. Lavretski adressa un dernier bonsoir à Lise et monta le perron en courant.

La journée du lendemain fut assez morne. Il plut dès le matin ; Lemm avait son regard en dessous et pinçait les lèvres de plus en plus fort comme s'il se jurait de ne jamais les rouvrir. En allant se coucher, Lavretski prit avec lui sur son lit toute une pile de revues françaises qui traînaient sur sa table, non décachetées depuis plus de deux semaines. Sans grande curiosité il commença à déchirer les bandes et à parcourir les colonnes imprimées dans lesquelles il n'y avait, d'ailleurs, rien de neuf. Il était sur le point déjà d'abandonner sa lecture quand soudain il bondit de son lit comme si une guêpe l'avait piqué. Dans la chronique mondaine de l'une des revues, le fameux M. Jules que nous connaissons déjà annonçait à ses lecteurs une « triste nouvelle » : « La charmante, la séduisante Moscovite, cette reine de la mode, cet ornement des salons parisiens qu'était *Mme de Lavretski*, vient de s'éteindre presque subitement », écrivait-il ; et cette nouvelle, malheureusement trop certaine, lui parvenait à l'instant (à lui, M. Jules). Il était, si l'on peut dire, un ami de la défunte, etc.

Lavretski s'habilla, sortit dans le jardin et jusqu'au matin ne fit que parcourir dans un sens, puis dans l'autre, une seule et même allée.

XXVIII

Le lendemain matin à l'heure du thé, Lemm demanda à Lavretski de lui donner des chevaux pour rentrer en ville. « Il est temps que je me mette au travail, c'est-à-dire à mes leçons ; ici, je ne fais que perdre mon temps », ajouta le vieillard. Lavretski ne lui répondit pas tout de suite : il paraissait distrait.

« C'est bien, dit-il enfin, je pars avec vous. » Lemm refusa l'aide d'un domestique et fit lui-même, grognant et ronchonnant, sa petite valise, puis il déchira et brûla quelques feuillets de papier à musique. Les chevaux furent avancés. En sortant de son cabinet, Lavretski mit dans sa poche le journal[59] qu'il avait lu la veille Tout le temps du voyage, Lemm et Lavretski furent aussi peu bavards l'un que l'autre : chacun était préoccupé par ses propres pensées, et chacun était content que l'autre ne le dérangeât pas. Leurs adieux mêmes furent assez secs, ce qui est d'ailleurs courant entre amis en pays russe. Lavretski amena le vieillard jusqu'à sa petite maison, ce dernier descendit de voiture, prit sa valise et, sans tendre la main à son compagnon (il tenait sa valise à deux mains contre sa poitrine), sans même le regarder, lui dit en russe : « Au revoir, monsieur ! — Au revoir », dit à son tour Lavretski ; puis il ordonna au cocher de le conduire à son appartement. Il en louait un, à toutes fins utiles, dans la ville d'O***. Après avoir écrit quelques lettres et dîné sur le pouce, Lavretski se rendit chez les Kalitine. Il ne trouva, dans leur salon, que le seul Panchine : ce dernier lui annonça que Marie Dmitrievna allait arriver d'une minute à l'autre, et engagea aussitôt la conversation avec l'amabilité la plus cordiale. Jusqu'à ce jour, Panchine avait eu vis-à-vis de Lavretski une attitude sinon hautaine, à tout le moins condescendante ; mais Lise, en racontant à Panchine son excursion de la veille, avait parlé de Lavretski comme d'un homme merveilleux et plein d'intelligence ; c'était assez pour qu'il se sentît tenu de faire la conquête de cet homme « merveilleux ». Panchine commença par des compliments à l'adresse de Lavretski, par la description de l'enthousiasme avec lequel, à l'en croire, toute la famille de Marie Dmitrievna parlait de

Vassilievskoïé, et, là-dessus, détournant adroitement la conversation pour l'amener sur sa personne comme il en avait l'habitude, il se mit à parler de ses occupations, de ses idées sur la vie, sur le monde, et sur le service de l'État ; il dit un mot ou deux sur l'avenir de la Russie, sur la manière de tenir la bride haute aux gouverneurs ; en passant il fit gaiement quelques plaisanteries à ses dépens et ajouta qu'à Saint-Pétersbourg, on lui avait confié, entre autres, la mission *de populariser l'idée du cadastre*. Il parla assez longuement, résolvant toutes les difficultés avec une assurance désinvolte et se jouant, tel un prestidigitateur de ses boules, des problèmes administratifs et politiques les plus graves. Des expressions comme : « Voici ce que je ferais si j'étais le gouvernement », « Vous qui êtes un homme intelligent, vous en tomberez aussitôt d'accord avec moi » etc., coulaient chez lui de source. Lavretski écoutait avec froideur le verbiage de Panchine : non, il ne lui plaisait pas, ce bel homme intelligent et d'une aisance raffinée, avec son sourire ouvert, sa voix polie et ses yeux inquisiteurs. Panchine eut tôt fait de deviner, avec cette intuition rapide des sentiments d'autrui qui le caractérisait, qu'il ne faisait pas particulièrement plaisir à son interlocuteur, et il s'éclipsa sous un bon prétexte, ayant décidé à part soi que Lavretski était peut-être bien un homme merveilleux, mais antipathique, *aigri* et, *en somme*, quelque peu ridicule. Marie Dmitrievna fit son apparition, accompagnée de Gédéonovski ; vinrent ensuite Marthe Timoféïevna et Lise, et derrière elles le reste de la maisonnée ; après quoi on vit arriver aussi Mme Bélénitsyne, la dame éprise de musique, une petite maigrichonne au joli visage las et quasi enfantin ; elle était vêtue d'une robe noire froufroutante, parée d'un éventail multicolore et d'épais bracelets en or ; son mari était là aussi, c'était un homme dodu aux joues rouges, qui avait de grands pieds et de grandes mains, des sourcils blancs et de grosses lèvres ornées d'un sourire immuable ; dans le monde, sa femme ne lui parlait jamais ; chez elle, dans ses moments de tendresse, elle l'appelait son « petit cochonnet » ; Panchine revint : les pièces de réception furent soudain pleines de monde et bruyantes. Une si grande quantité de gens n'était pas du goût de Lavretski ; il était particulièrement exaspéré par Mme Bélénitsyne qui n'arrêtait pas de le fixer derrière son face-à-main. Il serait parti immédiatement, mais il y avait Lise, et il avait envie de lui dire quelques mots seul à seul ; longtemps il dut attendre l'instant favorable et se contenter de la suivre des yeux avec une joie secrète ; jamais son visage ne lui avait paru plus noble et plus charmant. Elle gagnait beaucoup à être vue à côté de Mme Bélénitsyne. Celle-ci n'arrêtait pas de se trémousser sur sa chaise, de hausser ses petites épaules maigres, de rire avec affectation ; et puis tantôt elle plissait les yeux, tantôt elle les ouvrait brusquement tout grands. Lise restait tranquillement assise, regardait les gens en face et ne riait pas du tout. La maîtresse de maison s'assit à la table de jeu avec Marthe Timoféïevna, Bélénitsyne et Gédéonovski, qui jouait très lentement, commettait faute sur faute, clignait des yeux et s'essuyait la figure avec son mouchoir. Panchine avait pris son air mélancolique, il s'exprimait par phrases brèves, lourdes de sous-entendus et de tristesse, bref, le portrait en pied de l'artiste incompris ; cela dit, malgré les prières de Mme Bélénitsyne, qui se conduisait fort coquettement avec lui, il refusa de chanter sa romance : Lavretski l'intimidait. Théodore Ivanytch parlait peu lui aussi, quelque chose dans son visage avait frappé Lise dès qu'il était entré dans la pièce : elle avait immédiatement senti qu'il avait une communication à lui faire mais, sans savoir pourquoi, elle craignait de l'interroger. Enfin, au moment où elle passait dans la salle à manger pour verser le thé, elle tourna involontairement la tête de son côté. Il la suivit aussitôt.

« Qu'avez-vous ? demanda-t-elle en posant la théière sur le samovar.

— Vous avez donc remarqué quelque chose ? lui dit-il.

— Aujourd'hui vous n'êtes pas comme je vous ai toujours vu jusqu'à maintenant. »

Lavretski se pencha au-dessus de la table.

« Je voulais vous faire part d'une nouvelle, commença-t-il, mais je ne le peux pas maintenant. Et puis, au fait, tenez, lisez ce qui est encadré au crayon dans cet article, ajouta-t-il en lui tendant le numéro de la revue qu'il avait apporté avec lui. Je vous demande de garder cela secret, je passerai demain matin. »

Lise en resta saisie... Panchine apparut sur le seuil de la porte : elle mit la revue dans sa poche.

« Avez-vous lu *Oberman*[60], Élisabeth Mikhaïlovna ? » lui demanda Panchine d'un air méditatif.

Lise lui répondit quelques mots en l'air et, de la salle à manger, gagna directement l'étage. Lavretski retourna au salon et s'approcha de la table de jeu. Marthe Timoféïevna, les rubans de son bonnet défaits, le visage tout rouge, se mit à se plaindre à lui de son partenaire Gédéonovski qui, à l'entendre, était un incapable.

« Évidemment, jouer aux cartes et inventer des sornettes, cela fait deux », lui dit-elle.

L'intéressé continuait de cligner des yeux et de s'essuyer le front. Lise revint au salon et s'assit dans un coin ; Lavretski la regarda, elle le regarda, et un sentiment proche de l'effroi les envahit tous deux. Il lut de la stupeur et une sorte de mystérieux reproche sur son visage. Échanger une parole avec elle, si fort qu'il en eût envie, était chose impossible ; rester dans la même pièce qu'elle comme un invité parmi d'autres était pesant : il résolut de s'en aller. En prenant congé d'elle, il eut le temps de redire qu'il viendrait le lendemain et ajouta qu'il comptait sur son amitié.

« Venez, répondit-elle », avec toujours la même stupeur sur le visage.

Panchine retrouva son entrain après le départ de Lavretski ; il se mit à donner des conseils à Gédéonovski, marivauda plaisamment avec Mme Bélénitsyne et, enfin, chanta sa romance. Mais, à Lise, il continua de tenir les mêmes propos, d'adresser les mêmes regards qu'auparavant : lourds de sous-entendus et un peu tristes.

Quant à Lavretski, une nouvelle fois il ne dormit pas de la nuit. Il n'avait pas de chagrin, il n'éprouvait aucune émotion, il était tout apaisé ; mais il ne pouvait pas dormir. Il n'évoquait même pas les souvenirs du passé ; simplement, il considérait sa vie ; les battements de son cœur étaient lourds et réguliers, les heures fuyaient, il ne pensait même pas à dormir. Parfois seulement, une idée remontait jusqu'à sa conscience : « Mais enfin ce n'est pas vrai, c'est de la blague », et il s'arrêtait net, baissait la tête, puis derechef il se mettait à considérer sa vie.

XXIX

Marie Dmitrievna ne reçut pas trop chaleureusement Lavretski lorsqu'il se présenta chez elle le lendemain. « Voyez-vous ça, le pli est pris », pensa-t-elle. Déjà, tel qu'il était il ne lui plaisait guère ; de plus, Panchine, dont elle subissait l'influence, avait fait de lui la veille un éloge extrêmement perfide et cavalier. Comme elle ne le considérait pas comme un invité et ne jugeait pas nécessaire de se mettre en frais pour un parent, presque un familier, une demi-heure ne s'était pas écoulée que déjà il longeait une allée du jardin en compagnie de Lise. Lénotchka et Chourotchka s'amusaient à courir dans un parterre, à quelques pas d'eux.

Lise était calme comme à l'ordinaire, mais plus pâle que d'ordinaire. Elle sortit de sa poche et tendit à Lavretski la page de la revue, pliée tout petit.

« C'est affreux ! » dit-elle.

Lavretski ne répondit rien.

« Et en plus, ce n'est peut-être même pas vrai, ajouta Lise.

— C'est bien pourquoi je vous ai demandé de n'en parler à personne. »

Elle marcha un moment sans répondre.

« Dites-moi, reprit-elle enfin, vous n'avez pas de chagrin ? pas du tout ?

— Je ne sais pas moi-même ce que j'éprouve, répondit Lavretski.

— Mais enfin, vous l'aimiez, avant ?

— Oui.

— Beaucoup ?

— Beaucoup.

— Et vous n'avez pas de chagrin de sa mort ?

— Ce n'est pas maintenant qu'elle est morte pour moi

— C'est péché, ce que vous dites là... Non, ne vous fâchez pas contre moi. Vous m'appelez votre amie : une amie peut tout dire. Cela me fait peur, même, je vous assure... Hier, chez nous, vous aviez une figure si mauvaise... Rappelez-vous comme vous vous plaigniez d'elle il n'y a pas si longtemps. Et à ce moment-là elle n'était peut-être déjà plus de ce monde. J'ai peur. On dirait que cela vous a été envoyé comme châtiment. »

Lavretski eut un sourire amer.

« Vous croyez ?... Du moins, je suis libre, maintenant. »

Lise tressaillit légèrement.

« Taisez-vous, ne parlez pas ainsi. Qu'avez-vous besoin de votre liberté ? Ce n'est pas à cela que vous devez penser maintenant, c'est au pardon...

— Je lui ai pardonné depuis longtemps, l'interrompit Lavretski avec un geste d'impatience.

— Mais non, répliqua Lise en rougissant. Vous ne m'avez pas bien comprise. Vous devez vous préoccuper de vous faire pardonner...

— Par qui ?

— Par qui ? Par Dieu. Qui donc pourrait nous pardonner, sinon Dieu ? »

Lavretski lui saisit la main.

« Ah ! Élisabeth Mikhaïlovna, croyez-moi, j'ai été bien assez puni comme cela, s'exclama-t-il. J'ai déjà tout racheté, croyez-moi.

— Cela, vous ne pouvez pas le savoir, dit Lise à mi-voix. Vous avez oublié qu'il n'y a pas si longtemps, tenez, quand vous en parliez avec moi, vous ne vouliez pas lui pardonner. »

Ils firent tous deux quelques pas dans l'allée sans rien dire.

« Et votre fille ? » demanda soudain Lise en s'arrêtant.

Lavretski sursauta.

« Oh ! ne vous faites pas de souci ! J'ai déjà envoyé des lettres partout. L'avenir de ma fille, comme vous l'..., comme vous dites, est assuré. Ne vous faites pas de souci. »

Lise sourit tristement.

« Mais vous avez raison, poursuivit Lavretski, qu'ai-je besoin de ma liberté ? Qu'en ferais-je ?

— Quand avez-vous reçu cette revue ? demanda Lise sans répondre à sa question.

— Le lendemain de votre visite.

— Et est-ce que... est-ce que vraiment vous n'avez même pas pleuré ?

— Non. J'ai été saisi ; mais où serais-je allé chercher des larmes ? Pleurer sur le passé ? Mais mon passé est une terre brûlée !... Sa faute même n'a pas détruit mon bonheur, elle m'a simplement prouvé que ce bonheur n'avait jamais été. Quelle raison avais-je là de pleurer ? Et d'ailleurs, qui sait ? Mon chagrin aurait peut-être été plus grand si j'avais reçu cette nouvelle deux semaines plus tôt...

— Deux semaines ? répéta Lise. Et que vous est-il donc arrivé dans ces deux semaines ? »

Lavretski ne répondit rien, et Lise rougit brusquement encore plus fort qu'auparavant.

« Oui, oui, vous avez deviné, reprit soudain Lavretski ; pendant ces deux semaines j'ai appris ce que signifient les mots " une âme féminine pure ", et mon passé s'est éloigné de moi plus encore. »

Troublée, Lise dirigea tout doucement ses pas du côté du parterre vers Lénotchka et Chourotchka.

« Mais je suis content de vous avoir montré cette revue, dit Lavretski en marchant derrière elle ; j'ai pris maintenant l'habitude de ne rien vous cacher, et j'espère que vous me le revaudrez par la même confiance.

— Vous croyez ? dit Lise en s'arrêtant. Dans ce cas, je devrais... Mais non, c'est impossible !

— Qu'y a-t-il ? Parlez, parlez.

— Vraiment, il me semble que je ne devrais pas... Au fait, ajouta Lise, et avec un sourire elle se retourna vers Lavretski, qu'est-ce donc en effet qu'une demi-franchise ? Eh bien, savez-vous, aujourd'hui j'ai reçu une lettre.

— De Panchine ?

— Oui... Comment l'avez-vous deviné ?

— Il vous demande votre main ?

— Oui », répondit Lise et elle regarda gravement Lavretski droit dans les yeux.

Lavretski à son tour regarda Lise gravement.

« Eh bien, que lui avez-vous répondu ? articula-t-il enfin.

— Je ne sais que répondre, dit Lise en laissant retomber ses mains croisées.

— Comment ? Mais enfin vous l'aimez ?

— Oui, il me plaît ; je le crois un homme de bien.

— Vous m'avez dit la même chose et dans les mêmes termes il y a trois jours. Ce que je veux savoir, c'est si vous l'aimez de ce sentiment fort, passionné, que nous avons l'habitude d'appeler l'amour.

— À la façon dont *vous* l'entendez, non.

— Vous n'êtes pas amoureuse de lui ?

— Non. Mais est-ce bien nécessaire ?

— Comment ?

— Il plaît à maman, continua Lise, il est bon ; je n'ai rien contre lui.

— Pourtant vous hésitez ?

— Oui... et il se peut que vous et vos paroles en soyez la cause. Vous vous rappelez ce que vous m'avez dit avant-hier ? Mais c'est de la faiblesse...

— Oh ! mon enfant ! s'écria brusquement Lavretski, et sa voix était frémissante, ne compliquez pas les choses à plaisir, n'appelez pas faiblesse le cri de votre cœur qui ne veut pas se donner sans amour. Ne prenez pas sur vous une si terrible responsabilité envers cet homme que vous n'aimez pas et auquel vous voulez appartenir...

— J'obéis, je ne prends rien sur moi, tenta d'expliquer Lise...

— Écoutez votre cœur ; lui seul vous dira la vérité, l'interrompit Lavretski... L'expérience, le raisonnement, tout cela n'est que poussière et vanité ! Ne vous privez pas du plus grand, du seul bonheur qu'il y ait sur terre !

— Est-ce bien vous qui dites cela, Théodore Ivanytch ? Vous qui vous êtes marié par amour... avez-vous été heureux ? »

Lavretski joignit les mains dans un geste suppliant.

« Ah ! ne parlez pas de moi ! Vous n'êtes pas même en état de comprendre ce qu'un jeune garçon sans expérience, élevé d'une façon monstrueuse, peut prendre pour de l'amour !... Oh ! Et puis à quoi bon se calomnier ? Je vous ai dit tout à l'heure que je n'avais pas connu le bonheur... Si ! j'ai été heureux !

— Il me semble, Théodore Ivanytch, prononça Lise en baissant la voix (lorsqu'elle n'était pas d'accord avec son interlocuteur, elle baissait toujours la voix ; de plus elle éprouvait un grand trouble), il me semble que le bonheur sur la terre ne dépend pas de nous...

— Mais si, si, croyez-moi (il lui prit les deux mains ; Lise, devenue toute pâle, le considérait presque avec effroi, mais restait attentive), à condition seulement que nous ne gâchions pas nous-mêmes notre vie. Pour certaines personnes, un mariage d'amour peut être un malheur ; mais pas pour vous, avec votre caractère paisible, avec votre âme claire ! Je vous en conjure, ne vous mariez pas sans amour, par devoir, par renoncement, que sais-je... Ce serait aussi un blasphème, ce serait aussi un calcul, et pire encore que d'autres. Croyez-moi : j'ai le droit de dire cela ; j'ai payé ce droit assez cher. Et si votre Dieu... »

À cet instant, Lavretski remarqua que Lénotchka et Chourotchka étaient plantées à côté de Lise et le fixaient avec une stupéfaction muette. Il lâcha les mains de Lise, dit précipitamment : « Excusez-moi, je vous prie », et se dirigea vers la maison.

« Je ne vous demande qu'une chose, ajouta-t-il en revenant vers Lise, ne vous décidez pas tout de suite, attendez un peu, pensez à ce que je vous ai dit. Et même si vous ne deviez pas me croire, si vous vous décidiez à faire un mariage de raison, même alors ce n'est pas M. Panchine que vous devriez épouser : il ne peut pas être votre époux... N'est-ce pas, vous me promettez de ne pas vous précipiter ? »

Lise voulut répondre à Lavretski, mais ne put articuler un seul mot, non qu'elle fût résolue à « se précipiter », mais parce que son cœur battait trop fort et qu'un sentiment qui ressemblait à de la peur lui coupait le souffle.

XXX

Comme il quittait la maison des Kalitine, Lavretski croisa Panchine ; ils se saluèrent avec froideur. Lavretski, une fois arrivé à son appartement, s'y enferma à clé. Il éprouvait des sensations quasiment inconnues de lui jusqu'alors. Tant de jours s'étaient-ils écoulés depuis l'époque où il était dans un état de « torpeur résignée » ? Tant de jours, depuis que, selon sa propre expression, il se sentait « tout au fond de la rivière » ? Quel événement avait donc changé sa disposition, l'avait sorti de lui-même, fait remonter à la surface ? Était-ce la plus courante, la plus inévitable des éventualités, encore qu'elle soit toujours inattendue, la mort ? Oui ; mais il ne pensait pas tant à la mort de sa femme, à sa liberté, qu'à la réponse que Lise choisirait de faire à Panchine. Il sentait que, pendant ces trois derniers jours, il s'était mis à la regarder avec d'autres yeux ; il se souvenait de ce qu'il se disait en lui-même, rentrant chez lui et pensant à elle dans le silence de la nuit : « Si seulement !... » Ce « si seulement », rapporté par lui au passé, au domaine de l'impossible, venait de se réaliser, quoique différemment de ce qu'il escomptait... Mais sa liberté, à elle seule, ne suffisait pas. « Elle obéira à sa mère, pensait-il, elle épousera Panchine ; mais même si elle refuse sa main, est-ce que cela ne revient pas au même pour moi ? » En passant devant un miroir, il jeta un bref coup d'œil sur son visage et haussa les épaules.

La journée passa vite au milieu de ces réflexions, et le soir vint. Lavretski se rendit chez les Kalitine. Il marchait vite, mais arrivé en vue de leur maison il ralentit le pas. Le *drojki*[61] de Panchine était arrêté devant le perron. « Allons, pensa Lavretski, je ne dois pas être égoïste », et il entra. À l'intérieur, personne ne l'accueillit, et du salon ne venait aucun bruit ; il ouvrit la porte et vit Marie Dmitrievna en train de jouer au piquet avec Panchine. Ce dernier le salua sans mot dire d'une inclinaison de tête, et la maîtresse de maison s'écria : « Tiens, en voilà une surprise ! » en fronçant légèrement les sourcils. Lavretski prit un siège à côté d'elle et s'appliqua à regarder son jeu.

« Vous savez donc jouer au piquet ? » lui demanda-t-elle avec une mauvaise humeur mal dissimulée, et, sans transition, elle annonça qu'elle avait fait son écart.

Panchine compta quatre-vingt-dix et commença poliment et tranquillement à faire ses levées, le visage empreint de rigueur et de dignité. Ainsi doivent jouer les diplomates; ainsi jouait-il, sans doute, à Saint-Pétersbourg, avec tel ou tel puissant dignitaire à qui il désirait inspirer une opinion avantageuse de son sérieux et de sa maturité. « Cent un, cent deux, cœur, cent trois », scandait sa voix bien timbrée, et Lavretski n'aurait su dire si les vibrations de cette voix exprimaient un blâme ou une satisfaction intime.

« Marthe Timoféïevna est-elle visible ? » demanda-t-il lorsqu'il vit que Panchine commençait à battre les cartes d'un air encore plus digne. L'artiste avait disparu chez lui sans laisser de trace.

« Je crois que oui. Elle est chez elle, en haut, renseignez-vous », répondit Marie Dmitrievna.

Lavretski monta. Marthe Timoféïevna jouait aussi aux cartes, quand il entra chez elle; elle jouait aux *douratchki*[62] avec Anastasie Karpovna. Roska aboya, mais les deux vieilles femmes l'accueillirent avec affabilité, Marthe Timoféïevna surtout semblait être de bonne humeur.

« Ah ! Fédia ! Sois le bienvenu, dit-elle; assieds-toi, mon petit. Nous finissons justement notre partie. Veux-tu de la confiture ? Chourotchka, va lui chercher le pot de fraise. Tu n'en veux pas ? Eh bien, ne prends rien, mais gare à toi si tu fumes : je ne peux pas supporter votre sale tabac, et puis il fait éternuer Matelot. »

Lavretski s'empressa de déclarer qu'il n'avait aucune envie de fumer.

« Tu as été en bas ? continua la vieille femme; qui y avait-il ? Toujours l'éternel Panchine ? Et Lise, tu l'as vue ? Non ? Elle avait l'intention de venir... Tiens, justement la voilà, qu'est-ce que je disais ! »

Lise entra dans la pièce et rougit à la vue de Lavretski.

« Je passais vous voir juste une minute, Marthe Timoféïevna... commença-t-elle.

— Pourquoi juste une minute ? répondit la vieille femme. Ce que vous pouvez avoir la bougeotte, jeunes filles, toutes les mêmes ! Tu vois bien que j'ai un visiteur : fais-lui un bout de causette, tiens-lui compagnie. »

Lise s'assit sur le bord d'une chaise, leva les yeux sur Lavretski et sentit qu'elle ne pouvait pas ne pas l'informer de la façon dont s'était terminée son entrevue avec Panchine. Mais comment le faire ? Elle était partagée entre la confusion et la gêne. Le connaissait-elle donc depuis si longtemps, cet homme qui allait rarement à l'église et qui supportait si allégrement la mort de sa femme... et voici que déjà elle lui confiait ses secrets... Certes, il lui portait de l'intérêt ; et de son côté elle avait foi en lui, se sentait attirée vers lui ; cependant elle éprouva un sentiment de honte, comme si elle avait laissé un étranger pénétrer dans sa chambre virginale.

Marthe Timoféïevna vint à son secours.

« Voyons, si tu ne te charges pas de lui tenir compagnie, le pauvre, qui le fera ? reprit-elle. Je suis trop vieille pour lui, il est trop intelligent pour moi, et pour Anastasie Karpovna il est trop vieux : ce sont des petits jeunes qu'il lui faut, à elle.

— Comment puis-je tenir compagnie à Théodore Ivanytch ? dit Lise. S'il le veut, je ferais peut-être mieux de lui jouer un morceau de piano, ajouta-t-elle d'une voix hésitante.

— Excellente idée ; tu es une maligne, ma petite fille. Descendez, mes chers enfants ; revenez quand vous aurez fini ; et moi, tenez, voilà que j'ai perdu ; je suis furieuse, je veux ma revanche. »

Lise se leva. Lavretski la suivit. Dans l'escalier, elle s'arrêta.

« On a bien raison de dire que le cœur humain est plein de contradictions, dit-elle. Votre exemple aurait dû me faire peur, me rendre méfiante envers les mariages d'amour, et pourtant je...

— Vous lui avez dit non ? l'interrompit Lavretski.

— Non, mais je n'ai pas dit oui. Je lui ai tout expliqué, tout ce que je ressentais, et je lui ai demandé d'attendre. Vous êtes content ? » ajouta-t-elle avec un bref sourire, et, sa main effleurant à peine la rampe, elle descendit l'escalier en courant.

« Que vais-je vous jouer ? demanda-t-elle en soulevant le couvercle du piano.

— Ce que vous voudrez », répondit Lavretski ; et il s'assit de façon à pouvoir la regarder.

Lise commença à jouer et, durant un bon moment, elle ne détacha pas les yeux de ses doigts. Lorsque enfin elle les leva sur Lavretski, elle s'interrompit, tant son visage lui parut bizarre et étrange.

« Qu'avez-vous ? demanda-t-elle.

— Rien, répondit-il, je me sens très bien ; je suis heureux pour vous, je suis heureux de vous voir ; continuez.

— Il me semble, dit Lise après un court silence, que s'il m'aimait réellement, il ne m'aurait pas écrit cette lettre ; il aurait dû sentir que je ne pouvais pas lui répondre maintenant.

— Cela n'a pas d'importance, dit Lavretski. L'important, c'est que vous ne l'aimiez pas.

— Arrêtez, que signifient ces propos ? L'image de votre défunte femme me hante, et je vous trouve effrayant. »

« N'est-ce pas, Woldemar, que ma Lisette joue de façon charmante ? disait au même instant Marie Dmitrievna à Panchine.

— Oui, tout à fait », répondit Panchine.

Marie Dmitrievna regarda son jeune partenaire avec attendrissement ; mais celui-ci prit un air encore plus grave et soucieux, et déclara un quatorze de rois.

XXXI

Lavretski n'était plus un jeune homme ; il ne pouvait se faire longtemps illusion sur le sentiment que lui avait inspiré Lise ; ce jour-là, il acquit la conviction définitive qu'il était amoureux d'elle. Cette conviction ne lui apporta pas beaucoup de joie. « N'ai-je vraiment rien de mieux à faire, à trente-cinq ans, que de remettre encore une fois mon âme entre les mains d'une femme ? pensa-t-il. Il est vrai que Lise et *l'autre* n'ont rien de commun : ce n'est pas elle qui aurait exigé de moi des sacrifices avilissants ; elle ne m'aurait pas, elle, détourné de mes travaux ; elle m'aurait elle-même encouragé à un labeur honnête, exigeant, et nous serions allés ensemble de l'avant vers un bel idéal. Oui, conclut-il au terme de ses réflexions, tout cela est bien beau ; le seul ennui, c'est qu'elle n'aura nul désir de se marier avec moi. Après tout, elle m'a bien dit qu'elle me trouvait effrayant. En revanche, Panchine non plus, elle ne l'aime pas... Faible consolation ! »

Lavretski repartit pour Vassilievskoïé ; mais il ne put y tenir quatre jours, tellement tout lui parut ennuyeux. L'attente, elle aussi, l'accablait : la nouvelle annoncée par M. Jules demandait confirmation, or il ne recevait aucune lettre. Il rentra en ville et passa une soirée chez les Kalitine. Il se rendit compte aisément que Marie Dmitrievna était montée contre lui ; mais il réussit à la fléchir quelque peu en perdant à son profit une quinzaine de roubles au piquet, et il passa environ une demi-heure presque en tête à tête avec Lise, bien que sa mère lui eût conseillé la veille encore de ne pas être trop familière avec un homme *qui a un si grand ridicule*. Il trouva chez elle un changement : elle paraissait maintenant plus songeuse ; elle lui reprocha son absence et lui demanda s'il ne viendrait pas le lendemain à la messe (le lendemain était un dimanche).

« Venez-y, lui dit-elle sans attendre sa réponse. Nous prierons ensemble pour le repos de *son* âme. » Puis elle ajouta qu'elle ne savait pas quelle attitude adopter ; avait-elle le droit de faire attendre plus longtemps sa décision à Panchine ?

« Pourquoi donc ? demanda Lavretski.

— Parce que je commence dès maintenant à me douter de ce qu'elle sera », dit-elle.

Elle déclara qu'elle avait mal à la tête et se retira dans sa chambre, au premier étage, après avoir tendu le bout de ses doigts à Lavretski d'un geste hésitant.

Le lendemain, Lavretski se rendit à la messe. Lise était déjà dans l'église lorsqu'il arriva. Elle le remarqua, bien qu'elle n'eût pas tourné la tête de son côté. Elle priait avec ferveur : ses yeux brillaient d'une douce lumière, doucement elle inclinait, puis relevait la tête. Il sentit qu'elle priait aussi pour lui, et une tendresse ineffable remplit son âme. Il était tout à la fois heureux et un peu honteux. Le maintien digne des fidèles, les visages familiers, l'harmonie des chants, l'odeur de l'encens, les longs rayons obliques tombant des fenêtres, l'obscurité même des murs et des piliers, tout parlait à son cœur. Depuis longtemps il n'était pas allé à l'église, ne s'était pas tourné vers Dieu ; même alors, il ne prononça pas des paroles de prière, il ne pria pas, même sans paroles ; mais pendant un instant, même s'il fut très bref, il se prosterna, sinon physiquement, du moins de toute son âme, jusqu'à toucher humblement la terre. Il se souvint de la façon dont il priait toujours à l'église dans son enfance, jusqu'au moment où il sentait son front effleuré par un frais et mystérieux contact ; c'était, pensait-il alors, son ange gardien qui le recevait, qui posait sur lui le sceau des élus. Il leva les yeux sur Lise... « C'est toi qui m'as fait venir ici, pensa-t-il ; pose ton doigt sur moi, pose ton doigt sur mon âme. » Elle priait toujours aussi doucement ; son visage lui parut radieux, et de nouveau il s'attendrit, demanda pour une autre âme le repos, pour la sienne le pardon...

Ils se rencontrèrent sur le parvis ; elle lui dit bonjour avec une gravité joyeuse et tendre. Le soleil éclairait brillamment l'herbe nouvelle qui poussait dans l'enclos de l'église, les robes et les châles aux vives couleurs que portaient les femmes ; les cloches des églises voisines bourdonnaient dans les airs ; les moineaux gazouillaient sur les barrières. Lavretski, debout, tête nue, souriait ; un vent léger soulevait ses cheveux et le bout des rubans du chapeau de Lise. Il installa Lise et Lénotchka, qui l'accompagnait, dans leur voiture, distribua tout son argent aux mendiants, et rentra chez lui en flânant doucement.

XXXII

Ce fut pour Théodore Ivanytch le début d'une période difficile. Il vivait dans un état de fièvre permanente. Chaque matin il se rendait à la poste, décachetait ses lettres, ses revues, le cœur battant — et ne trouvait jamais rien qui pût confirmer ou démentir la fatale rumeur. Parfois il se dégoûtait lui-même : « Que fais-je là, pensait-il ; j'attends comme un corbeau avide de sang frais l'annonce sûre de la mort de ma femme ! » Il allait chaque jour chez les Kalitine ; mais là non plus il ne trouvait pas de réconfort ; la maîtresse de maison lui faisait visiblement la tête et ne le recevait que par condescendance ; Panchine le traitait avec une politesse exagérée ; Lemm était dans un de ses accès de misanthropie et le saluait à peine, et surtout Lise semblait le fuir. Lorsqu'il leur arrivait, par hasard, de se retrouver en tête à tête, au lieu de la confiance d'antan elle montrait de l'embarras ; elle ne savait que lui dire, et lui-même éprouvait un sentiment de gêne. En quelques jours, Lise était devenue différente de celle qu'il avait connue : dans ses gestes, dans sa voix, dans son rire même perçait une angoisse secrète, une inégalité d'âme qui n'y était pas auparavant. Marie Dmitrievna, en égoïste qu'elle était, ne soupçonnait rien ; mais Marthe Timoféïevna commençait à surveiller sa jeune préférée. Lavretski se reprocha maintes fois d'avoir montré à Lise la revue qu'il avait reçue ; il ne pouvait pas ne pas reconnaître, qu'il y avait, dans sa situation morale, quelque chose de troublant pour une sensibilité toute pure. Il supposait également que le changement survenu en Lise provenait d'un combat intérieur, de ses hésitations sur la réponse à faire à Panchine. Un jour, elle lui rapporta un livre, un roman de Walter Scott, qu'elle lui avait elle-même emprunté.

« Vous l'avez lu ? lui dit-il.

— Non, je n'ai pas l'esprit à la lecture en ce moment. » Et sur ces quelques mots elle s'en allait déjà...

« Attendez une minute ; il y a si longtemps que nous ne nous sommes pas vus seule à seul. On dirait que vous avez peur de moi.

— Oui.

— Mais pourquoi, je vous le demande ?

— Je ne sais pas. »

Lavretski en resta muet.

« Dites-moi, reprit-il, vous n'avez pas encore pris de décision ?

— Que voulez-vous dire ? demanda-t-elle sans lever les yeux.

— Vous me comprenez... »

Lise rougit d'un seul coup.

« Ne me posez pas de question, laissa-t-elle échapper vivement, je ne sais rien ; je ne me connais pas moi-même... »

Et elle s'éloigna aussitôt.

Le lendemain, Lavretski arriva chez les Kalitine après le dîner et y trouva toute la maison préparée pour célébrer les vêpres à domicile[63]. Dans un angle de la salle à manger, sur une table carrée recouverte d'une nappe toute propre étaient déjà posées, appuyées contre le mur, de petites icônes aux revêtements d'or, aux auréoles incrustées de petits diamants ternis. Un vieux domestique en livrée grise et souliers bas traversa toute la pièce sans se presser, sans faire claquer ses talons, plaça deux cierges dans les bougeoirs minces qui se dressaient devant les icônes, se signa, s'inclina, et sortit silencieusement. Le salon non éclairé était vide. Lavretski fit quelques pas dans la salle à manger, questionna : était-ce la fête de l'une des dames ? On lui chuchota que non, mais que l'office à domicile avait été demandé par Élisabeth Mikhaïlovna et par Marthe Timoféïevna ; qu'on avait eu l'intention de faire venir une icône miraculeuse, mais qu'elle était partie à trente verstes de là auprès d'un malade[64]. Bientôt arriva, accompagné de ses diacres, le prêtre en personne, homme déjà mûr et fort chauve ; il toussa avec bruit dans l'antichambre ; les dames sortirent aussitôt du cabinet à la queue leu leu et vinrent lui demander sa bénédiction ; Lavretski les salua en silence, elles lui répondirent de même. Le prêtre attendit un moment dans l'antichambre, puis toussa de nouveau et demanda d'une voix de basse contenue :

« Pouvons-nous commencer ?

— Oui, mon père », répondit Marie Dmitrievna.

Il commença à revêtir ses ornements ; un diacre en soutane demanda obséquieusement du charbon ; l'odeur de l'encens s'éleva. Les femmes de chambre et les laquais sortirent de l'antichambre et s'amassèrent en groupe compact devant les portes. Roska, qui ne descendait jamais de l'étage, apparut soudain dans la salle à manger : on essaya de le chasser ; il s'affola, se mit à tourner en rond, finit par s'asseoir ; un laquais le prit dans ses bras et l'emporta. L'office commença. Lavretski se faisait tout petit dans un coin ; ses impressions étaient bizarres, presque tristes ; il n'arrivait pas lui-même à démêler bien clairement ce qu'il ressentait. Marie Dmitrievna se tenait au premier rang, debout devant les fauteuils ; elle se signait avec nonchalance et affectation, à la mode seigneuriale ; tantôt elle regardait autour d'elle, tantôt elle levait les yeux au plafond : elle s'ennuyait. Marthe Timoféïevna paraissait soucieuse ; Anastasie Karpovna effectuait ses prosternations et se remettait debout dans un bruissement soyeux et comme discret ; Lise n'avait pas bougé de la place où elle s'était mise tout d'abord ; elle ne faisait pas un geste ; à l'expression concentrée de son visage, on pouvait deviner qu'elle priait avec application et ardeur. Lorsqu'elle posa ses lèvres sur la croix, à la fin de l'office, elle baisa également la grande main rouge du prêtre. Marie Dmitrievna invita ce dernier à prendre une tasse de thé ; il enleva son étole, prit un petit air mondain et passa au salon en compagnie des dames. La conversation s'engagea, assez morne. Le prêtre vida quatre tasses, tout en essuyant sans arrêt son crâne chauve avec un mouchoir ; il raconta, entre autres choses, que le marchand Avochnikov avait fait une offrande de sept cents roubles destinée à la dorure de la « coumpole » ; il enseigna aussi une recette infaillible pour se débarrasser des taches de rousseur. Lavretski était bien venu s'asseoir à côté de Lise, mais celle-ci gardait un maintien sévère, presque austère, et pas une seule fois elle ne le regarda. Elle semblait éviter délibérément de le remarquer ; une sorte d'exaltation froide et grave s'était emparée d'elle. Lavretski éprouvait sans arrêt le besoin inexplicable de sourire et de dire des choses amusantes ; mais son cœur était troublé, et il finit par s'en aller, confusément perplexe... Il le sentait bien, quelque chose, en Lise, demeurait pour lui impénétrable.

Une autre fois, alors qu'il était assis au salon et qu'il écoutait les racontars à la fois insinuants et lourds de Gédéonovski, il se retourna brusquement sans savoir lui-même pourquoi et surprit un regard profond, attentif, interrogateur, dans les yeux de Lise... C'était sur lui qu'était dirigé ce regard énigmatique. Toute la nuit qui suivit, Lavretski y pensa. Il aimait, non comme un gamin, certes : soupirer, languir ne lui seyait guère, et d'ailleurs, Lise n'inspirait pas ce genre de sentiments ; mais à tout âge l'amour a ses tourments, et il les éprouvait totalement.

XXXIII

Un jour, Lavretski se trouvait, comme d'habitude, chez les Kalitine. Après une journée d'une chaleur éprouvante, la soirée s'annonçait si belle que Marie Dmitrievna, malgré sa répugnance pour les courants d'air, fit ouvrir toutes les fenêtres et toutes les portes donnant sur le jardin et déclara qu'elle ne jouerait pas aux cartes, que par un temps pareil c'était péché de jouer, qu'il fallait profiter de la nature. Le seul invité était Panchine. Son humeur était accordée à la soirée ; il n'avait pas envie de chanter en présence de Lavretski, mais sentait monter en lui un flot d'impressions artistiques, et se rabattit donc sur la poésie : il déclama bien, mais avec trop d'effets voulus et de finesses superflues, plusieurs poèmes de Lermontov (Pouchkine n'était pas encore revenu à la mode à cette époque[65]) et, brusquement, comme honteux de ces effusions, il se lança, à propos de la célèbre *Pensée*[66], dans un réquisitoire acerbe contre la jeune génération ; il ne manqua pas, à cette occasion, d'exposer la manière dont il redresserait la situation, lui, s'il avait le pouvoir. « La Russie est en retard par rapport à l'Europe, dit-il ; elle doit la rattraper. On prétend que nous sommes trop jeunes . quelle bêtise ! et puis n'oublions pas que nous n'avons pas l'esprit d'invention : Khomiakov lui-même est forcé d'admettre que nous n'avons pas même inventé le piège à rats[67]. Par conséquent nous sommes bien obligés d'emprunter aux autres. Nous sommes malades, nous dit Lermontov : j'en suis d'accord avec lui ; mais nous sommes malades de n'être qu'à moitié européanisés ; recherchons dans nos maux le remède à nos maux ("* Le cadastre * ", pensa Lavretski). Chez nous, poursuivit Panchine, les * meilleures têtes * en sont depuis longtemps convaincues ; tous les peuples se ressemblent dans le fond ; il suffit d'instaurer de bonnes institutions, et le tour est joué. Certes, on peut faire en sorte de s'adapter aux coutumes nationales existantes ; cela, c'est notre tâche à nous, la tâche des hommes... (il faillit dire " de gouvernement " mais se reprit), des serviteurs de l'État ; mais si le besoin s'en fait sentir, ne vous inquiétez pas, les institutions sauront transformer ces coutumes elles-mêmes. » Marie Dmitrievna opinait du bonnet avec ravissement. « Quel homme d'esprit, quel causeur j'ai dans mon salon », pensait-elle. Lise, accoudée au rebord de la fenêtre, ne disait rien ; Lavretski lui aussi gardait le silence ; Marthe Timoféïevna, qui jouait aux cartes dans un coin avec sa compagne, grommelait quelque chose entre ses dents. Panchine marchait de long en large dans la pièce et parlait avec éloquence, mais sur un ton d'exaspération secrète : il semblait s'en prendre non à toute une génération, mais à quelques personnes bien connues de lui. Dans le jardin des Kalitine, au milieu d'un grand buisson de lilas, vivait un rossignol ; les premières notes de son chant du soir se faisaient entendre dans les intervalles de ce beau discours ; les premières étoiles s'allumaient dans un ciel rose, au-dessus des cimes immobiles des tilleuls. Lavretski se leva et commença à réfuter les arguments de Panchine ; une discussion s'engagea. Lavretski défendait la jeunesse et l'indépendance de la Russie ; il faisait bon marché de lui-même et de sa génération, mais il prenait la défense des hommes nouveaux, de leurs convictions et de leurs aspirations ; Panchine répliquait avec nervosité, d'un ton tranchant ; il déclara que les hommes intelligents devaient tout transformer, et finit par se laisser entraîner au point qu'oubliant son grade de gentilhomme de la chambre et sa carrière de fonctionnaire, il traita Lavretski de conservateur retardataire et fit même allusion (de très loin il est vrai) à sa position fausse dans la société. Lavretski ne s'échauffa pas, ne haussa pas le ton (il se souvint que Mikhaliévitch aussi l'avait traité de retardataire, de voltairien retardataire), et réfuta tranquillement toutes les théories de Panchine point par point. Il lui prouva l'impossibilité de changements par sauts et de transformations venues d'en haut et conçues par des fonctionnaires outrecuidants — transformations que ne justifieraient ni une bonne connaissance de la mère patrie, ni une foi réelle dans un idéal quelconque, fût-il négatif ; il cita en exemple sa propre éducation, revendiqua avant toute chose la reconnaissance de la vraie sagesse du peuple et une attitude d'humilité devant elle (humilité sans laquelle on ne trouverait pas l'audace nécessaire pour lutter contre le mensonge) ; il ne se déroba pas, enfin, au reproche selon lui mérité de gaspillage irréfléchi de son temps et de ses forces.

« Tout cela est parfait ! s'écria, à la fin, Panchine, vexé ; eh bien, vous qui venez de rentrer en Russie, qu'avez-vous l'intention de faire ?

— De labourer la terre, répondit Lavretski, et d'essayer de le faire le mieux possible.

— Cela est fort louable, incontestablement, répliqua Panchine, et je me suis laissé dire que vous aviez déjà fait de grands progrès dans ce domaine ; mais reconnaissez que tout le monde n'est pas capable de ce genre de travail.

— *Une nature poétique* ne peut pas labourer, bien entendu, dit Marie Dmitrievna... *et puis* vous, Vladimir Nikolaïtch, vous êtes appelé à tout faire *en grand*. »

C'en était trop, même pour Panchine ; il se démonta, et changea de sujet. Il essaya de remettre sur le tapis la beauté du ciel étoilé, la musique de Schubert, sans grand succès ; il finit par proposer à Marie Dmitrievna de jouer avec lui au piquet. « Quoi ? par une si belle soirée ? » se défendit-elle faiblement ; elle fit pourtant apporter des cartes.

Panchine déchira l'enveloppe du paquet neuf avec un bruit sec, et Lise et Lavretski, comme s'ils s'étaient donné le mot, se levèrent tous deux et allèrent s'installer à côté de Marthe Timoféïevna. Ils se sentaient tout à coup si bien ensemble qu'ils étaient pris de peur à l'idée de se retrouver en tête à tête, et, en même temps, ils venaient de sentir tous les deux que la géne qu'ils avaient éprouvée ces jours derniers avait disparu et ne reviendrait plus. La vieille femme tapota la joue de Lavretski à la dérobée, fronça les sourcils d'un air rusé et secoua la tête plusieurs fois, ajoutant à voix basse : « Tu l'as bien eu, ce gros malin ; merci. » Le silence se fit dans la pièce ; on n'entendait que le faible crépitement des bougies de cire, et, de temps en temps, le bruit d'une main frappant la table, ou encore une exclamation, un compte de points, et, large flot entrant par la fenêtre avec la fraîcheur de la rosée, souverain, éclatant jusqu'à l'insolence, ruisselait dans la pièce le chant du rossignol.

XXXIV

Lise n'avait pas dit un mot durant la discussion de Lavretski avec Panchine, mais elle l'avait suivie attentivement et s'était sentie entièrement du côté de Lavretski. La politique l'intéressait fort peu ; mais le ton présomptueux du jeune fonctionnaire (il ne s'était encore jamais démasqué à ce point) lui avait été antipathique ; son mépris pour la Russie l'avait offensée. Il ne serait jamais venu à l'esprit de Lise qu'elle était une patriote ; mais elle s'entendait bien avec les gens du peuple ; la tournure d'esprit russe la ravissait ; elle pouvait sans affectation bavarder pendant des heures avec le staroste de la propriété de sa mère quand il venait à la ville, et elle lui parlait comme à un égal, sans la moindre trace de condescendance seigneuriale. Lavretski devinait tout cela ; il n'aurait pas pris la parole pour le seul plaisir de réfuter Panchine ; il n'avait parlé que pour Lise. Ils ne s'étaient rien dit l'un à l'autre, leurs yeux mêmes s'étaient rarement rencontrés ; mais tous deux avaient compris ce soir-là qu'ils venaient de se rapprocher intimement ; ils avaient compris qu'ils avaient les mêmes sympathies, les mêmes antipathies. Un seul point les séparait : mais Lise espérait au fond de son cœur le ramener à Dieu. Ils étaient assis à côté de Marthe Timoféïevna et donnaient l'impression de suivre sa partie ; et d'ailleurs ils la suivaient, en effet, mais en même temps leurs cœurs à tous deux s'élargissaient dans leurs poitrines, et rien ne leur échappait : c'était pour eux que le rossignol chantait, que les étoiles brillaient, que les arbres murmuraient tout bas bercés par le sommeil, par la langueur de l'été, par la tiédeur du soir.

Lavretski s'abandonnait de tout son être à cette vague qui l'emportait, et il était heureux ; mais nulle parole ne saurait exprimer ce qui se passait dans l'âme pure de la jeune fille : cela demeurait même pour elle un mystère ; que ce mystère le reste aussi pour tous. Nul ne sait, nul n'a vu et ne verra jamais comment le grain de blé appelé à vivre et à fructifier, gonfle et mûrit dans le sein de la terre.

Dix heures sonnèrent. Marthe Timoféïevna regagna ses appartements au premier avec Anastasie Karpovna ; Lavretski et Lise traversèrent la pièce, s'arrêtèrent devant la porte grande ouverte du jardin, fixèrent leurs regards sur la profondeur obscure de la nuit, puis l'un sur l'autre, et se sourirent ; ils auraient pu ainsi, leur semblait-il, se prendre par les mains et parler, parler sans fin. Ils revinrent auprès de Marie Dmitrievna et de Panchine dont le piquet traînait en longueur. Le dernier « roi » se termina enfin, et la maîtresse de maison se leva, en poussant force soupirs et gémissements, de son fauteuil aux coussins écrasés ; Panchine prit son chapeau, baisa la main de Marie Dmitrievna, fit observer que certains avaient de la chance, que rien ne les empêchait maintenant de dormir ou de jouir de la nuit, alors que lui allait devoir veiller jusqu'au matin sur des papiers stupides ; il salua Lise avec froideur (il n'aurait pas cru qu'en réponse à sa demande en mariage elle le prierait d'attendre, c'est pourquoi il la boudait) et il se retira. Lavretski le suivit. Ils se séparèrent au portail ; Panchine réveilla son cocher en le frappant dans le cou du bout de sa canne, monta dans sa voiture qui s'ébranla dans la nuit. Lavretski n'avait pas envie de rentrer chez lui ; il sortit de la ville, et partit dans la campagne. La nuit était calme et claire bien que sans lune ; Lavretski flâna longtemps dans l'herbe couverte de rosée ; un étroit sentier s'ouvrit devant lui ; il le suivit. Ce sentier le conduisit à une longue palissade, devant un portillon qu'il essaya de pousser sans même se rendre compte de ce qu'il faisait : le portillon grinça faiblement et s'ouvrit comme s'il n'avait attendu que le contact de sa main. Lavretski se retrouva dans un jardin, fit quelques pas dans une allée de tilleuls, et s'arrêta brusquement, stupéfait : il venait de reconnaître le jardin des Kalitine.

Aussitôt il se mit dans une tache d'ombre noire qui tombait d'un épais buisson de noisetiers et y resta un bon moment, immobile, paralysé d'étonnement.

« Ce n'est pas un hasard », pensa-t-il.

Tout était silencieux autour de lui ; aucun bruit ne provenait du côté de la maison. Il fit prudemment quelques pas en avant. Et voici qu'au détour de l'allée toute la maison, soudain, le regarda de sa façade obscure ; seules deux fenêtres, à l'étage, étaient allumées : chez Lise une bougie brillait derrière un rideau blanc, et dans la chambre à coucher de Marthe Timoféïevna la flamme rouge d'une veilleuse brûlait devant l'icône, reflétant sa lumière égale dans l'or dont l'image sainte était revêtue ; en bas, la porte donnant sur le balcon béait largement, toute grande ouverte. Lavretski s'assit sur un banc de bois, s'accouda et se mit à contempler cette porte ainsi que la fenêtre de Lise. Minuit sonna en ville ; dans la maison, une petite pendule fit entendre douze coups frêles ; le veilleur de nuit tambourina sur sa planche. Lavretski ne pensait rien, n'attendait rien ; il était heureux de se sentir près de Lise, d'être assis dans son jardin, sur un banc où elle s'était assise maintes fois... La lumière s'éteignit dans la chambre de Lise. « Bonne nuit, ma chère petite fille », murmura Lavretski, toujours assis, immobile, les yeux fixés sur cette fenêtre redevenue noire.

Soudain une lumière apparut à l'une des fenêtres du rez-de-chaussée, puis se montra à une autre, à une troisième... Quelqu'un allait de pièce en pièce, une bougie à la main. « Serait-ce Lise ? Impossible !... » Lavretski se redressa à demi... Une silhouette familière se profila un instant, et Lise apparut dans le salon. En robe blanche, ses deux tresses non défaites sur ses épaules, elle s'approcha tout doucement de la table, se pencha au-dessus d'elle, posa sa bougie, et parut chercher quelque chose ; puis, tournant son visage vers le jardin, elle se dirigea vers la porte ouverte et, toute blanche, légère, svelte, elle se tint debout sur le seuil. Un frisson parcourut Lavretski.

« Lise ! » laissa-t-il échapper d'une voix à peine audible.

Elle tressaillit et chercha à percer l'obscurité.

« Lise ! » répéta Lavretski d'une voix plus forte ; et il sortit de l'ombre de l'allée.

Lise ramena la tête dans un mouvement d'effroi puis chancela en arrière : elle l'avait reconnu. Il l'appela une troisième fois et lui tendit les mains. Elle se détacha de la porte et fit un pas dans le jardin.

« Vous ? dit-elle, vous, ici ?

— Je... je... écoutez-moi », chuchota Lavretski ; et, lui prenant la main, il la conduisit vers le banc.

Elle le suivit sans résistance ; son visage tout pâle, ses yeux fixes, tous ses mouvements exprimaient une stupéfaction indicible. Lavretski la fit asseoir sur le banc et resta debout devant elle.

« Je n'avais pas l'intention de venir ici, commença-t-il, quelque chose m'y a conduit... Je... je... je vous aime », articula-t-il avec un effroi involontaire.

Lise leva lentement les yeux sur lui ; apparemment, ce fut alors seulement qu'elle comprit où elle était et ce qui lui arrivait. Elle voulut se lever, n'y parvint pas et se couvrit le visage de ses mains.

« Lise, dit Lavretski ; Lise », répéta-t-il en s'agenouillant à ses pieds...

Les épaules de la jeune fille se mirent à trembler faiblement, les doigts de ses mains pâles se pressèrent plus étroitement sur son visage.

« Qu'avez-vous ? » dit Lavretski ; il entendit un léger sanglot. Son cœur cessa de battre... Il avait compris ce que signifiaient ces larmes. « Vous m'aimez donc ? murmura-t-il, et son front effleura les genoux de Lise.

— Levez-vous, lui dit sa voix, levez-vous, Théodore Ivanytch. Que sommes-nous en train de faire ? »

Il se leva et s'assit près d'elle sur le banc. Elle ne pleurait plus et le regardait attentivement, les yeux humides.

« J'ai peur ; que sommes-nous en train de faire ? répéta-t-elle.

— Je vous aime, redit-il, je suis prêt à vous donner toute ma vie. »

De nouveau elle tressaillit, comme transpercée par une flèche, et leva les yeux au ciel.

« Cela est tout entre les mains de Dieu, dit-elle.

— Mais vous m'aimez, Lise ? Nous serons heureux ? »

Elle baissa les yeux ; il l'attira doucement contre lui et sa tête retomba sur son épaule... Il écarta un peu sa propre tête et effleura ses lèvres pâles.

Une demi-heure plus tard, Lavretski se retrouvait déjà devant le portillon du jardin. Il le trouva fermé et fut obligé de sauter par-dessus la palissade. Il retourna en ville, parcourut les rues endormies. Un sentiment de joie inattendue, de joie immense, emplissait son âme ; tous les doutes qu'il avait eus s'étaient évanouis. « Disparais, mon passé, fantôme sombre, pensait-il ; elle m'aime, elle sera à moi. » Soudain, il crut avoir une hallucination : l'air, au-dessus de sa tête, était rempli de sons diffus, de sons merveilleux, triomphants ; il s'arrêta : les sons retentirent avec plus de magnificence encore ; ils ruisselaient comme un torrent mélodieux et puissant, et tout en eux, lui semblait-il, célébrait et chantait son seul bonheur. Il se retourna : les sons provenaient des deux fenêtres supérieures d'une petite maison.

« Lemm ! » s'écria Lavretski ; et il courut vers la maison. « Lemm ! Lemm ! » répéta-t-il d'une voix forte.

Les sons s'éteignirent, et la silhouette du vieillard en robe de chambre, la poitrine découverte, les cheveux hirsutes, se montra à la fenêtre.

« Ha ! ha ! proféra-t-il d'un air digne. C'est vous ?

— Christophe Fiodorytch, quelle est cette musique merveilleuse ? Au nom du ciel, laissez-moi entrer ! »

Le vieillard, sans mot dire, d'un geste majestueux, lui lança par la fenêtre les clés de la porte donnant sur la rue.

Lavretski monta les escaliers d'une seule traite en courant, entra dans la chambre ; déjà il se précipitait vers Lemm, mais celui-ci, lui désignant une chaise d'un geste impérieux, dit en russe d'une voix saccadée : « Asseyez-vous, écoutez » ; puis il se mit au piano, jeta autour de lui un regard fier et sévère et se mit à jouer. Depuis longtemps, Lavretski n'avait rien entendu de pareil : une mélodie exquise, passionnée, qui vous empoignait dès la première note ; ce n'était que rayonnement, que feu brûlant d'inspiration, de bonheur, de beauté ; la mélodie s'en allait croissant, devenait fluide, caressait dans son cours tout ce qu'il y a sur terre de chéri, de mystérieux, de saint ; elle respirait une immortelle tristesse et s'en allait mourir dans les cieux. Lavretski, debout, tendu, écoutait, tout glacé et pâle d'extase. Ces notes venaient directement imprégner son âme encore tout ébranlée par le bonheur de l'amour ; elles-mêmes étaient brûlantes d'amour. « Recommencez », murmura-t-il dès que le dernier accord eut retenti. Le vieillard lui jeta un regard d'aigle, se frappa la poitrine, et prononça lentement, dans sa langue natale : « C'est moi qui ai fait cela car je suis un grand musicien. » Après quoi, il joua une nouvelle fois son extraordinaire composition. Il n'y avait pas de bougies dans la pièce ; la lumière de la lune maintenant levée entrait obliquement par les fenêtres ; l'air subtil frémissait d'ondes sonores ; la petite chambre misérable paraissait être un sanctuaire, et dans la pénombre argentée, haut levée, inspirée, se dressait la tête du vieillard. Lavretski alla vers lui et l'embrassa. Tout d'abord, Lemm ne répondit pas à son étreinte et le repoussa même du coude ; longtemps, sans le moindre mouvement dans aucun de ses membres, il conserva ce regard sévère, presque brutal ; une fois ou deux seulement il gronda : « Ha ! ha ! » Enfin son visage transfiguré s'apaisa, se détendit, et, aux congratulations éperdues de Lavretski il répondit d'abord par un petit sourire, puis se mit à pleurer en reniflant doucement comme un enfant.

« C'est étonnant que vous soyez arrivé juste maintenant, dit-il ; mais je sais, je sais tout.

— Vous savez tout ? redit Lavretski, troublé.

— Vous m'avez entendu, répondit Lemm ; n'aviez-vous donc pas compris que je savais tout ? »

Lavretski ne put fermer les yeux jusqu'au matin ;

toute la nuit il resta assis sur son lit. Lise ne dormit pas non plus ; elle pria.

XXXV

Le lecteur sait déjà comment avait grandi et s'était formé Lavretski ; disons quelques mots de l'éducation de Lise. Elle avait dix ans lorsque son père mourut ; mais il ne s'était pas beaucoup occupé d'elle. Débordé de travail, constamment préoccupé de l'accroissement de sa fortune, irascible, brusque, impatient, il donnait sans lésiner l'argent nécessaire pour les répétiteurs, les précepteurs, l'habillement et autres besoins des enfants ; mais il ne pouvait supporter de dorloter de petits braillards, comme il disait : et où aurait-il pris le temps de les dorloter ? Il travaillait, expédiait ses affaires, dormait peu, jouait aux cartes de temps en temps, et se remettait au travail ; il se comparait lui-même à un cheval attelé à une batteuse. « Ma vie n'a fait qu'un tour, et elle l'a vite fait », dit-il sur son lit de mort, un sourire amer tordant ses lèvres desséchées. Marie Dmitrievna, en fait, ne s'occupait guère plus de Lise que son mari, bien qu'elle se fût vantée devant Lavretski d'avoir élevé ses enfants toute seule ; elle l'habillait comme une poupée, lui caressait les cheveux devant le monde, et, dans l'intimité, l'appelait « ma finette », « ma mignonne », c'était tout : n'importe quel travail suivi exténuait la paresseuse dame. Du vivant de son père, Lise était entre les mains d'une gouvernante, une demoiselle Moreau de Paris ; après sa mort, elle passa sous la tutelle de Marthe Timoféïevna. Cette dernière est connue du lecteur ; quant à Mlle Moreau, c'était un petit être minuscule et ridé, aux façons d'oiseau et à l'esprit d'oiseau. Elle avait mené dans sa jeunesse une vie fort dissipée et n'avait conservé, en prenant de l'âge, que deux passions : celle des sucreries et celle des cartes. Lorsqu'elle avait assez mangé, qu'elle ne jouait pas ou ne bavardait pas, son visage devenait immédiatement comme mort : elle était là, elle regardait, respirait, et de toute évidence aucune idée ne passait dans sa tête. On n'aurait même pas pu la qualifier de bonne : existe-t-il des oiseaux « bons » ? Le devait-elle à sa jeunesse de femme légère ou à l'air de Paris qu'elle avait respiré dès l'enfance, en tout cas il y avait, niché en elle, comme un fond de scepticisme à bon marché qui s'exprimait habituellement par les mots : * Tout ça, c'est des bêtises. * Elle parlait un jargon incorrect, mais du parisien le plus pur, ne médisait pas, n'était pas difficile : que peut-on exiger de plus d'une gouvernante ? Elle eut peu d'influence sur Lise ; celle de sa nounou, Agathe Vlassievna, n'en fut que plus forte.

Le destin de cette femme avait été remarquable. Elle était originaire d'une famille paysanne ; à seize ans, on la maria à un moujik ; mais elle différait de façon frappante de ses sœurs de la campagne. Son père, staroste pendant vingt ans, avait amassé beaucoup d'argent et gâté sa fille. Elle était d'une beauté peu commune, la mieux attifée de tout le pays, fine mouche, hardie, la langue bien pendue. Son maître, Dmitri Pestov, le père de Marie Dmitrievna, homme simple et tranquille, la vit un jour au battage du grain, échangea avec elle quelques mots et en tomba passionnément amoureux. Elle avait été veuve très tôt ; bien que Pestov fût un homme marié, il la prit chez lui et l'habilla comme les femmes qui servaient à la maison. Agathe se fit immédiatement à son nouvel état, comme si de toute sa vie elle n'avait pas vécu autrement. Son teint blanchit, elle prit de l'embonpoint ; sous les manches de mousseline, ses bras devinrent, comme ceux des femmes de marchands, « semblables à la fleur de farine » ; le samovar trônait en permanence sur sa table ; hormis la soie et le velours, elle ne voulait rien porter ; elle dormait sur des édredons de plume. Cette vie de rêve dura environ cinq ans, mais Dmitri Pestov mourut ; sa veuve, une maîtresse au bon cœur, par respect pour la mémoire de son défunt époux, ne voulut pas se conduire malhonnêtement avec sa rivale, d'autant qu'Agathe ne s'était jamais oubliée devant elle ; toutefois elle la maria au vacher et l'exila loin de sa vue. Trois années passèrent. Un beau jour, par une chaude après-midi d'été, la dame, en se promenant, s'arrêta à sa vacherie. Agathe lui offrit de si délicieuse crème bien glacée, se comporta avec tant de discrétion et se montra si soignée de sa personne, si gaie et si contente de son sort que la dame lui accorda son pardon et lui permit de réapparaître à la maison ; et au bout de six mois elle s'était tellement attachée à elle qu'elle la nommait économe et lui confiait toute la tenue du ménage. Agathe se retrouvait au faîte de sa puissance, elle reprit son embonpoint, son teint blanc ; la dame avait toute confiance en elle. Ainsi passèrent encore cinq années. Le malheur s'abattit une seconde fois sur Agathe. Son mari, promu laquais grâce à elle, se mit à boire, fit des fugues et, en fin de compte, vola six cuillères en argent du service des maîtres et les cacha, en attendant, dans le coffre de sa femme. La chose fut découverte. On renvoya le mari à ses vaches, et Agathe fut disgraciée ; on ne la chassa pas de la maison, mais d'économe elle devint couturière et fut sommée de se couvrir la tête d'un fichu au lieu d'un bonnet. À l'étonnement de tous, Agathe supporta avec une humble résignation ce nouveau coup dont elle était frappée. Elle avait alors plus de trente ans déjà, tous ses enfants étaient morts les uns après les autres ; son mari non plus ne vécut pas longtemps. Pour elle, le moment était venu de se ressaisir : c'est ce qu'elle fit. Elle devint très taciturne et très dévote, ne manquant pas une fois matines ni la messe, distribua toutes ses belles robes. Elle passa quinze années dans le silence l'humilité et la réserve, ne se querellant avec personne, cédant le pas à chacun. Quelqu'un lui parlait grossièrement ? Elle s'inclinait et le remerciait pour la bonne leçon, c'était tout. Sa maîtresse lui avait pardonné depuis longtemps, l'avait relevée de sa disgrâce et lui avait offert un de ses propres bonnets ; mais ce fut elle qui ne voulut pas quitter son fichu et continua de ne porter que du noir ; et après la mort de la dame, elle se fit encore plus silencieuse et plus humble. Le Russe vous craint ou s'attache à vous facilement ; mais son respect ne s'acquiert qu'avec difficulté : il met du temps à l'accorder, et ne l'accorde pas à n'importe qui. Agathe était respectée par tous, dans la maison ; personne ne se souvenait seulement de ses péchés d'antan, ils semblaient avoir été enterrés en même temps que le seigneur Dmitri Pestov.

Devenu l'époux de Marie Dmitrievna, Kalitine aurait voulu confier à Agathe le soin de la maison ; mais elle refusa « par crainte de la tentation » ; il la gronda : elle s'inclina bien bas et quitta la pièce. L'intelligent Kalitine comprenait les hommes ; il comprit aussi Agathe et ne l'oublia pas. Lorsqu'il se fut installé en ville, il la plaça, avec son accord, en qualité de nounou auprès de Lise qui venait tout juste d'avoir cinq ans.

Lise fut d'abord effrayée par sa nouvelle nounou ; mais elle s'habitua vite à elle et se mit à l'aimer très fort Elle était elle-même une enfant sérieuse ; son visage avait les traits précis et réguliers de celui de Kalitine ; seuls ses yeux ne lui venaient pas de son père ; ils brillaient d'attention tranquille et de bonté, chose rare chez les enfants. Elle n'aimait pas jouer à la poupée ; lorsqu'elle riait, ce n'était ni fort ni longtemps, elle se tenait toujours comme il faut. Elle n'était pas souvent songeuse, mais lorsqu'elle l'était, c'était presque toujours pour une bonne raison : après un moment de silence, elle finissait généralement par poser à une personne plus âgée une question qui prouvait que sa tête réfléchissait activement à l'impression nouvelle. Elle cessa très tôt de zézayer et, dès quatre ans, elle parlait parfaitement. Elle craignait son père ; le sentiment qu'elle éprouvait pour sa mère était mal défini : elle ne la craignait pas, mais elle n'était pas câline avec elle non plus ; ni avec Agathe, d'ailleurs, bien que celle-ci fût la seule personne qu'elle aimât. Agathe ne la quittait pas. C'était un étrange spectacle que de les voir ensemble. Agathe, toute de noir vêtue, un fichu sombre sur la tête, le visage amaigri, transparent comme de la cire, mais toujours aussi beau et expressif, assise, le dos droit, et tricotant un bas ; installée à ses pieds, dans son petit fauteuil, Lise s'affairant elle aussi à quelque ouvrage, ou bien, ses yeux clairs gravement levés, écoutant les histoires d'Agathe ; et ce n'étaient pas des contes que lui disait Agathe : d'une voix égale et cadencée, elle lui contait la vie de la Sainte Vierge, celle des anachorètes, des saints hommes de Dieu, des saintes martyres ; elle disait à Lise comment vivaient les saints dans le désert, comment ils faisaient leur salut, souffrant la faim et la pauvreté ; ils ne craignaient pas les Césars, proclamaient leur foi dans le Christ ; les oiseaux du ciel leur apportaient à manger, et les bêtes sauvages leur obéissaient ; là où leur sang tombait, des fleurs sortaient de terre. « Des giroflées ? » demanda un jour Lise qui aimait beaucoup les fleurs... Agathe parlait avec Lise d'une voix humble et grave, comme si elle avait conscience de n'être pas digne de prononcer des paroles aussi élevées, aussi saintes. Lise l'écoutait, et l'image d'un Dieu omniprésent, omniscient, s'imposait à sa petite âme avec une force exquise, l'emplissant d'une vénération craintive et pure ; et le Christ devenait pour elle une présence proche, familière, presque fraternelle. Agathe lui apprit aussi à prier. Parfois, elle réveillait Lise au point du jour, l'habillait rapidement, et l'emmenait en cachette à l'office du matin ; Lise la suivait sur la pointe des pieds, osant à peine respirer ; le froid et la demi-clarté du matin, la fraîcheur et le vide de l'église, le mystère même qui entourait ces départs inattendus, le retour prudent à la maison dans son petit lit, tout ce mélange d'interdit, d'étrange, de sacré ébranlait chaque fois la fillette, pénétrait jusqu'au plus profond de son être. Agathe ne condamnait jamais personne et ne grondait pas non plus Lise pour ses espiègleries. Lorsqu'elle avait sujet d'être mécontente, elle se contentait de se taire ; et Lise comprenait ce silence ; avec l'intuition rapide d'une enfant, elle comprenait aussi fort bien quand Agathe était mécontente d'autres personnes, de Marie Dmitrievna, voire de Kalitine lui-même. Agathe veilla sur Lise un peu plus de trois ans ; la demoiselle Moreau la remplaça ; mais la Française sans cervelle, avec ses manières sèches et sa manie de s'exclamer : *Tout ça c'est des bêtises !* ne pouvait pas chasser du cœur de Lise sa nounou bien-aimée : la semence une fois jetée avait poussé des racines trop profondes. De plus, bien qu'Agathe eût cessé de veiller sur Lise, elle était restée dans la maison, et voyait souvent sa petite élève qui lui gardait toute sa confiance.

Cependant, Agathe ne put s'entendre avec Marthe Timoféïevna quand celle-ci vint s'installer chez les Kalitine. La gravité austère de l'ancienne « favorite » ne plaisait pas à la vieille femme peu patiente et autoritaire. Agathe demanda un congé pour se rendre en pèlerinage, et ne revint pas. Des rumeurs obscures prétendaient qu'elle s'était retirée dans une communauté de schismatiques[68]. Mais la trace laissée par elle dans l'âme de Lise ne s'effaça pas. Comme avant, elle se rendait à la messe ainsi qu'à une fête, se délectait à prier avec une sorte d'exaltation contenue et pudique dont Marie Dmitrievna n'était pas sans s'étonner beaucoup à part soi ; quant à Marthe Timoféïevna, bien qu'elle ne contrariât Lise en aucune façon, elle essayait pourtant de tempérer son zèle et ne lui permettait pas de multiplier les prosternations superflues : « Ce ne sont pas des manières de fille noble », disait-elle. Lise apprenait bien, c'est-à-dire assidûment : Dieu ne l'avait pas douée d'aptitudes particulièrement brillantes, ni d'une vaste intelligence ; elle n'obtenait rien sans peine. Elle jouait bien du piano, mais seul Lemm savait ce qu'il lui en coûtait. Elle lisait peu ; elle n'avait pas de « mots à elle », mais elle avait ses idées à elle, et elle savait où elle allait. Sa ressemblance avec son père n'était pas vaine : lui non plus ne demandait pas aux autres ce qu'il avait à faire. C'est ainsi qu'elle grandit, paisiblement, sans hâte, et qu'elle atteignit ses dix-neuf ans. Elle était très jolie, sans s'en douter. Chacun de ses mouvements dévoilait une grâce inconsciente, un peu gauche ; sa voix avait le timbre argentin de la jeunesse préservée ; la plus petite sensation de plaisir amenait sur ses lèvres un sourire attirant, conférait un éclat profond et une sorte de mystérieuse tendresse à ses yeux brillants Toute pénétrée du sens du devoir, de la crainte de faire du mal à quiconque, bonne et humble de cœur, elle aimait tout le monde, et n'aimait personne en particulier ; il n'y avait que Dieu qu'elle aimât avec transport, timidité et tendresse. Lavretski était le premier à rompre la tranquillité de sa vie intérieure.

Telle était Lise.

XXXVI

Le lendemain vers midi, Lavretski s'en alla chez les Kalitine. En chemin, il croisa Panchine qui galopa outre, le chapeau enfoncé jusque sur les sourcils. Chez les Kalitine on ne le laissa pas entrer, et cela pour la première fois depuis qu'il avait fait leur connaissance. Marie Dmitrievna « reposait », lui rapporta le laquais ; « Madame » avait mal à la tête. Marthe Timoféïevna et Élisabeth Mikhaïlovna étaient absentes. Lavretski tourna un peu autour du jardin dans l'espoir confus de rencontrer Lise, mais ne vit personne. Il revint deux heures plus tard et reçut la même réponse assortie d'un regard quelque peu soupçonneux de la part du laquais. Il parut inconvenant à Lavretski de se présenter une troisième fois le même jour, et il décida de faire un saut à Vassilievskoïé, où, de toute façon, il avait à faire. Chemin faisant, il édifia divers projets tous plus beaux les uns que les autres ; mais dans le petit village de sa tante, une lourde tristesse l'assaillit ; il voulut causer avec Antoine : comme par un fait exprès, le vieillard n'avait en tête que des pensées sinistres. Il raconta à Lavretski comment Glaphyre Pétrovna sur son lit de mort s'était elle-même mordu la main puis, après un silence, avait ajouté en soupirant : « Tout un chacun, seigneur ou bonhomme, est promis à se dévorer lui-même. » Il était tard déjà lorsque Lavretski reprit le chemin de la ville. Les bruits du soir exercèrent à nouveau sur lui leur emprise, l'image de Lise se leva dans son âme dans toute sa douce clarté ; il s'attendrit à la pensée qu'elle l'aimait et arriva aux abords de sa petite résidence urbaine apaisé et heureux.

La première chose qui le frappa lorsqu'il entra dans l'antichambre fut un parfum de patchouli qu'il avait en horreur ; la pièce était encombrée de grands coffres et de malles. Le visage du valet de chambre qui s'était précipité pour l'accueillir lui parut bizarre. Il ne réalisait pas encore clairement ses impressions lorsqu'il franchit le seuil du salon... Une dame en robe noire à volants se leva à son entrée, du divan où elle était assise ; portant à son visage pâli un mouchoir de batiste, elle fit quelques pas, baissa une tête parfumée et parfaitement coiffée, et tomba à ses pieds... Alors seulement il la reconnut : cette dame était sa femme.

Le cœur lui manqua... Il s'adossa au mur.

« Théodore, ne me chassez pas ! » dit-elle en français, et sa voix le frappa au cœur comme un coup de couteau.

Il la regarda, hébété, non sans remarquer immédiatement comme à son insu qu'elle avait à la fois pâli et maigri.

« Théodore ! » continua-t-elle en jetant de temps à autre un coup d'œil sur lui et en tordant avec précaution ses mains aux doigts étonnamment beaux, avec leurs ongles roses et polis. « Théodore, je suis coupable envers vous, profondément coupable, je dirai même plus, je suis une criminelle : mais écoutez-moi jusqu'au bout, je vous en supplie : le remords me torture, je me suis devenue à moi-même un fardeau, je n'ai pu supporter plus longtemps ma situation ; combien de fois ai-je été tentée de me tourner vers vous, mais je redoutais votre colère ; j'ai décidé de rompre avec le passé... *puis j'ai été si malade*, ajouta-t-elle en se passant la main sur le front et sur la joue, j'ai profité du bruit de ma mort qui s'était répandu, j'ai tout quitté ; sans m'arrêter, voyageant nuit et jour, je suis venue ici d'une traite ; j'ai longtemps hésité à *paraître devant vous, mon juge* ; enfin, me souvenant de la bonté qui fut toujours la vôtre, je me suis résolue à venir à vous ; j'ai appris votre adresse à Moscou. Croyez-moi, ajouta-t-elle en se levant insensiblement du sol pour s'asseoir tout au bord d'un fauteuil, j'ai souvent pensé à la mort et j'aurais trouvé en moi assez de courage pour mettre fin à mes jours : ah ! maintenant, la vie m'est une charge insoutenable ! mais la pensée de ma fille, de ma petite Adotchka, m'a toujours arrêtée ; elle est ici, elle dort dans la chambre voisine, la pauvre enfant ! Elle est fatiguée : vous la verrez ; elle, au moins, n'est pas coupable devant vous, et moi je suis si malheureuse, si malheureuse », s'exclama Mme Lavretski en fondant en larmes.

Lavretski reprit enfin ses sens ; il s'écarta du mur et se tourna vers la porte.

« Vous partez ? dit sa femme d'un ton désespéré. Oh ! C'est cruel ! Sans un mot, sans même un reproche... Ce mépris me tue, c'est horrible ! »

Lavretski s'arrêta.

« Que voulez-vous entendre de moi ? articula-t-il d'une voix sans timbre.

Rien, rien, s'empressa-t-elle de répondre, je ne suis pas en droit de demander quoi que ce soit, je le sais ; je ne suis pas folle, croyez-le bien ; je n'espère pas, je n'ose pas espérer votre pardon ; je me permets seulement une prière : commandez-moi ce que je dois faire, où je dois vivre. Comme une esclave j'obéirai à votre ordre, quel qu'il soit.

— Je n'ai rien à vous ordonner, répondit Lavretski de la même voix ; vous le savez, tout est fini entre nous, et maintenant plus que jamais. Vous pouvez vivre où il vous plaira ; et si votre pension ne vous suffit pas...

— Ah ! ne prononcez pas des paroles aussi horribles, l'interrompit Barbe Pavlona, épargnez-moi, ne serait-ce... ne serait-ce que pour ce petit ange... » Et, sur ces mots, Barbe Pavlovna courut comme une flèche dans la pièce voisine et en revint sur-le-champ, portant dans ses bras une petite fille habillée avec beaucoup de recherche. De grosses boucles blondes tombaient sur sa jolie figure rose, sur ses grands yeux noirs ensommeillés ; elle souriait et clignait des yeux en même temps dans la vive lumière, son petit bras dodu serrait le cou de sa mère.

« *Ada, vois, c'est ton père*, dit Barbe Pavlovna en écartant les boucles qui lui cachaient les yeux et en lui donnant un gros baiser, *prie-le avec moi*.

— *C'est ça, papa*? balbutia la fillette en zézayant.

— *Oui, mon enfant, n'est-ce pas que tu l'aimes ?* »

Cette fois, Lavretski était à bout.

« Dans quel mélodrame exactement se trouve cette scène ? » gronda-t-il ; et il quitta la pièce.

Barbe Pavlovna resta quelque temps dans la position où elle était puis, haussant légèrement les épaules, elle reporta la fillette dans la chambre voisine, la déshabilla et la coucha. Ensuite, elle prit un livre, s'assit près de la lampe, attendit environ une heure ; enfin elle se coucha elle aussi.

« *Eh bien, madame ?* lui demanda sa suivante, une Française qu'elle avait ramenée de Paris, tandis qu'elle lui enlevait son corset.

— *Eh bien, Justine*, répondit-elle, il a beaucoup

vieilli, mais il est toujours aussi bon, me semble-t-il. Donnez-moi mes gants de nuit, préparez pour demain ma robe grise montante ; et puis n'oubliez pas les côtelettes d'agneau pour Ada... Il est vrai qu'on en trouve difficilement par ici ; mais il faut se donner du mal.

— *À la guerre comme à la guerre* », répondit Justine en éteignant la bougie.

XXXVII

Lavretski erra plus de deux heures dans les rues de la ville. Il se ressouvint de cette nuit passée dans les environs de Paris. Son cœur éclatait, et dans sa tête vide et comme abasourdie tournoyaient sans cesse les mêmes pensées, sombres, dérisoires, mauvaises : « Elle est vivante, elle est ici », murmurait-il avec une stupeur toujours renaissante. Il sentait qu'il avait perdu Lise. La rage l'étouffait ; ce coup-là le frappait trop brusquement. Comment avait-il pu croire ainsi, à la légère, aux ragots absurdes d'une chronique mondaine, à un simple morceau de papier ? « Allons, pensa-t-il, si je n'y avais pas cru, quelle différence cela aurait-il fait ? Je n'aurais pas su que Lise m'aimait ; elle-même ne l'aurait pas su. » Il ne pouvait chasser de son esprit l'image, la voix, les regards de sa femme... et il se maudissait, il maudissait le monde entier.

Épuisé, il arriva devant chez Lemm avant l'aube. Longtemps il frappa sans obtenir de réponse ; enfin la tête du vieillard en bonnet de nuit se montra à la fenêtre, acariâtre, ridée, n'ayant plus rien de commun avec cette tête austère, inspirée, qui, vingt-quatre heures auparavant, de toute la hauteur de sa majesté d'artiste, avait jeté les yeux sur Lavretski.

« Que voulez-vous ? demanda Lemm ; je ne peux pas jouer chaque nuit, j'ai pris une potion. »

Mais le visage de Lavretski était probablement très bizarre : le vieillard mit sa main en auvent au-dessus de ses yeux, examina son visiteur nocturne et le laissa entrer.

Lavretski, aussitôt entré dans la pièce, se laissa tomber sur une chaise ; Lemm resta debout devant lui, enroulé dans les pans de son antique robe de chambre bigarrée, les épaules rentrées, et se suçant les lèvres.

« Ma femme est arrivée », dit Lavretski. Il leva la tête et brusquement, malgré lui, se mit à rire.

La stupéfaction se peignit sur le visage de Lemm, mais il ne sourit même pas et se borna à s'enrouler plus étroitement dans sa robe de chambre.

« Ah ! Mais vous ne le saviez pas, continua Lavretski ; je me figurais... j'avais lu dans un journal qu'elle n'était plus de ce monde.

— Oh ! oh ! Vous avez lu cela il n'y a pas longtemps ? demanda Lemm.

— En effet.

— Oh ! oh ! répéta le vieillard, et ses sourcils se haussèrent. Et elle est arrivée ?

— Oui. En ce moment elle est chez moi ; je... je suis un homme malheureux. »

Et il rit de nouveau.

« Vous êtes un homme malheureux, répéta Lemm avec lenteur.

— Christophe Fiodorytch, reprit Lavretski, accepteriez-vous de porter un billet ?

— Hum. Peut-on savoir à qui ?

— À Élis...

— Ah ! Oui, je comprends. Bon. Et quand faut-il le porter ?

— Demain, le plus tôt possible.

— Hum. On pourrait envoyer Katrin, ma cuisinière. Ou plutôt non, j'irai moi-même.

— Et vous me rapporterez la réponse ?

— Je le ferai. »

Lemm soupira.

« Oui, mon pauvre jeune ami ; vous êtes en effet un malheureux jeune homme. »

Lavretski écrivit deux mots à Lise, l'informant de la venue de sa femme et la priant de lui fixer un rendez-vous ; puis il se jeta sur l'étroit divan, le visage contre le mur ; le vieillard se mit au lit de son côté et se retourna longtemps, toussant et avalant sa potion à petites gorgées.

Le matin venu, tous deux se levèrent. Ce fut avec des yeux étranges qu'ils se regardèrent mutuellement. Lavretski avait envie de se tuer en cet instant. La cuisinière Katrin leur apporta du mauvais café. Huit heures sonnèrent. Lemm mit son chapeau et, ayant dit qu'il donnait sa leçon chez les Kalitine à dix heures, mais qu'il trouverait un prétexte plausible, se mit en route. Lavretski de nouveau se jeta sur le petit divan et de nouveau, du fond de son âme, il sentit monter un rire douloureux. Il pensait au fait qu'il était chassé de chez lui par sa femme ; il se représentait l'état de Lise, fermait les yeux et laissait rouler sa tête sur ses bras croisés. Enfin, Lemm fut de retour ; il lui apportait un bout de papier sur lequel Lise avait tracé au crayon les mots suivants : « Nous ne pouvons pas nous voir aujourd'hui ; peut-être demain soir. Adieu. » Lavretski remercia Lemm d'un mot sec et distrait, et retourna chez lui.

Il trouva sa femme occupée à déjeuner ; Ada, toute

bouclée, habillée d'une jolie robe blanche ornée de rubans bleus, mangeait une côtelette d'agneau. Barbe Pavlovna se leva dès que Lavretski entra dans la pièce et alla vers lui, un air de soumission sur son visage. Il lui demanda de le suivre dans son cabinet, ferma la porte à clé derrière lui, et se mit à marcher de long en large ; elle s'était assise, les mains modestement posées l'une sur l'autre, et elle suivait ses mouvements de ses yeux toujours beaux, quoique légèrement cernés.

Lavretski fut longtemps incapable de parler ; il sentait qu'il n'était pas maître de lui ; il voyait clairement que Barbe Pavlovna ne le craignait aucunement, mais qu'elle faisait semblant d'être sur le point de s'évanouir.

« Écoutez, madame, dit-il enfin, respirant avec peine et serrant les dents de temps en temps, inutile de feindre l'un devant l'autre ; je ne crois pas à votre repentir ; et d'ailleurs, même s'il était sincère, toute réconciliation, toute vie commune avec vous m'est impossible. »

Barbe Pavlovna serra les lèvres et fronça les sourcils. « C'est du dégoût, tout est perdu, pensa-t-elle. Je ne suis même plus une femme à ses yeux. »

« Impossible, répéta Lavretski, tout en fermant son habit jusqu'au dernier bouton. Je ne sais pas dans quel but il vous a plu de venir ici : sans doute parce que vous n'aviez plus d'argent.

— Hélas ! Vous m'offensez, murmura Barbe Pavlovna.

— Quoi qu'il en soit, vous êtes ma femme, en dépit de tout, et je le regrette. Mais je ne peux tout de même pas vous chasser... et voici ce que je vous propose. Vous pouvez, dès aujourd'hui, si vous voulez, partir pour Lavriki : habitez-y ; vous y trouverez comme vous le savez une maison confortable ; vous recevrez tout le nécessaire en plus de votre pension... Êtes-vous d'accord ? »

Barbe Pavlovna porta à son visage un mouchoir brodé.

« Je vous ai déjà dit que je consentirais à tout ce qu'il vous plairait de faire de moi, articula-t-elle, les lèvres agitées de tiraillements nerveux ; ce coup-ci, il me reste à vous demander si vous m'autorisez du moins à vous remercier pour votre générosité ?

— Pas de reconnaissance, s'il vous plaît, cela vaut mieux ainsi, répondit précipitamment Lavretski. Dès lors, ajouta-t-il en gagnant la porte, je puis compter que...

— Dès demain je serai à Lavriki, dit Barbe Pavlovna en se levant avec déférence. Mais, Théodore Ivanytch... (Elle ne l'appelait plus " Théodore " en français.)

— Que désirez-vous ?

— Je sais que je n'ai en rien mérité mon pardon ; puis-je au moins espérer qu'avec le temps... ?

— Mon Dieu, Barbe Pavlovna, l'interrompit Lavretski, vous êtes une femme intelligente, mais je ne suis pas un imbécile non plus ; je sais que mon pardon ne vous est nullement nécessaire. D'ailleurs, je vous ai pardonné depuis longtemps ; mais il y a toujours eu un abîme entre nous.

— Je saurai me soumettre, répondit Barbe Pavlovna en baissant la tête. Je n'ai pas oublié ma faute ; je n'aurais même pas été étonnée d'apprendre que vous alliez peut-être jusqu'à vous féliciter de la nouvelle de ma mort », ajouta-t-elle humblement en esquissant un geste vers la revue oubliée par Lavretski sur la table.

Théodore Ivanytch tressaillit : la rubrique était marquée au crayon. Barbe Pavlovna le regarda d'un air de soumission encore plus totale. Elle était très jolie en cet instant. La robe grise de Paris moulait harmonieusement sa taille souple, presque une taille de dix-sept ans ; son cou mince et tendre entouré d'un col blanc, sa poitrine soulevée par une respiration régulière, ses mains et ses bras d'où bracelets et bagues étaient absents, toute sa personne, depuis ses cheveux brillants jusqu'à la pointe d'une bottine à peine visible, était si raffinée...

Lavretski la jaugea d'un regard haineux ; il dut se retenir pour ne pas s'écrier « Brava[69] ! », pour ne pas lui envoyer un coup de poing à la tempe ; il préféra quitter les lieux. Une heure plus tard, il était déjà sur la route de Vassilievskoïé ; deux heures plus tard, Barbe Pavlovna se fit amener la meilleure voiture de louage de la ville, mit un chapeau de paille tout simple agrémenté d'un voile noir, une mantille discrète, confia Ada à Justine et partit pour la maison Kalitine ; par des questions posées aux domestiques, elle avait appris que son mari se rendait chez eux chaque jour.

XXXVIII

Le jour de l'arrivée de la femme de Lavretski, jour déprimant pour lui, fut aussi un jour pénible pour Lise. Avant même qu'elle fût descendue au rez-de-chaussée pour souhaiter le bonjour à sa mère, elle entendit, sous la fenêtre, le pas d'un cheval et vit avec une secrète appréhension Panchine entrer dans la cour. « S'il arrive si tôt, c'est pour avoir une explication décisive », pensa-t-elle ; elle ne se trompait pas. Après avoir évolué quelques instants dans le salon, Panchine lui proposa de sortir dans le jardin en sa compagnie et exigea d'être fixé sur son sort. Lise prit son courage à deux mains et lui déclara qu'elle ne pouvait être sa femme. Il l'écouta jusqu'au bout en se tenant à côté d'elle, le chapeau baissé sur le front ; puis d'une voix courtoise, mais changée, il lui demanda si c'était là son dernier mot, et s'il n'avait pas été de quelque manière responsable d'un pareil changement dans sa façon de penser. Puis il pressa sa main contre ses yeux, exhala un soupir bref et saccadé et retira brusquement sa main de son visage.

« Je ne voulais pas suivre les sentiers battus, dit-il d'une voix sourde, je voulais me trouver une compagne selon mon cœur ; il faut croire que cela ne devait pas être. Adieu, mon beau rêve ! » Il s'inclina profondément devant Lise et rentra dans la maison.

Elle espérait qu'il repartirait aussitôt ; mais il se rendit dans le cabinet de Marie Dmitrievna et y passa environ une heure avec elle. En partant, il dit à Lise : « *Votre mère vous appelle... Adieu à jamais*... », monta à cheval, et partit au grand galop du perron même. Lise entra chez sa mère et la trouva en larmes : Panchine lui avait fait part de son infortune.

« Mais tu veux donc ma mort ? Mais tu veux donc ma mort ? » Ce fut par cet exorde que la veuve affligée entama ses doléances. « Que te faut-il de plus ? Qu'a-t-il pour ne pas faire un bon mari ? Gentilhomme de la chambre ! Un homme qui n'est pas intéressé ! Qui pourrait prendre pour femme n'importe quelle demoiselle d'honneur à Saint-Pétersbourg. Et moi, moi qui y comptais tellement ! Et y a-t-il seulement longtemps que tu as changé d'avis à son sujet ? Cette fantaisie-là ne t'est pas venue toute seule, quelqu'un te l'a soufflée. Et si c'était ce gros benêt ? Un beau conseiller que tu as trouvé là !

« Et lui donc, le cher garçon, continua Marie Dmitrievna, que d'égards il a eus, que d'attentions, jusque dans son chagrin ! Il m'a promis de ne pas m'abandonner. Ah ! non, je ne supporterai pas un coup pareil ! Ah ! ma tête me fait mortellement souffrir. Envoie-moi Palachka. Tu me tueras si tu ne changes pas d'avis, tu entends ? » Et, après avoir traité Lise d'ingrate à deux reprises, Marie Dmitrievna la renvoya.

Lise monta dans sa chambre. Mais elle n'avait pas eu le temps de se remettre de son explication avec Panchine et avec sa mère qu'un nouvel orage s'abattait sur elle, et du côté d'où elle s'y attendait le moins. Marthe Timoféïevna entra dans sa chambre en claquant aussitôt la porte derrière elle. Le visage de la vieille femme était pâle, son bonnet mis de travers, ses yeux étincelaient, ses mains, ses lèvres tremblaient. Lise en fut stupéfaite : elle n'avait encore jamais vu sa tante, si fine et si pondérée, dans un tel état.

« Splendide, mademoiselle, splendide, vraiment, commença Marthe Timoféïevna dans un chuchotement frémissant et entrecoupé. Mais de qui peux-tu avoir appris ces façons, ma fille... Donne-moi de l'eau ; je ne peux pas parler.

— Calmez-vous, ma tante, qu'avez-vous ? dit Lise en lui donnant un verre d'eau. Voyons, vous-même vous n'étiez guère disposée en faveur de M. Panchine, il me semble... »

Marthe Timoféïevna repoussa son verre.

« Je ne peux pas boire : j'y casserais mes dernières dents. Comment cela, Panchine ? Que vient faire ici Panchine ? Dis-moi plutôt qui t'a appris à donner des rendez-vous la nuit, hein, ma fille ? »

Lise pâlit.

« S'il te plaît, ne t'avise pas de nier, continua Marthe Timoféïevna. Chourotchka a tout vu, de ses yeux vu, et m'a tout raconté. Je lui ai toujours défendu de parler pour ne rien dire, et elle n'est pas menteuse.

— Mais je n'essaie pas de nier, ma tante, dit Lise d'une voix à peine audible.

— Ah ! ah ! Ainsi, voilà ce qu'il en est, ma fille ; tu lui as fixé un rendez-vous, à ce vieux polisson, à cette hattemite ?

— Non.

— Comment cela, non ?

— Je suis descendue au salon chercher un livre : il était dans le jardin, et il m'a appelée.

— Et tu y es allée ? Splendide. Mais enfin, tu l'aimes, ou quoi ?

— Je l'aime, répondit Lise d'une voix faible.

— Saintes du Paradis ! Elle l'aime ! » Et Marthe Timoféïevna envoya valser son bonnet. « Un homme marié, elle aime un homme marié ! que dites-vous de ça ? Elle l'aime.

— Il m'avait dit..., tenta d'expliquer Lise.

— Qu'est-ce qu'il t'avait dit, ce joli faucon, ce gredin ? Allons ?

— Il m'avait dit que sa femme était morte. »

Marthe Timoféïevna se signa.

« Dieu la prenne en sa sainte garde, marmonna-t-elle ; c'était une fille de rien, ne lui en gardons pas rancune. Ainsi donc, il est veuf, paraît-il. Et, à ce que je vois, il est bon à tout. À peine débarrassé d'une femme, le voilà qui court après une autre. Vous parlez d'un sournois ! Seulement, je vais te dire une chose, ma nièce : de notre temps, du temps où j'étais jeune, les filles en prenaient pour leur grade après des tours pareils. Ne te mets pas en colère contre moi, ma fille ; la vérité ne fâche que les sots. Je lui ai bel et bien fait refuser la porte aujourd'hui. Je l'aime bien, mais cela, je ne le lui pardonnerai jamais. Voyez-vous ça, un veuf ! Donne-moi donc de l'eau. Quant à Panchine, si tu l'as renvoyé Gros-Jean comme devant, alors là, tu as eu du cran ; mais cesse de fréquenter de nuit cette race de boucs que sont les hommes ; ne me désole pas dans ma vieillesse ! Ou alors, gare ! Car je sais caresser, mais je sais mordre aussi... Un veuf ! »

Marthe Timoféïevna s'en alla. Lise s'assit dans un coin et se mit à pleurer. Son cœur était gonflé d'amertume ; elle n'avait pas mérité pareille humiliation. L'amour ne s'annonçait pas pour elle sous des couleurs bien gaies : c'était la deuxième fois qu'elle pleurait depuis la veille. À peine ce sentiment nouveau, inattendu, était-il né dans son cœur qu'elle payait déjà lourdement pour lui, que des mains étrangères attentaient grossièrement à son précieux secret ! Elle était pleine de honte, d'amertume, de douleur : mais il n'y avait en elle ni doute, ni peur, et Lavretski lui était devenu encore plus cher. Elle avait hésité tant qu'elle n'avait pas vu clair en elle-même ; mais après cette entrevue, après ce baiser, elle ne pouvait plus hésiter ; elle savait qu'elle aimait, et dès lors elle aimait avec droiture, pour de bon, elle était liée solidement, pour la vie, et ne craignait pas les menaces : elle sentait qu'aucune violence ne saurait briser ce lien.

XXXIX

Marie Dmitrievna fut très alarmée lorsqu'on lui annonça Barbe Pavlovna Lavretski ; elle ne savait même pas si elle devait la recevoir : elle craignait d'offenser Théodore Ivanytch. Finalement, la curiosité l'emporta. « Eh quoi ! pensa-t-elle, elle est aussi ma parente, tout de même », et, bien carrée dans son fauteuil, elle dit au laquais : « Fais entrer ! » Quelques instants passèrent ; la porte s'ouvrit ; Barbe Pavlovna marchant très vite, presque sans bruit, alla jusqu'au fauteuil de Marie Dmitrievna et, sans lui laisser le temps de se lever, s'agenouilla presque devant elle.

« Soyez remerciée, ma tante, soyez remerciée, dit-elle en russe d'une voix émue et douce ; je n'espérais pas tant d'indulgence de votre part ; vous êtes bonne comme un ange. »

Ayant dit ces mots, Barbe Pavlovna s'empara soudainement de l'une des mains de Marie Dmitrievna et, la pressant légèrement entre ses gants mauves de chez Jouvain, la porta servilement à ses lèvres roses et charnues. Marie Dmitrievna perdit complètement la tête en voyant une femme si belle, si exquisement vêtue, presque à ses pieds ; elle ne savait quelle attitude avoir : elle aurait voulu lui retirer sa main, et puis aussi la faire asseoir, lui dire une parole aimable ; finalement, elle se souleva un peu dans son fauteuil et déposa un baiser sur le front lisse et parfumé de Barbe Pavlovna qui sembla se pâmer toute sous ce baiser.

« Bonjour, * bonjour *, dit Marie Dmitrievna ; certes, je ne m'imaginais pas... au fait, je suis heureuse de vous voir, bien sûr. Vous comprenez, ma chère enfant, ce n'est pas à moi de jouer les arbitres entre une femme et son mari...

— Mon mari a raison en tout, l'interrompit Barbe Pavlovna ; je suis seule coupable.

— Ce sont là des sentiments fort louables, répondit Marie Dmitrievna, fort louables. Êtes-vous ici depuis longtemps ? L'avez-vous vu ? Mais asseyez-vous donc, je vous en prie.

— Je suis arrivée hier, répondit Barbe Pavlovna en s'asseyant docilement sur une chaise, j'ai vu Théodore Ivanytch, j'ai parlé avec lui.

— Ah ! Et alors ?

— Je craignais que mon arrivée inopinée n'excitât

sa colère, poursuivit Barbe Pavlovna, mais il ne m'a pas refusé de le voir en personne.

— C'est-à-dire, il ne... Oui, oui, je comprends, dit Marie Dmitrievna. Il est peut-être un peu rude en apparence, mais son cœur est tendre.

— Théodore Ivanytch ne m'a pas pardonné; il n'a pas voulu m'écouter jusqu'au bout... Mais il a été assez bon pour m'assigner Lavriki comme résidence.

— Ah! Une très belle propriété.

— Je m'y rends dès demain, pour accomplir sa volonté; mais j'ai jugé de mon devoir de vous faire d'abord une visite.

— Je vous en suis très, très reconnaissante, ma chère. Il ne faut jamais négliger ses parents. Mais savez-vous, je suis émerveillée de vous entendre parler si bien le russe. *C'est étonnant*. »

Barbe Pavlovna poussa un soupir.

« Je suis restée trop longtemps à l'étranger, Marie Dmitrievna, je le sais; mais mon cœur a toujours été russe et je n'ai jamais oublié ma patrie

— Fort bien; c'est ce qu'il y a de mieux. Toutefois, Théodore Ivanytch ne s'attendait nullement à votre venue... Oui; croyez-en mon expérience, *la patrie avant tout*. Ah! Faites voir, s'il vous plaît, la ravissante mantille que vous avez là.

· Elle vous plaît? » Barbe Pavlovna la fit glisser de ses épaules d'un geste souple. « Elle est toute simple, elle vient de chez *Madame Baudran*.

— Cela se voit tout de suite. De chez *Madame Baudran*... Que c'est joli, et quel goût! Je suis certaine que vous avez rapporté avec vous une quantité de choses adorables. Que j'aimerais les voir!

— Toutes mes toilettes sont à votre service, très chère tante. Si vous le permettez, je peux montrer deux ou trois choses à votre cameriste. J'ai avec moi une soubrette de Paris qui est une couturière hors pair.

— Vous êtes bien bonne, ma chère enfant. Mais réellement, je suis honteuse...

— Honteuse..., dit Barbe Pavlovna sur un ton de reproche. Si vous voulez me rendre heureuse, usez de moi comme de votre propriété ! »

Marie Dmitrievna fondit littéralement.

« *Vous êtes charmante*, dit-elle. Mais pourquoi n'ôtez-vous pas votre chapeau, vos gants ?

— Quoi ? Vous me le permettez ? demanda Barbe Pavlovna, et elle esquissa, les mains jointes, un geste de reconnaissance.

— Bien entendu, car vous dînez avec nous, j'espère. Je... je vous ferai connaître ma fille. (Marie Dmitrievna eut d'abord un moment d'embarras, puis se dit : " Bah ! Quelle importance ! ") Je ne sais ce qu'elle a, elle est un peu souffrante, aujourd'hui.

— Oh ! *ma tante*, que vous êtes bonne ! » s'écria Barbe Pavlovna en portant son mouchoir à ses yeux.

Le petit cosaque annonça Gédéonovski. Le vieux bavard entra, prodiguant courbettes et sourires ravis. Marie Dmitrievna le présenta à sa visiteuse. Il fut d'abord intimidé ; mais Barbe Pavlovna lui montra tant de coquette déférence que ses oreilles en devinrent cramoisies ; et les fables, les ragots, les galanteries lui coulèrent dès lors de la bouche comme un flot de miel Barbe Pavlovna l'écoutait, discrètement souriante, et petit à petit elle se fit à son tour plus loquace. Elle parla avec modestie de Paris, de ses voyages, de Baden-Baden ; deux fois elle fit rire Marie Dmitrievna, et chaque fois, après cela, elle poussa un petit soupir, comme quelqu'un qui se reproche intérieurement une gaieté déplacée ; elle obtint la permission d'amener Ada ; ayant ôté ses gants, elle montra de ses mains lisses, traitées au savon *à la guimauve*, où et comment l'on portait les volants, les ruches, les dentelles, les choux ; elle promit d'apporter un flacon de ce nouveau parfum anglais, le *Victoria's Essence*[70], et se réjouit comme une enfant quand Marie Dmitrievna accepta de le recevoir en cadeau ; elle eut les larmes aux yeux quand elle évoqua l'émotion qu'elle avait éprouvée en entendant pour la première fois les cloches russes : « Elles m'ont donné un de ces coups au cœur », dit-elle.

Ce fut à ce moment que Lise entra

Depuis le matin, depuis l'instant où, toute glacée d'effroi, elle avait lu le billet de Lavretski, Lise se préparait à cette rencontre avec sa femme ; elle pres sentait qu'elle la verrait. Elle avait résolu de ne pas l'éviter, en expiation de ce qu'elle appelait maintenant ses espérances criminelles. Le brusque revirement de son destin l'avait ébranlée jusqu'au plus profond de son être ; en quelque deux heures son visage maigrit ; mais elle ne versa pas une larme. « Je n'ai que ce que je mérite ! » se disait-elle en s'efforçant d'étouffer en elle avec effort et dans un grand trouble des sursauts d'amertume et de haine qui l'épouvantaient elle-même. « Allons, il faut y aller ! » pensa-t-elle dès qu'elle eut appris la venue de Mme Lavretski, et elle y alla... Longtemps elle resta immobile derrière la porte du salon avant de se décider à l'ouvrir ; ce fut avec cette pensée : « Je suis coupable envers elle », qu'elle finit par franchir le seuil et qu'elle s'obligea à la regarder, qu'elle s'obligea à lui sourire. Barbe Pavlovna vint au-devant d'elle dès qu'elle la vit, et la salua d'une inclinaison de tête légère et pourtant pleine d'égards. « Permettez-moi de me présenter, dit-elle d'une voix insinuante ; votre *maman* est si indulgente pour moi que j'espère que vous aussi, vous serez... bonne. » L'expression du visage de Barbe Pavlovna quand elle prononça ce dernier mot, son sourire rusé, son regard froid et caressant tout à la fois, le mouvement de ses bras, de ses épaules, sa robe même, en un mot toute sa personne provoquèrent en Lise un tel sentiment de dégoût qu'elle ne put rien répondre et dut se forcer pour lui tendre la main. « Je répugne à cette demoiselle », pensa Barbe Pavlovna en pressant chaleureusement les doigts glacés de Lise et, se tournant vers Marie Dmitrievna, elle lui dit à mi-voix : « *Mais elle est délicieuse ! * » Lise rougit faiblement : elle avait senti dans cette exclamation une moquerie et une insulte ; mais elle décida de ne pas se fier à ses impressions et s'assit à son métier à broder, près de la fenêtre. Même alors Barbe Pavlovna ne la laissa pas tranquille : elle vint auprès d'elle, se mit à la complimenter sur son goût, sur son habileté... Le cœur de Lise battait à grands coups douloureux ; ce fut tout juste si elle parvint à se maîtriser, à ne pas quitter sa place. Il lui semblait que Barbe Pavlovna savait tout et que, secrètement triomphante, elle prenait plaisir à la harceler. Par bonheur pour elle, Gédéonovski adressa la parole à Barbe Pavlovna, détournant ainsi son attention. Lise s'inclina sur son métier tout en l'observant à la dérobée. « C'est cette femme qu'*il* a aimée », pensait-elle. Mais aussitôt elle chassa de son esprit jusqu'à la pensée de Lavretski : elle craignait de perdre son empire sur elle-même, elle sentait que la tête lui tournait doucement. Marie Dmitrievna mit la conversation sur la musique.

« J'ai entendu dire, ma chère, que vous étiez une virtuose.

— Il y a longtemps que je n'ai pas joué », répondit Barbe Pavlovna ; mais elle se mit au piano incontinent et parcourut le clavier de ses doigts agiles. « Vous le voulez ?

— Je vous en prie. »

Barbe Pavlovna joua haut la main une étude brillante et difficile de Hertz[71]. Elle possédait beaucoup de force et de technique.

« Une sylphide ! s'écria Gédéonovski.

— C'est extraordinaire, renchérit Marie Dmitrievna. Ma foi, Barbe Pavlovna (c'était la première fois qu'elle l'appelait par son nom), je dois avouer que vous me surprenez ; vous pourriez très bien donner des concerts. Nous avons ici un musicien, un vieil Allemand, un phénomène, quelqu'un de très savant ; il donne des leçons à Lise ; voilà un homme qui sera fou de vous.

— Élisabeth Mikhaïlovna est aussi musicienne ? demanda Barbe Pavlovna en tournant légèrement la tête de son côté.

— Oui, elle joue passablement, et elle aime la musique ; mais qu'est-ce que cela représente à côté de vous ! Oh ! Mais nous avons un jeune homme, aussi, dans notre ville, dont il faudra absolument que vous fassiez la connaissance. Celui-là est artiste dans l'âme et il compose de façon charmante. Lui seul est en mesure de vous apprécier pleinement.

— Un jeune homme ? dit Barbe Pavlovna. Quel genre d'homme ? Un sans-le-sou ?

— Pensez-vous ! Le plus brillant parti de la ville, et pas seulement de la ville, *et à Saint-Pétersbourg*. Gentilhomme de la chambre, reçu dans les meilleures maisons. Vous avez sûrement entendu parler de lui : Panchine, Vladimir Nikolaïtch. Il est actuellement chargé de mission dans notre ville... un futur ministre, je vous prie !

— Et artiste ?

— Artiste dans l'âme, et si galant. Vous le verrez. Tous ces temps-ci il est venu très souvent chez moi ; je l'ai invité pour ce soir ; *j'espère* qu'il viendra », ajouta Marie Dmitrievna avec un bref soupir et un pli amer au coin des lèvres.

Lise comprit la signification de ce sourire ; mais elle avait bien autre chose en tête.

« Et jeune ? répéta Barbe Pavlovna en modulant imperceptiblement ces mots sur deux notes.

— Vingt-huit ans, et d'un extérieur fort avantageux. * Un jeune homme accompli *, je vous prie !

— Un jouvenceau exemplaire, c'est bien le mot », plaça Gédéonovski.

Barbe Pavlovna attaqua brusquement une bruyante valse de Strauss qui commençait par un trille si sonore et si rapide que Gédéonovski en sursauta ; au beau milieu de la valse, elle passa sans transition à une mélodie mélancolique et, pour finir, chanta l'air de *Lucie de Lammermoor : Fra poco...* Elle avait compris tout à coup qu'une musique gaie ne convenait pas à sa situation. L'air de *Lucie,* avec ses accents appuyés sur les notes sensibles, émut beaucoup Marie Dmitrievna.

« Quelle âme ! dit-elle à mi-voix à Gédéonovski.

— Une sylphide ! » redit ce dernier en levant les yeux au ciel.

L'heure du dîner arriva. Marthe Timoféïevna descendit alors que le potage était déjà sur la table. Elle fut très sèche avec Barbe Pavlovna, répondant à ses compliments par des monosyllabes et évitant de la regarder. Barbe Pavlovna comprit vite qu'elle ne tirerait rien de cette vieille femme et cessa de lui adresser la parole ; en revanche, Marie Dmitrievna se fit plus chaleureuse encore avec son invitée, furieuse qu'elle était de l'impolitesse de sa tante. D'ailleurs, Barbe Pavlovna n'était pas la seule personne que Marthe

Timoféïevna évitât de regarder : elle ne regardait pas Lise non plus, et pourtant ses yeux lançaient des étincelles. Elle était figée à sa place avec un visage de pierre, tout jaune, pâle, les lèvres serrées, et ne mangeait rien. Lise avait l'air calme et, de fait, son âme avait retrouvé un peu de sérénité ; une curieuse insensibilité, l'insensibilité du condamné, était tombée sur elle. Pendant le dîner, Barbe Pavlovna parla peu : elle semblait être de nouveau intimidée, et elle avait répandu sur ses traits une expression de mélancolie humble. Seul Gédéonovski animait la conversation par ses histoires, et pourtant il passait son temps à lever des yeux craintifs sur Marthe Timoféïevna et à toussoter ; c'était un tic qui le prenait chaque fois qu'il se préparait à raconter des fables en sa présence ; mais elle ne le contraria pas, ne chercha pas à l'interrompre. Après dîner, il se révéla que Barbe Pavlovna était une passionnée du jeu de préférence ; cela plut tant à Marie Dmitrievna qu'elle en fut même tout attendrie et qu'elle pensa à part soi : « Faut-il tout de même que Théodore Ivanytch soit idiot pour n'avoir pas su comprendre une femme pareille ! »

Elle s'assit à la table de jeu avec elle et Gédéonovski, tandis que Marthe Timoféïevna emmenait Lise dans ses appartements du premier, après avoir dit qu'elle avait une mine épouvantable, qu'elle devait avoir mal à la tête.

« Oui, elle a des maux de tête épouvantables, fit Marie Dmitrievna à Barbe Pavlovna en roulant des yeux pâmés. Moi-même, j'ai parfois de ces migraines...

— Que me dites-vous là ! » répondit Barbe Pavlovna.

Lise, à peine entrée dans la chambre de sa tante, se laissa tomber sans force sur une chaise. Marthe Timoféïevna la regarda longuement en silence, se mit doucement à genoux devant elle et, toujours en silence, commença à lui baiser les mains l'une après l'autre. Lise s'affaissa en avant, rougit, fondit en larmes, mais ne releva pas Marthe Timoféïevna, ne lui retira pas ses mains : elle sentait qu'elle n'avait pas le droit d'empêcher la vieille femme d'exprimer son repentir, sa compassion, de lui demander pardon pour la scène de la veille ; et Marthe Timoféïevna ne se lassait pas de couvrir de baisers ces pauvres mains pâles, sans force... et des larmes muettes coulaient de ses yeux, coulaient des yeux de Lise ; le chat Matelot, lui, ronronnait dans le vaste fauteuil, à côté de la pelote de laine et du bas ; la flamme effilée de la veilleuse bougeait, tremblait imperceptiblement devant l'icône ; dans la pièce voisine, derrière la porte, se tenait Anastasie Karpovna ; elle aussi s'essuyait les yeux à la dérobée avec son mouchoir à carreaux roulé en boule.

XL

Cependant, au rez-de-chaussée, dans le salon, la préférence battait son plein ; Marie Dmitrievna avait gagné et elle était de bonne humeur. Un domestique entra et annonça Panchine.

Marie Dmitrievna laissa tomber ses cartes et se trémoussa dans son fauteuil ; Barbe Pavlovna la regarda avec un petit sourire en coin puis tourna les yeux vers la porte. Panchine y apparut, sanglé dans un habit noir à col anglais montant, fermé jusqu'au dernier bouton. « Il m'a été dur de vous obéir mais, vous le voyez, je suis venu » : voilà ce qu'exprimait son visage fermé, bien rasé de frais.

« Entrez, entrez, Woldemar, s'écria Marie Dmitrievna ; naguère vous ne vous faisiez pas annoncer ! »

Panchine répondit à Marie Dmitrievna par un simple regard, s'inclina courtoisement devant elle, mais ne lui baisa pas la main. Elle le présenta à Barbe Pavlovna ; il recula d'un pas, la salua tout aussi courtoisement, mais avec une nuance de raffinement et de respect, et s'assit à côté de la table de jeu. La partie eut bientôt pris fin. Panchine demanda des nouvelles d'Élisabeth Mikhaïlovna, apprit qu'elle ne se sentait pas très bien, exprima ses regrets ; puis il adressa la parole à Barbe Pavlovna, en pesant et en détachant avec précision chacun de ses mots à la manière des diplomates ; il la laissait répondre respectueusement, sans l'interrompre. Mais la gravité de ce ton diplomatique ne fit aucune impression sur Barbe Pavlovna et ne déteignit pas sur elle. Au contraire, elle le regarda sans arrêt bien en face avec une attention pleine de gaieté, parla avec désinvolture, ses fines narines frémissant légèrement comme si elle se retenait de rire. Marie Dmitrievna se mit à vanter son talent ; Panchine acquiesça de la tête poliment, autant que le lui permettait son col, déclara qu' « il en était par avance convaincu » et orienta la conversation sur Metternich ou presque. Barbe Pavlovna ferma à demi ses yeux de velours et dit à mi-voix : « Mais vous êtes aussi un artiste, n'est-ce pas, *un confrère* » ; puis elle ajouta d'une voix encore plus basse : « *Venez* ! » et désigna le piano de la tête. Ce seul mot négligemment jeté : « *Venez* ! » changea instantanément, comme par magie, toute la physionomie de Panchine. Sa contenance soucieuse disparut ; il sourit, s'anima, déboutonna son habit et, tout en protestant : « Moi, un artiste, quel artiste, hélas ! Mais vous, vous êtes une véritable artiste, à ce que je me suis laissé dire », il suivit Barbe Pavlovna au piano.

« Faites-lui chanter sa romance de la lune qui vogue, s'écria Marie Dmitrievna.

— Vous chantez ? dit Barbe Pavlovna en l'enveloppant d'un bref et lumineux regard. Prenez place. »

Panchine s'en défendit.

« Prenez place », répéta-t-elle en frappant du doigt avec insistance le dossier de la chaise.

Il s'assit, s'éclaircit la voix, dégagea son cou de son col et chanta sa romance.

« *Charmant*, dit Barbe Pavlovna, vous chantez admirablement, *vous avez du style*, recommencez. »

Elle fit tout le tour du piano et alla se mettre juste en face de Panchine. Il rechanta sa romance en imprimant à sa voix un tremblement mélodramatique. Barbe Pavlovna le regardait sans désemparer, accoudée au piano, ses mains blanches élevées à la hauteur de ses lèvres. Panchine termina.

« *Charmant, charmante idée *, dit-elle avec l'assurance tranquille d'un connaisseur. Dites, avez-vous composé quelque chose pour voix de femme, pour * mezzo-soprano * ?

— Je ne compose presque rien, répondit Panchine, je fais cela sans prétention, à temps perdu... Mais vous chantez donc ?

— Oui.

Oh ! chantez-nous quelque chose », dit Marie Dmitrievna.

Barbe Pavlovna écarta ses cheveux de ses joues maintenant toutes roses et secoua la tête.

« Nos voix doivent s'accorder, dit-elle en se tournant vers Panchine, chantons un duo. Connaissez-vous *Son geloso* ou *La ci darem*, ou *Mira la bianca luna*[72] ?

— J'ai chanté autrefois *Mira la bianca luna,* dit Panchine, mais il y a de cela longtemps, j'ai oublié.

— Cela ne fait rien, nous répéterons d'abord à mi-voix. Laissez-moi la place. »

Barbe Pavlovna s'assit au piano, Panchine se mit debout à côté d'elle. Ils chantèrent le duo à mi-voix, Barbe Pavlovna le corrigeant plusieurs fois, puis à voix haute, puis ils bissèrent deux fois *Mira la bianca lu...u...na.* La voix de Barbe Pavlovna avait perdu sa fraîcheur, mais elle s'en servait avec un art consommé. Panchine, d'abord intimidé, chanta un peu faux, puis il se lança et, s'il ne s'acquitta pas irréprochablement de sa partie, il sut en tout cas jouer des épaules, balancer largement le buste et lever un bras de temps à autre comme un chanteur véritable. Barbe Pavlovna joua deux ou trois œuvrettes de Thalberg[73] et « détailla » coquettement une ariette en français. Marie Dmitrievna ne savait plus comment exprimer son plaisir ; elle manifesta plusieurs fois l'intention d'envoyer chercher Lise ; Gédéonovski, lui non plus, ne trouvait pas de mots et se bornait à secouer la tête, mais soudain il fut pris d'un bâillement inattendu qu'il eut à peine le temps de masquer de la main. Ce bâillement n'échappa point à Barbe Pavlovna ; elle tourna brusquement le dos au piano, dit : « *Assez de musique comme ça *, bavardons, maintenant », et se croisa les mains.

— *Oui, assez de musique* », dit gaiement Panchine à son tour, et il engagea la conversation avec elle, une conversation vive, légère, en français. « Tout à fait comme dans les meilleurs salons parisiens », pensait Marie Dmitrievna en écoutant leur bavardage capricieux et allusif. Panchine éprouvait un plaisir total ; ses yeux brillaient, il souriait ; au début, il se passait la main sur le visage, fronçait les sourcils et laissait échapper un soupir saccadé, quand son regard croisait par hasard celui de Marie Dmitrievna ; mais bientôt il oublia complètement sa présence et s'abandonna sans réserve aux délices de cette causerie mi-mondaine, mi-artistique. Barbe Pavlovna montra qu'elle était une grande philosophe : elle avait réponse à tout, n'hésitait sur rien, ne doutait de rien ; on pouvait se rendre compte qu'elle s'était souvent et longuement entretenue avec de grands esprits de tout poil. Toutes ses pensées, tous ses sentiments tournaient autour de Paris. Panchine mit la conversation sur la littérature ; il s'avéra qu'elle ne lisait, tout comme lui, que des livres français ; George Sand l'agaçait ; elle estimait Balzac, bien qu'il l'ennuyât ; en Sue et en Scribe elle voyait de grands connaisseurs du cœur humain, elle adorait Dumas et Féval ; dans le secret de son cœur elle leur préférait à tous Paul de Kock, mais bien entendu elle n'en souffla mot, ne le nomma même pas. À dire vrai, la littérature ne l'intéressait guère. Barbe Pavlovna sut éviter avec beaucoup de tact tout sujet qui aurait pu, même de loin, évoquer sa propre situation ; il n'y eut pas la moindre allusion à l'amour dans ses propos : bien au contraire, ceux-ci étaient plutôt empreints de sévérité à l'égard des entraînements des passions, de désenchantement, de résignation. Panchine protestait ; elle n'admettait pas son point de vue... Mais, chose étrange, au moment même où sortaient de sa bouche des paroles de condamnation souvent radicale, le timbre de ces paroles flattait et caressait l'oreille, et ses yeux disaient... que disaient-ils exactement, ces yeux charmants ? C'était difficile à définir ; en tout cas leur langage n'était pas sévère ni tranchant, caressant plutôt. Panchine s'efforçait de comprendre sa signification cachée, et de parler lui-même avec ses yeux, mais il se rendait compte qu'il n'y arrivait pas ; il lui fallait admettre que Barbe Pavlovna, en véritable « lionne » occidentale qu'elle était, le dominait nettement et, du coup, il en perdait une partie de ses moyens. Barbe Pavlovna avait coutume, lorsqu'elle parlait, d'effleurer à peine la manche de son interlocuteur ; ces contacts fugitifs jetaient Vladimir Nikolaïtch dans un grand émoi. Barbe Pavlovna possédait l'art de se lier facilement avec n'importe qui ; deux heures ne s'étaient pas écoulées que Panchine avait l'impression de la connaître depuis toujours, tandis que Lise, cette Lise qu'il aimait pourtant, à qui la veille il proposait le mariage, disparaissait comme dans un brouillard. On servit le thé ; la conversation devint encore plus détendue. Marie Dmitrievna sonna le petit cosaque et fit dire à Lise de descendre si sa tête allait mieux. Quand il entendit prononcer le nom de Lise, Panchine se lança dans un grand discours sur la notion de sacrifice : lequel, de l'homme ou de la femme, était le plus capable de se sacrifier. Marie Dmitrievna réagit aussitôt vivement, se mit à protester que c'était la femme, déclara qu'elle se faisait fort de le prouver en deux mots, s'embrouilla et termina sur une comparaison d'assez piteux effet. Barbe Pavlovna prit une partition, se cacha la figure à moitié derrière elle et, se penchant vers Panchine tout en croquant un biscuit et en conservant un sourire tranquille sur les lèvres et dans le regard, elle lui dit à mi-voix : « *Elle n'a pas inventé la poudre, la bonne dame*. » Panchine fut un peu effrayé et s'étonna de l'audace de Barbe Pavlovna ; mais il ne comprit pas tout le mépris pour sa propre personne qui se dissimulait derrière cette confidence inattendue et, oubliant les cajoleries et l'amitié dévouée de Marie Dmitrievna, oubliant les dîners qu'elle lui offrait, l'argent qu'elle lui prêtait, ce fut avec le même petit sourire et de la même voix qu'il répondit (le malheureux)! . « *Je crois bien* » et même pas « *Je crois bien* », mais « *J' crois ben* »!

Barbe Pavlovna lui adressa un regard de connivence et se leva. Lise entra; Marthe Timoféïevna s'était efforcée en vain de la retenir : elle était résolue à soutenir l'épreuve jusqu'au bout. Barbe Pavlovna se dirigea vers elle en même temps que Panchine dont le visage avait repris son expression « diplomatique » du début de la soirée.

« Comment vous portez-vous ? demanda-t-il à Lise.

— Je vais mieux, maintenant, merci, répondit-elle.

— Eh bien, nous, nous avons fait un peu de musique; dommage que vous n'avez pas entendu Barbe Pavlovna. Elle chante admirablement, *en artiste consommée*.

La voix de Marie Dmitrievna s'éleva :

« Venez un peu ici, *ma chère*. »

Barbe Pavlovna se rendit auprès d'elle sur-le-champ avec une docilité d'enfant et s'assit sur un petit tabouret à ses pieds. Marie Dmitrievna l'avait appelée pour laisser ne fût-ce qu'un instant sa fille en tête à tête avec Panchine : elle espérait toujours secrètement que Lise retrouverait son bon sens. De plus, une idée lui était venue à l'esprit dont elle voulait faire part à son invitée sans attendre.

« Savez-vous, chuchota-t-elle à Barbe Pavlovna, je veux essayer de vous réconcilier avec votre mari; je ne réponds pas du succès, mais je veux essayer. Il a beaucoup de considération pour moi, vous savez. »

Barbe Pavlovna leva lentement les yeux sur Marie Dmitrievna et joignit les mains dans un geste plein de beauté.

« Vous seriez mon sauveur, *ma tante*, dit-elle d'une voix triste, je ne sais comment vous remercier de toutes vos bontés ; mais je suis trop coupable envers Théodore Ivanytch ; il ne peut pas me pardonner.

— Auriez-vous donc... réellement..., s'enquit avec curiosité Marie Dmitrievna.

— Ne me posez pas de questions, l'interrompit Barbe Pavlovna en baissant les yeux. J'étais jeune, étourdie... D'ailleurs, je ne veux pas tenter de me justifier.

— Enfin, malgré tout, pourquoi ne pas essayer ? Ne désespérez pas », répondit Marie Dmitrievna, et elle voulut lui tapoter la joue, mais un coup d'œil jeté sur son visage l'intimida. « Modeste, modeste, je veux bien, pensa-t-elle, mais c'est quand même une vraie lionne. »

« Vous êtes malade ? demandait cependant Panchine à Lise.

— Oui, je ne me sens pas bien.

— Je vous comprends, dit-il après un silence assez prolongé. Oui, je vous comprends.

— Comment cela ?

— Je vous comprends », répéta-t-il d'un air significatif, simplement parce qu'il ne savait pas quoi dire.

Lise se troubla puis pensa : « Qu'il croie ce qu'il voudra ! » Panchine prit un air mystérieux et ne dit plus rien, tout en lançant de temps à autre un regard sévère de côté.

« Hé ! mais onze heures viennent de sonner, il me semble », fit observer Marie Dmitrievna.

Les invités comprirent l'allusion et commencèrent leurs adieux. Barbe Pavlovna dut promettre de venir dîner le lendemain et d'amener Ada ; Gédéonovski, qui s'était presque endormi dans son coin, se proposa pour la raccompagner jusque chez elle. Panchine échangea avec chacun des saluts cérémonieux, mais sur le perron il pressa la main de Barbe Pavlovna en l'installant dans la voiture, et cria derrière elle : « *Au revoir !* » Gédéonovski s'assit à son côté ; pendant tout le trajet elle se divertit à mettre comme par mégarde le bout de son pied contre le sien ; il était complètement déconcerté, lui faisait des compliments ; elle poussait de petits rires et lui lançait des œillades quand la lumière d'un réverbère tombait sur la voiture. La valse qu'elle avait elle-même jouée lui tournait dans la tête, la mettait en émoi ; où qu'elle se trouvât, elle n'avait qu'à se représenter des lumières, une salle de bal, un tourbillon rapide au son de la musique et aussitôt son âme, véritablement, prenait feu, ses yeux s'alanguissaient, un sourire se mettait à errer sur ses lèvres et une sorte de gracieuse ivresse de bacchante se répandait dans tout son corps. Arrivée devant chez elle, Barbe Pavlovna sortit de la voiture d'un de ces bonds légers, dont seules les lionnes sont capables, se retourna vers Gédéonovski et lui éclata brusquement au nez d'un grand rire sonore.

« L'aimable personne, pensa le conseiller d'État en montant à son appartement où son domestique l'attendait avec un flacon de baume d'opodeldoch [74] ; encore heureux que je sois un homme rassis... mais qu'était-ce donc qui la faisait rire ? »

Marthe Timoféïevna passa toute sa nuit au chevet de Lise.

XLI

Lavretski resta un jour et demi à Vassilievskoïé et consacra presque tout son temps à errer dans les environs. Il ne pouvait tenir longtemps en place : il se rongeait de regret ; il souffrait toutes les tortures qu'entraînent des élans de désir permanents, impétueux et frustrés. Il se souvint du sentiment qui s'était emparé de lui le lendemain de son arrivée à la campagne ; il se souvint de ses belles intentions d'alors et se sentit furieux contre lui-même. Qu'était-ce qui avait réussi à l'arracher à ce qu'il considérait comme son devoir, comme l'unique but de sa vie à venir ? La soif de bonheur, encore une fois la soif de bonheur ! « Oui, Mikhaliévitch a raison, pensait-il. Tu as voulu connaître le bonheur une seconde fois dans ta vie, se disait-il à lui-même, tu avais oublié que c'est déjà un luxe, une grâce imméritée, quand le bonheur vous visite une fois. Ce bonheur n'était pas complet, il était faux, me diras-tu ? Hé, va donc, essaie de faire valoir tes droits au bonheur total et vrai ! Regarde autour de toi, cherche quelqu'un d'heureux, quelqu'un qui jouisse de la vie : ce paysan, là-bas, qui s'en va faucher ? Peut-être est-il satisfait de son sort. Alors ? Aurais-tu souhaité changer avec lui ? Souviens-toi de ta mère ; qu'elles étaient pauvres, insignifiantes, ses exigences, et quel sort a été le sien ! Tu te vantais, à coup sûr, devant Panchine quand tu lui disais que tu étais venu en Russie pour labourer la terre ; tu étais venu pour courtiser les fillettes sur tes vieux jours. Arrive la nouvelle de ta liberté, et tu abandonnes tout, tu oublies tout, et te voilà parti comme un gamin courant après un papillon... » L'image de Lise se présentait constamment à ses yeux au milieu de ses réflexions ; il la chassait avec effort, tout comme une autre image obsédante, comme d'autres traits impassibles et madrés, aussi beaux que détestables. Le vieil Antoine remarqua que le maître n'était pas dans son assiette ; après avoir poussé quelques grands soupirs derrière la porte et puis encore sur le seuil, il se décida à s'approcher de lui et lui conseilla de prendre quelque boisson bien chaude. Lavretski lui cria violemment de sortir, et s'en excusa ensuite auprès de lui ; mais Antoine n'en fut que plus navré. Lavretski ne pouvait pas rester au salon : sans cesse il croyait voir l'aïeul André, du haut de sa toile, regarder avec mépris son descendant débile. « Eh bien, tu voles bas, toi ! » semblaient proférer ses lèvres tirées d'un côté par une grimace. « Voyons, pensait-il, ne viendrai-je pas à bout de moi-même, m'abandonnerai-je à cette... bêtise ? (Les grands blessés de guerre appellent toujours leurs blessures des " bêtises ". Sans quelques illusions, la vie est impossible.) Suis-je un gamin, en effet ? Allons ! Soit, j'ai vu de près, soit, j'ai presque tenu entre mes mains la possibilité d'un bonheur qui dure toute la vie, et il s'est évanoui brusquement ; eh bien ! quoi, c'est comme à la loterie : il suffirait que la roue tourne encore un peu pour que le mendiant devienne un richard. Non ? Cela ne doit pas être ? Tant pis, n'en parlons plus. Je me mettrai au travail en serrant les dents, et je m'ordonnerai de me taire ; de toute façon, ce n'est pas la première fois que je suis amené à me prendre en main. Et puis pour quelle raison ai-je fui, pourquoi resté-je cloué ici, la tête cachée dans un buisson comme une autruche ? Peur de regarder le malheur en face ? Balivernes ! » « Antoine, cria-t-il de toute sa voix, fais-moi préparer immédiatement le tarantass. » « Oui, pensa-t-il encore, il faut s'ordonner de se taire, il faut se serrer la vis... »

Tels étaient les raisonnements par lesquels Lavretski essayait de remédier à son chagrin, mais celui-ci était grand et puissant ; et même la pauvre Apraxie, à qui les années avaient fait perdre non pas tant la raison que toute espèce de sentiment, même Apraxie branla du chef et le suivit des yeux avec tristesse lorsqu'il monta dans le tarantass pour gagner la ville. Les chevaux galopaient ; il restait immobile, le buste droit, et fixait un regard immobile sur la route qui fuyait devant lui.

XLII

Lise avait écrit à Lavretski la veille de venir chez eux le soir ; mais il se rendit tout d'abord à son appartement. Il ne trouva chez elles ni sa femme ni sa fille ; il apprit par les domestiques qu'elle avait emmené l'enfant chez les Kalitine. Cette nouvelle le saisit et, en même temps, le mit en rage. « Décidément, Barbe Pavlovna est décidée à m'empêcher de vivre », pensa-t-il, le cœur bouleversé de haine. Il se mit à marcher de long en large, repoussant à tout moment des mains ou des pieds les jouets, les livres, les divers objets féminins qu'il rencontrait sur son passage ; il appela Justine et lui ordonna de ranger tout ce « bric-à-brac ». « *Oui, monsieur* », dit-elle avec une petite grimace ; et elle entreprit de ranger la pièce en se penchant avec grâce et en faisant sentir à Lavretski par toutes ses attitudes qu'elle le considérait comme un ours mal léché. Il regardait avec une véritable aversion son visage moqueur de Parisienne, fripé, mais encore « piquant », ses manchettes blanches, son tablier de soie et son léger petit bonnet. Il la renvoya enfin et, après de longues hésitations (Barbe Pavlovna ne revenait toujours pas), il décida de se rendre chez les Kalitine, mais pas chez Marie Dmitrievna (pour rien au monde il n'aurait mis les pieds dans son salon, ce salon où se trouvait sa femme) : il irait chez Marthe Timoféïevna ; il se souvint que l'escalier de derrière, qui partait de l'entrée de service, conduisait directement chez elle. Ainsi fit-il. Le hasard vint à son aide :

dans la cour il rencontra Chourotchka qui le conduisit chez Marthe Timoféïevna. Il trouva la vieille femme seule, contre son habitude ; elle était assise dans un coin, en cheveux, le dos voûté, les bras croisés sur sa poitrine. À la vue de Lavretski, elle se leva d'un bond, complètement affolée, et se mit à tourner de-ci de-là dans sa chambre, en feignant de chercher son bonnet.

« Ah ! te voilà, toi, te voilà, dit-elle en évitant son regard et en continuant de s'affairer, eh bien, bonjour. Et alors ? Que faire, hein ? Où étais-tu hier ? Eh oui, elle est venue, eh oui. Voyons, il faut maintenant... je ne sais pas, moi... faire quelque chose... »

Lavretski se laissa tomber sur une chaise.

« Allons, assieds-toi, assieds-toi, poursuivit la vieille femme. Tu es monté directement au premier ? Mais oui, bien entendu. Alors quoi ? Tu es venu me regarder ? Merci. »

Marthe Timoféïevna se tut ; Lavretski ne savait que lui dire ; mais elle le comprenait.

« Lise... oui, Lise était ici il y a un instant, continua-t-elle en nouant et dénouant les cordons de son réticule. Elle ne se sent pas très bien. Chourotchka, où es-tu ? Viens par ici, ma petite, pourquoi ne peux-tu pas tenir en place ? Et moi qui ai mal à la tête. Ce doit être à cause de toute leur chanterie et de leur musique.

— De quel chant parlez-vous, ma tante ?

— Ah ! mais je te crois ! C'est que chez nous, maintenant, en avant les... comment appelez-vous ça, déjà... oui, les duos. Et toujours en italien : *tchi-tchi, tcha-tcha*... de véritables pies. Quand ils commencent à sortir leurs notes, tu croirais qu'ils se tirent l'âme du corps. " Ils ", c'est Panchine, et puis ta bonne femme, là. Et comme tout cela s'est vite mis d'accord : à croire qu'on se retrouve en famille, sans cérémonie. Du reste, c'est bien le cas de le dire : même les chiens se cherchent un asile ; pas question de se laisser périr, surtout si les gens ne vous chassent pas.

— Tout de même, j'avoue que je ne m'attendais pas à cela, répondit Lavretski, il y fallait une grande audace.

— Non, mon garçon, ce n'est pas de l'audace, mais du calcul. Oh ! Et puis, grand bien lui fasse ! Tu l'envoies à Lavriki, à ce qu'on dit : c'est vrai ?

— Oui, je laisse cette propriété à Barbe Pavlovna.

— Elle a demandé de l'argent ?

— Pas encore.

— Bah ! Cela ne tardera pas. Bon ; et moi qui ne te regarde que maintenant. Tu te portes bien ?

— Oui.

— Chourotchka, cria soudain Marthe Timoféïevna, va donc dire à Élisabeth Mikhaïlovna... ou plutôt non : demande-lui... elle est en bas, n'est-ce pas ?

— Oui, madame.

— Bon ; alors demande-lui comme ça où elle a mis mon livre. Elle doit le savoir.

— Oui, madame. »

La vieille femme recommença à s'agiter, entreprit d'ouvrir les tiroirs de sa commode. Lavretski sur sa chaise ne bougeait pas.

Soudain des pas légers se firent entendre et Lise entra.

Lavretski se leva et s'inclina ; Lise s'arrêta sur le pas de la porte.

« Lise, Lisette, demanda Marthe Timoféïevna, d'un ton affairé, mon livre, tu sais, mon livre, où l'as-tu mis ?

— Quel livre, ma tante ?

— Mais enfin mon livre, grand Dieu ! Au fait, je ne t'ai pas appelée... Bon, cela ne fait rien. Que faites-vous, là-bas en bas ? Tu vois, Théodore Ivanytch est venu aussi. Comment va ta tête ?

— Ce n'est pas grave.

— Tu dis toujours : ce n'est pas grave. Qu'est-ce qui se passe en bas ? De nouveau la musique ?

— Non, ils jouent aux cartes.

— C'est vrai qu'elle est bonne à tout. Chourotchka, tu as envie de courir dans le jardin, je le vois. File.

— Mais non, Marthe Timoféïevna...

— Ne discute pas, s'il te plaît, et file. Anastasie Karpovna est allée au jardin toute seule ; tiens-lui compagnie. Respecte les vieillards. (Chourotchka sortit.) Mais où est donc mon bonnet ? Où est-il allé se fourrer, je me le demande.

— Je vais le chercher, si vous voulez, dit Lise.

— Non, reste, reste là ; j'ai encore des jambes, tout de même. Il doit être là-bas dans ma chambre à coucher. »

Et Marthe Timoféïevna s'en alla, après avoir jeté un regard en dessous à Lavretski. Elle laissa d'abord la porte ouverte, puis revint brusquement sur ses pas la fermer.

Lise s'appuya contre le dossier d'un fauteuil et porta doucement ses mains à son visage ; Lavretski resta où il était.

« Voici donc comment nous devions nous revoir », dit-il enfin.

Lise écarta ses mains.

« Oui, dit-elle d'une voix sourde, nous avons été bientôt punis.

— Punis, dit Lavretski. Pourquoi donc êtes-vous punie, vous ? »

Lise leva les yeux sur lui. Ils n'exprimaient, ces yeux, ni le chagrin, ni l'anxiété ; ils paraissaient devenus plus petits et plus ternes. Son visage était pâle ; ses lèvres à peine entrouvertes avaient pâli aussi.

Le cœur de Lavretski tressaillit de pitié et d'amour.

« Vous m'avez écrit : " Tout est fini ", murmura-t-il ; oui, tout est fini, avant même d'avoir commencé.

— Il faut oublier tout cela, dit Lise ; je suis heureuse que vous soyez venu ; je voulais vous écrire, mais c'est mieux ainsi. Seulement il faut vite mettre à profit ces quelques minutes. Nous avons encore, vous et moi, à payer notre dette. Vous, Théodore Ivanytch, vous devez vous réconcilier avec votre femme.

— Lise !

— Je vous le demande ; cela seul peut effacer... tout ce qui a été. Vous y penserez, et ne me le refuserez pas.

— Lise, au nom du ciel, vous demandez l'impossible. Je suis prêt à faire tout ce que vous m'ordonnerez ; mais *maintenant* me réconcilier avec elle !... J'accepte tout, j'ai tout oublié ; mais je ne peux tout de même pas forcer mon cœur... Je vous en prie, c'est trop cruel !

— Je n'exige pas de vous... ce que vous dites ; ne vivez pas avec elle si vous ne le pouvez pas ; mais réconciliez-vous, répondit Lise en portant de nouveau sa main à ses yeux. Souvenez-vous de votre fille ; faites cela pour moi.

— Bien, dit Lavretski entre ses dents serrées ; cela je le ferai, soit ; par ce geste je paierai ma dette. Mais vous, en quoi consiste votre dette ?

— Cela, je le sais, moi. »

Lavretski frémit soudain.

« Vous n'allez tout de même pas épouser Panchine ? » demanda-t-il. Lise eut une ombre de sourire.

« Oh ! non, dit-elle.

— Ah ! Lise, Lise, s'écria Lavretski, comme nous aurions pu être heureux ! »

Lise le regarda de nouveau.

« Maintenant, vous voyez vous-même que le bonheur ne dépend pas de nous mais de Dieu, Théodore Ivanytch.

— Oui, parce que vous... »

La porte de la pièce voisine s'ouvrit brusquement et Marthe Timoféïevna entra, son bonnet à la main.

« J'ai fini par le trouver, dit-elle en se plaçant entre Lavretski et Lise. C'est moi qui l'avais mal rangé. Voilà ce que c'est que la vieillesse, misère ! D'ailleurs, la jeunesse ne vaut pas mieux. Et alors, iras-tu toi aussi à Lavriki avec ta femme ? ajouta-t-elle en se tournant vers Lavretski.

— Avec elle, à Lavriki ? moi ? Je ne sais pas, ajouta-t-il après un silence.

— Tu ne descends pas ?

— Pas aujourd'hui.

— Ma foi, fais donc à ton idée ; mais toi, Lise, je crois que tu devrais descendre. Ah ! saints du Paradis ! J'ai oublié de donner à manger au bouvreuil ! Restez là, je reviens tout de suite. »

Et Marthe Timoféïevna sortit en courant, sans avoir remis son bonnet.

Lavretski s'approcha de Lise d'un pas rapide.

« Lise, commença-t-il d'une voix suppliante, nous nous séparons pour toujours, mon cœur se brise, donnez-moi votre main pour me dire adieu. »

Lise leva la tête. Son regard las, presque éteint, se posa sur lui...

« Non, dit-elle en retirant la main qu'elle lui tendait déjà, non, Lavretski (c'était la première fois qu'elle le nommait ainsi), je ne vous donnerai pas ma main. À quoi bon ? Éloignez-vous, je vous en prie. Je vous aime, vous le savez... oui, je vous aime, ajouta-t-elle avec effort, mais non... non. »

Et elle porta son mouchoir à ses lèvres.

« Donnez-moi au moins ce mouchoir. »

La porte grinça... Le mouchoir glissa sur les genoux de Lise. Lavretski s'en empara avant qu'il n'ait eu le temps de tomber à terre, l'enfonça rapidement dans sa poche de côté et, au moment où il se retournait, croisa le regard de Marthe Timoféïevna.

— Lisotchka, il me semble que ta mère t'appelle », dit la vieille femme.

Lise se leva et sortit aussitôt.

Marthe Timoféïevna se rassit dans son coin. Lavretski se disposa à lui faire ses adieux.

« Fédia, dit-elle soudain.

— Oui, ma tante ?

— Tu es un honnête homme ?

— Comment cela ?

— Je te demande : es-tu un honnête homme ?

— Oui, j'espère.

— Hum. Donne-moi ta parole que tu es un honnête homme.

— Soit. Mais pourquoi cela ?

— Je sais pourquoi, moi. Et toi aussi, mon bon, si tu y réfléchis bien, car tu n'es pas un imbécile, tu comprendras pourquoi je te demande cela. Et maintenant, adieu, mon petit. Merci de ta visite ; et souviens-toi de la parole donnée, Fédia, et puis embrasse-moi. Oh ! mon enfant, cela t'est dur, je le sais ; mais ce l'est pour tout le monde, va. Tiens, si tu savais comme j'enviais les mouches, autrefois ; je pensais : en voilà qui ont la belle vie, ici-bas ; et puis une nuit j'ai entendu une mouche souffrir entre les pattes d'une araignée ; non, me suis-je dit, elles aussi, elles vivent sous la menace. Que faire, Fédia ? mais souviens-toi quand même de ta parole. File. »

Lavretski sortit par le perron de derrière, il approchait déjà du portail quand un laquais le rattrapa.

« Marie Dmitrievna vous fait demander de vous rendre auprès d'elle, dit-il à Lavretski.

— Dis-lui que je ne peux pas maintenant, mon ami... commença Théodore Ivanytch.

— Elle vous le fait demander très instamment, continua le laquais, elle vous fait dire qu'elle est seule.

— Les invités sont donc partis ? demanda Lavretski.

— Oui, monsieur », répondit le laquais avec un large sourire.

Lavretski haussa les épaules et prit le parti de le suivre.

XLIII

Marie Dmitrievna était seule dans son cabinet, assise dans un fauteuil voltaire ; elle respirait de l'eau de Cologne ; un verre d'eau à la fleur d'oranger était posé près d'elle sur une petite table. Elle était tout agitée et comme effrayée.

Lavretski entra.

« Vous désiriez me voir, dit-il en s'inclinant avec froideur.

— Oui, répondit Marie Dmitrievna. (Elle but une gorgée d'eau.) J'ai su que vous étiez monté directement chez ma tante ; je vous ai fait demander de venir me voir : il me faut avoir un entretien avec vous. Asseyez-vous, je vous en prie. (Marie Dmitrievna reprit sa respiration.) Vous savez que votre femme est venue, continua-t-elle.

— Je ne l'ignore pas, dit Lavretski.

— Bien sûr ; ce que je voulais dire, c'est qu'elle est venue me voir et que je l'ai reçue ; c'est sur ce point que je veux maintenant m'expliquer avec vous, Théodore

Ivanytch. Grâce à Dieu, j'ai bien mérité la considération générale, cela je puis le dire, et je ne ferais jamais rien au monde qui fût inconvenant. Tout en prévoyant que cela vous serait désagréable, je n'ai pu me résoudre à lui refuser ma porte, Théodore Ivanytch ; elle m'est apparentée, par votre intermédiaire : comprenez ma situation, de quel droit aurais-je donc pu lui refuser l'entrée de ma maison, reconnaissez-le ?

— Vous avez tort de vous émouvoir, Marie Dmitrievna, répondit Lavretski, vous avez très bien fait ; je ne suis nullement fâché. Je n'ai pas du tout l'intention de priver Barbe Pavlovna de la possibilité de voir ses amis ; si je ne suis pas entré chez vous, aujourd'hui, c'est uniquement parce que je n'avais pas envie de la rencontrer, voilà tout.

— Ah ! comme j'ai plaisir à vous entendre parler ainsi, Théodore Ivanytch, s'écria Marie Dmitrievna ; d'ailleurs, je n'en attendais pas moins de vos nobles sentiments. Quant à m'émouvoir... il n'y a rien d'étonnant à cela : je suis femme et je suis mère. Et votre épouse... Certes, je ne suis pas à même d'être votre arbitre (je le lui ai dit moi-même), mais c'est une dame si aimable que sa présence ne peut vous procurer que du plaisir. »

Lavretski eut un sourire ironique et se mit à tourner son chapeau entre ses mains.

« Et voici ce que je voulais vous dire, Théodore Ivanytch, poursuivit Marie Dmitrievna en rapprochant un peu de lui son fauteuil : si vous voyiez comme elle est discrète dans ses manières, déférente ! C'en est même touchant, je vous assure. Et si vous entendiez en quels termes elle parle de vous ! " Je suis entièrement coupable envers lui, dit-elle ; je n'ai pas su l'apprécier ; c'est un ange, et non un homme. " Oui ! C'est bien ce mot qu'elle emploie : " un ange ". Son repentir est tel que... Je n'en ai jamais vu de pareil, parole d'honneur !

— Voyons, Marie Dmitrievna, dit Lavretski, puis-je me permettre une question ? On dit que Barbe Pavlovna a chanté chez vous ; c'était pendant son repentir, je suppose ?

— Ah ! comment n'avez-vous pas honte de parler de la sorte ! Elle a chanté et joué du piano uniquement pour me faire plaisir, parce que je le lui ai demandé instamment, presque ordonné. Je voyais qu'elle avait le cœur lourd, oh ! si lourd ; je me suis dit : comment pourrais-je la distraire ? Et puis aussi j'avais entendu parler du si beau talent qu'elle avait ! Croyez-moi, Théodore Ivanytch, elle est complètement anéantie, tenez : demandez à Serge Pétrovitch ; c'est une femme abattue, * tout à fait *, qu'allez-vous penser ? »

Lavretski se borna à hausser les épaules.

« Et puis, quel petit ange que cette Adotchka, quel amour ! Comme elle est mignonne, comme elle est fine ; comme elle parle français ; et elle comprend le russe, aussi, elle m'a appelée " ma petite tante ". Et savez-vous, au lieu de faire sa sauvage, comme presque tous les enfants de son âge, pensez-vous, pas du tout ! Elle vous ressemble, Théodore Ivanytch, d'une façon terrible. Les yeux, les sourcils... bref, c'est vous, vous tout craché. Je n'aime pas tellement les petits enfants de cet âge, je l'avoue ; mais votre fille, j'en suis tout simplement folle.

— Marie Dmitrievna, dit tout à coup Lavretski, permettez-moi de vous demander pourquoi vous prenez la peine de me dire tout cela ?

— Pourquoi ? » Marie Dmitrievna respira de nouveau son eau de Cologne et rebut une gorgée d'eau. « Mais si je vous dis cela, Théodore Ivanytch, c'est parce que... enfin, je suis votre parente, je prends la plus grande part à votre sort... je le sais, vous avez un excellent cœur. Écoutez, * mon cousin *, je suis tout de même une femme d'expérience et mes paroles ne sont pas du vent ! Pardonnez, pardonnez à votre femme. » Les yeux de Marie Dmitrievna se remplirent brusquement de larmes. « Pensez-y : la jeunesse, le manque d'expérience... et puis peut-être le mauvais exemple : il lui a manqué une mère qui sût la mettre sur le droit chemin. Pardonnez-lui, Théodore Ivanytch, elle a été assez punie. »

Des larmes se mirent à couler sur les joues de Marie Dmitrievna sans qu'elle les essuyât : elle aimait pleurer. Lavretski était sur des charbons ardents. « Mon Dieu, pensait-il, quel supplice, mais quel supplice ! Quelle journée j'ai eue aujourd'hui ! »

« Vous ne répondez pas, insista à nouveau Marie Dmitrievna : comment dois-je comprendre votre silence ? Pouvez-vous réellement être aussi cruel ? Non, je ne puis le croire. Je sens que mes paroles vous ont convaincu. Théodore Ivanytch, Dieu vous récompensera pour votre bonté ; recevez maintenant de mes mains votre femme... »

Lavretski malgré lui se leva de son siège ; Marie Dmitrievna se leva aussi, disparut derrière un paravent et en ressortit, tenant par la main Barbe Pavlovna. Pâle, plus morte que vive, les yeux baissés, elle donnait l'impression d'avoir renoncé à toute pensée personnelle, à toute volonté, de s'être tout entière remise entre les mains de Marie Dmitrievna.

Lavretski recula d'un pas.

« Vous étiez ici ! s'exclama-t-il.

— Ne l'accusez pas, intervint précipitamment Marie Dmitrievna ; elle ne voulait rester pour rien au monde, c'est moi qui l'ai cachée derrière le paravent Elle m'assurait que cela vous irriterait encore davantage ; je n'ai même pas voulu l'écouter ; je vous connais mieux qu'elle. Recevez donc de mes mains votre femme ; allez, Varia[75], ne craignez rien, tombez aux pieds de votre mari (elle la tira par la main), et que ma bénédiction...

— Arrêtez, Marie Dmitrievna, l'interrompit Lavretski d'une voix sourde, mais terrifiante. Vous aimez sans doute les grandes scènes sentimentales (Lavretski ne se trompait pas : Marie Dmitrievna avait gardé de ses années de pensionnat la passion des effets quelque peu théâtraux), elles vous amusent ; d'autres peuvent s'en trouver mal, en revanche. D'ailleurs, ce n'est pas à vous que mes paroles s'adresseront : dans *cette* scène ce n'est pas vous qui jouez le premier rôle. Que voulez-*vous* de moi, madame ? ajouta-t-il en s'adressant à sa femme. N'ai-je pas fait pour vous ce que je pouvais ? N'allez pas me répondre que ce n'est pas vous qui avez combiné cette entrevue ; je ne vous croirais pas, et vous savez que je ne peux pas vous croire. Que voulez-vous donc ? Vous êtes intelligente, vous ne faites rien sans but. Vous devez comprendre que vivre avec vous comme je l'ai fait auparavant est au-dessus de mes forces ; non que je vous en veuille, mais parce que je suis devenu un autre homme. Je vous l'ai dit dès le lendemain de votre retour, et vous-même, à ce moment-là, vous en conveniez au fond de vous-même. Mais vous souhaitez vous rétablir dans l'opinion publique ; il ne vous suffit pas de vivre dans ma maison, vous souhaitez vivre sous le même toit que moi, n'est-il pas vrai ?

— Je souhaite que vous me pardonniez, dit Barbe Pavlovna sans lever les yeux.

— Elle souhaite que vous lui pardonniez, répéta Marie Dmitrievna.

— Et pas pour moi, pour Ada, murmura Barbe Pavlovna.

— Pas pour elle, pour votre Ada, répéta Marie Dmitrievna.

— Parfait. C'est cela que vous voulez ? articula péniblement Lavretski. Soit, je vous l'accorde aussi. »

Barbe Pavlovna lui jeta un regard rapide, et Marie Dmitrievna s'écria : « Eh bien, Dieu soit béni ! » et recommença à tirer Barbe Pavlovna par la main. « Recevez donc de moi maintenant...

— Attendez, vous dis-je, l'interrompit Lavretski. J'accepte de vivre avec vous, Barbe Pavlovna, poursuivit-il ; c'est-à-dire que je vous conduirai à Lavriki, que j'y demeurerai quelque temps avec vous dans la mesure où j'en aurai la force, puis que je m'en irai ; je repasserai de temps en temps. Vous le voyez, je ne veux pas vous leurrer ; mais ne me demandez plus rien. Vous seriez la première à éclater de rire si j'accomplissais le vœu de notre respectable parente, et si je vous serrais contre mon cœur en me mettant à protester que... que le passé n'existe plus, que l'arbre abattu refleurira. Mais je vois bien qu'il faut se soumettre. Vous ne sauriez comprendre ce que j'entends par là... aucune importance. Je le répète... je vivrai avec vous... ou plutôt non : cela, je ne puis le promettre... Je me réconcilierai avec vous, je recommencerai à vous considérer comme ma femme...

— Donnez-lui au moins votre main sur cette assurance, dit Marie Dmitrievna dont les larmes étaient sèches depuis beau temps.

— Je n'ai jamais trompé Barbe Pavlovna jusqu'à ce jour, elle me croira bien sans cela, répondit Lavretski. Je la conduirai à Lavriki, et retenez ceci, Barbe Pavlovna : notre convention sera considérée comme rompue aussitôt que vous quitterez ce lieu. Et maintenant, donnez-moi la permission de me retirer. »

Il salua les deux dames et quitta la pièce sans se retourner.

« Vous ne la prenez pas avec vous, cria derrière son dos Marie Dmitrievna.

— Laissez-le », lui chuchota Barbe Pavlovna et, tout de suite, elle la serra dans ses bras, se mit à la remercier, à lui baiser les mains en l'appelant son « sauveur ».

Marie Dmitrievna supportait ces démonstrations avec condescendance ; mais, au fond d'elle-même, elle n'était satisfaite ni de Lavretski ni de Barbe Pavlovna, ni de toute la scène qu'elle avait préparée. Finalement le sentiment n'avait guère été à l'honneur ; Barbe Pavlovna aurait dû, à son avis, se jeter aux pieds de son mari.

« Enfin, vous ne m'avez donc pas comprise ? répétait-elle ; je vous ai pourtant bien dit : " Tombez à ses pieds. "

— Cela vaut mieux ainsi, chère tante ; ne vous inquiétez pas, tout est pour le mieux, répétait Barbe Pavlovna.

— Enfin, il faut bien dire aussi qu'il est froid comme un glaçon, observa Marie Dmitrievna. Vous, vous ne pleuriez pas, soit ; mais moi j'étais tout en larmes devant lui. Il veut vous enfermer à Lavriki. Et alors ? Vous ne pourrez pas sortir, même pour venir chez moi ? Tous les hommes sont sans cœur, conclut-elle en secouant la tête d'un air significatif.

— En revanche, les femmes savent apprécier la bonté et la grandeur d'âme », dit Barbe Pavlovna, et, se laissant glisser doucement à genoux devant Marie Dmitrievna, elle serra entre ses bras sa taille épaisse et blottit son visage contre elle. Ce visage souriait subrepticement, mais Marie Dmitrievna se remit à pleurer de grosses larmes.

Quant à Lavretski, rentré chez lui il s'enferma dans la petite chambre de son valet, se jeta sur le divan et y resta prostré jusqu'au matin.

XLIV

Le lendemain était un dimanche. La cloche annonçant la première messe ne réveilla pas Lavretski (car il n'avait pas fermé l'œil de la nuit), mais elle lui rappela un autre dimanche, celui où il était allé à l'église sur le désir de Lise. Il se leva en toute hâte ; une voix secrète lui disait qu'aujourd'hui aussi il la reverrait au même endroit. Il sortit de la maison sans bruit, fit dire à Barbe Pavlovna qui dormait encore qu'il rentrerait pour le dîner, et se rendit à grands pas où l'appelaient les sons monotones et tristes de la cloche. Il arriva à l'avance ; l'église était encore presque vide ; le diacre chantait les heures dans le chœur ; sa voix qu'interrompait parfois une quinte de toux vibrait en mesure, baissant et s'enflant tour à tour. Lavretski se plaça non loin de l'entrée. Des pèlerins pénétraient dans l'église l'un après l'autre, s'immobilisaient dans la nef, se signaient, s'inclinaient vers les quatre points cardinaux ; leurs pas retentissaient dans le vide et dans le silence, et se répercutaient distinctement sous les voûtes. Une petite vieille décrépite, vêtue d'une antique capote noire à capuchon, était agenouillée non loin de Lavretski et priait assidûment ; son visage édenté, jaune, ridé, exprimait une ferveur intense ; ses yeux rouges levés fixaient sans désemparer les figures saintes de l'iconostase ; sa main osseuse sortait inlassablement de sous la capote pour tracer avec lenteur et fermeté un ample et haut signe de croix. Un paysan à la barbe épaisse, au visage sombre, les cheveux hirsutes et le visage fripé, entra dans l'église, tomba d'un coup à deux genoux et se mit tout de suite à se signer précipitamment, rejetant et secouant la tête après chaque prosternation. Un si amer chagrin se lisait sur son visage et dans tous ses gestes que Lavretski ne put s'empêcher de s'approcher de lui et de lui demander ce qu'il avait. Le paysan eut un mouvement de recul effrayé et farouche à son approche et le regarda... « Le fils est mort », dit-il d'une voix brève ; puis il reprit ses prosternations... « Qui peut remplacer pour eux les consolations de l'Église ? » pensa Lavretski, et il essaya lui aussi de prier ; mais son cœur s'était alourdi, endurci, et ses pensées étaient ailleurs. Il attendait toujours Lise et Lise n'arrivait pas. L'église peu à peu se remplissait de monde : toujours pas de Lise. La messe commença, le diacre lisait maintenant l'Évangile, on sonna l'offertoire ; Lavretski s'avança de quelques pas et soudain il vit Lise. Elle était arrivée avant lui, mais il ne l'avait pas remarquée ; blottie dans l'intervalle qui séparait le mur du chœur, elle regardait droit devant elle, ne bougeait pas. Lavretski ne la quitta pas des yeux jusqu'à la fin de la messe ; il lui disait adieu. Lorsque l'assistance commença à se disperser, elle resta à sa place, attendant, semblait-il, le départ de Lavretski. Enfin elle se signa une dernière fois et partit sans se retourner ; seule sa femme de chambre l'accompagnait. Lavretski sortit de l'église à sa suite et la rattrapa dans la rue ; elle marchait très vite, la tête penchée, elle avait baissé son voile sur son visage.

« Bonjour, Élisabeth Mikhaïlovna, dit-il à voix

haute, avec une aisance forcée ; peut-on vous raccompagner ? »

Elle ne dit rien ; il marcha à son côté.

« Êtes-vous contente de moi ? lui demanda-t-il en baissant la voix. Vous avez su ce qui s'est passé hier ?

— Oui, oui, murmura-t-elle, c'est bien. »

Et elle accéléra encore sa marche.

« Vous êtes satisfaite ? »

Lise se contenta de faire « oui » de la tête.

« Théodore Ivanytch, déclara-t-elle d'une voix calme, mais faible, je voulais vous demander : ne venez plus chez nous, partez vite ; nous pourrons nous revoir plus tard, un jour, dans un an. Mais maintenant, faites ceci pour moi ; réalisez ma prière, au nom de Dieu.

— Je suis prêt à vous obéir en tout, Élisabeth Mikhaïlovna ; mais faut-il vraiment que nous nous quittions ainsi, sans que vous me disiez un seul mot ?...

— Théodore Ivanytch, vous êtes là, en ce moment, à mon côté... Et déjà si loin, si loin de moi. Et non seulement vous, mais aussi...

— Achevez, je vous en conjure ! s'écria Lavretski, que voulez-vous dire ?

— Vous l'apprendrez peut-être... Quoi qu'il en soit, oubliez... Non, ne m'oubliez pas, souvenez-vous de moi.

— Vous oublier m'est...

— Assez, adieu. Ne me suivez pas.

— Lise..., supplia encore Lavretski.

— Adieu, adieu ! » répéta-t-elle, puis elle tira son voile plus bas encore et s'en alla de l'avant, presque au pas de course.

Lavretski la suivit des yeux et, tête basse, rebroussa chemin dans la rue. Il se heurta à Lemm qui lui aussi marchait le chapeau baissé sur le nez en regardant ses pieds.

Ils se considérèrent un instant sans parler.

— Alors, quoi de neuf ? finit par dire Lavretski.

— Quoi de neuf ? répondit Lemm d'une voix sombre. Rien, rien à dire de neuf. Tout est mort et nous sommes morts *(Alles ist todt, und wir sind todt).* Vous allez bien à droite ?

— Oui.

— Moi à gauche. Adieu. »

*

Le lendemain matin, Théodore Ivanytch et sa femme partirent pour Lavriki. Elle roulait en tête, dans la voiture, avec Ada et Justine ; il suivait en tarantass. La jolie petite fille ne quitta pas la fenêtre de tout le voyage ; tout l'étonnait : les paysans, les paysannes, les isbas, les puits, les arcs de limonières, les clochettes et la quantité de freux qu'elle voyait ; Justine partageait son étonnement ; Barbe Pavlovna riait de leurs remarques et de leurs exclamations. Elle était de bonne humeur ; avant de quitter O***, elle avait eu une explication avec son mari.

« Je comprends votre situation », lui avait-elle dit ; et l'expression de ses yeux subtils l'avait confirmé dans l'idée qu'elle la comprenait en effet dans toute son ampleur ; « mais rendez-moi au moins cette justice que je ne suis pas difficile à vivre ; je ne vous encombrerai pas, je ne vous gênerai pas ; je voulais assurer l'avenir d'Ada, il ne me faut rien de plus.

— Oui, vous avez atteint vos buts, dit Théodore Ivanytch.

— Je ne rêve plus que d'une chose maintenant : de

me terrer à jamais au fond de la campagne ; je garderai éternellement le souvenir de vos bienfaits...

— Fi ! Assez, coupa-t-il.

— Et je saurai respecter votre indépendance et votre tranquillité », poursuivit-elle, achevant la phrase qu'elle avait préparée.

Lavretski lui fit un profond salut. Barbe Pavlovna comprit que son mari la remerciait intérieurement.

Ils arrivèrent à Lavriki le lendemain soir ; une semaine plus tard, Lavretski partait pour Moscou, laissant à sa femme cinq mille roubles pour les dépenses courantes, et le lendemain de son départ, Panchine se présenta : Barbe Pavlovna l'avait prié de ne pas l'oublier dans son isolement. Elle le reçut on ne peut mieux et, jusque bien avant dans la nuit, les hauts plafonds de la maison et le jardin même retentirent des sons de la musique, du chant, et de leurs gais propos en langue française. Panchine demeura trois jours chez Barbe Pavlovna ; au moment de lui dire adieu, tout en serrant très fort ses belles mains, il promit de revenir bien vite ; il tint sa promesse.

XLV

Lise avait une petite chambre à elle au premier étage de la maison de sa mère : une pièce nette, claire, garnie d'un petit lit blanc, de pots de fleurs dans tous les coins ainsi que devant les fenêtres, d'une petite table à écrire, d'une montagne de livres et d'un crucifix au mur. Cette petite chambre s'appelait la nurserie ; Lise y était née. Revenue de l'église où Lavretski l'avait vue, elle mit tout en ordre chez elle avec plus de minutie que d'habitude, enleva partout la poussière, feuilleta tous ses cahiers, toutes les lettres de ses amies et renoua les rubans qui les attachaient, ferma à clé tous ses tiroirs, arrosa ses fleurs en effleurant de la main chacune d'elles. Tout cela, elle le fit sans hâte, sans bruit, le visage empreint d'une sorte de sollicitude tendre et calme. Après quoi elle vint se mettre debout au milieu de sa chambre, promena lentement son regard autour d'elle puis, s'approchant de la table au-dessus de laquelle était suspendu le crucifix, elle se laissa tomber à genoux, posa sa tête sur ses mains serrées et crispées et demeura ainsi immobile.

Marthe Timoféïevna entra et la trouva dans cette position. Lise ne s'était pas aperçue de sa venue. La vieille femme sortit sur la pointe des pieds et toussa plusieurs fois avec bruit derrière la porte. Lise se releva prestement, essuya ses yeux brillants de larmes contenues.

« Eh bien, je vois que tu as de nouveau fait le ménage de ta cellule, dit Marthe Timoféïevna en se penchant très bas au-dessus d'un vase qui contenait une jeune rose. Comme elle sent bon ! »

Lise regarda sa tante d'un air pensif.

« Comme vous avez prononcé ce mot ! murmura-t-elle.

— Quel mot, dis-tu, quel mot ? interrogea vivement la vieille femme. Que veux-tu dire ? C'est affreux, déclara-t-elle en jetant soudain son bonnet et en s'asseyant sur le bord du lit de Lise, c'est au-dessus de mes forces ; voici trois jours aujourd'hui que je bous littéralement ; je ne peux pas faire semblant plus longtemps de ne rien remarquer, je ne peux plus supporter de te voir pâlir, sécher sur pied, pleurer, je ne peux plus, je ne peux plus.

— Mais qu'avez-vous, ma tante ? dit Lise, je n'ai rien de...

— Rien ? s'écria Marthe Timoféïevna, va dire cela à d'autres, pas à moi ! Rien ! Qui donc était à genoux, il y a une minute ? Qui donc a les cils encore mouillés de larmes ? Rien ! Mais regarde-toi un peu ! Vois ce que tu as fait de ta figure, où as-tu les yeux ? Rien ! Comme si je ne savais pas tout !

— Cela passera, ma tante ; laissez-moi le temps.

— Cela passera ? Quand donc ? Mon Dieu, Seigneur tout-puissant ! Tu en es amoureuse à ce point ? mais enfin, c'est un vieux, ma Lisette. Oui, d'accord, c'est un brave homme, il ne mord pas ; mais enfin, qu'est-ce que cela veut dire ? Nous sommes tous de braves gens ; tant que la terre tournera on ne sera pas à court de cette " braverie "-là.

— Je vous dis que tout cela passera, que c'est déjà passé.

— Écoute bien ce que je vais te dire, Lisette », déclara brusquement Marthe Timoféïevna en faisant asseoir Lise à côté d'elle sur le lit ; tout en parlant, elle lui tapotait tantôt les cheveux, tantôt le fichu. « Vois-tu, c'est seulement maintenant, sur le moment, que ton chagrin te semble sans recours. Hélas ! ma chérie, il n'y a que la mort qui soit sans remède ! Tu n'as qu'à te dire à toi-même : " Non, je ne veux pas me laisser aller ! Foin de lui ! " et après, tu seras la première étonnée de voir comme il passera vite et sans peine, ce chagrin. Patiente seulement un peu.

— Ma tante, répondit Lise, il est déjà passé, tout est passé.

— Passé ! Que me chantes-tu là ! Tu as maigri jusqu'au bout de ton nez, et tu me dis : c'est passé. Joliment passé, oui !

— Oui, c'est passé, ma tante, pourvu seulement que

vous acceptiez de m'aider », dit Lise avec un emportement soudain ; et elle se jeta au cou de Marthe Timoféïevna. « Ma chère petite tante, soyez mon alliée, aidez-moi, ne vous fâchez pas, comprenez-moi...

— Mais qu'y a-t-il, qu'y a-t-il donc, ma petite ? Ne me fais pas peur, s'il te plaît ; je vais crier si tu continues à me regarder comme ça ; dis vite ce qu'il y a.

— Je... je veux... » Lise cacha son visage contre le sein de Marthe Timoféïevna... « Je veux entrer au couvent », dit-elle d'une voix sourde.

La vieille femme sursauta, sur le lit où elle était assise.

« Vite, signe-toi, ma petite, ma Lisette, reviens à toi, que dis-tu là, Dieu te garde, réussit-elle enfin à balbutier, couche-toi, ma colombe, dors un peu ; tout cela vient de tes insomnies, ma chérie. »

Lise leva la tête, ses joues flamboyaient.

« Non, ma tante, dit-elle, ne parlez pas ainsi ; je suis décidée ; j'ai prié, demandé conseil à Dieu ; tout est fini, ma vie avec vous est finie. Cette leçon ne m'aura pas été inutile ; d'ailleurs ce n'est pas la première fois que j'y pense. Le bonheur ne m'allait pas ; même quand j'avais des espérances de bonheur, mon cœur n'était jamais tout à fait tranquille. Je sais tout, mes péchés, ceux des autres, comment papa a fait notre fortune ; je sais tout. Tout cela, il faut le racheter, le racheter par la prière. J'ai du regret pour vous, pour maman, pour Lénotchka ; mais il n'y a rien à faire ; je sens que ma vie n'est pas ici ; j'ai déjà dit adieu à tout, j'ai tout salué dans la maison une dernière fois ; j'entends comme un appel à partir ; j'éprouve du dégoût, une envie de m'enfermer pour toujours. N'essayez pas de me retenir, de me dissuader, aidez-moi, sinon je m'en irai seule... »

Marthe Timoféïevna écoutait sa nièce avec épouvante. « Elle est malade, elle délire, pensait-elle ; il faut appeler un médecin, mais lequel ? Gédéonovski en vantait un, l'autre jour ; lui qui ment toujours, il disait peut-être vrai, cette fois. » Pourtant, lorsqu'elle se fut convaincue que Lise n'était pas malade et ne délirait pas, lorsqu'à toutes ses objections Lise persista à faire toujours la même réponse, Marthe Timoféïevna prit peur et s'affligea pour de bon. Elle entreprit de la raisonner.

« Mais voyons, ma colombe, tu ignores ce que c'est que la vie de couvent ! Tu sais, ma petite fille, on te ferait la cuisine avec une huile de chanvre vert qui est épouvantable, on te ferait porter un linge horrible, grossier comme tout ; on t'obligerait à marcher sur la pierre froide ; voyons ! tu ne supporterais pas tout cela, ma Lisette. C'est l'empreinte d'Agathe sur toi, tout ça ; c'est elle qui t'a fait perdre ton bon sens. Mais elle, tiens, elle avait commencé par vivre sa vie, par se donner du plaisir ; vis un peu, toi aussi. Laisse-moi au moins mourir tranquille, après quoi tu pourras faire ce que tu voudras. Et puis, qui a jamais vu ça, qu'on entre au couvent à cause d'une de ces barbes de bouc, Dieu me pardonne, à cause d'un homme ? Si vraiment tu te sens un tel dégoût, tu n'as qu'à faire un pèlerinage, aller prier un saint, commander un office, mais ne mets pas sur ta tête la cornette noire des nonnes, mon petit chéri, ma petite fille... »

Et Marthe Timoféïevna se mit à pleurer amèrement.

Lise la consola, essuya ses larmes, pleura elle aussi, mais resta inébranlable. Désespérée, Marthe Timoféïevna essaya d'agir par la menace de tout raconter à sa mère... même cela n'y fit rien. Toutefois, pour répondre aux prières réitérées de la vieille femme, Lise accepta de remettre la réalisation de son projet à six mois ; en échange, Marthe Timoféïevna dut lui donner sa parole qu'elle l'aiderait, de son côté, à obtenir l'accord de Marie Dmitrievna si, au bout de six mois elle n'avait pas varié dans sa résolution.

Lorsque Barbe Pavlovna vit arriver les premiers froids, et malgré sa promesse de se terrer au fond de la campagne, elle déménagea, munie de bon argent, à Saint-Pétersbourg, où elle loua un appartement discret, mais charmant, déniché pour elle par Panchine qui avait quitté le gouvernement d'O*** dès avant son départ à elle. Pendant les derniers temps de son séjour à O***, Panchine avait complètement perdu les bonnes grâces de Marie Dmitrievna, ayant brusquement cessé de lui rendre visite et ne quittant presque plus Lavriki. Barbe Pavlovna en avait fait son esclave, littéralement : il n'y a pas d'autre mot pour exprimer le pouvoir illimité, irrévocable, absolu, qu'elle exerçait sur lui.

Lavretski passa l'hiver à Moscou ; au printemps de l'année suivante lui parvint la nouvelle que Lise avait pris le voile au monastère de B***, dans une des régions les plus éloignées de la Russie.

ÉPILOGUE

Huit ans ont passé. Le printemps est là, une fois de plus... Mais disons tout d'abord quelques mots de la destinée de Mikhaliévitch, de celles de Panchine, de Mme Lavretski, avant de nous séparer d'eux. Après de longues pérégrinations Mikhaliévitch est finalement tombé par hasard sur sa vraie voie : il a obtenu un poste de surveillant général dans un établissement d'État. Il est très content de son sort, et ses jeunes élèves l'« adorent », tout en s'amusant à le contrefaire. Panchine a beaucoup monté en grade, il vise déjà un poste de directeur de ministère ; il marche légèrement courbé : ce doit être la croix de Saint-Vladimir qu'il s'est vu conférer qui le tire en avant. Chez lui, le fonctionnaire a décidément pris le pas sur l'artiste ; son visage, toujours jeune d'aspect, a jauni, ses cheveux se sont raréfiés et, s'il ne chante ni ne dessine plus, il continue de s'adonner secrètement aux belles-lettres : il vient d'écrire une comédie sans prétention, du genre « proverbe », et comme de nos jours tout ce qui tient une plume se croit obligé de « camper » quelqu'un ou quelque chose, il y « campe » un personnage de coquette et donne lecture de sa pièce, sous le manteau, à deux ou trois dames qui lui veulent du bien. Toutefois il ne s'est pas engagé dans les liens du mariage, malgré les occasions multiples et avantageuses qui se sont offertes à lui : la faute en est à Barbe Pavlovna. Quant à elle, elle réside à Paris de façon permanente, comme par le passé : Théodore Ivanytch lui paie une rente, se débarrassant ainsi d'elle, de l'éventualité d'une seconde incursion inopinée. Bien qu'elle ait vieilli et grossi, elle est restée charmante et raffinée. Nous avons tous un idéal : Barbe Pavlovna a trouvé le sien — dans les œuvres dramatiques de M. Dumas fils. Elle fréquente assidûment le théâtre où l'on met en scène des demi-mondaines phtisiques et sentimentales ; être une Mme Doche[76] lui paraît le sommet de la félicité humaine : elle a déclaré un jour ne pas souhaiter un sort plus enviable à sa propre fille. Espérons que le destin épargnera à *Mlle Ada* ce genre de félicité : l'enfant rose et joufflue de jadis est devenue une fillette pâlotte, faible de la poitrine, dont les nerfs sont déjà détraqués. Le nombre des adorateurs de Barbe Pavlovna a diminué mais non tari ; certains d'entre eux lui resteront fidèles vraisemblablement jusqu'à la fin de ses jours. Le plus ardent de tous, ces derniers temps, était un certain Zakourdalo-Skoubyrnikov, un de ces moustachus retraités de la Garde, âgé d'environ trente-huit ans et de constitution exceptionnellement robuste. Les visiteurs français de Mme Lavretski le nomment *le gros taureau de l'Ukraine* ; Barbe Pavlovna ne l'invite jamais à ses soirées à la mode, mais il jouit d'une faveur illimitée de sa part.

Ainsi donc... huit ans ont passé. Une fois de plus, le ciel a répandu sur la terre le bonheur rayonnant du printemps ; une fois de plus, le printemps a souri à la terre et aux hommes ; une fois de plus, sous sa caresse, tout s'est remis à fleurir, à aimer, à chanter. La ville d'O*** avait peu changé au cours de ces huit années ; mais la maison de Marie Dmitrievna était comme rajeunie : ses murs récemment repeints éclataient d'une blancheur accueillante, et les vitres des fenêtres grandes ouvertes rougeoyaient et étincelaient au soleil couchant ; par ces fenêtres s'échappaient dans la rue les sons joyeux et légers de jeunes voix bien timbrées, de rires ininterrompus ; toute la maison donnait l'impression de bouillonner de vie et de déborder de gaieté. La maîtresse de maison elle-même était depuis longtemps descendue dans la tombe : Marie Dmitrievna était morte quelque deux ans après la prise de voile de Lise ; et Marthe Timoféïevna n'avait pas survécu longtemps à sa nièce ; elles reposent l'une près de l'autre dans le cimetière de la ville. Anastasie Karpovna aussi n'est plus de ce monde ; fidèlement, la vieille femme alla chaque jour, pendant plusieurs années, prier sur les restes de son amie... Le jour vint où ses pauvres os reposèrent eux aussi dans la terre humide. Mais la maison de Marie Dmitrievna n'est pas passée en des mains étrangères, elle n'est pas sortie de la famille, le nid n'a pas été démantelé : Lénotchka, devenue une grande et belle jeune fille, et son fiancé, un officier de hussards aux boucles blondes ; le fils de Marie Dmitrievna, tout récemment marié à Saint-Pétersbourg et venu passer le printemps à O*** avec sa jeune femme ; la sœur de celle-ci, une pensionnaire de seize ans aux joues vermeilles et aux jolis yeux clairs ; Chourotchka, elle aussi grandie et embellie, voilà quelle était la jeunesse qui faisait retentir de ses rires et de ses propos les murs de la maison Kalitine. Tout y avait changé, tout s'était accordé au genre des nouveaux habitants. De jeunes garçons imberbes, moqueurs et boute-en-train, avaient remplacé les vieux domestiques pondérés d'antan ; là où naguère déambulait gravement un Roska enrobé de graisse, deux chiens d'arrêt menaient un train du diable, sautaient sur les divans ; l'écurie s'était peuplée d'ambliers nerveux, de limoniers fougueux, de bricoliers ardents aux crinières tressées, de chevaux du Don pour la selle ; les heures du déjeuner, du dîner, du souper, étaient embrouillées et confondues : « des mœurs d'un autre monde », disaient les voisins.

Ce soir-là (celui qui fait l'objet de notre propos), les habitants de la maison Kalitine (dont l'aîné, le fiancé de Lénotchka, avait tout au plus vingt-quatre ans) jouaient à un jeu sans prétention, mais qui les amusait fort, si l'on en jugeait par leurs grands éclats de rire à tous : ils se couraient après à travers les pièces de la maison ; les chiens couraient aussi en aboyant et les canaris dans leurs cages suspendues au-dessus des fenêtres s'égosillaient à qui mieux mieux, renforçant le tumulte général par l'accompagnement bruyant de leurs pépiements enragés. Au plus fort de ce divertissement assourdissant, un tarantass couvert de boue s'arrêta devant le portail ; un homme d'environ quarante-cinq ans, vêtu d'un costume de voyage, en sortit et s'arrêta net, cloué d'étonnement. Après être resté quelque temps sur place, immobile, il embrassa la maison d'un regard attentif, puis pénétra dans la cour par le portillon et gravit lentement les marches du perron. Dans l'antichambre, nul ne vint à sa rencontre ; mais la porte de la salle à manger s'ouvrit brusquement toute grande ; une jeune fille rouge d'excitation en sortit d'un bond ; c'était Chourotchka, suivie de près par toute la jeune bande qui courait derrière elle avec des cris sonores. Elle s'arrêta, brusquement, interdite, à la vue de l'inconnu ; mais les yeux clairs fixés sur lui gardaient toute leur gentillesse, les frais visages n'avaient pas cessé de rire. Le fils de Marie Dmitrievna s'avança au-devant du nouveau venu et lui demanda courtoisement ce qu'il désirait.

« Je suis Lavretski », dit l'homme.

Un cri unanime lui répondit, non pas que toute cette jeunesse se fît une grande joie de la venue d'un lointain parent presque oublié, mais simplement parce que le premier prétexte venu lui était bon pour faire du tapage et pour donner libre cours à sa joie. Lavretski fut aussitôt entouré : Lénotchka, en tant que vieille connaissance, fut la première à se nommer, protestant qu'à quelques minutes près elle l'aurait sûrement reconnu ; elle lui présenta tout le reste de la compagnie, appelant chacun, même son fiancé, par son diminutif. Toute la bande traversa la salle à manger pour gagner le salon. Les papiers de tenture des deux pièces étaient changés, mais le mobilier avait été conservé ; Lavretski reconnut le piano ; même le métier à broder installé près de la fenêtre était placé de la même façon, presque garni du même ouvrage interrompu huit ans auparavant. On le fit asseoir dans un fauteuil confortable ; tous prirent place cérémonieusement autour de lui. Les questions, les exclamations, les récits fusèrent à qui mieux mieux.

« Cela fait bien longtemps que l'on ne vous a pas vu, et Barbe Pavlovna non plus, fit naïvement observer Lénotchka.

— Comment veux-tu ! se hâta d'intervenir son frère ; je t'ai emmenée à Saint-Pétersbourg, alors que Théodore Ivanytch passait tout son temps à la campagne.

— C'est vrai, maman est morte, aussi, depuis.

— Et Marthe Timoféïevna, dit Chourotchka.

— Et Anastasie Karpovna, ajouta Lénotchka, et M. Lemm...

— Quoi ? Lemm aussi est mort ? demanda Lavretski.

— Oui, répondit le jeune Kalitine, il a quitté O*** pour Odessa où, paraît-il, quelqu'un l'incitait à venir ; c'est là-bas qu'il est mort.

— Vous ne savez pas s'il a laissé de la musique ?

— Je ne sais pas ; il y a peu de chances. »

Tous se turent, s'entre-regardèrent. Un nuage de tristesse passa sur tous les jeunes visages.

« Mais Matelot est toujours là, dit soudain Lénotchka.

— Et Gédéonovski aussi », ajouta son frère.

Au nom de Gédéonovski s'éleva un grand éclat de rire général.

« Oui, il est toujours là, et toujours aussi menteur, poursuivit le fils de Marie Dmitrievna, et figurez-vous qu'hier, cette petite futée (il désigna la pensionnaire, la sœur de sa femme) a versé du poivre dans sa tabatière.

— Ce qu'il a éternué ! » s'écria Lénotchka, et de nouveau retentirent des rires incoercibles.

« Nous avons eu récemment des nouvelles de Lise, dit le jeune Kalitine, et de nouveau le silence se fit dans le cercle, elle va bien, sa santé s'améliore peu à peu, maintenant.

— Elle est toujours dans le même couvent ? demanda Lavretski non sans effort.

— Toujours.

— Elle vous écrit ?

— Non, jamais ; nous avons des nouvelles par personnes interposées. »

Il se fit soudain un profond silence ; « tiens, un ange passe », pensèrent-ils tous.

« Ne voulez-vous pas aller au jardin ? demanda Kalitine à Lavretski, il est très beau en ce moment, bien que nous l'ayons un peu laissé à l'abandon. »

Lavretski sortit dans le jardin et la première chose qui lui sauta aux yeux fut ce banc où il avait jadis passé avec Lise quelques instants de bonheur qui ne s'étaient pas renouvelés ; il était noirci, gauchi, ce banc, mais Lavretski le reconnut, et son âme fut envahie par un sentiment qui n'a son égal ni en suavité ni en amertume, un sentiment de tristesse frémissante au souvenir de sa jeunesse disparue, du bonheur qu'il avait tenu jadis entre ses mains. Avec la jeune bande, il parcourut les allées ; les tilleuls avaient un peu vieilli et grandi durant les dernières huit années, leur ombre était plus épaisse ; en revanche, tous les arbustes avaient pris de la hauteur, les framboisiers avaient forci, les noisetiers étaient complètement étouffés, et de partout montait une odeur de menu bois frais, de forêt, d'herbe, de lilas.

« C'est là qu'on serait bien pour jouer aux quatre coins, s'écria soudain Lénotchka en débouchant dans une petite clairière verte entourée de tilleuls ; justement nous sommes cinq.

— Et Théodore Ivanytch, tu l'as oublié ? lui fit remarquer son frère. Ou bien tu ne te comptes pas ? »

Lénotchka rougit un peu.

« Mais voyons, à son âge, Théodore Ivanytch peut-il... ?

— Je vous en prie, jouez, s'empressa de dire Lavretski, ne faites pas attention à moi. Je serai le premier à me sentir plus content si je sais que je ne vous gêne pas. Et vous n'avez pas besoin de vous occuper de moi ; nous autres, vieilles gens, nous avons une occupation que vous ne connaissez pas encore et qu'aucune distraction ne pourra jamais remplacer . c'est le souvenir. »

Les jeunes gens écoutèrent Lavretski avec une déférence polie et un rien moqueuse, comme ils auraient écouté un professeur leur faisant la leçon, et brusquement ils s'égaillèrent tous loin de lui, coururent dans la clairière ; quatre se mirent près des arbres, un au milieu, et une folle partie commença.

Lavretski, quant à lui, revint à la maison, entra dans la salle à manger, s'approcha du piano et effleura une de ses touches ; le son faible mais pur qui se fit entendre alla résonner, frémissant jusqu'au fond de son cœur : c'était la première note de cette mélodie inspirée par laquelle, voici bien longtemps, en cette même bienheureuse nuit, Lemm, le défunt Lemm, lui avait procuré une telle extase. Puis Lavretski passa au salon et s'y attarda longuement : dans cette pièce où il avait vu Lise si souvent, son image se présentait encore plus vivante à ses yeux ; il croyait sentir autour de lui les traces de sa présence ; mais la tristesse qu'il éprouvait à son sujet était accablante et lourde à porter : elle n'avait pas cette sérénité que répand la mort. Lise vivait encore quelque part, coupée de tout, loin de tout ; il pensait à elle comme à une vivante, et ne reconnaissait pas la jeune fille jadis aimée de lui dans ce fantôme pâle et indistinct vêtu d'une robe monacale, environné par les volutes de la fumée d'encens. Lavretski ne se serait pas reconnu lui-même s'il avait pu jeter sur lui le regard qu'il jetait mentalement sur Lise. Durant ces huit années s'était enfin accomplie chez lui cette rupture dans l'existence, cette rupture que bien des gens ne vivent jamais, et sans laquelle il est impossible de rester honnête homme jusqu'au bout ; il avait effectivement cessé de penser à son bonheur personnel, à des buts intéressés. Il s'était apaisé et (à quoi bon cacher la vérité ?) il avait vieilli, non seulement de visage et de corps, mais d'âme aussi ; garder son cœur jeune jusque dans sa vieillesse, comme le disent certains, est tout à la fois difficile et presque ridicule ; il peut déjà s'estimer satisfait, l'homme qui n'a pas perdu sa foi dans le bien, la constance de sa volonté et le goût de l'efficacité. Lavretski pouvait à bon droit se dire satisfait : il était effectivement devenu un bon agriculteur, il avait effectivement appris à labourer la terre, et il ne se donnait pas du mal pour lui seul ; il avait, dans la mesure du possible, assuré et consolidé le bien-être de ses paysans.

Lavretski sortit de la maison dans le jardin, s'assit sur le banc familier et, en ce lieu cher à son cœur, en face de cette maison qui l'avait vu, une dernière fois, tendre vainement les mains vers la coupe tant désirée où pétille et chatoie le vin doré de la jouissance, lui, le pèlerin solitaire et sans foyer, au bruit des appels joyeux lancés au loin par cette jeune génération qui avait désormais pris sa relève, il jeta un regard en arrière sur sa vie. Son cœur s'emplit de tristesse mais non d'accablement ni de deuil : il avait des sujets de regret mais nul sujet de honte. « Jouez, amusez-vous grandissez, jeunes forces, pensait-il (et il n'y avait pas d'amertume dans ses pensées), vous avez la vie devant vous, et elle vous sera plus facile : vous n'aurez pas, comme nous, à chercher longuement votre voie, à lutter, à tomber pour vous relever chaque fois, dans les ténèbres ; nous nous sommes débattus pour conserver notre intégrité — et combien d'entre nous n'y ont pas réussi ! — mais vous, vous avez une œuvre à réaliser, vous avez à travailler, et la bénédiction des vieillards que nous sommes vous accompagnera. Quant à moi, au terme de cette journée si riche d'impressions, il me reste à vous adresser un dernier salut et à dire, avec tristesse, peut-être, mais sans envie, sans nul sentiment mauvais, moi qui déjà suis en vue de ma fin, et du Dieu qui m'attend : " Salut ! vieillesse solitaire ! Achevez de brûler, dernières braises de mon existence inutile ! " »

Lavretski se leva sans bruit, sans bruit s'éloigna ; personne ne le remarqua, personne ne le retint ; les joyeux appels retentissaient encore plus fort dans le jardin, derrière le mur de verdure serrée formé par les grands tilleuls. Il monta dans son tarantass et ordonna au cocher de rentrer à la maison sans pousser les chevaux.

« Et la fin ? » demandera peut-être le lecteur insatisfait.

« Qu'est-il arrivé ensuite à Lavretski ? à Lise ? » Que dire de personnes encore vivantes mais déjà sorties de la carrière, pourquoi revenir sur elles ? Il paraît que Lavretski visita ce monastère lointain où Lise s'était ensevelie, et qu'il la vit. En changeant de côté dans le chœur, elle passa tout près de lui, passa, de sa démarche hâtive et humble de moniale, et ne leva pas les yeux sur lui ; les cils de celui de ses yeux qui était de son côté frémirent imperceptiblement, et elle inclina plus bas encore son visage émacié, tandis que les doigts de ses mains jointes entourées du chapelet se crispèrent plus étroitement les uns contre les autres : ce fut tout. Que pensèrent-ils, qu'éprouvèrent-ils tous les deux ? Qui le saura ? Qui le dira ? Il est dans la vie des instants, des sentiments... que l'on ne peut que désigner d'un geste avant de passer son chemin.

Premier amour

Traduction par Édith Scherrer

Dédié à P. V. Annenkov[1].

Les invités étaient partis depuis longtemps. La pendule sonna la demie de minuit. Il ne restait dans la pièce que le maître de maison, Serge Nikolaïévitch et Vladimir Pétrovitch.

Le maître de maison sonna et donna l'ordre de desservir.

« Ainsi, c'est une chose décidée, dit-il en s'enfonçant plus confortablement dans son fauteuil et en allumant un cigare, chacun d'entre nous s'engage à raconter l'histoire de son premier amour. À vous l'honneur, Serge Nikolaïévich. »

Serge Nikolaïévitch, un homme replet, blond, au visage dodu, regarda d'abord le maître de maison, puis leva les yeux aux plafond.

« Je n'ai pas eu de premier amour, dit-il enfin, j'ai commencé tout de suite par le deuxième.

— Comment cela ?

— C'est très simple. J'avais dix-huit ans quand je courtisai pour la première fois une demoiselle tout à fait charmante ; mais je lui fis la cour comme si ce n'était pas une chose nouvelle pour moi : exactement comme je fis ensuite la cour à d'autres. À vrai dire, je fus amoureux pour la première et dernière fois vers l'âge de six ans, de ma bonne ; mais il y a de cela bien longtemps. Les détails de nos relations se sont effacés de ma mémoire et quand bien même je m'en souviendrais, qui cela pourrait-il intéresser ?

— Qu'allons-nous faire ? dit le maître de maison. Dans mon premier amour, il n'y a rien non plus de bien intéressant ; je n'ai été amoureux de personne avant de faire la connaissance d'Anne Ivanovna, ma femme, et tout a été on ne peut plus facile : nos pères nous ont choisis l'un pour l'autre, nous avons très vite commencé à éprouver un amour réciproque et nous nous sommes mariés sans attendre. Mon histoire tient en deux mots. J'avoue, messieurs, qu'en soulevant la question du premier amour, j'espérais en vous, je ne dirai point vieux célibataires, mais enfin point tout jeunes célibataires. N'aurez-vous rien pour nous distraire, Vladimir Pétrovitch ?

— Mon premier amour, en effet, n'est pas tout à fait ordinaire, répondit en hésitant légèrement Vladimir Pétrovitch, quadragénaire aux cheveux noirs grisonnants.

— Ah ! firent d'une seule voix les deux autres. Cela n'en vaut que mieux... Racontez.

— Soit... ou plutôt non : je ne vais pas raconter ; ce n'est pas mon fort : je raconte d'une façon sèche et breve ou bien prolixe et fausse. Si vous le permettez, j'écrirai dans un petit cahier tout ce dont je me souviens et je vous le lirai. »

Les amis s'y opposèrent d'abord, mais Vladimir Pétrovitch finit par les convaincre. Deux semaines plus tard, ils se réunirent à nouveau et Vladimir Pétrovitch tint sa promesse.

Voici ce qu'il avait écrit.

I

J'avais alors seize ans. Cela se passait pendant l'été de 1833.

Je vivais à Moscou chez mes parents. Ils louaient une maison de campagne près de la barrière de Kalouga, en face du jardin Niéskoutchny[2]. Je préparais l'examen d'entrée à l'université, mais travaillais fort peu et sans hâte.

Personne n'entravait ma liberté. Je faisais ce que je voulais, surtout depuis que je m'étais séparé de mon dernier précepteur, un Français, qui n'avait jamais pu s'habituer à l'idée qu'il était tombé *comme une bombe* en Russie et qui passait des journées entières vautré sur son lit, avec un air excédé. Mon père se montrait avec moi d'une indifférence affectueuse ; ma mère ne faisait presque pas attention à moi bien qu'elle n'eût pas d'autre enfant · d'autres soucis l'absorbaient. Mon père, encore jeune et très beau, l'avait épousée par intérêt ; elle était plus âgée que lui de dix ans. La vie que menait ma mère était triste : elle était constamment alarmée, jalouse, en colère, mais pas en présence de mon père ; elle le craignait beaucoup et lui, il était sévère, froid, lointain... Je n'ai jamais vu d'homme plus calme, sûr de lui et autoritaire avec autant d'élégance.

Je n'oublierai jamais les premières semaines que je passai à la maison de campagne. Le temps était superbe ; nous avions quitté la ville pour nous y installer le neuf mai, le jour même de la Saint-Nicolas. Je me promenais dans notre jardin ou dans le jardin Niéskoutchny ou bien au-delà de la barrière ; j'emportais un livre, le cours de Kaïdanov[3] par exemple, mais je l'ouvrais rarement, préférant réciter tout haut des vers dont je savais une grande quantité par cœur ; le sang frémissait dans mes veines et j'avais le cœur en peine, d'une manière délicieuse et étrange : j'attendais quelque chose, j'avais un timide effroi de je ne sais quoi, je m'étonnais de tout et tout mon être était prêt ; ma fantaisie jouait et courait autour des mêmes images comme les martinets autour d'un clocher à l'aube ; je devenais rêveur, triste et je pleurais même ; mais à travers mes larmes et à travers ma tristesse, inspirée par un vers chantant ou la beauté du soir, perçait, comme la jeune herbe au printemps, le sentiment joyeux d'une vie jeune, bouillonnante.

J'avais une petite jument, je la sellais moi-même et m'en allais tout seul au loin, je me mettais à galoper et m'imaginais chevalier à un tournoi — comme le vent me soufflait alors joyeusement aux oreilles ! — ou bien, le visage tourné vers le ciel, je recevais sa lumière et son azur éclatants dans mon âme grande ouverte.

Je me souviens qu'en ce temps-là, l'image de la femme, la vision de l'amour féminin n'apparaissait presque jamais à mon esprit sous des traits précis ; mais en tout ce que je pensais, en tout ce que je ressentais, il se cachait le pressentiment à demi conscient, pudique, de quelque chose de nouveau, d'indiciblement doux, féminin...

Ce pressentiment, cette attente pénétrait tout mon corps : je le respirais, il coulait dans mes veines avec chaque goutte de mon sang... il devait se réaliser bientôt.

Notre maison des champs comprenait un bâtiment principal en bois, avec des colonnes, et deux petites ailes basses ; dans celle de gauche se trouvait une minuscule fabrique de papiers peints bon marché... Je venais souvent regarder la dizaine de gamins, maigres et ébouriffés, au visage hâve, vêtus de blouses graisseuses, bondir à tout instant sur les leviers de bois qui pesaient sur les blocs carrés de la presse, et imprimer ainsi, par le poids de leur corps chétif, les dessins bariolés des papiers. L'aile de droite, vide, était à louer. Un beau jour, trois semaines environ après le neuf mai, les volets de cette aile s'ouvrirent, des visages féminins apparurent aux fenêtres, une famille s'y était installée. Je me souviens que ce jour-là, au déjeuner, ma mère s'informa auprès du majordome de nos nouveaux voisins et, entendant le nom de princesse Zassiékine, elle dit d'abord non sans un certain respect : « Ah ! une princesse... », et puis elle ajouta : « Sans doute, quelque princesse pauvre. »

« Cette dame est venue avec trois voitures de louage, remarqua le majordome, en passant respectueusement le plat, elle n'a pas de voiture à elle, et les meubles représentent trois fois rien.

— Oui, répliqua ma mère, mais c'est tout de même mieux. »

Mon père la regarda froidement : elle se tut.

En effet, la princesse Zassiékine ne pouvait pas être riche : l'aile qu'elle avait louée était si vétuste, et petite, et basse que des gens un tant soit peu fortunés n'auraient pas accepté de s'y installer. D'ailleurs, à ce moment-là, je n'y fis aucune attention. Le titre de princesse faisait peu d'impression sur moi : j'avais lu peu avant *Les Brigands* de Schiller[4].

II

J'avais l'habitude de vagabonder chaque soir dans notre jardin avec mon fusil et de guetter les corneilles. Depuis longtemps, j'avais de la haine pour ces oiseaux circonspects, rapaces et rusés. Le jour dont il est question, j'allai donc dans le jardin et après avoir vainement parcouru toutes les allées (les corneilles m'avaient reconnu et se contentaient de croasser brusquement en restant à bonne distance), je m'approchai par hasard de la petite palissade qui séparait *nos* possessions proprement dites de l'étroite bande de jardin qui s'étendait à droite, derrière l'aile et qui en dépendait. Je marchais la tête baissée. Soudain j'entendis des voix : je jetai un regard par-dessus la palissade et demeurai pétrifié... Un étrange spectacle se présentait à moi.

À quelques pas, sur une pelouse entourée de framboisiers verts, se tenait une grande et svelte jeune fille, vêtue d'une robe rose rayée et la tête couverte d'un petit fichu blanc ; autour d'elle se pressaient quatre jeunes gens et elle leur frappait le front à tour de rôle avec ces petites fleurs grises dont je ne sais pas le nom, mais que les enfants connaissent bien : elles forment de petits sacs et éclatent avec bruit quand on les frappe sur quelque chose de dur. Les jeunes gens présentaient leur front avec tant de complaisance, dans les mouvements de la jeune fille (je la voyais de profil) il y avait quelque chose de tellement enchanteur, autoritaire, caressant, ironique et charmant que je faillis pousser un cri de surprise et de plaisir et que, semble-t-il, j'aurais à l'instant tout donné au monde pour que ces charmants petits doigts me frappent moi aussi sur le front. Mon fusil avait glissé dans l'herbe, j'avais tout oublié et je dévorais du regard cette taille svelte, et ce cou mince, et ces jolis bras, et ces cheveux blonds légèrement ébouriffés sous le petit fichu blanc, et cet œil intelligent à demi clos, et ces cils, et cette tendre joue au-dessous...

« Jeune homme, hé ! jeune homme, dit soudain une voix à côté de moi, croyez-vous qu'il soit permis de regarder ainsi des demoiselles inconnues ? »

Je sursautai et restai médusé... Près de moi, de l'autre côté de la palissade, se tenait un homme aux cheveux noirs coupés court et il me jetait des regards ironiques... À ce même instant, la jeune fille se tourna aussi vers moi... Je pus voir d'immenses yeux gris dans un visage mobile, animé, et ce visage tout entier se mit soudain à frémir, à rire, des dents blanches brillèrent, les sourcils s'élevèrent d'une drôle de manière... Je devins rouge comme une pivoine, ramassai mon fusil et, poursuivi par un rire sonore mais sans méchanceté, je m'enfuis dans ma chambre, me jetai sur mon lit et me couvris le visage de mes mains. Mon cœur bondissait tant qu'il pouvait ; je me sentais tout honteux et joyeux : j'étais dans une extraordinaire agitation.

Après m'être reposé, je me coiffai, me brossai et descendis pour le thé. L'image de la jeune fille dansait devant mes yeux, mon cœur avait cessé de bondir, mais il se serrait d'une manière plutôt agréable.

« Qu'as-tu ? me demanda soudain mon père. Tu as tué une corneille ? »

J'eus envie de tout lui raconter, mais je me retins et ne fis que sourire à part moi. En me couchant, je fis, sans savoir pourquoi, trois pirouettes sur un pied, me pommadai les cheveux, me couchai et dormis toute la nuit comme un sonneur. Vers le matin je me réveillai un instant, soulevai la tête, regardai autour de moi avec transport et me rendormis.

III

« Comment faire leur connaissance ? », telle fut ma première pensée dès que je me réveillai. Avant le thé, je m'en allai dans le jardin, mais ne m'approchai pas trop près de la palissade et ne vis personne. Après le thé, je passai plusieurs fois dans la rue devant la maison et jetai, de loin, des coups d'œil aux fenêtres... Il me sembla apercevoir *son* visage derrière un rideau et je m'éloignai en hâte, plein d'effroi. « Pourtant il faut que je fasse sa connaissance, pensai-je en arpentant sans but la plaine sablonneuse qui s'étendait devant le jardin Niéskoutchny, mais comment ? Voilà la question. » J'évoquais les moindres détails de notre rencontre de la veille : je ne sais pourquoi, je revoyais avec une particulière netteté la façon dont elle s'était moquée de moi... Mais, tandis que je m'agitais et bâtissais divers plans, le destin s'était déjà préoccupé de moi.

Pendant mon absence, ma mère avait reçu de sa nouvelle voisine une lettre écrite sur du papier gris et cachetée avec de la cire brune, comme on n'en trouve que sur les avis de la poste et sur les bouchons de vins bon marché. Dans cette lettre, écrite dans une langue pleine de fautes et d'une écriture sans soin, la princesse priait maman d'intervenir en sa faveur : à l'en croire ma mère connaissait fort bien des gens importants dont dépendaient son sort et celui de ses enfants, car elle avait de très gros procès. « Je m'addresse à vous, écrivait-elle, comme une dame distinguée à une dame distingué et, de plus, il m'ai agréable de profité de cette occasion... » Pour conclure, elle priait ma mère de lui permettre de lui rendre visite. Je trouvai ma mère de méchante humeur : mon père n'était pas là et elle n'avait personne avec qui tenir conseil. Ne pas répondre à une « dame distinguée », qui plus est princesse, était impossible, mais comment répondre était délicat. Écrire un mot en français lui semblait déplacé et ma mère n'était pas très forte elle-même en orthographe russe, elle le savait et ne voulait pas se compromettre. Elle fut contente de me voir apparaître et m'ordonna d'aller tout de suite chez la princesse et de lui expliquer de vive voix que ma mère était toujours prête à rendre service, dans la mesure de ses possibilités, à Sa Grâce et qu'elle la priait de bien vouloir venir la voir vers midi. La soudaine réalisation de mes désirs secrets me réjouit et m'effraya en même temps ; cependant je ne montrai rien du trouble qui s'empara de moi et j'allai d'abord dans ma chambre pour mettre ma cravate toute neuve et ma petite redingote : à la maison je portais encore une veste courte et des cols rabattus bien que cela me déplût beaucoup.

IV

Dans l'antichambre étroite et sale du pavillon, où j'entrai en tremblant involontairement de tout mon corps, je fus accueilli par un vieux serviteur aux cheveux gris. Son visage était foncé, couleur de cuivre, il avait de petits yeux de cochon à l'expression morose et de profondes rides sur le front et les tempes, comme je n'en ai jamais vu. Il portait sur une assiette l'arête centrale toute décharnée d'un hareng et, repoussant avec son pied une porte menant dans une autre pièce, il me dit d'une voix brusque :

« Qu'est-ce que vous voulez ?

— La princesse Zassiékine est-elle chez elle ? demandai-je.

— Boniface ! » cria de l'autre côté de la porte une voix grinçante de femme.

Le serviteur, en silence, me tourna le dos, ce qui me permit de voir l'envers fort râpé de sa livrée qui n'avait qu'un seul bouton terni avec des armoiries, et il s'en alla, après avoir posé l'assiette par terre.

« Tu as été au commissariat ? » répéta la même voix de femme. Le serviteur marmonna quelque chose. « Hein ? Quelqu'un est là ?... entendis-je encore. Le jeune maître d'à côté ? Eh bien, fais-le entrer.

— Veuillez entrer dans le salon », dit le serviteur en réapparaissant devant moi et en ramassant l'assiette.

Je tirai sur ma redingote et entrai dans le « salon ».

Je me trouvai dans une pièce petite, pas très propre, avec des meubles assez minables, qui avaient l'air d'avoir été disposés à la hâte. Près d'une fenêtre, dans un fauteuil au bras cassé, était assise une femme d'environ cinquante ans, la tête nue, laide, vêtue d'une vieille robe verte, un fichu bariolé de laine tricotée autour du cou. Ses petits yeux noirs me scrutèrent sans me lâcher.

Je m'approchai d'elle et la saluai.

« Ai-je l'honneur de parler à la princesse Zassiékine ?

— Je suis la princesse Zassiékine ; et vous, vous êtes le fils de M. V. ?

— Oui, madame. Je viens vous faire une commission de la part de ma mère.

— Asseyez-vous, je vous en prie. Boniface ! Où sont mes clés, tu ne les as pas vues ? »

Je fis part à Mme Zassiékine de la réponse de ma mère

à son billet. Elle m'écouta en tapotant le rebord de la fenêtre de ses gros doigts rouges et, quand j'eus fini, elle me dévisagea encore une fois.

« Très bien ; j'irai sans faute, fit-elle enfin. Comme vous êtes encore jeune ! Quel âge avez-vous, si vous me permettez de vous le demander ?

— Seize ans », répondis-je avec une hésitation involontaire.

La princesse prit dans sa poche des papiers graisseux, tout gribouillés, les approcha tout contre son nez et se mit à les déchiffrer.

« C'est un bel âge, dit-elle soudain en se tournant et s'agitant sur son fauteuil. Ne vous gênez pas, s'il vous plaît. Chez moi, on vit simplement. »

« Trop simplement », pensai-je, en regardant avec un dégoût involontaire toute sa personne peu agréable.

À cet instant, une autre porte du salon s'ouvrit brusquement et la jeune fille que j'avais vue la veille dans le jardin apparut sur le seuil. Elle leva la main et un sourire ironique passa sur son visage.

« Et voici ma fille, dit la princesse en la montrant du coude. Ma petite Zénaïde, c'est le fils de notre voisin, M. V. Comment vous appelez-vous, s'il vous plaît ?

— Vladimir, répondis-je en me levant et en balbutiant d'émotion.

— Et votre patronyme ?

— Pétrovitch.

— Tiens ! J'ai connu un commissaire de police qui s'appelait aussi Vladimir Pétrovitch. Boniface ! Ne cherche pas mes clés, elles sont dans ma poche. »

La jeune fille continuait à me regarder avec son sourire ironique, les yeux à demi fermés et la tête un peu penchée de côté.

« J'ai déjà vu M. Voldemar, commença-t-elle. (Le son argenté de sa voix passa en moi comme une sorte de frisson doux et froid.) Vous me permettez de vous appeler ainsi ?

— Je vous en prie, balbutiai-je.

— Où cela ? » demanda la princesse.

La jeune princesse ne répondit pas à sa mère.

« Vous êtes occupé maintenant ? dit-elle, sans me quitter des yeux.

— Pas le moins du monde.

— Voulez-vous m'aider à dévider de la laine ? Venez par ici, chez moi. »

Elle me fit un signe de tête et sortit du salon. Je la suivis.

Dans la pièce où nous entrâmes, les meubles étaient un peu mieux et ils étaient disposés avec plus de goût. D'ailleurs, à ce moment, j'étais presque hors d'état de remarquer quoi que ce soit : je marchais comme dans un rêve et ressentais dans tout mon corps une sorte de tension heureuse allant jusqu'à la sottise.

La princesse s'assit, prit un écheveau de laine rouge et, m'indiquant une chaise en face d'elle, dénoua l'écheveau avec soin et me le mit sur les bras. Elle faisait tout cela en silence, avec une lenteur amusante et avec le même sourire ironique, clair et espiègle sur ses lèvres à peine entrouvertes. Elle se mit à enrouler la laine sur une carte pliée en deux et soudain elle m'illumina d'un regard si clair et rapide que je baissai involontairement les yeux. Quand ses yeux, qu'elle fermait à demi la plupart du temps, s'ouvraient en grand, son visage changeait complètement : il semblait s'inonder de lumière.

« Qu'avez-vous pensé de moi hier, M. Voldemar ? demanda-t-elle au bout d'un instant. Vous m'avez sans doute jugée mal ?

— Je n'ai... princesse... je n'ai rien pensé. . comment puis-je..., répondis-je, troublé.

— Écoutez, répliqua-t-elle. Vous ne me connaissez pas encore : je suis très étrange ; je veux qu'on me dise toujours la vérité. Vous avez seize ans, je l'ai entendu, et moi, j'en ai vingt et un : vous voyez, je suis beaucoup plus vieille que vous et c'est pourquoi vous devez toujours me dire la vérité... et m'obéir, ajouta-t-elle. Regardez-moi, pourquoi ne me regardez-vous pas ? »

Je me troublai encore plus, pourtant je levai les yeux vers elle. Elle sourit, mais non point du sourire précédent, d'un autre, approbateur.

« Regardez-moi, dit-elle, en baissant la voix avec douceur, cela ne m'est pas désagréable... Votre visage me plaît ; je sens que nous serons amis. Et moi, je vous plais ? ajouta-t-elle d'un air espiègle.

— Princesse..., commençai-je.

— D'abord, appelez-moi Zénaïde Alexandrovna, et deuxièmement, qu'est-ce que c'est que cette habitude des enfants (elle se reprit), des jeunes gens, de ne pas dire tout net ce qu'ils sentent ? C'est bon pour les grandes personnes. Je vous plais, n'est-ce pas ? »

Bien qu'il me fût très agréable qu'elle me parlât si franchement, je fus un peu vexé. Je voulais lui montrer qu'elle n'avait pas affaire à un gamin et, prenant autant que je le pouvais un air désinvolte et sérieux, je dis :

« Bien sûr, vous me plaisez beaucoup, Zénaïde Alexandrovna ; je ne veux pas le cacher. »

Elle secoua plusieurs fois la tête sans hâte.

« Vous avez un précepteur ? demanda-t-elle soudain.

— Non, il y a longtemps que je n'en ai plus. »

Je mentais ; il n'y avait pas un mois que mon Français était parti.

« Oh ! mais je vois, vous êtes tout à fait grand. »

Elle me frappa légèrement sur les doigts.

« Tenez vos bras droits ! » Et elle se mit à enrouler soigneusement la pelote.

Je profitai de ce qu'elle ne levait pas les yeux pour l'examiner, d'abord à la dérobée, puis avec de plus en plus d'audace. Son visage me parut encore plus ravissant que la veille, tellement tout en lui était fin, intelligent et charmant. Elle était assise le dos à la fenêtre voilée par un store blanc ; un rayon de soleil, passant à travers, répandait une douce lumière sur ses cheveux dorés et vaporeux, son cou innocent, ses épaules obliques et sa poitrine calme, délicate. Je la regardais, et comme elle me devenait chère et proche ! Il me semblait que je la connaissais depuis très longtemps et que je n'avais rien su ni vécu avant de la connaître... Elle avait une robe sombre, déjà usée, et un tablier ; j'aurais, je crois, caressé volontiers chaque pli de cette robe et de ce tablier. Le bout de ses souliers dépassait sous sa robe : je me serais incliné vers ces souliers avec adoration... (« Et voilà que je suis assis devant elle, pensai-je, que j'ai fait sa connaissance... quel bonheur, mon Dieu ! ») Je faillis sauter de ma chaise dans mon transport, mais je ne fis que remuer un peu les pieds, comme un enfant qui se régale.

J'étais aussi bien qu'un poisson dans l'eau et j'aurais voulu ne jamais sortir de cette pièce, ne pas quitter cet endroit.

Ses paupières se soulevèrent doucement, et de nouveau ses yeux clairs brillèrent devant moi avec tendresse, et de nouveau elle rit.

« Comme vous me regardez », dit-elle lentement et elle me menaça du doigt.

Je rougis... « Elle comprend tout, elle voit tout, pensai-je en un éclair. Et comment ne comprendrait-elle pas et ne verrait-elle pas tout ! »

Soudain on entendit un choc dans la pièce voisine, le cliquetis d'un sabre.

« Zina ! cria la princesse du salon, Biélovzorov t'a apporté un petit chat.

— Un petit chat ! » s'écria Zénaïde et, se levant précipitamment, elle me jeta la pelote sur les genoux et sortit en courant.

Je me levai aussi et, après avoir posé l'écheveau de laine et la pelote sur le rebord de la fenêtre, j'allai dans le salon et m'arrêtai perplexe. Au milieu de la pièce était couché un petit chat tigré, les pattes écartées ; Zénaïde se tenait devant lui à genoux et elle lui soulevait le museau avec précaution. À côté de la vieille princesse, occupant presque tout l'espace entre les fenêtres, se tenait un gaillard blond et frisé, un hussard au visage rouge et aux yeux à fleur de tête.

« Comme il est drôle ! répétait Zénaïde, et ses yeux ne sont pas gris, ils sont verts, et comme ses oreilles sont grandes ! Merci, Victor Iégorytch ! Vous êtes très gentil. »

Le hussard, en qui j'avais reconnu un des jeunes gens que j'avais vus la veille, sourit et s'inclina, tout en faisant claquer ses éperons et tinter la bélière de son sabre.

« Vous avez bien voulu dire hier que vous désiriez avoir un petit chat tigré avec de grandes oreilles... voilà, j'en ai trouvé un. Vos désirs sont des ordres. » Et il s'inclina à nouveau.

Le petit chat miaula faiblement et se mit à renifler le plancher.

« Il a faim ! s'écria Zénaïde. Boniface ! Sonia ! Apportez du lait. »

La femme de chambre, vêtue d'une vieille robe jaune, un fichu aux couleurs passées autour du cou, entra en tenant une soucoupe de lait qu'elle déposa devant le petit chat. Celui-ci frissonna, ferma les yeux et se mit à laper.

« Comme il a une petite langue rose », remarqua Zénaïde, la tête touchant presque le plancher et le regardant de côté juste sous le nez.

Le petit chat, une fois repu, se mit à ronronner, en remuant coquettement les pattes. Zénaïde se leva et, se tournant vers la femme de chambre, dit sur un ton indifférent :

« Emmène-le.

— Pour le petit chat, donnez votre main », dit le hussard avec un large sourire, en cambrant vivement son corps vigoureux sanglé dans un uniforme neuf.

« Les deux même », dit Zénaïde et elle lui tendit les deux mains. Tandis qu'il les baisait, elle me regardait par-dessus son épaule.

J'étais planté au même endroit et ne savais s'il me fallait rire, dire quelque chose ou bien continuer à me taire. Soudain, à travers la porte ouverte de l'antichambre, j'aperçus la silhouette de notre laquais Théodore. Il me faisait des signes. Je vins vers lui machinalement.

« Que veux-tu ? demandai-je.

— Votre maman m'envoie vous chercher, murmura-t-il. Elle se fâche que vous ne rapportiez pas la réponse.

— Mais y a-t-il longtemps que je suis ici ?

— Plus d'une heure.

— Plus d'une heure ! » répétai-je involontairement et, revenant dans le salon, je commençai à prendre congé en saluant et faisant des ronds de jambe.

« Où allez-vous ? me demanda la jeune princesse, me regardant derrière le hussard.

— Je dois rentrer. Ainsi je dirai, ajoutai-je en m'adressant à la mère, que vous viendrez nous voir vers une heure.

— C'est cela, mon bon. »

Elle prit rapidement sa tabatière et renifla avec tant de bruit que j'en sursautai.

« C'est cela », répéta-t-elle en clignant des yeux larmoyants et en geignant.

Je m'inclinai encore une fois, tournai les talons et sortis de la pièce avec le sentiment de gêne dans le dos que ressent un très jeune homme quand il sait qu'on le suit des yeux.

« N'oubliez pas de venir nous voir, M. Voldemar », cria Zénaïde et elle se mit de nouveau à rire.

« Qu'a-t-elle donc à rire tout le temps ? » pensais-je en revenant à la maison, accompagné de Théodore qui ne me parlait pas, mais marchait derrière moi, désapprobateur. Ma mère me gronda et s'étonna, demandant ce que j'avais bien pu faire si longtemps chez cette princesse. Je ne lui répondis rien et allai dans ma chambre. J'étais soudain devenu très triste... Je m'efforçais de ne pas pleurer... J'étais jaloux du hussard.

V

Suivant sa promesse, la princesse rendit visite à ma mère et elle ne lui plut pas. Je n'assistai pas à leur entretien, mais à table ma mère raconta à mon père que cette princesse Zassiékine lui semblait *une femme très vulgaire*, qu'elle l'avait importunée en la priant d'intervenir auprès du prince Serge, qu'elle avait toutes sortes de procès et d'affaires en cours — *des vilaines affaires d'argent* — et qu'elle devait être une grande chicanière. Ma mère, cependant, ajouta qu'elle l'avait invitée à déjeuner avec sa fille le lendemain (en entendant ces mots « avec sa fille », je piquai du nez dans mon assiette), parce qu'elle était tout de même notre voisine et qu'elle avait un nom. À cela mon père répondit qu'il se rappelait maintenant qui était cette dame ; que, dans sa jeunesse, il avait connu feu le prince Zassiékine, homme d'une excellente éducation, mais futile et querelleur ; que dans le monde on l'appelait * le Parisien * parce qu'il avait longtemps vécu à Paris ; qu'il était très riche, mais qu'il avait perdu toute sa fortune au jeu et que, on ne savait pourquoi, sans doute par intérêt — d'ailleurs, il aurait pu mieux choisir, ajouta mon père en souriant froidement —, il avait épousé la fille d'un homme de loi et, après son mariage, s'était lancé dans des spéculations et s'était définitivement ruiné.

« Pourvu qu'elle ne demande pas qu'on lui prête de l'argent, remarqua ma mère.

— C'est une chose tout à fait possible, dit tranquillement mon père. Parle-t-elle français ?

— Très mal.

— Hum ! D'ailleurs, cela n'a pas d'importance. Tu m'as dit, je crois, que tu as invité aussi sa fille ; quelqu'un m'a assuré que c'était une jeune fille charmante et instruite.

— Ah ! Alors, elle ne ressemble pas à sa mère.

— Ni à son père non plus, dit mon père. Il était instruit, mais bête. »

Ma mère soupira et se plongea dans ses pensées. Mon père se tut. J'avais été très gêné pendant cette conversation.

Après le déjeuner, j'allai dans le jardin, mais sans mon fusil. Je m'étais promis de ne pas m'approcher du « jardin des Zassiékine », mais une force irrésistible m'y entraînait, et ce ne fut pas en vain. Je n'avais pas eu le temps de m'approcher de la palissade que j'aperçus Zénaïde. Cette fois-ci elle était seule. Elle tenait un livre dans ses mains et suivait lentement une allée. Elle ne me voyait pas.

Je faillis la laisser passer ; mais soudain je me repris et toussai.

Elle se retourna, mais ne s'arrêta pas, elle repoussa de la main le large ruban bleu de son chapeau de paille rond, me regarda, sourit doucement et se replongea dans son livre.

J'ôtai ma casquette et, après avoir hésité un instant, je m'en allai le cœur gros. « *Que suis-je pour elle* ? », pensai-je (Dieu sait pourquoi) en français.

Des pas familiers se firent entendre derrière moi : je me retournai, c'était mon père qui venait vers moi de sa démarche rapide et légère.

« C'est la jeune princesse ? me demanda-t-il

— Oui, c'est elle.

— Tu la connais donc ?

— Je l'ai vue ce matin chez sa mère »

Mon père s'arrêta et, tournant brusquement sur ses talons, il fit demi-tour. Arrivé à la hauteur de Zénaïde, il la salua avec courtoisie. Elle le salua également, non sans un certain étonnement sur le visage, et laissa retomber son livre. Je la vis le suivre des yeux. Mon père s'habillait toujours avec beaucoup d'élégance, d'originalité et de simplicité ; mais jamais sa silhouette ne m'avait paru aussi svelte, jamais son chapeau gris n'avait été plus seyant sur ses boucles à peine clairsemées.

J'allais me diriger vers Zénaïde, mais elle ne me regarda même pas, releva son livre et s'éloigna.

VI

Je passai toute la soirée et tout le matin suivant dans une sorte d'engourdissement maussade. Je me souviens que j'essayai de travailler et me mis à Kaïdanov, mais c'est en vain que les lignes aux lettres espacées et les pages du célèbre manuel défilaient devant mes yeux. Dix fois de suite je lus ces mots : « Jules César se distinguait par sa bravoure guerrière », ne compris rien et abandonnai le livre. Avant le déjeuner je me pommadai à nouveau les cheveux et revêtis à nouveau ma petite redingote et ma cravate.

« Pourquoi cela ? demanda ma mère. Tu n'es pas encore étudiant et Dieu sait si tu réussiras ton examen. Et puis y a-t-il longtemps qu'on t'a fait faire ta veste ? On ne va tout de même pas la jeter ?

— Il y a des invités, murmurai-je presque avec désespoir.

— Quelle sottise ! quels invités sont-ce là ? »

Il fallut se soumettre. Je remplaçai ma redingote par ma veste, mais je n'enlevai pas ma cravate. La princesse et sa fille apparurent une demi-heure avant le déjeuner ; la mère avait jeté un châle jaune par-dessus la robe verte que je connaissais déjà et avait mis un bonnet démodé aux rubans couleur feu. Elle se mit aussitôt à parler de ses lettres de change, elle soupirait, se plaignait de sa pauvreté, « pleurait misère », mais n'observait aucune discrétion : elle reniflait son tabac avec autant de bruit, elle se tournait et s'agitait sur sa chaise avec autant de sans-gêne. Elle semblait ne pas penser un instant qu'elle était princesse. En revanche, Zénaïde se tenait avec beaucoup de dignité, presque de la hauteur, en véritable fille de prince. Son visage laissait voir une immobilité froide, un air grave, et je ne la reconnaissais pas, je ne reconnaissais pas ses regards, son sourire, bien que sous ce nouvel aspect elle me parût très belle. Elle avait une robe légère en barège, avec des ramages d'un bleu pâle ; ses cheveux tombaient en longues boucles le long de ses joues, à la mode anglaise ; cette coiffure convenait bien à l'expression de froideur de son visage. Mon père, assis à côté d'elle pendant le déjeuner, s'occupait de sa voisine avec la courtoisie tranquille et raffinée qui lui était propre. Il la regardait de temps en temps et elle aussi le regardait de temps en temps, mais d'une façon étrange, presque hostile. Ils parlaient en français, la pureté de la prononciation de Zénaïde, je m'en souviens, me frappa. Comme avant, sa mère, pendant le repas, ne se gêna en rien, mangeant beaucoup et louant les plats. Elle déplaisait visiblement à ma mère, qui lui répondait avec une sorte de dédain attristé ; mon père, de temps en temps, fronçait très légèrement les sourcils. Zénaïde non plus ne plut pas à ma mère.

« C'est une orgueilleuse, dit-elle le lendemain. Et pensez un peu, de quoi peut-elle s'enorgueillir, *avec sa mine de grisette* !

— On voit bien que tu n'as jamais vu de grisettes, remarqua mon père.

— Et heureusement !

— Bien entendu, heureusement... seulement comment peux-tu les juger ? »

Zénaïde ne m'accorda pas la moindre attention. Peu après le déjeuner, la princesse prit congé.

« J'espère pouvoir compter sur votre protection, Marie Nikolaïevna, Pierre Vassilitch », dit-elle à mon père et à ma mère d'une voix traînante. « Qu'y faire ! Le bon temps est passé. Je suis " Votre Grâce ", ajouta-t-elle avec un rire désagréable, mais quel honneur est-ce là si l'on n'a rien à manger ! »

Mon père la salua respectueusement et la raccompagna jusqu'à la porte de l'antichambre. J'étais planté là, avec ma veste étriquée, et je regardais le plancher, comme un condamné à mort. L'attitude de Zénaïde envers moi m'avait complètement désespéré. Quel ne fut pas mon étonnement quand, passant devant moi, elle me chuchota rapidement et avec l'ancienne expression caressante dans les yeux :

« Venez à huit heures, vous entendez, venez sans faute... »

Je ne pus qu'écarter les bras, elle s'était déjà éloignée, après avoir jeté son écharpe blanche sur sa tête.

VII

À huit heures exactement, vêtu de ma petite redingote, les cheveux relevés en coque sur la tête, j'entrais dans l'antichambre de l'aile où vivait la princesse. Le vieux serviteur me regarda d'un air maussade et ne se leva qu'à regret de son banc. Dans le salon retentissaient des voix pleines de gaieté. J'ouvris la porte et reculai, stupéfait. Au milieu de la pièce, debout sur une chaise, Zénaïde tenait devant elle un chapeau d'homme ; cinq hommes se pressaient autour de la chaise. Ils s'efforçaient de plonger la main dans le chapeau tandis qu'elle l'élevait en l'air et le secouait avec vigueur. En me voyant, elle s'écria :

« Attendez, attendez ! voici un nouvel invité, il faut lui donner aussi un billet », et, sautant légèrement du haut de la chaise, elle me saisit par le revers de ma redingote. « Allons, venez, dit-elle, qu'avez-vous à rester là ? * Messieurs *, permettez-moi de vous présenter : voici M. Voldemar, le fils de notre voisin. Et voici, ajouta-t-elle, en se tournant vers moi et m'indiquant les autres à tour de rôle, le comte Malievski, le docteur Louchine, le poète Maïdanov, le capitaine en retraite Nirmatski et Biélovzorov, hussard, que vous avez déjà vu. Je vous prie d'être bons amis. »

Je fus si confus que je ne saluai personne ; je reconnus dans le docteur Louchine le monsieur brun qui m'avait fait honte dans le jardin si impitoyablement ; les autres m'étaient inconnus.

« Comte ! poursuivait Zénaïde, écrivez un billet pour M. Voldemar.

— C'est injuste », répliqua le comte avec un léger accent polonais ; il était brun, très beau et vêtu comme un dandy, il avait des yeux bruns expressifs, un petit nez blanc et mince et de fines moustaches au-dessus d'une bouche minuscule. « Il n'a pas joué aux gages avec nous.

— C'est injuste », répétèrent Bielovzorov et le monsieur qui avait été présenté comme capitaine en retraite ; c'était un homme d'environ quarante ans, grêlé comme il n'est pas permis, frisé comme un Arabe, voûté, aux jambes arquées ; il portait une redingote militaire sans épaulettes et déboutonnée.

« Écrivez un billet, vous dit-on, répéta Zénaïde. Qu'est-ce que c'est que cette révolte ? M. Voldemar est avec nous pour la première fois et aujourd'hui, pour lui, les règles n'existent pas. Il n'y a pas à ronchonner, écrivez, je le veux. »

Le comte haussa les épaules, mais inclina la tête docilement, prit une plume dans sa main blanche, ornée de bagues, arracha un morceau de papier et se mit à écrire.

« Permettez au moins d'expliquer à M. Voldemar de

quoi il s'agit, commença Louchine d'une voix moqueuse, car il a complètement perdu le nord. Voyez-vous, jeune homme, nous jouons aux gages ; la princesse a été mise à l'amende et celui qui tirera le bon billet aura le droit de lui baiser la main. Avez-vous compris ce que je vous ai dit ? »

Je ne fis que le regarder et continuai à me tenir debout, le cerveau comme obscurci ; la princesse bondit de nouveau sur la chaise et de nouveau se mit à secouer le chapeau. Tous tendirent leurs bras vers elle et je fis comme eux.

« Maïdanov, dit la princesse à un grand jeune homme au visage maigre, avec de petits yeux de taupe et des cheveux noirs extraordinairement longs, en tant que poète, vous devriez être magnanime et céder votre billet à M. Voldemar, comme cela il aurait deux chances au lieu d'une. »

Mais Maïdanov secoua négativement la tête et agita ses cheveux. Je plongeai le dernier la main dans le chapeau, pris et dépliai le billet... Seigneur ! que devins-je quand j'y lus ces mots : un baiser !

« Un baiser ! m'écriai-je involontairement.

— Bravo ! Il a gagné, reprit la princesse. Comme je suis contente ! » Elle descendit de la chaise et me regarda dans les yeux d'un œil si clair et doux que mon cœur fit un bond. « Et vous, vous êtes content ? me demanda-t-elle.

— Moi ?... balbutiai-je.

— Vendez-moi votre billet, lâcha brusquement Biélovzorov juste à mon oreille. Je vous en donne cent roubles. »

Je répondis au hussard par un regard si indigné que Zénaïde battit des mains et que Louchine s'exclama : « Bravo ! »

« Mais, continua-t-il, en tant que maître des cérémonies, je dois veiller à l'observation de toutes les règles. Monsieur Voldemar, mettez un genou à terre. C'est l'usage parmi nous. »

Zénaïde se tint devant moi, inclina un peu la tête sur le côté comme pour mieux m'examiner et me tendit la main d'un air grave. Mes yeux se troublèrent ; je voulus mettre un genou en terre, tombai à deux genoux, et m'y pris si mal pour effleurer les doigts de Zénaïde de mes lèvres que je me griffai légèrement le bout du nez à un de ses ongles.

« Bien ! » s'écria Louchine et il m'aida à me relever.

Le jeu des gages continua. Zénaïde me fit asseoir près d'elle. Quels gages n'inventait-elle pas ! Elle dut, par exemple, faire la « statue » et elle se choisit pour piédestal l'affreux Nirmatski, elle lui ordonna de se coucher face contre terre, et de plus de cacher son visage contre sa poitrine. Les rires ne cessaient pas un instant. Tout ce bruit, ce brouhaha, cette gaieté sans contrainte, presque exubérante, ces rapports extraordinaires avec des personnes inconnues me montèrent à la tête, à moi qui avais été élevé dans la solitude et la froide raison, qui avais grandi dans une maison de grands seigneurs un peu guindés. Tout cela m'enivra littéralement, comme l'eût fait du vin. Je me mis à rire et bavarder plus fort que les autres, si bien que la vieille princesse, assise dans la pièce voisine avec je ne sais quel homme de loi des portes d'Ibérie[5], convoqué en consultation, vint même me regarder. Mais je me sentais heureux à un tel point que, comme on dit, je me moquais et me souciais comme d'une guigne des railleries et des regards obliques. Zénaïde continuait à me marquer de la préférence et ne me lâchait pas. À l'occasion d'un gage, il m'advint d'être assis à côté d'elle tandis que nous étions recouverts d'un même foulard : j'étais censé lui dire *mon secret*. Je me souviens comme nos deux têtes se trouvèrent soudain dans une obscurité étouffante, à demi transparente, odorante, comme dans cette obscurité ses yeux brillaient doucement, tout près, ses lèvres ouvertes laissaient passer sa respiration brûlante, je voyais ses dents et le bout de ses cheveux me chatouillait et me brûlait. Je me taisais. Elle souriait d'un air mystérieux et espiègle, enfin elle me chuchota : « Eh bien ? » ; mais je ne pouvais que rougir et rire et me détourner et respirer à peine. Quand les gages nous ennuyèrent, nous nous mîmes à jouer à la ficelle[6]. Mon Dieu ! quel transport je ressentis quand, ayant eu un moment de distraction, je reçus d'elle un coup brusque et violent sur les doigts, mais quand ensuite je m'efforçais exprès de faire semblant d'être distrait, elle me taquinait en ne touchant pas à mes mains offertes !

Que ne fîmes-nous pas pendant cette soirée ! Nous jouâmes du piano et chantâmes et dansâmes et fîmes un camp de Bohémiens. Nous déguisâmes Nirmatski en ours et lui donnâmes de l'eau avec du sel à boire. Le comte Malievski nous montra différents tours de cartes, puis il distribua le jeu pour un whist et s'arrangea, en le battant, pour se donner tous les atouts, ce dont Louchine « eut l'honneur de le féliciter ». Maïdanov nous déclama des extraits de son poème *L'Assassin* (nous étions en plein romantisme) qu'il avait l'intention d'éditer sous une couverture noire avec des majuscules couleur de sang ; nous volâmes le bonnet de l'homme de loi des portes d'Ibérie sur ses genoux et l'obligeâmes, pour le racheter, à exécuter la danse russe ; nous coiffâmes le vieux Boniface d'un bonnet de femme et Zénaïde mit un chapeau d'homme... Impossible d'énumérer toutes nos farces. Seul Biélovzorov se tenait la plupart du temps dans un coin, renfrogné et courroucé... Parfois, ses yeux s'injectaient de sang, il devenait tout rouge et on avait l'impression qu'il allait se jeter sur nous tous et nous jeter de tous les côtés comme des fétus de paille ; mais Zénaïde le regardait, le menaçait du doigt et il se renfonçait dans son coin.

Nous fûmes, enfin, tout à fait épuisés. La mère de Zénaïde avait beau être bonne à tout, comme elle disait (aucun cri ne l'émouvait), elle s'avoua pourtant fatiguée et désira se reposer. Peu après onze heures du soir, on servit le souper qui se composait d'un morceau de fromage vieux et sec et de quelques petits pâtés froids au jambon haché qui me semblèrent meilleurs que n'importe quels pâtés de foie ; il n'y avait qu'une seule bouteille de vin et encore était-elle assez bizarre ; elle était noire, elle avait un goulot renflé et le vin avait un curieux reflet rose : d'ailleurs, personne n'en but. Las et heureux à n'en pouvoir plus, je sortis du pavillon ; Zénaïde me dit au revoir en me serrant fortement la main et en me souriant encore une fois d'une manière mystérieuse.

Le souffle lourd et humide de la nuit frappa mon visage échauffé ; un orage semblait se préparer ; des nuées noires grossissaient et glissaient dans le ciel, changeant à vue d'œil leurs contours vaporeux. Un vent léger frémissait, inquiet, dans les arbres sombres et quelque part, loin derrière l'horizon, le tonnerre grommelait, comme à part soi, d'une voix sourde et courroucée.

Je me faufilai dans ma chambre par l'entrée de service. Mon domestique dormait par terre et je dus l'enjamber ; il se réveilla, m'aperçut et me dit que ma mère s'était encore fâchée contre moi et avait encore voulu m'envoyer chercher, mais que mon père l'en avait empêchée. (Je ne me couchais jamais sans avoir dit bonsoir à maman et sans avoir reçu sa bénédiction.) Il n'y avait rien à faire !

Je dis à mon domestique que je me déshabillerais et me coucherais moi-même et j'éteignis la bougie. Mais je ne me déshabillai pas et ne me couchai pas.

Je m'assis sur le bord d'une chaise et restai longtemps ainsi, comme dans un enchantement. Ce que je ressentais était si nouveau et si doux... Je restais assis, regardant à peine autour de moi, sans bouger, respirant lentement et seulement par instants riant silencieusement au souvenir de la soirée ou bien me glaçant intérieurement à l'idée que j'étais amoureux, que c'était lui, c'était cet amour-là qui était venu. Le visage de Zénaïde flottait doucement devant moi dans l'obscurité, il flottait et ne se dissolvait pas ; ses lèvres me souriaient toujours de la même façon mystérieuse, ses yeux me regardaient un peu de côté, d'un air interrogateur, pensif et tendre... comme au moment où j'avais pris congé d'elle. Enfin, je me levai, m'approchai sur la pointe des pieds de mon lit et avec précaution, sans me déshabiller, je posai ma tête sur l'oreiller comme si j'avais eu peur, par un mouvement trop vif, de troubler ce dont j'étais empli...

Je me couchai, mais ne fermai même pas les yeux. Je remarquai bientôt que quelques faibles reflets de lumière pénétraient sans arrêt dans ma chambre. Je me soulevai et regardai par la fenêtre. Les croisillons se détachaient nettement des vitres dont la blancheur était mystérieuse et trouble. « C'est l'orage », pensai-je, et c'était bien l'orage, mais il passait très loin, si loin qu'on n'entendait même pas le tonnerre ; seuls, des éclairs éclataient sans cesse dans le ciel, peu lumineux, longs, comme ramifiés : plutôt que d'éclater, ils frémissaient et tressautaient comme l'aile d'un oiseau mourant... Je me levai, m'approchai de la fenêtre et restai là jusqu'au matin... Les éclairs ne cessèrent pas un instant ; ce fut ce qu'on appelle dans le peuple une nuit *de moineaux*[7]. Je regardais la campagne sablonneuse et muette, la masse sombre du jardin Niéskoutchny, les façades jaunâtres des immeubles lointains, qui semblaient aussi tressaillir à chaque éclat faible d'un éclair. Je regardais et ne pouvais détacher mes regards de ce spectacle ; ces éclairs muets, ces lueurs retenues semblaient répondre aux élans muets et secrets qui éclataient aussi en moi. Le jour commença à se lever ; l'aube vint avec ses taches pourpres. L'approche du soleil faisait blêmir et cesser les éclairs, ils tressaillaient de plus en plus rarement et ils finirent par disparaître, submergés par la lumière raisonnable et franche du jour qui se levait...

Mes propres éclairs disparurent également dans mon âme. Je ressentis soudain une grande fatigue et un grand calme... mais l'image de Zénaïde continua à voltiger, triomphante, au-dessus de mon cœur. Cette image semblait apaisée : comme un cygne qui a pris son envol, qui s'est arraché aux herbes des marais, elle était détachée des autres figures disgracieuses qui l'entouraient et, en m'endormant, je tombai à ses pieds pour la dernière fois, en une ultime adoration confiante...

Oh ! sentiments timides, douce mélodie, bonté et apaisement d'une âme qui a été touchée, joie languide des premiers attendrissements de l'amour, où êtes-vous, où êtes-vous ?

VIII

Le lendemain matin, quand je descendis pour le thé, ma mère me gronda, moins, cependant, que je ne m'y attendais, et me fit raconter comment j'avais passé la soirée de la veille. Je lui répondis en quelques mots, en passant sur beaucoup de détails et en m'efforçant de donner à tout l'air le plus innocent.

« Tout de même, ce ne sont pas des gens *comme il faut*, remarqua ma mère, et tu n'as pas à traîner chez eux au lieu de préparer ton examen et de travailler. »

Comme je savais que les soucis de ma mère à propos de mon travail se borneraient à ces quelques mots, je ne crus pas nécessaire de lui répliquer ; mais, après le thé, mon père me prit par le bras et, m'entraînant dans le jardin, il me fit lui raconter tout ce que j'avais vu chez les Zassiékine.

Étrange était l'influence que mon père avait sur moi et étranges étaient nos relations. Il ne s'occupait presque pas de mon éducation, mais il ne m'offensait jamais ; il respectait ma liberté, il était même, si on peut s'exprimer ainsi, courtois avec moi... Seulement il me tenait à l'écart. Je l'aimais, je l'admirais, il me semblait l'idéal pour un homme et, mon Dieu, comme je me serais passionnément attaché à lui si je n'avais pas senti constamment sa main qui me repoussait ! En revanche, quand il le voulait, il savait presque instantanément par un seul mot, par un seul geste, susciter en moi une confiance illimitée en lui. Mon âme s'ouvrait, et je bavardais avec lui comme avec un ami raisonnable, comme avec un maître indulgent... Puis, il m'abandonnait presque aussi brusquement, et sa main, à nouveau, me repoussait, affectueusement et doucement, mais elle me repoussait.

Il avait parfois des accès de gaieté et il était prêt alors à s'amuser et à faire le fou avec moi, comme un enfant (il aimait tous les exercices violents) ; une fois, une fois seulement ! il me caressa avec une telle tendresse que je faillis en pleurer... Mais sa gaieté et sa tendresse disparaissaient sans laisser de traces et ce qui se passait entre nous ne me donnait aucun espoir pour l'avenir, comme si j'avais vu tout cela en rêve. Il m'arrivait parfois de regarder son beau visage, clair, intelligent... mon cœur se mettait alors à palpiter et tout mon être s'élançait vers lui... on aurait dit qu'il sentait ce qui se passait en moi, il me tapotait la joue en passant et s'en allait, ou s'occupait d'autre chose, ou soudain se figeait tout entier comme lui seul savait le faire, et moi, je me recroquevillais aussitôt et me glaçais aussi. Ses rares accès de tendresse pour moi n'étaient jamais provoqués par mes prières muettes, mais claires : ils venaient toujours à l'improviste. En réfléchissant par la suite au caractère de mon père, j'en arrivai à la conclusion qu'il ne s'intéressait ni à moi ni à la vie de famille ; il aimait autre chose et il sut en jouir pleinement. « Prends toi-même ce que tu peux et ne te laisse pas dominer ; s'appartenir à soi-même, c'est tout ce qui compte dans la vie », me dit-il un jour. Une autre fois, en jeune démocrate que j'étais, je me lançai en sa présence dans des réflexions sur la liberté (ce jour-là, il était, comme j'appelais cela, « bon » ; on pouvait alors parler avec lui de n'importe quoi).

« La liberté, répéta-t-il, sais-tu seulement ce qui peut donner à l'homme la liberté ?

— Quoi donc ?

— La volonté, sa propre volonté, et elle donne le pouvoir, qui vaut mieux que la liberté. Sache vouloir et tu seras libre, et tu commanderas. »

Avant tout et par-dessus tout, mon père voulait vivre, et il vécut... Peut-être pressentait-il qu'il ne profiterait pas longtemps de « ce qui compte » dans la vie : il mourut à quarante-deux ans.

Je racontai en détail à mon père ma visite chez les Zassiékine. Il m'écouta mi-attentif, mi-distrait, assis sur un banc et dessinant sur le sable du bout de sa cravache. Parfois il riait légèrement, me regardait d'un œil clair et narquois et m'aiguillonnait par de brèves questions et objections. Au début je ne pouvais pas me décider à prononcer même le nom de Zénaïde, mais je n'y tins plus et me mis à chanter ses louanges. Mon père continuait toujours à rire légèrement. Puis il devint pensif, s'étira et se leva.

Je me souvins qu'en sortant de la maison, il avait donné l'ordre qu'on sellât son cheval. C'était un excellent cavalier et il savait, bien avant M. Reri, dompter les chevaux les plus sauvages.

« Puis-je monter avec toi, papa ? lui demandai-je.

— Non », répondit-il et son visage prit son habituelle expression de tendresse indifférente. « Va seul, si tu veux ; et dis au cocher que je ne monterai pas. »

Il me tourna le dos et s'éloigna rapidement. Je le suivis des yeux, il disparut derrière la grande porte. Je vis son chapeau longer la palissade : il entra chez les Zassiékine.

Il ne resta pas plus d'une heure chez eux, mais tout de suite après il alla en ville et ne revint à la maison qu'au soir.

Après le déjeuner, j'allai moi-même chez les Zassiékine. Dans le salon, je ne trouvai que la vieille princesse. En me voyant, elle se gratta la tête, sous son bonnet, du bout de son aiguille à tricoter et me demanda soudain si je pouvais lui recopier une requête.

« Avec plaisir, répondis-je et je m'assis sur le bord d'une chaise.

— Seulement faites attention à faire des lettres assez grandes, dit-elle en me tendant une feuille de papier toute griffonnée, et ne pourriez-vous le faire aujourd'hui, mon bon ?

— Je le ferai aujourd'hui même, madame. »

La porte de la pièce voisine s'entrouvrit très légèrement et dans l'entrebâillement apparut le visage de Zénaïde, blême, pensif, avec des cheveux négligemment ramenés en arrière : elle me regarda avec de grands yeux froids et referma doucement la porte.
« Zina, écoute, Zina ! » dit sa mère.
Zénaïde ne répondit pas. J'emportai la requête et passai toute la soirée à la recopier.

IX

C'est à partir de ce jour-là que commença ma « passion ». Je ressentis alors, il m'en souvient, quelque chose de semblable à ce que doit ressentir un homme qui vient de prendre un emploi ; j'avais cessé de n'être qu'un jeune garçon ; j'étais amoureux. J'ai dit que c'est à partir de ce jour-là que commença ma passion ; je pourrais ajouter que c'est à partir de ce même jour que commencèrent également mes souffrances. Je languissais en l'absence de Zénaïde : j'avais la tête parfaitement vide, tout me tombait des mains je pensais à elle intensément pendant des jours entiers... Je languissais... mais en sa présence la vie ne m'était pas plus légère. J'étais jaloux, j'avais conscience de ma nullité, je boudais bêtement et rampais bêtement devant elle, et pourtant une force invincible m'attirait vers elle et, chaque fois, c'est avec un involontaire tremblement de bonheur que je franchissais le seuil de son salon. Zénaïde avait tout de suite deviné que j'étais tombé amoureux d'elle, d'ailleurs je ne cherchais pas à le cacher ; elle s'amusait de ma passion, elle me menait en bateau, me gâtait et me tourmentait. Il est doux d'être la source unique, la cause despotique et irresponsable des plus grandes joies et du plus profond chagrin d'un autre être et, entre les doigts de Zénaïde, j'étais comme une cire molle. Au reste, je n'étais pas le seul à être tombé amoureux d'elle : tous les hommes qui fréquentaient sa maison étaient fous d'elle et elle, elle les tenait tous en laisse, à ses pieds. Cela l'amusait de faire naître en eux tantôt de l'espoir, tantôt de la crainte, de les faire tourner selon son caprice (elle appelait cela : cogner les gens les uns contre les autres) et eux, ils ne songeaient même pas à lui résister, ils se soumettaient volontiers à elle. Dans tout son être, plein de beauté et de vie, il y avait une sorte de mélange particulièrement enchanteur de ruse et d'insouciance, d'artifice et de simplicité, de calme et de vivacité ; sur tout ce qu'elle faisait et disait, sur chacun de ses gestes voltigeait un charme fin et léger, dans tous ses actes apparaissait une force pétillante, originale. Son visage aussi changeait constamment, pétillait également : il exprimait presque en même temps l'ironie, la rêverie et la passion. Les sentiments les plus divers, légers, rapides comme les ombres des nuages par un jour de soleil et de vent, passaient à tout instant dans ses yeux et sur ses lèvres.

Chacun de ses admirateurs lui était nécessaire. Biélovzorov, qu'elle appelait parfois « ma bête sauvage » et parfois simplement « mon » Biélovzorov, se serait volontiers jeté dans le feu pour elle ; ne comptant pas sur ses facultés intellectuelles ni sur ses autres qualités, il lui proposait tout le temps de l'épouser, laissant entendre que les autres n'étaient que des bavards. Maïdanov répondait aux cordes poétiques de son âme : assez froid, comme presque tous les écrivains, il essayait intensément de la convaincre, et peut-être de se convaincre lui-même qu'il l'adorait, il la chantait dans des vers interminables, qu'il lui lisait avec des transports forcés et sincères à la fois. Elle avait de la sympathie pour ce jeune homme et en même temps se moquait très légèrement de lui ; elle ne le croyait guère et, après s'être repue de ses effusions, elle l'obligeait à lire du Pouchkine pour, disait-elle, purifier l'atmosphère. Louchine, médecin ironique, cynique en paroles, la connaissait mieux que tous les autres et l'aimait plus que tous les autres bien qu'il la grondât en son absence comme en sa présence. Elle le respectait, mais ne lui passait rien et, parfois, lui faisait sentir avec un plaisir méchant, particulier, que lui aussi était prisonnier entre ses mains. « Je suis une coquette, une sans-cœur, j'ai une nature d'actrice, lui dit-elle un jour en ma présence, bien ! Alors, tendez-moi donc votre main, je vais y planter une épingle, vous aurez honte devant ce jeune homme, vous aurez mal et pourtant, monsieur l'homme franc, vous voudrez bien rire. » Louchine rougit, se détourna, se mordit les lèvres, mais finit par tendre sa main. Elle le piqua et il se mit à rire, effectivement... et elle rit en enfonçant l'épingle assez profondément et en le regardant dans les yeux tandis qu'il les détournait en vain.

Les relations qui existaient entre Zénaïde et le comte Malievski m'étaient le moins compréhensibles. Il était bien fait de sa personne, adroit et intelligent, mais il semblait y avoir quelque chose de douteux, quelque chose de faux en lui, qui était sensible même pour moi, garçon de seize ans, et je m'étonnais que Zénaïde ne le remarquât pas. Peut-être le remarquait-elle et n'en avait-elle pas de dégoût. Une éducation mal dirigée, d'étranges fréquentations et habitudes, la présence constante de sa mère, la pauvreté et le désordre de la maison, tout, à commencer par la liberté même dont jouissait la jeune fille, par la conscience qu'elle avait de sa supériorité sur les personnes qui l'entouraient, avait développé en elle une certaine insouciance et un certain manque d'exigence morale où entrait du mépris. Quoi qu'il arrivât, que Boniface vînt dire qu'il n'y avait plus de sucre, qu'un vilain commérage fît surface, que des invités se disputassent, elle ne faisait que secouer ses boucles et dire : « Sottises ! » et ne s'en tracassait pas.

En revanche, moi, je sentais mon sang bouillir si Malievski s'approchait d'elle, en se coulant de façon rusée comme un renard, s'appuyait élégamment au dossier de sa chaise et se mettait à lui murmurer quelque chose à l'oreille avec un petit sourire suffisant et provocant tandis que, les bras croisés sur la poitrine, elle le regardait attentivement, souriait et hochait la tête.

« Quel plaisir avez-vous donc à recevoir monsieur Malievski ? lui demandai-je un jour.

— Il a de si jolies petites moustaches, répondit-elle. Mais vous ne comprenez rien à ces choses. »

« Ne pensez pas que je l'aime, me dit-elle une autre fois. Non ; je ne peux pas aimer ceux que je dois regarder de haut en bas. Il m'en faut un qui me fasse plier, lui... Mais je ne tomberai pas dessus, grâce à Dieu ! Je ne tomberai entre les pattes de personne, non, non !

— Par conséquent, vous n'aimerez jamais ?

— Et vous donc ? Est-ce que je ne vous aime pas ? » dit-elle et elle me frappa le nez du bout de son gant.

Oui, Zénaïde s'amusait beaucoup de moi. Pendant trois semaines, je la vis tous les jours et que ne me fit-elle pas ! Elle venait nous voir rarement et je ne le regrettais pas : dans notre maison elle se transformait en demoiselle, en princesse, et elle m'intimidait. J'avais peur de me trahir devant ma mère ; elle n'aimait pas du tout Zénaïde et nous surveillait sans aménité. Je n'avais pas aussi peur de mon père : il semblait ne pas me remarquer et parlait peu avec elle, mais il le faisait avec beaucoup d'esprit et de sérieux. J'avais cessé de travailler, de lire, j'avais même cessé de me promener dans les environs, de monter à cheval. Comme un hanneton attaché par la patte, je tournais constamment autour du pavillon bien-aimé ; ma mère ronchonnait, parfois Zénaïde elle-même me chassait. Alors je m'enfermais dans ma chambre ou bien m'en allais tout au fond du jardin, montais sur le mur en ruine d'une haute serre en pierre et, laissant pendre mes jambes du haut du mur qui surplombait la route, je restais là des heures entières à regarder, regarder, sans rien voir. À côté de moi, sur les orties couvertes de poussière, des papillons blancs voletaient paresseusement ; un moineau alerte se posait non loin, sur une brique rouge à moitié cassée, et gazouillait d'un ton irrité, se tournant sans arrêt et déployant sa petite queue ; les corneilles encore méfiantes croassaient de temps à autre, posées haut, très haut, sur le sommet dénudé d'un bouleau ; le soleil et le vent jouaient doucement entre ses branches grêles ; le son des cloches du monastère du Don[8] arrivait par instants, tranquille et mélancolique, et moi, je restais assis à regarder, écouter et me remplir tout entier de je ne sais quelle sensation indicible, dans laquelle il y avait tout : tristesse, joie, pressentiment de l'avenir, désir et peur de la vie. Mais je ne comprenais rien alors de tout cela et n'aurais pu donner aucun nom à tout ce qui frémissait en moi, ou je lui aurais donné un seul nom, celui de Zénaïde.

Et Zénaïde continuait de jouer avec moi, comme un chat avec une souris. Tantôt elle faisait la coquette, et j'étais en émoi et fondais de délice, tantôt elle me repoussait soudain, et je n'osais pas m'approcher d'elle, je n'osais pas la regarder.

Je me souviens qu'elle fut plusieurs jours de suite très froide avec moi, je perdis tout courage et ne faisant que de peureuses apparitions dans leur pavillon, je m'efforçai de rester près de la vieille princesse bien que, juste à ce moment-là, elle grondât et criât beaucoup : ses affaires de lettres de change marchaient mal et elle avait déjà eu deux explications avec le commissaire de police.

Un jour, je passais dans le jardin le long de la fameuse palissade et j'aperçus Zénaïde : appuyée sur les bras, elle était assise dans l'herbe et ne bougeait pas. Je voulus m'éloigner avec précaution, mais elle releva soudain la tête et me fit un signe impératif. Je me figeai sur place, je ne l'avais pas comprise du premier coup. Elle répéta son geste. Je sautai prestement par-dessus la palissade et accourus, plein de joie, vers elle ; mais elle m'arrêta du regard et m'indiqua le sentier à deux pas d'elle. Troublé, ne sachant que faire, je me mis à genoux au bord du sentier. Elle était si pâle, un chagrin si amer, une lassitude si profonde se montraient en chacun de ses traits que mon cœur se serra et que je balbutiai involontairement :

« Qu'avez-vous ? »

Zénaïde étendit la main, cueillit un brin d'herbe, le mordilla et le rejeta assez loin.

« Vous m'aimez beaucoup ? demanda-t-elle enfin. Oui ? »

Je ne répondis rien, et pourquoi lui aurais-je répondu ?

« Oui, répéta-t-elle, me regardant comme avant. C'est ainsi. Ce sont les mêmes yeux », ajouta-t-elle, soudain pensive, et elle se cacha le visage dans ses mains. « Tout me dégoûte, murmura-t-elle, je voudrais m'en aller au bout du monde, je ne peux pas supporter cela, je ne peux en venir à bout... Et que me réserve l'avenir !... Ah ! que j'ai de peine... mon Dieu, que j'ai de peine !

— Pourquoi ? » demandai-je timidement.

Zénaïde ne me répondit pas et ne fit que hausser les épaules. Je continuais à me tenir à genoux et je la regardais avec une profonde mélancolie. Chacune de ses paroles s'était profondément enfoncée dans mon cœur. À cet instant, j'aurais, je crois, volontiers donné ma vie pour qu'elle n'eût pas de chagrin. Je la regardais et, sans comprendre pourtant pourquoi elle avait de la peine, je l'imaginais sortant soudain dans le jardin, dans un accès d'insurmontable chagrin, et tombant par terre, comme fauchée. Tout autour était clair et vert ; le vent bruissait dans les feuilles des arbres, balançant par moments une longue branche de framboisier au-dessus de la tête de Zénaïde. Quelque part, des pigeons roucoulaient et des abeilles bourdonnaient, volant bas sur l'herbe rare. Au-dessus de nous, le ciel était d'un bleu tendre, et moi, j'avais tant de tristesse...

« Récitez-moi des vers », dit Zénaïde à mi-voix et elle s'appuya sur un coude. « J'aime quand vous récitez des vers. Vous chantez, mais cela ne fait rien, c'est jeune. Récitez-moi *Sur les collines de Géorgie*[9] Mais asseyez-vous d'abord. »

Je m'assis et récitai *Sur les collines de Géorgie.*

« " Car il ne peut pas ne pas aimer ", répéta-t-elle. Voici ce qu'a de bien la poésie : elle nous dit ce qui n'est pas et ce qui non seulement est mieux que ce qui est, mais même ce qui ressemble davantage à la vérité... Car il ne peut pas ne pas aimer, il le voudrait, mais il ne le peut pas ! » Elle se tut à nouveau, sursauta soudain et se leva. « Allons. Maïdanov est chez maman ; il m'a apporté son poème et je l'ai abandonné. Il est chagriné lui aussi maintenant... que faire ! Vous saurez un jour... seulement ne vous fâchez pas contre moi ! »

Zénaïde me serra la main en hâte et partit en courant. Nous revînmes au pavillon. Maïdanov se mit à nous lire son *Assassin* qui venait juste d'être publié, mais je ne l'écoutai pas. Il criait les iambes de quatre pieds d'une voix traînante, les rimes se succédaient et tintaient comme des grelots, sonores et vides, et moi, je continuais à regarder Zénaïde et à m'efforcer de comprendre la signification de ses dernières paroles.

« *Ou bien, peut-être, un rival secret*
T'aurait soumise sans crier gare ? »

s'exclama soudain Maïdanov d'une voix nasillarde et mes yeux et ceux de Zénaïde se croisèrent. Elle abaissa les siens et rougit légèrement. Je la vis rougir et fus glacé d'effroi. J'avais déjà de la jalousie avant, mais c'est seulement à cet instant que la pensée qu'elle s'était mise à aimer passa dans mon esprit : « Mon Dieu ! elle s'est mise à aimer ! »

X

Mes véritables tortures commencèrent à partir de cet instant. Je me cassais la tête, réfléchissais, encore et toujours, et surveillais Zénaïde sans arrêt, bien qu'en cachette, dans la mesure du possible. Un changement s'était produit en elle, c'était évident. Elle partait se promener seule et elle se promenait longtemps. Parfois, elle ne se montrait pas aux visiteurs ; elle restait dans sa chambre pendant des heures entières. Cela ne lui arrivait pas auparavant. Je devins soudain, ou bien il me le sembla, extraordinairement perspicace. « Est-ce celui-ci ? ou bien celui-là ? » me demandais-je en passant avec angoisse de l'un à l'autre de ses admirateurs. Le comte Malievski (bien que j'eusse honte pour Zénaïde de me l'avouer) me semblait en secret plus dangereux que les autres.

Ma perspicacité n'allait pas plus loin que le bout de mon nez et ma dissimulation, sans doute, ne trompa personne ; en tout cas, le docteur Louchine eut tôt fait de me percer à jour. D'ailleurs, lui aussi avait changé depuis peu : il avait maigri, il riait aussi souvent, mais comme plus sourdement, méchamment et brièvement, une irritation nerveuse, involontaire avait remplacé en lui son ancienne ironie légère et son cynisme affecté.

« Qu'avez-vous à toujours traîner par ici, jeune homme ? », me dit-il un jour qu'il était resté avec moi dans le salon des Zassiékine. (Zénaïde n'était pas encore revenue de promenade et la voix criarde de sa mère retentissait à l'entresol : elle se disputait avec sa femme de chambre.) « Vous devriez étudier, travailler tant que vous êtes jeune, et que faites-vous ?

— Vous ne pouvez pas savoir si je travaille à la maison, lui répliquai-je non sans hauteur ni quelque embarras.

— De quel travail parlez-vous ! vous avez bien autre chose en tête. Bien, je ne discute pas... à votre âge, c'est dans l'ordre des choses. Mais votre choix est bien mauvais. Ne voyez-vous pas quelle sorte de maison c'est là ?

— Je ne vous comprends pas, remarquai-je.

— Vous ne comprenez pas ? Tant pis pour vous. Je considère de mon devoir de vous mettre en garde. Nous autres, vieux célibataires, nous pouvons fréquenter cette maison : qu'est-ce que cela peut nous faire ? Nous en avons vu d'autres, rien n'a de prise sur nous ; mais vous, vous avez encore la peau tendre ; ici, l'air est nuisible pour vous, croyez-moi, vous pouvez être infecté.

— Comment cela ?

— Mais comme ça. Direz-vous que vous êtes bien portant en ce moment, que vous êtes dans un état normal ? Direz-vous que ce que vous sentez vous est utile, bénéfique ?

— Mais qu'est-ce que je sens donc ? dis-je, tout en sachant au fond de mon cœur que le docteur avait raison.

— Ah ! jeune homme, jeune homme, continua le médecin avec une expression qui semblait dire que ces deux mots contenaient quelque chose de parfaitement offensant pour moi, comment pourriez-vous feindre, vous avez encore, Dieu merci, le cœur peint sur le visage. D'ailleurs, à quoi bon raisonner ? Moi-même, je ne viendrais pas ici (le médecin serra les dents)... si je n'étais pas aussi fou. Mais voici ce qui m'étonne : comment, avec votre intelligence, ne voyez-vous pas ce qui se passe autour de vous ?

— Et que se passe-t-il donc ? » repris-je, toute mon attention soudain tendue.

Le médecin me regarda avec une sorte de pitié ironique.

« Bien fait pour moi, dit-il comme pour lui-même, c'est bien la peine de le lui dire. Bref, ajouta-t-il, en haussant le ton, je vous le répète : l'atmosphère de cette maison ne vous convient pas. Vous vous y plaisez, que n'y trouvez-vous pas ? Dans une serre aussi cela sent bon, mais on ne peut pas y vivre. Ah ! écoutez-moi, retournez à Kaïdanov ! »

La vieille princesse entra et se mit à se plaindre au médecin d'un mal de dent. Puis Zénaïde apparut.

« Et puis, ajouta sa mère, monsieur le docteur, grondez-la donc un peu. Toute la journée elle boit de l'eau avec de la glace ; est-ce bon pour sa santé, avec sa faiblesse de poitrine ?

— Pourquoi faites-vous cela ? demanda Louchine.

— Mais que peut-il en résulter ?

— Quoi ? Vous pouvez prendre froid et mourir.

— Vraiment ? Vous en êtes sûr ? Qu'y faire, c'est notre destin !

— Tiens donc ! » grommela le médecin.

La vieille princesse partit.

« Oui, c'est comme ça, reprit Zénaïde. La vie est-elle donc si gaie ? Mais regardez autour de vous... Vous croyez que c'est bien ? Ou vous pensez peut-être que je ne comprends pas cela, que je ne le sens pas ? Cela me fait plaisir de boire de l'eau avec de la glace et vous pouvez sérieusement m'assurer qu'une telle vie vaut qu'on ne la risque pas pour un instant de plaisir, je ne parle même pas de bonheur.

— Oui, oui, remarqua Louchine, caprice et indépendance... Ces deux mots vous dépeignent toute : toute votre nature est dans ces deux mots. »

Zénaïde eut un rire nerveux.

« Vous retardez, cher docteur. Vous êtes mauvais observateur ; vous retardez. Mettez vos lunettes. Je n'ai pas l'humeur aux caprices maintenant ; vous faire tourner en bourrique, me faire tourner en bourrique.. quel agrément ! En ce qui concerne l'indépendance... Monsieur Voldemar, ajouta soudain Zénaïde en tapant du pied, ne faites pas une tête mélancolique. Je ne peux supporter quand on me plaint. » Elle s'éloigna rapidement.

« L'atmosphère de cette maison est nuisible pour

vous, très nuisible, jeune homme », dit Louchine encore une fois.

XI

Le soir de ce même jour, les hôtes habituels se réunirent chez les Zassiékine ; j'étais de leur nombre. La conversation tomba sur le poème de Maïdanov ; Zénaïde le loua sincèrement.

« Mais savez-vous ? lui dit-elle, si j'étais poète, je choisirais d'autres sujets. Peut-être tout cela n'est-il que sottises, mais parfois il me vient d'étranges pensées, surtout quand je ne dors pas, avant le matin, quand le ciel commence à devenir rose et gris. Je montrerais, par exemple... Vous ne vous moquerez pas de moi ?

— Non ! non ! criâmes-nous tous en chœur.

— Je montrerais, continua-t-elle, les bras croisés sur la poitrine et les yeux fixés de côté, toute une société de jeunes filles, la nuit, dans une grande barque, sur une rivière paisible. La lune brille, elles sont tout habillées de blanc et portent des couronnes de fleurs blanches et elles chantent, vous savez, quelque chose du genre d'un hymne.

— Je comprends, je comprends, continuez, dit Maïdanov d'un air pénétré et rêveur.

— Soudain, du bruit, des rires, des torches, des tambourins sur la rive... C'est une troupe de bacchantes qui court avec des chansons, avec des cris. Cela, c'est votre affaire de peindre la scène, monsieur le poète... seulement je voudrais que les torches soient rouges et qu'elles fument beaucoup et que les yeux des bacchantes brillent sous les couronnes, couronnes qui doivent être sombres. N'oubliez pas non plus les peaux de tigres et les coupes, et de l'or, beaucoup d'or.

— Où donc doit se trouver l'or ? demanda Maïdanov, en rejetant en arrière ses cheveux plats et en dilatant les narines.

— Où ? Sur les épaules, les bras, les jambes, partout. On dit que dans l'Antiquité, les femmes portaient des anneaux d'or aux chevilles. Les bacchantes invitent les jeunes filles de la barque. Celles-ci ont cessé de chanter leur hymne, elles ne peuvent le continuer, mais elles ne bougent pas : la rivière les pousse vers la rive. Et voici que soudain l'une d'entre elles se lève doucement... Il faut décrire cela très bien : comme elle se lève doucement au clair de la lune et comme ses compagnes s'effraient... Elle enjambe le bord de la barque, les bacchantes l'entourent, l'entraînent dans la nuit, dans l'obscurité... Représentez ici les nuages de fumée, puis tout devient confus. On n'entend que leurs hurlements, et puis on voit la couronne de la jeune fille qui est restée sur la rive. »

Zénaïde se tut. (« Oh ! elle s'est mise à aimer ! » pensai-je à nouveau.)

« Et c'est tout ? demanda Maïdanov.

— C'est tout, répondit-elle.

— Cela ne peut pas faire le sujet d'un poème entier, remarqua-t-il d'un ton important, mais j'utiliserai votre idée pour une poésie lyrique.

— Dans le genre romantique ? demanda Malievski

— Évidemment, dans le genre romantique, byronien.

— À mon avis, Hugo vaut mieux que Byron, dit négligemment le jeune comte, il est plus intéressant.

— Hugo est un excellent écrivain, répliqua Maïdanov, et mon ami Tonkochéiev[10], dans son roman espagnol *El Trovador*..

— Ah ! c'est ce livre avec des points d'exclamation renversés ? l'interrompit Zénaïde.

— Oui. C'est l'usage chez les Espagnols. Je voulais dire que Tonkochéiev...

— Oh, vous allez encore discuter du classicisme et du romantisme, l'interrompit à nouveau Zénaïde. Jouons plutôt...

— Aux gages ? reprit Louchine.

— Non, aux gages, c'est ennuyeux ; aux comparaisons. » (C'est Zénaïde qui avait inventé ce jeu : on choisissait un objet quelconque, chacun s'efforçait de le comparer à quelque chose et celui qui avait trouvé la meilleure comparaison recevait un prix.)

Elle s'approcha de la fenêtre. Le soleil venait juste de se coucher : de longs nuages rouges se tenaient haut dans le ciel.

« À quoi ressemblent ces nuages ? » demanda Zénaïde et, sans attendre notre réponse, elle dit : « Je trouve qu'ils ressemblent aux voiles pourpres qui étaient sur le vaisseau d'or de Cléopâtre quand elle allait à la rencontre d'Antoine. Vous vous souvenez, Maïdanov, vous me l'avez raconté il n'y a pas longtemps ? »

Tous, comme Polonius dans *Hamlet,* nous décidâmes que les nuages rappelaient justement ces voiles et qu'aucun d'entre nous ne pourrait trouver une meilleure comparaison.

« Et quel âge avait Antoine à ce moment-là ? demanda Zénaïde.

— C'était sûrement encore un jeune homme, remarqua Malievski.

— Oui, il était jeune, confirma Maïdanov.

— Pardon, s'écria Louchine, il avait plus de quarante ans.

— Plus de quarante ans », répéta Zénaïde, en lui jetant un coup d'œil rapide.

Je rentrai bientôt à la maison. « Elle s'est mise à aimer », murmuraient involontairement mes lèvres. « Mais qui ? »

XII

Les jours passaient. Zénaïde devenait de plus en plus étrange, de plus en plus incompréhensible. Un jour j'entrai chez elle et la vis assise sur une chaise de paille, la tête appuyée contre l'arête de la table. Elle se redressa... tout son visage était baigné de larmes.

« Ah ! c'est vous ! dit-elle avec un petit sourire cruel. Venez un peu ici. »

Je m'approchai d'elle : elle posa une main sur ma tête et, me saisissant soudain par les cheveux, elle se mit à me les tordre.

« Ça fait mal..., dis-je enfin.

— Ah ! Ça vous fait mal ! Et moi, je n'ai pas mal ? je n'ai pas mal ? » répéta-t-elle.

« Aïe ! s'écria-t-elle soudain, en voyant qu'elle m'avait arraché une petite touffe de cheveux. Qu'ai-je fait ? Pauvre monsieur Voldemar ! »

Elle lissa soigneusement les cheveux qu'elle avait arrachés, les enroula autour de son doigt et en fit un anneau.

« Je mettrai vos cheveux dans un médaillon et je les porterai, dit-elle tandis que des larmes brillaient toujours dans ses yeux. Cela vous consolera peut-être un peu... et maintenant adieu. »

Je rentrai à la maison et tombai sur une scène désagréable. Ma mère avait une explication avec mon père : elle lui reprochait quelque chose et lui, suivant son habitude, gardait un silence froid et courtois ; il s'en alla bientôt. Je ne pouvais entendre ce que disait ma mère, et d'ailleurs je pensais à autre chose ; je me souviens seulement qu'après cette explication, elle me fit appeler dans son bureau et montra un grand mécontentement de mes fréquentes visites chez la vieille princesse, qui, suivant ses paroles, était *une femme capable de tout*. J'allai lui baiser la main (ce que je faisais toujours quand je voulais mettre un terme à la conversation) et montai dans ma chambre. Les larmes de Zénaïde m'avaient tout à fait déconcerté ; je ne savais plus du tout que penser et j'étais moi-même prêt à pleurer ; j'étais quand même un enfant, malgré mes seize ans. Je ne pensais plus à Malievski, bien que Biélovzorov devînt chaque jour de plus en plus menaçant et regardât l'habile comte comme un loup regarde un agneau ; je ne pensais à rien et à personne. Je me perdais en conjectures et ne faisais que rechercher des endroits solitaires. Je me mis particulièrement à aimer les ruines de la serre. Je grimpais sur le grand mur, je m'y asseyais et y restais si malheureux, solitaire et triste que j'avais pitié de moi-même, et comme ces sensations navrantes m'étaient une joie, comme je m'en délectais !

Un jour, comme j'étais assis sur le mur, que je regardais au loin et que j'écoutais le son des cloches, je sentis soudain passer sur moi comme une brise ou un frémissement, ou plutôt un souffle, comme la sensation que quelqu'un était tout proche... J'abaissai les yeux. En bas, sur la route, Zénaïde marchait à pas vifs, elle avait une robe légère toute grise et portait une ombrelle rose sur l'épaule. Elle me vit, s'arrêta et, repoussant le bord de son chapeau de paille, elle leva vers moi ses yeux de velours.

« Que faites-vous donc là, à une telle hauteur ? me demanda-t-elle avec un étrange sourire. Tenez, poursuivit-elle, vous assurez toujours que vous m'aimez, sautez vers moi sur la route, si vous m'aimez vraiment. »

Zénaïde n'eut pas le temps de prononcer ces mots que je volais déjà en bas comme si quelqu'un m'avait poussé par derrière. Le mur avait environ deux sagènes[11] de hauteur. Je tombai par terre les pieds en avant, mais le choc fut si fort que je ne pus me tenir debout : je tombai et perdis connaissance un instant. Quand je revins à moi, je sentis, sans ouvrir les yeux, Zénaïde près de moi.

« Mon cher petit, disait-elle, penchée sur moi et une tendresse inquiète résonnait dans sa voix, comment as-tu pu faire cela, comment as-tu pu m'obéir... Je t'aime, je t'assure... lève-toi. »

Sa poitrine respirait près de la mienne, ses mains touchaient ma tête et soudain, que devins-je alors ses lèvres douces, fraîches se mirent à couvrir tout mon visage de baisers... Elles touchèrent mes lèvres... Mais, à ce moment-là, Zénaïde dut deviner, à l'expression de mon visage, que j'étais déjà revenu à moi bien que je tinsse toujours les yeux fermés, et, se relevant rapidement, elle dit :

« Eh bien, levez-vous, polisson, insensé ; qu'avez-vous à rester dans la poussière ? »

Je me levai.

« Donnez-moi mon ombrelle, dit Zénaïde, je ne sais où je l'ai jetée ; et puis ne me regardez pas comme cela... quelles sont ces sottises ? Vous ne vous êtes pas fait mal ? vous vous êtes peut-être piqué aux orties ? Ne me regardez pas, vous dit-on... Mais il ne comprend rien, il ne répond pas, ajouta-t-elle, comme pour elle-même. Allez à la maison, M. Voldemar, nettoyez-vous et n'ayez pas l'audace de me suivre, sinon je me fâcherai, et jamais plus... »

Elle n'acheva pas et s'éloigna lestement ; moi, je m'assis sur la route... mes jambes ne me soutenaient pas. Les orties m'avaient piqué les mains, le dos me faisait mal et la tête me tournait ; mais le sentiment de béatitude que je ressentis alors ne se répéta plus de toute ma vie. Il était comme une douleur douce qui se tenait dans tous mes membres et il finit par s'exprimer en des gambades et des exclamations enthousiastes. C'est exact : j'étais encore un enfant.

XIII

Je fus si joyeux et fier toute cette journée, je conservai si vive sur mon visage la sensation des baisers de Zénaïde, je me souvins avec un tel frémissement d'enthousiasme de chacune de ses paroles, je caressai tellement mon bonheur inattendu que j'eus même peur, que je n'eus même plus envie de la voir, elle, la responsable de ces nouvelles sensations. Il me semblait qu'il ne fallait plus rien demander au destin, qu'il aurait fallu maintenant « respirer un bon coup une dernière fois et puis mourir ». En revanche, le lendemain, en me rendant au pavillon, je ressentais un grand trouble, que je m'efforçais en vain de cacher sous le masque de la désinvolture modeste qui convient à un homme désirant faire savoir qu'il sait garder un secret. Zénaïde me reçut très simplement, sans aucun émoi, elle se contenta de me menacer du doigt et de me demander si j'avais des bleus. Toute ma désinvolture modeste et tous mes airs mystérieux disparurent sur-le-champ, et mon trouble avec eux.

Évidemment, je n'attendais rien de particulier, mais le calme de Zénaïde me fit l'effet d'une douche froide. Je compris qu'à ses yeux, j'étais un enfant et cela me fit beaucoup de peine ! Zénaïde marchait de long en large dans la pièce et souriait rapidement chaque fois qu'elle me regardait ; mais ses pensées étaient loin, je le voyais bien.... « Il faudrait parler moi-même d'hier, pensai-je, lui demander où elle allait à pas si vifs, pour savoir à coup sûr... », mais j'y renonçai et allai m'asseoir dans un coin.

Biélovzorov entra ; je m'en réjouis.

« Je ne vous ai pas trouvé de cheval de selle qui soit tranquille, dit-il d'une voix sévère, Freitag m'en garantit un, mais je n'ai pas confiance, j'ai peur.

— Et de quoi avez-vous peur ? demanda Zénaïde. Permettez-moi de vous le demander.

— De quoi ? Mais vous ne savez pas monter. Que Dieu nous garde de ce qui peut arriver ! Et quelle est cette fantaisie qui vous est soudain passée par la tête ?

— Cela, c'est mon affaire, monsieur ma bête. Dans ce cas, je demanderai à Pierre Vassiliévitch... (C'est ainsi que s'appelait mon père. Je fus étonné qu'elle l'ait nommé si facilement et avec tant d'aisance, comme si elle avait été sûre qu'il était prêt à lui rendre service.)

— Tiens donc, répliqua Biélovzorov. C'est donc avec lui que vous voulez monter ?

— Avec lui ou avec un autre, qu'est-ce que cela peut vous faire ? Seulement pas avec vous.

— Pas avec moi, répéta Biélovzorov. À votre aise. Qu'y faire ? Je vous procurerai un cheval.

— Seulement faites attention, pas un veau. Je vous préviens que je veux galoper.

— Galopez, pourquoi pas... Avec qui donc irez-vous, avec Malievski, peut-être ?

— Et pourquoi pas avec lui, brave guerrier ? Allons,

calmez-vous, ajouta-t-elle, et ne lancez pas d'éclairs avec vos yeux. Je vous prendrai aussi. Vous savez que Malievski, pour moi maintenant, fi ! » Elle secoua la tête.

« Vous dites cela pour me consoler », grommela Biélovzorov.

Zénaïde ferma à demi les yeux.

« Cela vous console ?... Oh !... brave guerrier ! dit-elle enfin, comme si elle ne pouvait trouver un autre mot. Et vous, M. Voldemar, vous viendriez avec nous ?

— Je n'aime pas... en nombreuse compagnie... murmurai-je sans lever les yeux.

— Vous préférez le * tête-à-tête * ?... Eh bien, à chacun ses goûts, dit-elle en soupirant. Allez, Biélovzorov, débrouillez-vous. J'ai besoin d'un cheval pour demain.

— Oui ; et où prendre l'argent ? » dit la vieille princesse en s'en mêlant.

Zénaïde fronça les sourcils.

« Je ne vous en demande pas ; Biélovzorov me fera crédit.

— Fera crédit, fera crédit... », grommela sa mère, et soudain, elle cria à pleine gorge : « Douniachka !

— * Maman *, je vous ai donné une sonnette, remarqua Zénaïde.

— Douniachka ! » répéta sa mère.

Biélovzorov prit congé ; je partis avec lui. Zénaïde ne me retint pas.

XIV

Le lendemain matin, je me levai tôt, me taillai un bâton et me dirigeai au-delà de la barrière. « Je vais aller dissiper mon chagrin », pensai-je. Le jour était splendide, clair et pas trop chaud ; un vent joyeux, frais errait au-dessus de la terre, bruissait et folâtrait doucement, agitant tout et ne dérangeant rien. J'errai longtemps parmi les collines, parmi les forêts ; je ne me sentais pas heureux, j'étais parti de la maison avec l'intention de me livrer à la mélancolie, mais la jeunesse, le temps splendide, l'air frais, l'agrément de la marche rapide, la molle volupté de rester étendu, solitaire, sur l'herbe épaisse prirent le dessus : le souvenir de ces paroles inoubliables, de ces baisers se pressait dans mon cœur. Il m'était agréable de penser que Zénaïde ne pouvait pourtant pas ne pas rendre justice à mon audace, à mon héroïsme... « Les autres sont pour elle meilleurs que moi, pensais-je, soit ! Mais les autres se contentent de dire qu'ils vont agir, et moi, j'ai agi ! Et que ne ferai-je pas encore pour elle !.. » Mon imagination se mit en branle. Je me vis la sauver des mains d'ennemis, l'arracher, tout couvert de sang, d'une prison, mourir à ses pieds. Je me souvins d'un tableau qui se trouvait dans notre salon : il représentait Malek-Adel enlevant Mathilde[12] ; là-dessus je m'intéressai à l'apparition d'un gros pic-vert bariolé qui était tout affairé à monter le long du tronc mince d'un bouleau et regardait d'un air inquiet tantôt à droite, tantôt à gauche, comme un musicien derrière le manche d'une contrebasse.

Puis, je me mis à chanter *Ce ne sont pas les blanches neiges*[13] et enchaînai avec une romance célèbre à cette époque, *Je t'attends quand le zéphyr folâtre*[14] ; ensuite, je me mis à réciter à haute voix l'invocation d'Iermak aux étoiles de la tragédie de Khomiakov[15] ; j'essayai de composer quelque chose dans le genre sentimental, j'inventai même un vers qui devait terminer toute la poésie : « Oh, Zénaïde ! Zénaïde ! », mais rien d'autre ne vint. Entre-temps, l'heure du déjeuner approchait. Je descendis dans la vallée ; un sentier sablonneux et étroit y serpentait et menait à la ville. Je me mis à suivre ce sentier... Le bruit sourd de sabots de chevaux retentit derrière moi. Je me retournai, m'arrêtai involontairement et enlevai ma casquette : j'avais aperçu mon père et Zénaïde. Ils allaient côte à côte. Mon père lui disait quelque chose, penché vers elle de toute sa taille et la main appuyée sur l'encolure de son cheval ; il souriait. Zénaïde l'écoutait en silence, les yeux baissés et les lèvres serrées d'un air sévère. D'abord, je ne vis qu'eux deux ; ce n'est qu'au bout de quelques instants que, derrière un coude de la vallée, apparut Biélovzorov avec son dolman et sa pelisse de hussard, sur un cheval moreau tout couvert d'écume. Le bon cheval branlait la tête, s'ébrouait et caracolait : le cavalier le retenait et l'éperonnait en même temps. Je m'écartai. Mon père reprit les rênes, s'écarta de Zénaïde, elle leva lentement les yeux vers lui et ils partirent tous les deux au galop... Biélovzorov se précipita derrière eux, en faisant tinter son sabre. « Il est rouge comme une écrevisse, pensai-je, et elle... Pourquoi est-elle aussi pâle ? Elle a monté à cheval toute la matinée et elle est pâle ? »

Je redoublai mes pas et arrivai à la maison juste avant le déjeuner. Mon père était déjà assis à côté du fauteuil de ma mère, ayant changé de tenue, lavé, frais et net, et il lui lisait de sa voix égale et sonore le feuilleton du **Journal des débats**, mais ma mère l'écoutait d'une oreille distraite et, m'apercevant, elle me demanda où j'avais disparu toute la journée et elle ajouta qu'elle n'aimait pas qu'on allât traîner Dieu sait où et Dieu sait avec qui. « Mais je me suis promené tout seul », faillis-je répondre, quand je regardai mon père et, je ne sais pourquoi, je me tus.

XV

Au cours des cinq ou six jours suivants je ne vis presque pas Zénaïde : elle se disait malade, ce qui n'empêchait pas, cependant, les visiteurs habituels de venir au pavillon, pour prendre leur service, comme ils disaient, tous, sauf Maïdanov, qui tombait dans le découragement et la mélancolie dès qu'il n'avait plus l'occasion de s'enthousiasmer. Biélovzorov était assis dans un coin d'un air maussade, tout rouge et boutonné jusqu'au cou ; je ne sais quel mauvais sourire errait constamment sur le fin visage du comte Malievski ; il était effectivement tombé en disgrâce auprès de Zénaïde et s'empressait avec un zèle particulier auprès de la vieille princesse ; il alla avec elle en fiacre chez le gouverneur général. D'ailleurs, cette visite ne fut pas un succès et Malievski en eut même un certain désagrément : on lui rappela je ne sais quelle histoire avec je ne sais quels officiers du Génie et il fut obligé de dire, parmi ses explications, qu'il manquait alors d'expérience. Louchine venait environ deux fois par jour, mais ne restait pas longtemps ; je le craignais un peu depuis notre dernière explication et, en même temps, je ressentais pour lui une sincère sympathie. Un jour il alla se promener avec moi dans le jardin Niéskoutchny, il fut très amical et aimable, me dit le nom et les propriétés de diverses herbes et fleurs et soudain, comme on dit, à propos de bottes, il s'écria, en se frappant le front : « Et moi, l'imbécile, qui pensais que c'était une coquette ! Apparemment, il est doux de se sacrifier... pour certaines.

— Que voulez-vous dire par là ? demandai-je.

— À vous, je ne veux rien dire », répondit Louchine d'une voix brusque.

Moi, Zénaïde m'évitait : ma venue, je ne pouvais pas ne pas le remarquer, produisait sur elle une impression désagréable. Elle se détournait involontairement de moi... involontairement, voilà ce qui était amer, ce qui me faisait de la peine ! Mais il n'y avait rien à faire, et je m'efforçais de ne pas lui tomber sous les yeux, me contentant de la guetter de loin, ce que je ne réussissais pas toujours à faire. Comme avant, il lui arrivait quelque chose d'incompréhensible ; son visage était devenu différent, tout entière elle était devenue différente. Le changement qui s'était produit en elle me frappa particulièrement par un soir doux et tiède. J'étais assis sur un petit banc bas, sous un large sureau ; j'aimais cet endroit : de là on voyait la fenêtre de la chambre de Zénaïde. J'étais assis ; au-dessus de ma tête, dans le feuillage assombri, un petit oiseau se démenait, tout affairé ; un chat gris, étirant le dos, se faufilait précautionneusement dans le jardin et les premiers hannetons bourdonnaient lourdement dans l'air encore transparent, bien qu'ayant déjà perdu sa clarté. J'étais assis et je regardais la fenêtre et j'attendais que, peut-être, elle s'ouvrît : et elle s'ouvrit effectivement, Zénaïde y apparut. Elle avait une robe blanche, et elle-même, son visage, ses épaules, ses bras étaient pâles jusqu'à la blancheur. Elle resta longtemps immobile et regarda longtemps d'un œil fixe par-dessous ses sourcils froncés. Je ne lui connaissais pas un tel regard. Puis, elle serra les mains, très fort, les approcha de ses lèvres, de son front, et soudain, desserrant les doigts, elle rejeta ses cheveux derrière ses oreilles, les secoua et comme prenant une brusque décision, elle abaissa la tête et claqua la fenêtre.

Trois ou quatre jours après, elle me rencontra dans le jardin. Je voulus m'écarter, mais elle m'arrêta elle-même.

« Donnez-moi le bras, me dit-elle avec la même voix tendre qu'avant, il y a longtemps que nous n'avons pas bavardé ensemble. »

Je la regardai : ses yeux brillaient doucement et son visage souriait comme à travers un léger voile.

« Vous êtes toujours souffrante ? lui demandai-je.

— Non, cela est passé maintenant », répondit-elle et elle cueillit une petite rose rouge. « Je suis un peu fatiguée, mais cela passera aussi.

— Et vous serez à nouveau la même qu'avant ? » demandai-je.

Zénaïde porta la rose à son visage et il me sembla que le reflet des pétales éclatants tomba sur ses joues.

« Aurais-je changé ? me demanda-t-elle.

— Oui, vous avez changé, répondis-je à mi-voix.

— J'ai été froide avec vous, je sais, commença Zénaïde, mais vous n'auriez pas dû y faire attention... Je ne pouvais pas faire autrement... Ah ! à quoi bon en parler !

— Vous ne voulez pas que je vous aime, voilà ce qu'il y a ! m'écriai-je d'un air sombre, dans un élan involontaire.

— Si, aimez-moi, mais pas comme avant.

— Et comment ?

— Soyons amis, voilà comment ! » Zénaïde me fit respirer la rose. « Écoutez, je suis beaucoup plus vieille que vous, n'est-ce pas, je pourrais être votre tante, vrai ; disons, pas votre tante, mais votre sœur aînée. Et vous...

— Je suis un enfant pour vous, l'interrompis-je.

— Eh bien oui, un enfant, mais gentil, bon, intelligent, et que j'aime beaucoup. Savez-vous ? À partir d'aujourd'hui, je vous nomme mon page ; et vous, n'oubliez pas que les pages ne doivent pas s'éloigner de leur dame. Tenez, voici le signe de votre nouvelle dignité, ajouta-t-elle en passant la rose dans la boutonnière de ma veste, le signe de notre faveur envers vous.

— Avant, je recevais de vous d'autres faveurs, murmurai-je.

— Ah ! dit Zénaïde et elle me regarda de côté. Quelle mémoire il a ! Eh bien ! je suis prête maintenant encore... »

Et, se penchant vers moi, elle imprima sur mon front un baiser chaste, serein.

Je ne fis que la regarder, elle se détourna et, après avoir dit : « Suivez-moi, mon page », elle alla vers le pavillon. Je la suivis, sans trop savoir que penser. « Est-il possible que cette douce et raisonnable jeune fille, pensais-je, soit la même Zénaïde que j'ai connue ? » Et sa démarche me semblait plus calme, toute sa silhouette plus majestueuse et svelte...

Et, mon Dieu ! avec quelle force neuve se rallumait en moi l'amour !

XVI

Après le dîner, les habitués se réunirent à nouveau dans le pavillon et Zénaïde vint les rejoindre. Toute la société était là au complet comme le premier soir, inoubliable pour moi : même Nirmatski s'était traîné jusque-là ; Maïdanov, cette fois-ci, vint plus tôt que tout le monde, il apportait de nouveaux vers. Le jeu des gages recommença, mais sans les anciennes fantaisies, sans folie ni tumulte, l'élément bohémien avait disparu. Zénaïde donna un nouveau tour à notre réunion. J'étais assis à côté d'elle suivant mon privilège de page. Elle proposa, entre autres, que celui dont le gage sortirait racontât son rêve de la nuit ; mais cela ne donna rien de bon. Les rêves étaient soit peu intéressants (Biélovzorov avait rêvé qu'il avait nourri son cheval de carassins et que ce cheval avait une tête de bois), soit peu naturels, inventés. Maïdanov nous offrit tout un roman : il s'y trouvait et des caveaux et des anges avec des lyres et des fleurs parlantes et des sons venant de loin. Zénaïde ne le laissa pas achever.

« Si on en est aux romans, dit-elle, alors que chacun raconte quelque chose de vraiment inventé. »

Le premier qui dut parler fut encore Biélovzorov. Le jeune hussard se troubla.

« Je ne peux rien inventer ! s'écria-t-il.

— Quelles sornettes ! répliqua Zénaïde. Eh bien, imaginez, par exemple, que vous soyez marié et racontez-nous comment vous passeriez le temps avec votre femme. Vous l'enfermeriez ?

— Je l'enfermerais.

— Et vous-même, vous resteriez avec elle ?

— Et moi-même, je resterais sûrement avec elle.

— Parfait. Et si cela l'ennuyait et si elle vous trompait ?

— Je la tuerais.

— Et si elle s'enfuyait ?

— Je la rattraperais et la tuerais quand même.

— Bon. Et supposons que ce soit moi votre femme, que feriez-vous alors ? »

Biélovzorov se tut un instant.

— Je me tuerais... »

Zénaïde se mit à rire.

« Je vois que vous êtes expéditif. »

Le deuxième gage fut celui de Zénaïde. Elle leva les yeux au plafond et devint songeuse.

« Voici, écoutez, commença-t-elle enfin, ce que j'ai inventé... Imaginez un palais magnifique, une nuit d'été et un bal merveilleux. C'est une jeune reine qui donne ce bal. Partout ce ne sont qu'or, marbre, cristal, soie, feux, diamants, fleurs, parfums qui brûlent, tous les caprices du luxe.

— Vous aimez le luxe ? l'interrompit Louchine.

— Le luxe est joli, répliqua-t-elle, j'aime tout ce qui est joli.

— Plus que le beau ? demanda-t-il.

— C'est trop compliqué, je ne comprends pas. Ne me gênez pas. Donc, le bal est magnifique. Il y a une foule d'invités, ils sont tous jeunes, beaux, braves, ils sont tous amoureux fous de la reine.

— Il n'y a pas de femmes parmi les invités ? demanda Malievski.

— Non, ou attendez, si.

— Toutes laides ?

— Non, charmantes. Mais les hommes sont tous amoureux de la reine. Elle est grande et svelte ; elle porte un petit diadème en or dans ses cheveux noirs. »

Je regardai Zénaïde et, à cet instant, elle me parut tellement plus élevée que nous tous, son front blanc, ses sourcils immobiles irradiaient tant de claire intelligence et d'autorité que je pensai : « Tu es toi-même cette reine ! »

« Tous se pressent autour d'elle, continua Zénaïde, tous lui prodiguent les discours les plus flatteurs.

— Et elle aime la flatterie ? demanda Louchine.

— Qu'il est insupportable ! il interrompt tout le temps... Qui donc n'aime pas la flatterie ?

— Encore une question, la dernière, remarqua Malievski. La reine a-t-elle un mari ?

— Je n'y ai pas pensé. Non, pour quoi faire, un mari ?

— Évidemment, reprit Malievski, pour quoi faire ?

— *Silence*, s'écria Maïdanov qui parlait mal le français.

— *Merci*, lui dit Zénaïde. Donc, la reine écoute ces discours, écoute la musique, mais ne regarde aucun des invités. Six fenêtres sont grandes ouvertes du haut jusqu'en bas, du plafond jusqu'au parquet ; et au-delà, on voit le ciel sombre avec de grosses étoiles et puis un jardin sombre avec de grands arbres. La reine regarde dans le jardin. Là, près des arbres, se trouve une fontaine ; elle est blanche dans l'obscurité, et longue, longue, comme un fantôme. La reine écoute, à travers le bruit des paroles et la musique, le doux clapotis de l'eau. Elle regarde et songe : « Tous, messieurs, vous êtes nobles, intelligents, riches, vous m'entourez, vous chérissez chacune de mes paroles, vous êtes tous prêts à mourir à mes pieds, je vous ai en mon pouvoir... Et là, près de la fontaine, près de cette eau murmurante, se tient et m'attend celui que j'aime, celui qui m'a en son pouvoir. Il n'a ni riches habits, ni pierres précieuses, personne ne le connaît, mais il m'attend et il est sûr que je viendrai, et je viendrai et aucune puissance au monde ne pourra m'arrêter quand je voudrai aller à lui et rester avec lui et me perdre avec lui, là, dans l'obscurité du jardin, dans le bruissement des arbres et le murmure de la fontaine... »

Zénaïde se tut.

« C'est une invention ? » demanda avec ruse Malievski.

Zénaïde ne le regarda même pas.

« Et que ferions-nous, messieurs, dit soudain Louchine, si nous étions parmi les invités et connaissions l'existence de cet heureux mortel près de la fontaine ?

— Attendez, attendez, l'interrompit Zénaïde, je vais vous dire moi-même ce que chacun d'entre vous ferait. Vous, Biélovzorov, vous le provoqueriez en duel ; vous, Maïdanov, vous écririez une épigramme contre lui... ou plutôt non, vous ne savez pas écrire d'épigrammes ; vous composeriez contre lui un long poème iambique, dans le genre de Barbier, et vous le feriez publier dans *Le Télégraphe*[16]. Vous, Nirmatski, vous lui emprunteriez... non, vous lui prêteriez de l'argent avec intérêts ; vous, docteur... » Elle s'arrêta. « Là, vous, je ne sais pas ce que vous feriez.

— En qualité de médecin de la Cour, répondit Louchine, je conseillerais à la reine de ne pas donner de bals quand elle s'intéresse à autre chose qu'à ses invités...

— Peut-être auriez-vous raison. Et vous, comte...

— Et moi ? répondit Malievski avec son mauvais sourire...

— Et vous, vous lui présenteriez un bonbon empoisonné. »

Le visage de Malievski se crispa légèrement et prit l'espace d'un instant une expression mi-chèvre mi-chou, mais il se mit aussitôt à rire.

« En ce qui vous concerne, Voldemar..., continua Zénaïde, et puis, cela suffit ; jouons à un autre jeu.

— En qualité de page de la reine, M. Voldemar lui tiendrait sa traîne quand elle courrait au jardin », remarqua avec fiel Malievski.

Je rougis comme une pivoine, mais Zénaïde me posa vivement la main sur l'épaule et, se levant à moitié, dit d'une voix qui tremblait légèrement :

« Je n'ai jamais donné à Votre Grâce le droit d'être insolent et c'est pourquoi je vous prie de vous éloigner. » Elle lui montra la porte.

« Je vous en prie, princesse, murmura Malievski, devenu tout blême.

— La princesse a raison, s'écria Biélovzorov qui se leva aussi.

— Je ne m'attendais pas à cela, je vous assure, continua Malievski, dans mes paroles, semble-t-il, il n'y avait rien de... je n'avais pas l'intention de vous offenser... Pardonnez-moi. »

Zénaïde le regarda d'un air froid et eut un rire froid.

« Eh bien, restez, dit-elle avec un geste négligent de la main. M. Voldemar et moi, nous nous sommes fâchés pour rien. Il vous plaît de cracher votre venin.. à votre aise !

— Pardonnez-moi », répéta encore une fois Malievski, et moi, me souvenant du geste de Zénaïde, je pensai à nouveau qu'une véritable reine n'aurait pu montrer la porte à un insolent avec plus de dignité.

Le jeu des gages ne se prolongea pas longtemps après cette petite scène ; tout le monde se sentait un peu gêné, non point tellement à cause de cette scène elle-même qu'à cause d'un autre sentiment, assez imprécis, mais pénible. Personne n'en parlait, mais chacun en avait conscience en lui-même et chez son voisin. Maïdanov nous lut ses vers et Malievski les loua avec une flamme exagérée. « Comme il a envie maintenant de paraître bon », me chuchota Louchine. Nous nous séparâmes bientôt. Zénaïde était soudain devenue rêveuse ; sa mère avait fait dire qu'elle avait mal à la tête ; Nirmatski s'était mis à se plaindre de ses rhumatismes...

Pendant longtemps, je ne pus m'endormir, le récit de Zénaïde m'avait trop frappé.

« Renfermerait-il une allusion ? me demandais-je, et à propos de qui, et à propos de quoi ? Et s'il y a réellement matière à allusions.. comment décider ?

Non, non, ce n'est pas possible », murmurais-je, me tournant d'une joue brûlante sur l'autre... Mais je me souvenais de l'expression du visage de Zénaïde pendant son récit... je me souvenais de l'exclamation qui avait échappé à Louchine dans le jardin Niéskoutchny, des changements brusques dans la manière d'être de la jeune fille avec moi et me perdais en conjectures. « Qui est-ce ? » Ces mots se dressaient devant mes yeux, comme tracés dans l'obscurité ; un nuage menaçant était comme suspendu au-dessus de moi et je sentais sa pression et j'attendais que soudain il éclatât. Je m'étais habitué à beaucoup de choses dans les derniers temps, j'avais vu beaucoup de choses chez les Zassiékine ; leur désordre, les bouts de chandelle, les couteaux et fourchettes cassés, le sombre Boniface, les femmes de chambre loqueteuses, les manières de la vieille princesse, toute cette vie étrange ne me frappait plus... Mais à ce qui m'apparaissait maintenant de façon vague en Zénaïde, à cela je ne pouvais m'habituer... « Une aventurière », avait dit d'elle un jour ma mère. Une aventurière, elle, mon idole, ma divinité ! Ce nom me brûlait, j'essayais de lui échapper en m'enfonçant dans mon oreiller, j'étais indigné et, en même temps, que n'aurais-je accepté, que n'aurais-je donné pour être seulement cet heureux mortel près de la fontaine ! ..

Mon sang s'enflamma et bouillonna dans mes veines. « Le jardin... la fontaine..., pensai-je. Si j'allais dans le jardin ? » Je m'habillai promptement et me glissai hors de la maison. La nuit était sombre, les arbres murmuraient à peine ; une douce fraîcheur tombait du ciel, une odeur de fenouil venait du potager. Je fis le tour de toutes les allées ; le bruit léger de mes pas me troublait et m'encourageait ; je m'arrêtais, attendais et écoutais battre mon cœur, fort et rapide. Enfin, je m'approchai de la palissade et m'appuyai contre un mince piquet. Soudain, ou bien je le rêvai ? à quelques pas de moi passa une silhouette féminine... Je fixai mon regard plus intensément dans l'obscurité, je retins ma respiration. Qu'était-ce ? Étaient-ce des pas que j'entendais ou bien était-ce encore mon cœur qui battait ? « Qui est là ? » balbutiai-je de façon à peine audible. Qu'était-ce encore ? un rire étouffé ?... ou un bruissement de feuilles... ou un soupir juste contre mon oreille ? J'eus peur... « Qui est là ? » répétai-je à voix encore plus basse.

Il y eut un ruissellement soudain dans l'air ; un trait de feu brilla dans le ciel, c'était une étoile filante qui avait passé. « Zénaïde ? » voulus-je demander, mais le son mourut sur mes lèvres. Et soudain tout devint profondément silencieux alentour, comme cela arrive souvent au milieu de la nuit... Même les grillons avaient cessé de chanter dans les arbres, seule une lucarne claqua quelque part. J'attendis, j'attendis, debout, puis je rentrai dans ma chambre pour retrouver mon lit refroidi. Je ressentais un émoi singulier : c'était comme si j'étais allé à un rendez-vous, étais resté seul et avais côtoyé le bonheur d'autrui.

XVII

Le lendemain, je ne fis qu'apercevoir Zénaïde : elle était allée je ne sais où avec sa mère, en fiacre. En revanche, je vis Louchine qui, d'ailleurs, daigna tout juste me saluer, et Malievski. Le jeune comte me fit un large sourire et se mit à me parler amicalement. De tous les visiteurs du pavillon il était le seul à avoir su s'introduire chez nous et à avoir plu à ma mère. Mon père ne pouvait le souffrir et était avec lui d'une politesse frisant l'insolence.

« *Ah, monsieur le page! *, commença Malievski, enchanté de vous rencontrer. Que fait votre belle reine ? »

Son beau visage frais et rose m'était tellement déplaisant à cet instant, et il me regardait d'un air tellement enjoué et méprisant, que je ne lui répondis rien.

« Vous êtes toujours fâché ? continua-t-il. Vous avez tort. Ce n'est pas moi qui vous ai nommé page, et les pages existent surtout auprès des reines. Mais permettez-moi de vous faire remarquer que vous remplissez mal vos obligations.

— Comment cela ?

— Les pages doivent être inséparables de leur maîtresse ; les pages doivent tout savoir de ce qu'elle fait, ils doivent même la surveiller, ajouta-t-il en baissant la voix, de jour comme de nuit.

— Que voulez-vous dire ?

— Ce que je veux dire ? Il me semble que je m'exprime clairement. De jour comme de nuit. Le jour, cela va encore ; le jour, il fait clair et il y a du monde ; mais la nuit, c'est là qu'il faut ouvrir l'œil. Je vous conseille de ne pas dormir la nuit et de surveiller, de surveiller de toutes vos forces. Souvenez-vous, dans le jardin, la nuit, près de la fontaine, voilà où il faut monter la garde. Vous m'en remercierez. »

Malievski se mit à rire et me tourna le dos. Il n'accordait sans doute pas de signification particulière à ce qu'il m'avait dit ; il avait la réputation d'un parfait mystificateur, et était célèbre pour son art de duper les gens dans les mascarades, ce à quoi contribuait grandement la fausseté presque inconsciente dont était empreint tout son être... Il avait seulement voulu me taquiner ; mais chacune de ses paroles avait versé du poison dans mes veines. Le sang me monta au visage. « Ah ! voilà donc où nous en sommes ! me dis-je, parfait ! Par conséquent, mes pressentiments d'hier étaient justes ! Par conséquent, ce n'est pas sans raison que quelque chose m'attirait dans le jardin ! Cela ne sera pas ! » m'écriai-je à voix haute en me frappant la poitrine du poing sans savoir exactement ce qui ne serait pas. « Que ce soit Malievski lui-même qui vienne dans le jardin, pensais-je (il avait peut-être dévoilé ses intentions : il avait assez d'audace pour cela), ou que ce soit un autre (la clôture de notre jardin était très basse et passer par-dessus ne présentait aucune difficulté), malheur à celui qui me tombera sous la main ! Je ne conseille à personne de me rencontrer ! Je montrerai au monde entier et à elle, la traîtresse (je l'appelai ainsi, la traîtresse), que je sais me venger ! »

Je rentrai dans ma chambre, pris dans mon bureau un petit couteau anglais que j'avais acheté peu de temps auparavant, en tâtai le fil et, les sourcils froncés, avec une détermination froide et concentrée, le fourrai dans ma poche comme si régler ce genre d'affaires n'était pas étonnant pour moi et ne m'arrivait pas pour la première fois. Mon cœur se souleva de haine et se pétrifia ; jusqu'à la nuit tombée je ne déridai pas mon front et n'ouvris pas la bouche, je marchai sans arrêt de long en large, en serrant dans ma poche le couteau devenu tiède et me préparant à l'avance à quelque chose de terrible. Ces sensations nouvelles, inconnues, m'occupaient et même me réjouissaient à ce point que je pensais peu à Zénaïde elle-même. Aleko, le jeune Bohémien, m'apparaissait constamment : « Où vas-tu, beau jeune homme ? Reste étendu... », puis : « Tu es tout éclaboussé de sang !... Oh, qu'as-tu fait ? — Rien[17] ! » Avec quel sourire cruel je répétai ce

« Rien ! » Mon père n'était pas à la maison ; mais ma mère, qui depuis quelque temps était dans un état de sourde irritation presque constant, remarqua mon air fatal et me dit au dîner : « Qu'as-tu à faire la tête, tu as l'air vexé comme un dindon. » Je me contentai de lui répondre par un petit rire condescendant et pensai : « S'ils savaient ! » Onze heures sonnèrent ; j'allai dans ma chambre, mais ne me déshabillai pas, j'attendais minuit ; enfin, les douze coups sonnèrent. « Il est temps ! » murmurai-je entre mes dents ; je boutonnai ma veste jusqu'au col, retroussai même mes manches et descendis dans le jardin.

Je m'étais déjà, à l'avance, choisi un endroit pour faire le guet. Au fond du jardin, là où la palissade qui séparait nos possessions de celles des Zassiékine s'appuyait au mur mitoyen, poussait un sapin solitaire. Debout sous ses branches basses et touffues, je pouvais bien voir, autant que le permettait l'obscurité de la nuit, ce qui se passait alentour ; là, serpentait un sentier qui m'avait toujours paru mystérieux : il courait sous la palissade qui portait à cet endroit des traces d'escalade, et menait à une tonnelle ronde formée uniquement par des acacias. J'atteignis le sapin, m'adossai à son tronc et me mis à faire le guet.

La nuit était aussi tranquille que la veille ; mais il y avait moins de nuages au ciel et les contours des buissons, même ceux des grandes fleurs, se voyaient plus clairement. Les premiers instants d'attente furent fatigants, presque effrayants. J'étais décidé à tout, je me demandais seulement comment je devrais agir. Devrais-je crier d'une voix terrible : « Où vas-tu ? Arrête ! Avoue ou tu es mort ! » ou bien simplement frapper... Chaque son, chaque bruissement et froissement me semblaient pleins de sens, inhabituels... Je me préparais... Je me penchai en avant... Mais une demi-heure passa, une heure passa ; mon sang se calmait, se refroidissait ; l'idée que je faisais tout cela pour rien, que j'étais quelque peu ridicule, que Malievski s'était moqué de moi, commença à s'insinuer dans mon cœur. Je quittai mon embuscade et fis le tour de tout le jardin. Comme par un fait exprès, nulle part on n'entendait le moindre bruit ; tout reposait ; même notre chien dormait, roulé en boule près du portillon. Je grimpai sur les ruines de la serre, vis devant moi la campagne lointaine, me souvins de ma rencontre avec Zénaïde et me mis à songer...

Je sursautai... Il m'avait semblé entendre le grincement d'une porte qui s'ouvrait, puis le léger craquement d'une branche cassée. En deux bonds je descendis des ruines et me figeai sur place. Des pas rapides, légers, mais prudents résonnaient distinctement dans le jardin. Ils s'approchaient de moi. « C'est lui... c'es lui, enfin ! » pensai-je à toute allure en mon cœur. Je tirai convulsivement le couteau de ma poche, l'ouvris convulsivement, des étincelles rouges me passèrent devant les yeux, mes cheveux s'agitèrent sur ma tête de peur et de rage... Les pas se dirigeaient droit vers moi, je me penchais, je me tendais à leur rencontre... Un homme apparut... mon Dieu ! c'était mon père !

Je le reconnus aussitôt bien qu'il fût tout entier enveloppé dans une cape sombre et eût un chapeau cachant son visage. Il passa près de moi sur la pointe des pieds. Il ne me remarqua pas, bien que rien ne me cachât, j'étais si ramassé sur moi-même, si recroquevillé que je devais me confondre avec la terre. Othello jaloux, prêt au meurtre, se transforma soudain en écolier... Je fus tellement effrayé de l'apparition soudaine de mon père que je ne remarquai même pas tout de suite d'où il venait et où il avait disparu. Je ne fis que me redresser et penser : « Pourquoi mon père se promène-t-il la nuit dans le jardin ? », quand tout redevint silencieux alentour. De peur, j'avais laissé tomber mon couteau dans l'herbe, mais je ne me mis même pas à le chercher : j'avais grand-honte. D'un seul coup je repris mes esprits. En rentrant à la maison, je m'approchai pourtant de mon petit banc sous le sureau et jetai un regard sur la petite fenêtre de la chambre à coucher de Zénaïde. Les petits carreaux, légèrement bombés, bleuissaient vaguement à la faible lumière qui tombait du ciel nocturne. Soudain, leur couleur se mit à changer... Derrière eux, je le vis, je le vis distinctement, un store blanchâtre descendait doucement, avec précaution, il descendit jusqu'à l'appui de la fenêtre et resta comme cela, immobile.

« Qu'est-ce que cela veut dire ? » dis-je tout haut, presque involontairement, quand je me retrouvai à nouveau dans ma chambre. Un rêve, un hasard ou bien... Les suppositions qui me vinrent soudain à l'esprit étaient si nouvelles et si étranges que je n'osai pas m'y abandonner.

XVIII

Le lendemain matin, je me levai avec mal à la tête. L'émoi de la veille avait disparu. Il était remplacé par une incertitude pénible et une sorte de tristesse encore inconnue, comme si quelque chose mourait en moi.

« Qu'avez-vous ? Vous avez la mine d'un lapin à qui on aurait enlevé la moitié de la cervelle », me dit Louchine en me rencontrant.

Au déjeuner, je regardai à la dérobée tantôt mon père, tantôt ma mère : lui, était calme, comme d'habitude ; elle, comme d'habitude, était irritée en secret.

J'attendais que, peut-être, mon père me parlât avec amitié comme cela lui arrivait parfois... Mais il ne me caressa même pas de sa froide caresse quotidienne. « Raconterai-je tout à Zénaïde ? pensai-je. De toute façon, tout est fini entre nous. » J'allai chez elle, et non seulement je ne lui racontai rien, mais je ne pus même pas parler avec elle comme je l'aurais voulu. Le fils de la princesse, un élève de l'École des Cadets, âgé d'environ douze ans, était arrivé de Pétersbourg pour les vacances ; Zénaïde me confia aussitôt son frère.

« Voici, mon cher Volodia, dit-elle (c'était la première fois qu'elle m'appelait ainsi), un camarade pour vous. Il s'appelle également Volodia. Je vous en prie, prenez-le en amitié ; il est encore sauvage, mais il a le cœur bon. Montrez-lui le jardin Niéskoutchny, promenez-vous avec lui, prenez-le sous votre protection. Vous ferez cela, n'est-ce pas ? vous aussi, vous êtes si bon ! »

Elle me posa tendrement les deux mains sur les épaules, et moi, je fus tout décontenancé. L'arrivée de ce petit garçon me transformait moi aussi en petit garçon. Je regardais en silence le cadet qui, tout aussi silencieusement, me fixa des yeux. Zénaïde éclata de rire et nous poussa l'un vers l'autre.

« Embrassez-vous donc, les enfants ! »

Nous nous embrassâmes.

« Je vais vous conduire au jardin, voulez-vous ? demandai-je au cadet.

— Bien, monsieur », répondit-il d'une voix sifflante, la voix typique d'un cadet.

Zénaïde rit de nouveau... J'eus le temps de remarquer que son visage n'avait jamais eu d'aussi charmantes couleurs. Nous partîmes, le cadet et moi. Nous avions, dans notre jardin, une vieille balançoire. Je le fis asseoir sur la mince planche et me mis à le pousser. Il était assis immobile, avec son petit uniforme neuf de gros drap, ses larges galons dorés, et il se cramponnait aux cordes.

« Déboutonnez donc votre col, lui dis-je.

— Ça ne fait rien, nous sommes habitués, monsieur », dit-il et il toussa.

Il ressemblait à sa sœur ; ses yeux surtout la rappelaient. Il m'était agréable de m'occuper de lui et en même temps la même tristesse lancinante me rongeait doucement le cœur. « Maintenant, je suis vraiment comme un enfant, pensais-je, mais hier... » Je me souvins de l'endroit où, la veille, j'avais laissé tomber le couteau et je réussis à le retrouver. Le cadet me le demanda, il coupa une grosse tige de livèche, en tailla un chalumeau et se mit à siffler. Othello siffla aussi.

Mais, en revanche, comme il pleura, le soir, ce même Othello, dans les bras de Zénaïde, quand, l'ayant déniché dans un coin du jardin, elle lui demanda pourquoi il était si triste. Mes larmes jaillirent avec une telle force qu'elle s'en effraya.

« Qu'avez-vous ? qu'avez-vous, Volodia ? » répétait-elle et, voyant que je ne lui répondais pas et que je ne cessais pas de pleurer, elle eut l'idée d'embrasser ma joue mouillée.

Mais je me détournai et murmurai à travers mes sanglots :

« Je sais tout ; pourquoi vous êtes-vous jouée de moi ?... Quel besoin aviez-vous de mon amour ?

— Je suis coupable envers vous, Volodia, dit Zénaïde. Ah, je suis très coupable..., ajouta-t-elle et elle serra les mains. Combien y a-t-il de choses mauvaises, sombres, coupables en moi... Mais maintenant je ne me joue pas de vous, je vous aime, vous ne soupçonnez pas pourquoi ni comment... Mais que savez-vous donc ? »

Que pouvais-je lui dire ? Elle se tenait devant moi et me regardait, et moi, je lui appartenais tout entier, des pieds à la tête, dès qu'elle me regardait... Au bout d'un quart d'heure, je courais déjà avec le cadet et Zénaïde à qui mieux mieux ; je ne pleurais pas, je riais, bien que mes paupières gonflées laissassent tomber des larmes ; au lieu de cravate, j'avais autour du cou le ruban de Zénaïde et je criai de joie quand je réussis à l'attraper par la taille. Elle faisait de moi tout ce qu'elle voulait.

XIX

Je serais bien embarrassé si on voulait me faire raconter par le menu ce qui m'arriva pendant la semaine qui suivit mon infructueuse expédition nocturne. Ce fut une époque étrange, fébrile, une sorte de chaos dans lequel les sentiments et les pensées les plus contradictoires, les soupçons, les espoirs, les joies et les souffrances tourbillonnèrent dans mon esprit ; j'avais peur de regarder au fond de moi, si tant est qu'un garçon de seize ans peut regarder au fond de lui-même, j'avais peur de me rendre compte de quoi que ce soit ; je me hâtais simplement de vivre la journée jusqu'au soir ; mais la nuit, je dormais... la légèreté de l'enfance venait à mon secours. Je ne voulais pas savoir si l'on m'aimait et ne voulais pas m'avouer qu'on ne m'aimait pas ; j'évitais mon père, mais je ne pouvais éviter Zénaïde.. J'étais comme brûlé par un feu en sa présence... mais que m'importait de savoir ce qu'était ce feu auquel je brûlais et fondais, il me suffisait de fondre et brûler doucement. Je m'adonnais à toutes mes impressions et rusais avec moi-même, me détournais des souvenirs et fermais les yeux devant ce que je pressentais... Cette langueur n'aurait, sans doute, pu se prolonger longtemps... un coup de tonnerre fit tout cesser d'un coup et me rejeta dans une autre voie.

Rentrant un jour pour le déjeuner d'une promenade assez prolongée, j'appris avec étonnement que je déjeunerais seul, que mon père était parti et que ma mère était souffrante, qu'elle ne voulait pas déjeuner et s'était enfermée dans sa chambre. Aux visages des laquais, je devinais qu'il s'était passé quelque chose d'inhabituel... Je n'osais pas les interroger, mais j'avais un ami, notre jeune maître d'hôtel Philippe, amateur passionné de vers et qui jouait de la guitare en artiste ; je m'adressai à lui. Il m'apprit qu'entre mon père et ma mère il y avait eu une scène terrible (on avait tout entendu, jusqu'au dernier mot, de l'office ; beaucoup de choses avaient été dites en français, mais la femme de chambre Macha avait vécu cinq ans chez une couturière de Paris et comprenait tout) ; que ma mère avait accusé mon père de lui être infidèle, d'avoir lié connaissance avec la demoiselle d'à côté, que mon père avait commencé par se justifier, puis qu'il avait éclaté et qu'à son tour il avait dit un mot cruel, « apparemment sur l'âge de Madame », sur quoi ma mère s'était mise à pleurer ; que ma mère avait aussi mentionné une lettre de change qui aurait été donnée à la vieille princesse et avait dit beaucoup de mal d'elle ainsi que de la demoiselle et que là mon père l'avait menacée.

« Et tout le malheur est venu, continua Philippe, d'une lettre anonyme ; et qui l'a écrite, mystère ; sinon, comment ces affaires-là peuvent-elles venir au jour, il n'y a pas de raison.

— Mais il y a eu vraiment quelque chose ? » dis-je avec difficulté tandis que mes mains et mes pieds se glaçaient et que quelque chose palpitait tout au fond de ma poitrine.

Philippe fit un clin d'œil d'un air entendu.

« Oui. On ne peut pas cacher ces affaires-là ; monsieur votre père a eu beau être très prudent cette fois, il faut bien, par exemple, louer une voiture ou autre chose... on ne peut rien faire sans les domestiques. »

Je renvoyai Philippe et m'effondrai sur mon lit. Je ne me mis pas à sangloter, je ne me livrai pas au désespoir ; je ne me demandais pas quand et comment tout cela avait pu arriver ; je ne m'étonnais pas de n'avoir pas deviné avant, depuis longtemps, je ne murmurais même pas contre mon père... Ce que j'avais appris était au-dessus de mes forces : cette découverte inattendue m'avait écrasé... Tout était fini. Toutes mes fleurs avaient été arrachées d'un seul coup et gisaient autour de moi, dispersées et foulées aux pieds.

XX

Le lendemain, ma mère déclara qu'elle rentrait en ville. Dans la matinée, mon père entra dans sa chambre et resta longtemps seul avec elle. Personne n'entendit ce qu'il lui dit, mais ma mère ne pleura plus ; elle se calma et se fit porter à déjeuner, cependant elle ne se montra pas et ne changea pas de décision. Je me souviens que je passai tout le jour à errer, mais je n'allai pas dans le jardin et pas une fois ne regardai le pavillon, et le soir je fus le témoin d'un événement étonnant : mon père reconduisit le comte Malievski par le bras du salon dans l'antichambre et, en présence d'un laquais, il lui dit d'un ton froid : « Il y a quelques jours, on a montré la porte à Votre Grâce dans une certaine maison ; maintenant, je ne veux pas entrer dans des explications avec vous, mais j'ai l'honneur de vous déclarer que si vous vous présentez encore une fois chez moi, je vous ferai jeter par la fenêtre. Votre écriture ne me plaît pas. » Le comte s'inclina, serra les dents, se recroquevilla et disparut.

Les préparatifs pour rentrer en ville, à l'Arbat[18] où nous avions notre maison, commencèrent. Mon père lui-même, vraisemblablement, n'avait pas envie de rester plus longtemps à la campagne ; mais, visiblement, il avait réussi à convaincre ma mère de ne pas faire d'histoire. Tout se faisait tranquillement, sans hâte, ma mère envoya même saluer la princesse et lui fit savoir son regret de ne pouvoir la voir avant son départ, car elle était souffrante. J'errais comme une âme en peine et ne désirais qu'une chose, que tout finisse au plus vite. Une pensée ne me sortait pas de l'esprit : comment avait-elle pu, elle, une jeune fille, et puis tout de même princesse, se décider à un tel acte, sachant que mon père n'était pas libre, et ayant la possibilité de se marier, ne serait-ce qu'avec Biélovzorov ? Qu'avait-elle donc espéré ? Comment n'avait-elle pas craint de ruiner tout son avenir ? Oui, pensais-je, c'est cela l'amour, la passion, le dévouement sans bornes... et je me souvenais des paroles que m'avait dites Louchine : se sacrifier est doux pour certaines. Il m'advint un jour d'apercevoir une tache pâle à l'une des fenêtres du pavillon... « Se peut-il que ce soit le visage de Zénaïde ? » pensai-je... Oui, c'était son visage. Je n'y tins plus. Je ne pouvais me séparer d'elle sans lui dire un dernier adieu. Je profitai d'un instant propice et me dirigeai vers le pavillon.

Dans le salon, la vieille princesse m'accueillit de sa manière habituelle, sale et négligente.

« Qu'ont donc les vôtres, monsieur, à décaniller si tôt ? » dit-elle en se bourrant les deux narines de tabac.

Je la regardai et je me sentis soulagé. Les mots « lettre de change », prononcés par Philippe, me tourmentaient. Elle ne soupçonnait rien... en tout cas c'est ce qu'il me sembla alors. Zénaïde sortit de la pièce voisine, elle portait une robe noire, elle était blême, avait les cheveux dénoués ; elle me prit par la main en silence et m'emmena avec elle.

« J'ai entendu votre voix, commença-t-elle, et suis venue tout de suite. Et il vous était si facile de nous quitter, méchant garçon ?

— Je viens vous dire adieu, princesse, lui répondis-je, vraisemblablement pour toujours. Vous avez sans doute entendu dire que nous partions. »

Zénaïde me regarda fixement.

« Oui, je l'ai entendu dire. Merci d'être venu. Je pensais déjà que je ne vous verrais plus. Ne gardez pas un mauvais souvenir de moi. Je vous ai parfois tourmenté ; mais, pourtant, je ne suis pas comme vous l'imaginez. »

Elle se détourna et s'appuya contre la fenêtre.

« Vraiment, je ne suis pas ainsi. Je sais que vous pensez du mal de moi.

— Moi ?

— Oui, vous... vous.

— Moi ? » répétai-je avec chagrin et mon cœur palpita comme auparavant sous l'influence d'un charme irrésistible, indescriptible. « Moi ? Croyez, Zénaïde Alexandrovna, que, quoi que vous ayez fait, malgré tous les tourments que vous avez pu m'infliger, je vous aimerai et vous adorerai jusqu'à la fin de mes jours. »

Elle se tourna rapidement vers moi et, ouvrant largement les bras, elle étreignit ma tête et m'embrassa avec force et fougue. Dieu sait à qui était destiné ce long baiser d'adieu, mais j'en savourai la douceur avec avidité. Je savais qu'il ne se répéterait plus jamais.

« Adieu, adieu », dis-je...

Elle s'échappa et partit. Et moi aussi, je m'éloignai. Je ne suis pas capable de rendre le sentiment avec lequel je m'éloignai. Je ne souhaiterais pas qu'il se répétât quelque jour ; mais je me considérerais comme malheureux si je ne l'avais jamais éprouvé.

Nous déménageâmes en ville. Je ne me détachai pas tout de suite du passé, je ne me mis pas tout de suite au travail. Ma blessure guérissait lentement ; mais contre mon père en particulier je n'avais aucun mauvais sentiment. Au contraire : il avait encore comme grandi à mes yeux... Que les psychologues expliquent cette contradiction comme ils pourront. Un jour, je marchais sur le boulevard et, à ma joie inexprimable, je tombai sur Louchine. Je l'aimais pour son caractère droit et dépourvu d'hypocrisie, de plus il m'était cher pour les souvenirs qu'il évoquait en moi. Je me jetai à sa rencontre.

« Aha ! » dit-il et il fronça les sourcils. « C'est vous, jeune homme ! Montrez-vous un peu. Vous avez encore le teint jaune, mais vous n'avez plus dans les yeux l'ancien éclat malsain. Vous paraissez un être humain, et non pas un petit chien de salon. C'est bien. Alors, que devenez-vous ? Travaillez-vous ? »

Je soupirai. Je n'avais pas envie de mentir et j'étais gêné de dire la vérité.

« Allons, cela ne fait rien, continua Louchine, n'ayez pas peur. Le principal est de vivre normalement et de ne pas se livrer aux entraînements de la passion. Qu'y a-t-il d'utile là-dedans ? Où que la vague nous entraîne, c'est mauvais ; il faut qu'un homme se trouve un roc et y tienne bon sur ses pieds. Moi, voyez, je tousse... et Biélovzorov, vous savez ?

— Quoi donc ? non.

— Il a disparu sans laisser de traces ; on dit qu'il est

parti pour le Caucase. Une leçon pour vous, jeune homme. Et tout cela parce qu'on ne sait pas se séparer à temps, rompre ses liens. Vous, par exemple, vous semblez vous en être bien tiré. Attention à ne pas vous laisser prendre encore. Adieu. »

« Je ne me laisserai pas prendre, pensais-je, je ne la reverrai plus » ; mais il était écrit que je reverrais encore une fois Zénaïde.

XXI

Mon père montait tous les jours à cheval ; il avait un merveilleux cheval anglais, un alezan grivelé, avec une longue et fine encolure et de longues jambes, c'était une bête infatigable et méchante. Il s'appelait Electrik. À part mon père, personne ne pouvait le monter. Un jour, mon père vint me voir de bonne humeur, ce qui ne lui était pas arrivé depuis longtemps ; il se préparait à partir et avait déjà mis ses éperons. Je lui demandai de me prendre avec lui.

« Il vaut mieux jouer à saute-mouton, me répondit mon père, avec ton klepper tu ne pourras pas me suivre.

— Si ; je vais mettre aussi des éperons.

— Bon, si tu veux. »

Nous partîmes. J'avais un petit cheval poilu, un moreau, solide sur ses jambes et assez vif ; il est vrai qu'il devait galoper de toutes ses forces quand Electrik allait au grand trot, mais je ne me laissais pas distancer. Je n'ai jamais vu un cavalier comme mon père ; il se tenait en selle avec tant de grâce habile et nonchalante que le cheval lui-même semblait le sentir et faire parade de son cavalier. Nous parcourûmes tous les boulevards, allâmes au Champ des Vierges[19], sautâmes quelques palissades (au début j'avais peur de sauter, mais mon père méprisait les timorés et je cessai d'avoir peur), traversâmes deux fois la Moskowa ; je pensais déjà que nous rentrions à la maison, d'autant plus que mon père lui-même avait remarqué que mon cheval était fatigué, quand soudain il s'écarta de moi, tourna du côté opposé au gué de Crimée[20] et se mit à galoper le long de la berge. Je me précipitai derrière lui. Arrivé à la hauteur d'un grand tas de vieux rondins empilés, il sauta agilement à bas d'Electrik, m'ordonna de descendre et, me donnant les rênes de son cheval, il me dit de l'attendre là, près des rondins ; puis il tourna dans une petite rue et disparut. Je me mis à marcher de long en large sur la berge, menant les chevaux derrière moi et grondant Electrik qui, en marchant, ne cessait de tendre le cou, se secouer, s'ébrouer, hennir ; et quand je m'arrêtais, il frappait tour à tour le sol de son sabot et mordait mon klepper au cou en criant, bref se conduisait comme un *pur-sang* capricieux. Mon père ne revenait pas. Une humidité désagréable montait du fleuve ; une petite pluie fine tomba doucement et marqua de minuscules taches sombres les stupides rondins gris près desquels j'errais et dont j'étais excédé. La mélancolie me prenait et mon père n'était toujours pas là. Un garde finnois, tout gris lui aussi, un vieux shako énorme, en forme de pot, sur la tête et sa hallebarde sur l'épaule (on se demande bien ce qu'un garde pouvait faire sur la berge de la Moskowa !), s'approcha et, tournant vers moi son visage ridé de vieille femme, me dit :

« Que faites-vous donc ici avec des chevaux, mon petit monsieur ? Donnez, je vais les tenir. »

Je ne lui répondis pas ; il me demanda du tabac. Pour m'en défaire (de plus l'impatience me tourmentait), je fis quelques pas dans la direction qu'avait prise mon père ; puis je parcourus la petite rue jusqu'au bout, tournai le coin et m'arrêtai. Dans la rue, à quarante pas de moi, devant la fenêtre ouverte d'une petite maison de bois, me tournant le dos, se tenait mon père ; sa poitrine était appuyée contre le rebord de la fenêtre et dans la maison était assise une femme habillée d'une robe sombre, à demi cachée par un rideau ; elle parlait avec mon père ; cette femme était Zénaïde.

Je fus stupéfait. Je le reconnais, je ne m'y attendais aucunement. Mon premier mouvement fut de fuir. « Mon père va se retourner, pensai-je, et je serai perdu... » Mais un sentiment étrange, un sentiment plus fort que la curiosité, plus fort même que la jalousie, plus fort que la peur, m'arrêta. Je me mis à regarder, je m'efforçai d'entendre. Mon père, semblait-il, insistait sur quelque chose. Zénaïde ne voulait pas. Je revois encore son visage, triste, grave, ravissant et portant la marque indicible d'un dévouement sans bornes, du chagrin, de l'amour et d'une sorte de désespoir, je ne puis trouver un autre mot. Elle ne parlait que par monosyllabes, ne levait pas les yeux et se contentait de sourire, d'un air soumis et entêté. À ce seul sourire je reconnus ma Zénaïde d'autrefois. Mon père haussa les épaules et redressa son chapeau sur sa tête, ce qui était toujours chez lui un signe d'impatience... Puis j'entendis ces mots : *Vous devez vous séparer de cette... *, Zénaïde se redressa et tendit le bras... Soudain, devant mes yeux, s'accomplit une chose incroyable : mon père leva soudain sa cravache avec laquelle il tapait le pan de sa redingote pour en faire tomber la poussière et j'entendis le coup violent qui cingla ce bras dénudé jusqu'au coude. J'eus du mal à me retenir pour ne pas pousser un cri, Zénaïde sursauta, regarda mon père en silence et, portant lentement son bras à ses lèvres, embrassa la trace cramoisie. Mon père jeta sa cravache et, montant en hâte les marches du perron, bondit dans la maison... Zénaïde se retourna et, les bras tendus, la tête rejetée en arrière, s'éloigna aussi de la fenêtre.

Glacé d'effroi, terrifié et ne sachant que penser, je retournai vivement sur mes pas, parcourus la petite rue, faillis laisser partir Electrik et revins sur la berge du fleuve. Je ne pouvais rien comprendre. Je savais que mon père, malgré sa froideur et sa retenue, avait parfois des accès de rage et pourtant je ne pouvais rien comprendre à ce que j'avais vu... Mais je sentis aussitôt que, de toute ma vie, il me serait impossible d'oublier ce geste, ce regard, ce sourire de Zénaïde, que son image, cette image nouvelle qui avait brusquement surgi devant moi, s'était imprimée pour toujours dans ma mémoire. Je regardais le fleuve sans rien voir et ne remarquais pas les larmes qui coulaient sur mes joues. « On la frappe, pensais-je, on la frappe... on la frappe... »

« Eh bien, que fais-tu ? donne-moi mon cheval ! » dit mon père derrière moi.

Je lui tendis machinalement les rênes. Il bondit sur Electrik... Le cheval transi se cabra et fit un bond en avant d'une sagène et demie... mais bientôt mon père le maîtrisa ; il lui enfonça ses éperons dans les flancs et lui frappa le cou du poing... « Ah, je n'ai pas de cravache », murmura-t-il.

Je me souvins du sifflement et du coup porté par cette même cravache il y avait quelques instants et sursautai.

« Où donc l'as-tu fourrée ? » demandai-je à mon père au bout d'un moment.

Mon père ne me répondit pas et se mit à galoper. Je le rattrapai. Je voulais absolument voir son visage.

« Tu t'es ennuyé sans moi ? dit-il entre ses dents.

— Un peu. Où donc as-tu laissé tomber ta cravache ? » lui demandai-je à nouveau.

Mon père me jeta un regard rapide.

« Je ne l'ai pas laissée tomber, dit-il, je l'ai jetée. »

Il se plongea dans ses pensées et baissa la tête... Et à cet instant, pour la première et presque la dernière fois, je vis combien de tendresse et de regret pouvaient exprimer les traits sévères de son visage.

Il se mit à galoper et, cette fois-là, je ne pus le rattraper ; j'arrivai à la maison un quart d'heure après lui.

« C'est cela, l'amour, me disais-je à nouveau, assis la nuit devant mon bureau, sur lequel avaient réapparu des cahiers et des livres, c'est cela la passion !... Comment peut-on ne pas se révolter, comment peut-on supporter un coup porté par quelqu'un !... par la main la plus chère ! Il faut croire qu'on le peut si on aime... Et moi qui... moi qui imaginais... »

Le dernier mois m'avait beaucoup mûri et mon amour, avec tous ses émois et toutes ses souffrances, me parut à moi-même comme quelque chose de si petit, si puéril, si misérable devant cet autre sentiment inconnu que je pouvais à peine deviner et qui m'effrayait comme un visage inconnu, beau, mais menaçant que l'on s'efforce en vain de distinguer dans le demi-jour...

Je fis cette nuit-là un rêve étrange et terrible. Il me semblait que j'entrais dans une pièce basse et sombre... Mon père se tenait debout, la cravache à la main, et tapait du pied ; Zénaïde était blottie dans un coin et non sur son bras, mais sur son front il y avait un trait rouge... Derrière eux deux se dressait Biélovzorov tout ensanglanté, il ouvrait ses lèvres blêmes et menaçait mon père avec colère.

Deux mois plus tard, j'entrai à l'université et au bout de six mois, mon père mourut (d'une attaque) à Pétersbourg où il venait juste de s'installer avec ma mère et moi. Quelques jours avant sa mort, il avait reçu une lettre de Moscou qui l'avait extraordinairement agité... Il était allé demander quelque chose à ma mère et on dit qu'il avait même pleuré, lui, mon père ! Le matin même du jour où il eut cette attaque, il avait commencé une lettre pour moi en français. « Mon fils, m'écrivait-il, crains l'amour des femmes, crains ce bonheur, ce poison... » Après sa mort, ma mère envoya une somme assez importante à Moscou

XXII

Quatre ans, environ, passèrent. Je venais de terminer mes études à l'université et ne savais pas encore très bien qu'entreprendre, à quelle porte frapper ; pour le moment, je traînais sans rien faire. Un beau soir, au théâtre, je rencontrai Maïdanov. Il avait eu le temps de se marier et de devenir fonctionnaire ; mais je ne le trouvai pas changé. Il s'enthousiasmait toujours sans raison et se décourageait toujours aussi soudainement.

« À propos, me dit-il, savez-vous que madame Dolski est ici ?

— Quelle madame Dolski ?

— Se peut-il que vous ayez oublié ? l'ex-princesse Zassiékine de qui nous étions tous amoureux, et vous aussi. Rappelez-vous, à la campagne, près du parc Niéskoutchny.

— Elle est mariée à un Dolski ?

— Oui.

— Et elle est ici, au théâtre ?

— Non, mais elle est à Pétersbourg, elle est arrivée ici il y a quelques jours ; elle se prépare à partir pour l'étranger.

— Quel homme est son mari ? demandai-je.

— Un homme charmant, avec de la fortune. Un de mes collègues de Moscou. Vous comprenez, après cette histoire... tout cela doit vous être bien connu (Maïdanov sourit d'un air entendu)... il ne lui était pas facile de trouver un parti ; il y a eu des suites... mais avec son esprit tout est possible. Allez la voir : elle sera très contente de vous voir. Elle a encore embelli. »

Maïdanov me donna l'adresse de Zénaïde. Elle était descendue à l'hôtel Demouth[21]. De vieux souvenirs remuèrent en moi... Je me promis d'aller rendre visite le lendemain même à mon ancienne « passion ». Mais j'eus diverses choses à faire ; une semaine passa, puis une autre et quand, enfin, j'allai à l'hôtel Demouth et demandai madame Dolski, j'appris que quatre jours auparavant, elle était morte, presque subitement, en couches.

J'eus comme un coup au cœur. La pensée que j'aurais pu la voir et ne l'avais pas vue, et que je ne la reverrais plus jamais, cette pensée amère s'enfonça en moi avec toute la force d'un reproche irrésistible. « Elle est morte ! » répétai-je, regardant le portier d'un air stupide ; je sortis doucement dans la rue et m'en allai sans savoir où. Tout le passé surgit d'un coup, passa devant mes yeux. Et voilà comment s'est terminée, voilà où se précipitait, dans la hâte et l'émoi, cette jeune vie, ardente, brillante ! Je pensais cela, je m'imaginais ces traits chéris, ces yeux, ces boucles, dans une caisse étroite, dans l'obscurité humide sous la terre, là, non loin de moi qui étais encore vivant et, peut-être, à quelques pas de mon père... Je pensais tout cela, je tendais mon imagination et cependant :

Des lèvres indifférentes m'ont appris la nouvelle de sa [mort,
Et je l'ai entendue, indifférent[22].

Ces vers résonnaient dans mon cœur. Ô jeunesse ! jeunesse ! tu n'as cure de rien, tu sembles posséder tous les trésors de l'univers, même la tristesse t'amuse, même le chagrin te va bien, tu es sûre de toi et téméraire, tu dis : moi seule je vis, regardez ! mais tes jours fuient et disparaissent sans qu'on s'en aperçoive et sans laisser de traces, et tout en toi disparaît comme la cire au soleil, comme la neige... Et peut-être que tout le secret de ton charme réside non dans la possibilité de tout faire, mais dans la possibilité de penser que tu feras tout, peut-être qu'il réside justement dans le fait que tu disperses au vent les forces que tu n'aurais pas su employer à quelque chose d'autre, dans le fait que chacun de nous se considère sérieusement comme un dilapidateur pense sérieusement qu'il est en droit de dire : « Oh ! qu'aurais-je fait si je n'avais pas gaspillé mon temps ! »

Moi, par exemple... qu'espérais-je, qu'attendais-je, quel riche avenir prévoyais-je quand j'accordais à peine un seul soupir, un seul moment de mélancolie au fantôme, surgi pour un instant, de mon premier amour ?

Et qu'est-il advenu de tout ce que j'espérais ? Maintenant que sur ma vie commencent déjà à passer les ombres du soir, que me reste-t-il de plus frais, de plus cher que les souvenirs de cet orage d'un matin de printemps, vite enfui ?

Mais je me calomnie en vain. Même alors, en ce temps de ma jeunesse étourdie, je ne suis pas resté sourd à la voix triste qui faisait appel à moi, au son solennel qui me parvenait d'outre-tombe. Je me souviens que quelques jours après que j'eus appris la mort de Zénaïde, je tins absolument à assister à la mort d'une pauvre vieille qui vivait dans la même maison que nous. Couverte de haillons, couchée sur des planches dures, un sac pour tout oreiller sous la tête, elle eut une agonie pénible et douloureuse. Toute sa vie s'était passée dans une lutte amère contre la misère quotidienne ; elle n'avait pas connu de joie, elle n'avait pas goûté au miel du bonheur, comment, semble-t-il, ne se serait-elle pas réjouie de la mort, de la liberté, du repos qu'elle donne ? Et pourtant, tant que son corps vétuste s'obstina encore, tant que sa poitrine se souleva encore douloureusement sous la main glaçante qui l'oppressait, tant que ses dernières forces ne l'eurent pas abandonnée, la vieille continua à se signer et à murmurer : « Seigneur, délivre-moi de mes péchés ! » et ce n'est qu'avec la dernière étincelle de conscience que disparut de ses yeux l'expression de peur et d'horreur devant la fin. Et je me souviens que, là, au chevet de cette pauvre vieille, j'eus peur pour Zénaïde et j'eus envie de prier pour elle, pour mon père... et pour moi[23].

DOSSIER

CHRONOLOGIE

1818 : Naissance à Orel d'Ivan Tourguéniev, deuxième fils de Serge et de Barbe, née Loutovinov.

1818-1833 : L'enfance.

Le père, officier de la Garde, prend sa retraite en 1821, et la famille s'installe dans la riche propriété de Spasskoïé qui appartient à la mère. Voyage familial en Europe en 1822-1823. En 1827 les Tourguéniev s'installent à Moscou ; Tourguéniev y fait ses études secondaires comme externe de pensions privées, puis avec des précepteurs à domicile. L'été de 1833 il vit son « premier amour ».

1833-1837 : L'adolescence romantique.

Tourguéniev a découvert la poésie allemande et Byron ; il écrit des vers, et particulièrement, en 1836, un poème dramatique dans le style de Byron, *Steno.* Admis en 1833 à l'université de Moscou, il obtient au bout d'un trimestre son transfert à celle de Saint-Pétersbourg, en « faculté de Philologie » ; il termine brillamment ce *cursus* en 1836.
Son père est mort en 1834. En 1836 il a assisté à la première représentation du *Révizor* de Gogol. En 1837 il est présent aux funérailles de Pouchkine.

1838-1841 : La découverte de l'Europe.

Tourguéniev part pour Berlin afin d'y compléter sa formation. Le bateau sur lequel il embarque à Stettin, en 1838, est ravagé par un incendie qui lui fait grand-peur. Il accomplit deux semestres d'études à l'université de Berlin où il s'adonne surtout à la philosophie hégélienne. Entre ces deux semestres, il fait en 1839 un bref séjour à Spasskoïé pendant lequel ses relations tendues avec sa mère ne s'améliorent pas, et en 1840 il passe trois mois en

Italie, auprès du philosophe idéaliste Stankiévitch, dans le cercle duquel il était entré à son arrivée à Berlin, et qui mourra peu après de tuberculose. De retour à Berlin, il se lie d'amitié avec Michel Bakounine.

1841-1843 : La Russie retrouvée.

La situation inchangée de la Russie où Tourguéniev revient après son séjour en Europe le déçoit profondément. En 1841 il prend pour maîtresse, à Spasskoïé, une couturière employée par sa mère, Avdotia Ivanov, qui lui donne en 1842 une fille, Pélagie (plus tard Pauline) ; simultanément il a une intrigue amoureuse platonique avec Tatiana Bakounine, sœur de Michel. En 1842 il soutient brillamment à Saint-Pétersbourg une maîtrise de philosophie, puis fait une dernière escapade à Berlin.

1843-1846 : L'écrivain se cherche.

Durant ces années, Tourguéniev abandonne progressivement la poésie et le lyrisme pour la prose et pour le réalisme. En 1843 il publie un poème narratif, *Paracha,* qui le fait remarquer par le maître à penser de la nouvelle école, le critique réaliste Biélinski, dont il devient l'ami et le disciple. Entré en 1844 comme fonctionnaire au ministère de l'Intérieur, il démissionne en 1845 pour se consacrer au métier d'écrivain. En 1844, sa première œuvre en prose, *André Kolossov,* une nouvelle, paraît dans *Le Contemporain.* À partir de 1846 il deviendra le collaborateur régulier de cette revue littéraire progressiste, avec des poèmes lyriques ou narratifs et d'autres nouvelles. Il entre en relation avec Dostoïevski, Herzen, Gontcharov, Nékrassov, etc.

En 1843, après avoir rompu avec Tatiana Bakounine, Tourguéniev est tombé amoureux de la cantatrice franco-espagnole Pauline Viardot-Garcia qu'il a entendue chanter à Saint-Pétersbourg. En 1845, il fait un voyage en Europe dans son sillage. C'est le début d'un amour qui durera jusqu'à sa mort.

Les orientations que prend la vie de Tourguéniev déplaisent à sa mère, et ses rapports avec elle en sont gravement détériorés.

1847-1850 : En Europe, dans l'orbite de Pauline Viardot.

Tourguéniev s'éloigne délibérément de la Russie, terre du servage, et de sa mère qui, désormais, le privera de presque tout subside. Au printemps de 1847 il cohabite quelques semaines en Allemagne avec Biélinski qui mourra peu après ; puis il rejoint les Viardot et passe dès lors presque tout son temps à Paris ou à Courtavenel, la propriété des Viardot en Seine-et-Marne. Les journées révolutionnaires de 1848 à Paris l'impressionnent vivement : il partage ces émotions avec Herzen.

En 1847, Tourguéniev a fait paraître dans *Le Contemporain* sa première esquisse paysanne, *Le Putois et Kalinytch;* le succès qu'elle obtient l'encourage dans sa vocation d'écrivain. Vingt autres esquisses paraîtront dans la même revue entre 1847 et 1851, ainsi que des comédies à partir de 1848 et, en 1850, la nouvelle *Le Journal d'un homme de trop.*

1850-1856 : De l'esquisse au roman.

En 1850, Tourguéniev rentre à Moscou, rappelé par sa mère mourante ; mais une pénible dispute oppose Barbe Pétrovna à ses deux fils qui ne seront pas à son chevet au moment de sa mort. Entré en possession d'une grande fortune, Tourguéniev confie sa fille Pélagie-Pauline à Pauline Viardot qui accepte de veiller à Paris sur son éducation. Créateur désormais reconnu d'esquisses paysannes et de types contemporains tels que « l'homme de trop », il va partager son temps entre Saint-Pétersbourg, Moscou et Spasskoïé. En 1852, apprenant la mort de Gogol, il fait paraître à Moscou (pour déjouer la censure de Saint-Pétersbourg) un article nécrologique jugé subversif; il est exilé sur ses terres jusqu'à la fin de l'année 1853.

Les Mémoires d'un chasseur (les esquisses paysannes réunies en volume) paraissent en 1852. Tourguéniev occupe son exil à écrire, particulièrement un premier roman, *Deux générations,* qu'il n'achèvera pas et dont il détruira les parties rédigées. En 1854, il a une brève idylle avec sa cousine Olga Tourguéniev; dans *Le Contemporain,* prépublication des nouvelles *Deux amis, Les Eaux tranquilles* et *Moumou.*

En 1855, paraissent dans la même revue la pièce *Un mois à la campagne* (écrite entre 1848 et 1850 mais interdite par la censure) et la nouvelle *L'Auberge de grand chemin.* La même année, Tourguéniev se lie d'amitié avec la comtesse Lambert (voir notre Préface) et fait la connaissance de Tchernychevski; puis il héberge à Moscou et lance dans les milieux littéraires un brillant débutant, Léon Tolstoï; les deux hommes se sépareront bientôt pour incompatibilité de caractères et d'opinions.

En 1856, Tourguéniev s'éprend de Marie Tolstoï, sa voisine de campagne, sœur de Léon et femme d'un autre Tolstoï. La même année, prépublication du roman *Roudine* dans *Le Contemporain* (Tourguéniev doit se défendre d'y avoir caricaturé Michel Bakounine), et de la nouvelle *Faust.* Publication du recueil *Nouvelles et récits d'Ivan Tourguéniev (1844-1856).* Désormais Tourguéniev collabore aussi avec *Les Annales de la patrie :* il a donné à cette revue *Jacques Passynkov* en 1855, *Une correspondance* en 1856. Enfin autorisé à se rendre en Europe, il passe deux mois idylliques, l'été de 1856, à Courtavenel auprès de Pauline Viardot, puis brusquement découvre qu'il est de trop dans sa vie. À Paris il se lie avec le poète russe Fet et se lance dans le monde des lettres françaises.

1857-1858 : Années de crise.

Délaissé par Pauline Viardot, souffrant d'une douloureuse affection de la vessie, Tourguéniev sombre dans la dépression et détruit ses manuscrits. Il erre entre Paris, Courtavenel, Sinzig (près de Coblence), Rome enfin où il se ressaisit peu à peu, se remet à écrire. De retour à Spasskoïé il achève son second roman, *Nid de gentilhomme,* au printemps de 1858.
En 1858, prépublication de *Assia* dans *Le Contemporain.* La même année paraît en France la première traduction autorisée par l'auteur des *Mémoires d'un chasseur.*

1859-1861 : Le sommet de la carrière.

Tourguéniev mène une vie nomade, il fait alternativement de longs voyages en Europe et de longs séjours en Russie.
En 1859, *Nid de gentilhomme* paraît dans *Le Contemporain,* puis en volume, et obtient un immense succès. En 1860, *À la veille,* troisième roman, paraît dans la revue conservatrice *Le Messager russe :* Gontcharov accuse Tourguéniev d'y avoir plagié le roman qu'il a lui-même en chantier depuis longtemps, *Le Ravin,* et se brouille avec lui. *Premier amour* est paru la même année dans la revue *La Bibliothèque de lecture.*
Le Contemporain étant devenu la tribune des jeunes radicaux qui contestent Tourguéniev, celui-ci refuse désormais d'y collaborer ; ce conflit d'opinions et de générations sera transposé dans un nouveau roman, conçu en 1860, *Pères et fils.*

1860-1861 : Première édition des *Œuvres complètes* de Tourguéniev, en 4 volumes. Au printemps de 1861, Tolstoï et Tourguéniev se disputent violemment et se séparent brouillés.
Durant ces années, Tourguéniev a entretenu d'étroites relations avec Herzen, l'exilé de Londres.

1862-1871 . Divorce d'avec le public russe. Baden-Baden.

En 1862, *Pères et fils* paraît dans *Le Messager russe* puis en volume ; ce roman soulève d'abord un tollé chez les progressistes, mais bientôt, dans les polémiques qu'il suscite, se révèle la divergence fondamentale des deux tendances radicales incarnées par Tchernychevski et par Pissarev ; Herzen, de son côté, entame avec l'auteur une polémique par lettres ouvertes. Tout cela affecte

Tourguéniev qui décide d'élire domicile à Baden-Baden où Pauline Viardot prend sa retraite de cantatrice ; de là il fait de fréquents voyages à Paris, en Allemagne, et, de loin en loin, il se rend en Russie pour de brefs séjours.

En 1863, à Paris, Tourguéniev est invité pour la première fois à un « dîner Magny ». La même année il est impliqué en Russie dans le « Procès des trente-deux », pour ses relations avec les émigrés de Londres ; interrogé en 1864 devant le Sénat, il est blanchi de toute accusation, ce qui excite les soupçons de Herzen, et les deux hommes se brouillent.

En 1864, prépublication de la première nouvelle fantastique de Tourguéniev, *Apparitions*, dans la revue des frères Dostoïevski, *L'Époque*.

En 1865, Tourguéniev marie sa fille à Gaston Bruère, industriel de Rougemont. Il a de graves soucis d'argent : pour doter sa fille, pour se construire une maison à Baden-Baden, il est contraint de vendre des terres en Russie ; il découvre aussi que son oncle paternel a très mal géré Spasskoïé. En 1865, Tourguéniev a prêté 50 thalers à Dostoïevski qui s'est ruiné au jeu à Wiesbaden ; la même année il a rencontré Flaubert pour la première fois (ils avaient correspondu en 1863).

En 1865, édition des *Œuvres complètes* de Tourguéniev en 5 volumes. En 1866, prépublication de la nouvelle fantastique *Le Chien*. En 1867, le roman *Fumée*, auquel Tourguéniev travaillait depuis 1865, paraît dans *Le Messager russe ;* il est très mal accueilli de toutes parts ; Dostoïevski se brouille avec Tourguéniev à son propos ; l'écrivain est accusé de mépriser la Russie et les Russes. Tourguéniev, que son oncle menace par ailleurs de ruiner, se console auprès de la famille Viardot et compose avec Pauline Viardot des opérettes qui sont jouées à Baden-Baden. En 1869, paraît l'édition des *Œuvres complètes* en 7 volumes, et, en France le recueil *Nouvelles moscovites*.

En 1870, Tourguéniev est affecté par la mort de Herzen avec qui il a eu le temps de se réconcilier. Il se brouille avec Fet, trop conservateur à son gré. À Paris il assiste à l'exécution du meurtrier Tropman et consacre un essai à cet événement. La guerre franco-prussienne oblige les Viardot à s'installer en Angleterre où Tourguéniev les retrouve à la fin de l'année. La nouvelle *Une étrange histoire* et l'esquisse *Le Roi Lear des steppes* ont paru en 1870 dans *Le Messager de l'Europe*.

Tourguéniev passe l'année 1871 à Londres, à l'exception de six semaines pendant lesquelles il séjourne en Russie. Il rencontre des écrivains anglais, George Eliot, Dante Gabriel Rossetti, Robert Browning. À la fin de l'année il vend sa maison de Baden-

Baden et s'installe à Paris, rue de Douai, dans la même maison que les Viardot.

1872-1878 : Paris et Bougival (première période).

Tourguéniev partage désormais la vie de la famille Viardot à Paris et, l'été, à Bougival ; mais il fait plusieurs cures en Allemagne et quelques brefs séjours en Russie. Il est gêné par de fréquentes crises de goutte. Flaubert est devenu son ami intime, et il rencontre fréquemment Edmond de Goncourt, George Sand, Zola, Daudet. En 1875, il fait la connaissance d'Henry James, en 1876, celle de Maupassant. Il reçoit souvent des Russes, amis comme Annenkov, confrères comme Saltykov-Chtchédrine. Il se dépense sans compter pour faire traduire et paraître en Russie les œuvres de Flaubert et de Zola et, en France, celles de Tolstoï, d'Ostrovski. Il rencontre Lavrov en 1872 et dès lors soutient sa revue *En avant!* et s'efforce de protéger les révolutionnaires russes traqués que lui recommande le leader populiste. Il voit fréquemment sa fille Pauline qui lui a donné deux petits-enfants, Jeanne (1872) et Georges-Albert (1875) ; pour renflouer les affaires de son gendre et pour construire à Bougival en association avec les Viardot, il est amené à vendre presque tous ses biens russes ; en 1876, il se découvre « ruiné » par la mauvaise gestion de son nouvel intendant à Spasskoïé.

La pièce *Un mois à la campagne* est jouée pour la première fois, à Moscou, en 1872. Tourguéniev publie quelques nouvelles : *Les Eaux printanières* (1872), *Reliques vivantes* et *Pounine et Babourine* (1874). En 1874, le roman *Terres vierges* conçu en 1872 paraît simultanément en Russie et, en traduction française, à Paris ; il connaît en Russie un « fiasco », mais en France et bientôt dans toute l'Europe, l'œuvre devient un best-seller ; Tourguéniev passe même pour un prophète quand la Russie devient effectivement le théâtre de « marches au peuple » et d'attentats terroristes. En 1877, Tourguéniev commence à écrire des poèmes en prose non destinés à être publiés.

En 1875, Dostoïevski a fini par rembourser à Tourguéniev sa dette de 50 thalers.

En 1877, Tourguéniev a rendu visite à Nékrassov mourant ; en 1878, il se réconcilie avec Tolstoï. À Paris, il est choisi comme vice-président du Congrès international des écrivains dont le président est Victor Hugo.

1879-1883 : Paris et Bougival (seconde periode).

En 1879, Tourguéniev perd son frère Nicolas. Il part en février pour la Russie où ses confrères et le public des deux capitales lui font un accueil enthousiaste. Il est revigoré par cette réconciliation avec son pays. De retour à Paris, il prépare avec soin l'édition de 1880 de ses *Œuvres complètes* en 10 volumes. Ses deux derniers séjours en Russie sont également réconfortants : en 1880, il partage avec Dostoïevski la vedette des manifestations organisées lors de l'inauguration du monument de Pouchkine ; en 1881, il passe un été idyllique à Spasskoïé, entouré d'amis ; un tendre sentiment pour la jeune actrice Marie Savine réchauffe aussi ses dernières années.

Tourguéniev écrit encore, outre ses poèmes en prose — dont 48 paraîtront en 1882 — des souvenirs, et des récits plus ou moins fantastiques : *Vieux portraits* et *Le Chant de l'amour triomphant* paraissent en 1881, *Un désespéré* en 1882, *Clara Militch* en 1883. Tourguéniev est très frappé, en 1880, par la mort de Flaubert. Il continue à diffuser en Russie les romans de Zola, les nouvelles de Maupassant ; il recommande aux lecteurs français la traduction de *Guerre et paix*. Il apporte toujours le soutien de sa plume et de ses relations aux révolutionnaires russes.

En 1882, la fille de Tourguéniev abandonne le foyer conjugal car son mari, définitivement ruiné, la maltraite et cherche à extorquer de nouveaux fonds à son beau-père ; Tourguéniev doit secourir sa fille et ses petits-enfants ; c'est alors, au mois de mars, qu'il tombe gravement malade, probablement d'un cancer de la moelle épinière ; son agonie dure près de dix-huit mois pendant lesquels la famille Viardot l'entoure de soins et d'affection ; quelques rémissions de la souffrance lui permettent de corriger des épreuves, de suivre la préparation d'une nouvelle édition de ses *Œuvres complètes*.

Tourguéniev meurt à Bougival le 22 août/3 septembre. Lavrov ayant aussitôt dévoilé dans la presse les soutiens qu'il a reçus de Tourguéniev, le gouvernement russe interdit toute cérémonie officielle lors de ses funérailles à Saint-Pétersbourg, et la foule immense qui accompagne sa dépouille mortelle le 27 septembre/9 octobre est maintenue dans l'ordre par un déploiement discret de forces de police.

1883 : *Œuvres complètes* en 10 volumes, édition posthume

NOTES

NID DE GENTILHOMME

Page 35.

1. Cette initiale représente Orel, ville natale de Tourguéniev.

Page 38.

2. Fonctionnaire civil de cinquième classe (la première classe étant la plus haute, la quinzième la plus basse).

3. Comme le mot « pope », l'appellation « fils de pope » est irrespectueuse, voire méprisante ou insultante. Un dicton populaire accuse les popes d'être mauvaises langues : « Les popes aussi en racontent, pas seulement les bonnes femmes. »

4. L'orthographe et les guillemets sont dans le texte. Marthe Timoféïevna affecte de prononcer les mots étrangers en les écorchant, comme les gens du peuple.

Page 39.

5. Jeune domestique servant de garçon de courses et vêtu en cosaque.

Page 40.

6. Hélène a pour diminutif usuel Léna, sur lequel on forme le surdiminutif affectueux Lénotchka.

7. Théodore *(Fiodor)* a pour diminutif usuel Fédia, sur lequel on forme le surdiminutif affectueux Fédioucha que l'on rencontrera plus loin.

Page 43.

8. Forme francisée de Vladimir, utilisée dans les salons aristocratiques où l'on affectait de parler français le plus possible. Vladimir a pour diminutif usuel Volodia.

Page 45.

9 De 1819 à 1884, les étudiants des universités russes pouvaient, au terme de leurs études, recevoir le titre de « candidat » ou d' « étudiant effectif ». Pour être candidat, il fallait avoir obtenu au moins une moyenne de 4 et demi (la note maximum étant 5) aux examens de fin d'études et avoir présenté une thèse au conseil de la faculté. Pour être étudiant effectif, il suffisait d'avoir obtenu une moyenne de 3 aux examens. Plus des deux tiers des étudiants étaient reçus candidats. Ils avaient la préférence pour entrer dans l'administration publique et recevaient un grade plus élevé dans la hiérarchie civile.

Page 46.

10. L'une des fonctions que comporte le service de la cour. On y était nommé par le tsar lui-même, à condition d'être au moins assesseur de collège (huitième *tchine*) et au plus conseiller d'État effectif (quatrième *tchine*). Les grades de la Cour donnaient droit à des privilèges honorifiques.

Panchine sera qualifié (p. 106) par Marie Dmitrievna de « page de la chambre » par erreur ; le corps des pages était composé d'enfants et d'adolescents ; il était d'ailleurs devenu depuis 1802 une école de futurs officiers.

Page 48.

11. Cet opéra de Weber fut joué à Saint-Pétersbourg en 1837 et en 1838 (années où Tourgueniev se trouvait dans cette capitale). La transposition pour piano de son ouverture jouit d'une grande popularité dans les salons russes durant les années trente et quarante.

Page 49.

12. Les paroles russes de cette romance sont de Tourguéniev. Il s'agit d'un poème composé par lui en 1840 et dont les quatre premiers vers sont une traduction libre du célèbre poème de Heine *Der Mond ist aufgegangen*.

Page 53.

13. *Shakespeares Dramatische Werke, übersetzt von A. W. Schlegel*, Berlin, 1797-1810. Cette belle et célèbre traduction porte le cachet de l'époque romantique.

Page 56.

14. En italien dans le texte : « Moi aussi, je suis peintre. » Paroles attribuées au Corrège contemplant un tableau de Raphaël.

Page 64.

15. Ancienne mesure de poids valant 16,38 kg.

Page 65.

16. Vassili l'Aveugle (ou Basile l'Aveugle) : grand prince de Moscou de 1425 à 1462, durant la période de dispersion féodale qui succéda à la suprématie kiévienne et précéda la suprématie moscovite. Cette dernière s'affirma sous Ivan III, fils de Vassili l'Aveugle, et grand unificateur de la Moscovie.

La noblesse des Lavretski est d'une ancienneté exceptionnelle, comme celle des Tourguéniev qui apparurent en Russie à la même époque.

17. Nous avons approximativement converti en acres l'ancienne mesure agraire en « tchetviert », unité valant approximativement 1,6 ha.

18. Béjetsk porte toujours ce nom. C'était un chef-lieu de district du gouvernement de Tver.

19. Territoires des marches de l'Empire placés sous l'autorité de gouverneurs militaires, les voïévodes (du XVIe au XVIIIe siècle).

Page 67.

20. Armand de Richelieu, célèbre par son élégance.

21. Les tabatières émaillées de Petitot (1607-1691), très à la mode en France sous Louis XIV et Louis XV, se trouvent en Russie en grand nombre après la Révolution. Une collection de ces tabatières (la collection Valitski) pouvait être admirée à Saint-Pétersbourg.

Page 68.

22. L'empereur Alexandre Ier, qui régna de 1801 à 1825.

Page 74.

23. Théodore le Stratélate, fêté le 8 février, était originaire d'Euchaïta dans le Pont ; il fut martyrisé au IVe siècle. Les dizaines de « saint Théodore » du calendrier orthodoxe se distinguent les uns des autres par leurs surnoms.

24. Dans une lettre en français à son traducteur anglais datée du 19 novembre/1er décembre 1868, Tourguéniev explique ainsi ce passage : « Les beautés — un peu légères — du temps de l'Empire (en 1807) — étaient volontiers comparées à des Phryné ou à des Laïs — c'était le goût du jour ; et Ivan Pétrovitch a pu les courtiser aussi bien à Paris qu'à Londres. Après Tilsit — il est immédiatement allé à Paris — dans mon idée. » (Lettre à Ralston ; *Correspondance générale*, t. VII, p. 247.)

25. La paix de Tilsit fut signée le 25 juin 1807.

Page 76.

26. Ivan (Jean) a pour diminutif usuel Vania ; Vanka est un surdiminutif affectueux.

Page 79.

27. Mélanie a pour diminutif usuel Malacha.

Page 80.

28. La prise aux Turcs des ports d'Otchakov et de Khotine sur la mer Noire date de 1787. Ces événements représentent l'essentiel des victoires de Catherine II dans la dernière guerre russo-turque, à la fin de son règne

Page 81.

29. En latin dans le texte : « La valeur est dans la justice », devise héraldique.

Page 82.

30. Ce livre est évoqué deux fois dans le roman. Tourguéniev enfant s'amusait à le regarder, on en a retrouvé un exemplaire dans la bibliothèque de Spasskoïé. Il s'agit d'un recueil de gravures allégoriques et mythologiques commentées dans un style métaphorique et précieux (d'où son obscurité), comme il s'en est répandu beaucoup dans toute l'Europe aux XVIIe et XVIIIe siècles. Celui dont il est question ici fut édité d'abord à Amsterdam (1705) puis à Saint-Pétersbourg (1719) sur l'ordre de Pierre le Grand. Il fut revu et réédité trois fois (1788, 1809 et 1811) par Maximovitch-Ambodik.

Page 85.

31. 1825 fut l'année du soulèvement décembriste suivi, comme on le sait, d'une cruelle répression.

Page 89.

32. Motchalov (1800-1848) fut l'un des plus célèbres acteurs tragiques de son temps. Il obtenait ses plus grands succès dans le rôle de Hamlet.

Page 92.

33. Une rue du centre de Moscou.

34. Insigne aux initiales de l'impératrice qui était porté par les demoiselles d'honneur et par les meilleures élèves des pensionnats aristocratiques.

Page 94.

35. En allemand dans le texte : « Ma fille fait un beau mariage. »

Page 95

36. Surnom d'Héraklès, du nom de son grand-père Alcée.

Page 99.

37. Mlle Mars (1779-1847) quitta la scène en 1820. Rachel (1821-1850) fit ses débuts en 1838.

38. Jacques Odry (1781-1853) : acteur comique du théâtre des Variétés, qui débuta en 1803 et faisait encore la joie de Théophile Gautier dans les années quarante.

39. Marie Dorval (1798-1849) était célèbre pour ses rôles dans les drames romantiques.

Page 100.

40. Pouskine sic, la chanson dont il est question ici provient d'une adaptation scénique du poème de Pouchkine *Les Tziganes* (1824) par V. A. Karatyguine. La pièce comportait en interlude une chanson tzigane, la *Chanson de Zemfira* (vers de Pouchkine, musique de A. Vertovski), qui eut beaucoup de succès en Russie pendant les années trente et quarante. Voici la première strophe de cette chanson :

Vieux mari, mari redoutable,
Égorge-moi, brûle-moi
Je suis ferme et je ne redoute
Ni le couteau ni le feu...

Page 102.

41 Diminutif de Varvara, Barbe.

Page 107.

42. Dérivé affectueux de Choura, qui est un diminutif usuel d'Alexandra.

Page 108.

43. En Russie, la façon la plus neutre de s'adresser à une personne qui vous a été présentée (l'équivalent de notre « monsieur », « madame ») est de l'appeler par son prénom suivi de son patronyme. La plus légère familiarité autorise entre égaux l'usage du prénom seul, le plus souvent sous sa forme diminutive usuelle, différente des diminutifs affectueux toujours possibles; pour Élisabeth, le diminutif usuel est Lisa (Lise); plus bas nous traduisons la forme affectueuse Lisotchka par « Lisette »

Page 109.

44. Diptyque (en russe *sinodik*) : tablettes sur lesquelles sont inscrits les noms des défunts qui seront évoqués à la messe, dans la prière du Mémento des morts.

Page 113.

45. Sir Robert Peel (1788-1850) : homme politique anglais qui fut élu député tory en 1809 et dès lors ne cessa de jouer un rôle politique considérable ; il prit notamment, à partir de 1832, des mesures économiques et financières qui favorisèrent le passage de son pays à l'ère industrielle ; pour éviter la famine en Irlande il abolit en 1846 les « Corn laws » et instaura le libre-échange, ce qui provoqua la scission de son parti et sa propre chute.

Le nom de Sir Robert Peel est cité par Tourguéniev dans une lettre à Herzen du 21 février/5 mars 1857 (*Correspondance générale*, t. III, p. 93).

Page 116.

46. Serf dispensé de payer la redevance à son seigneur, le plus souvent parce qu'une infirmité le rendait inapte au travail.

Page 122.

47. Tourguéniev explique ainsi cette formule a son traducteur anglais : « Il y avait du temps de nos grand-mères une espèce d'étoffe qu'on nommait en français *trou-trou* — c'était probablement quelque chose de très léger, à larges mailles — et le petit bonhomme confond cela avec la levantine. Le nom lui était resté dans la tête. »

La levantine est un tissu de soie légère.

Page 123.

48. Alexandre Alexandrovitch Prozorovski (1782-1809) participa à la première guerre russo-turque et fut nommé commandant en chef lors de la seconde, en 1808. Il mourut peu après l'armistice, dans son camp de Matchino.

49. Mot français déformé, en italique dans le texte.

50. Les tigres français : allusion aux bruits inquiétants qui couraient vers 1801 sur les ambitions de Bonaparte et sur l'accroissement rapide de sa puissance en Occident.

Page 125.

51. Cette ballade de Schiller a pour titre *Der Gang nach dem Eisenhammer* (1797) ; Joukovski en donna le premier une transposition en russe intitulée *Le Jugement de Dieu* (1834). Les traductions postérieu-

res prirent pour titre le nom du héros traduit en russe sous la forme « Fridolin ». Lemm a bien entendu travaillé sur l'original allemand.

Page 126.

52. En allemand dans le texte : « Je suis complètement fou. »

Page 135.

53. La décennie des « années trente » est caractérisée en Russie par l'engouement de la société cultivée pour l'idéalisme philosophique de Schelling et pour la poésie romantique de Schiller et de Goethe. Cette mode romantique avec ses grands mots, ses grands sentiments et son mépris total de la réalité fut suivie par Tourguéniev lui-même dans sa jeunesse. Il en fit par la suite une satire non exempte de tendresse. Mikhaliévitch incarne l'ancien romantique, passé, comme bien des intellectuels russes (Biélinski, Bakounine...) à la nouvelle mode hégélienne qui sera celle des « années quarante » sans avoir encore parfaitement ajusté son vocabulaire au nouveau réalisme.

Page 136.

54. Ce quatrain en russe est l'œuvre de Tourguéniev.

Page 137.

55. Les Ukrainiens prononcent certains *i* comme des *é* fermés. Dans le mot russe *skeptik* emprunté au français, le *i* se prononce en russe à peu près comme en français. Nous rendons approximativement la prononciation de Mikhaliévitch par la transcription « sceptéque ». On peut faire la même remarque à propos de « cýnique » (voir p. 142).

Page 138.

56. Le poêle russe est une constrution en maçonnerie, volumineuse et cubique. On dort bien au chaud sur sa face supérieure.

Page 141.

57. Noble dame polonaise (féminin de *Pan*). Les femmes polonaises étaient auréolées d'exotisme et de passion.

Page 142.

58. Voir n. 55, p. 137

Page 153.

59. *Sic.* P. 152, l'auteur parle de revues.

Page 156.

60. Tourguéniev explique ainsi ce mot à son traducteur anglais : « Oberman est le titre d'un roman à la *Werther* — écrit au commencement de ce siècle par M. de *Sénancour* et remis en lumière il y a une quinzaine d'années. George Sand a même écrit une préface. C'est un mélange de *Werther* et de J.-J. Rousseau — c'est un des premiers ouvrages romantiques et sentimentaux, quant à l'époque de son apparition. »

En fait, ce livre n'est pas un roman, mais un autoportrait psychologique sous forme de lettres de l'auteur à un ami inconnu, écrites dans une résidence isolée en Suisse. L'édition préfacée par George Sand parut pour la première fois en 1830.

Page 164.

61. Légère voiture découverte.

Page 165.

62. Jeu de cartes sans prétention très répandu en Russie.

Page 172.

63. Les familles pieuses avaient coutume, dans l'ancienne Russie, de faire célébrer des offices liturgiques ou des prières à domicile, à leurs intentions particulières (fête d'un saint patron, anniversaire d'une mort, etc.).

Page 173.

64. Les icônes réputées miraculeuses étaient vénérées dans leurs sanctuaires où l'on se rendait en pèlerinage, mais elles pouvaient aussi être transportées solennellement au domicile de grands malades ou de notables.

Page 175.

65. Tourguéniev évoque ici la vogue dont jouit le poète romantique de style byronien Lermontov (1814-1841) au début des années quarante. Herzen explique « l'appartenance totale de Lermontov » à sa génération par le fait que celle-ci n'était plus occupée par « les idées de libéralisme éclairé, de progrès », mais par « des doutes, des négations, des pensées pleines de fureur » (Herzen, *Œuvres complètes*, t. VII, p. 225).

66. *Pensée* de Lermontov est un poème célèbre daté de 1839 où le poète dénonce avec une violence amère et une lucidité pessimiste l'inanité et l'inutilité des hommes de sa génération.

Page 176.

67. A. S. Khomiakov (1804-1866) était le chef de file des Slavophiles. Dans un article de 1846 intitulé « Opinion des Russes sur les étrangers » il écrit : « Cet esprit fusant de tous côtés a tout juste réussi à inventer le piège à souris. Telle est la conséquence d'une rupture entre l'éducation et la vie ! » Khomiakov incrimine bien entendu l'occidentalisation forcée de l'éducation, qui a interrompu le progrès d'un savoir authentiquement russe. Le traducteur anglais de Tourguéniev envisageait de faire sauter cette phrase. L'auteur lui répond : « Rien ne s'oppose à ce que Khomiakoff soit nommé. »

Page 192.

68. Ici le mot « schismatique », en russe *raskolnik*, désigne particulièrement les « vieux croyants », héritiers des opposants aux réformes autoritaires introduites dans l'Église orthodoxe par le patriarche Nikon entre 1652 et 1658.

Page 202.

69. « Fameuse ! » Forme féminine de l'adjectif italien qui a donné l'interjection bravo !

Page 210.

70. En anglais dans le texte : « Parfum de [la reine] Victoria. »

Page 212.

71. Henri Hertz (1806-1888), professeur de piano au Conservatoire de Paris vers 1842, auteur de nombreuses pièces de salon

Page 217.

72. *Son geloso :* duo tiré de l'opéra de Bellini *La Somnambule* (1831) ; *La ci darem :* duo tiré de *Don Juan* de Mozart (1787) ; *Mira la bianca luna :* sérénade pour deux voix, l'une des pièces vocales du recueil de Rossini, *Soirées musicales* (1835). Ces trois airs faisaient partie du répertoire de Pauline Viardot ; ils sont devenus familiers à Tourguéniev probablement lors des saisons de 1843 et de 1844 de l'Opéra Italien à Saint-Pétersbourg. Ils étaient toutefois connus en Russie avant ces dates, et il ne commet pas d'anachronisme en les faisant entendre en 1842.

Page 218.

73. Sigismund Thalberg (1812-1871), compositeur autrichien, auteur de nombreuses œuvres de grande virtuosité pour le piano.

Page 223.

74. Mot forgé par Paracelse pour désigner un médicament à base de savon et d'ammoniaque, utilisé en friction contre les douleurs.

Page 237.

75. Diminutif usuel de Barbe, en russe *Varvara.*

Page 250.

76. Mme Doche (1823-1900), actrice parisienne célèbre pour son interprétation de Marguerite Gauthier dans *La Dame aux camélias.* L'auteur a laissé passer ici un anachronisme : Marie Doche interpréta le rôle pour la première fois en 1852.

Françoise Flamant

PREMIER AMOUR

Page 263.

1. Paul Vassiliévitch Annenkov (1813-1887), homme de lettres et critique littéraire, ami proche de Biélinski, Herzen, Gogol, Tourguéniev. C'est à lui que Gogol dicta à Rome la première partie des *Âmes mortes.* Il établit la première édition complète des œuvres de Pouchkine. Ses mémoires sont un document capital pour l'histoire de la vie littéraire en Russie.

Page 265.

2. Le jardin Niéskoutchny reçut son nom d'une folie, baptisée « Niéskoutchnoïé » (littéralement « sans ennui »), qu'y possédait au milieu du XVIIIe siècle le prince N. Iou. Troubetzkoï. Le jardin comprenait également à l'origine les maisons de campagne, aux immenses bois et jardins, des princes Golitsyne et du millionnaire P. A. Démidov.

En 1830, un théâtre en plein air de 1 500 places fut construit dans le jardin. Ce théâtre devint aussitôt extrêmement populaire parmi les Moscovites.

Après son couronnement, en 1826, Nicolas Ier acheta pour sa femme, l'impératrice Alexandra Fiodorovna, la propriété « Niéskoutchnoïé », puis, en 1832 et 1842, les deux autres. Le jardin Niéskoutchny, ou Alexandra, était constitué. Il s'étendait sur plus de 35 hectares. Quand la famille impériale ne se trouvait pas à Moscou, il était ouvert au public qui en fit un de ses lieux de promenade favoris.

Le palais construit par Démidov en 1756 est devenu le Praesidium de l'Académie des sciences de l'U.R.S.S.

À l'heure actuelle, le jardin Niéskoutchny est devenu une partie du parc central de culture et de repos Gorki.

3. I. K. Kaïdanov (1780-1843), historien, auteur de nombreux manuels d'histoire générale et d'histoire russe.

Page 267.

4. *Les Brigands* de Schiller eurent une énorme influence sur la jeunesse russe dans les années 1830-1840. Biélinski rapporte qu'après la première représentation de la pièce, plusieurs jeunes gens allèrent dans les forêts et se firent brigands suivant le modèle des héros de Schiller.

Page 287.

5. Les portes d'Ibérie, ou de la Résurrection, à l'entrée de la place Rouge, entre les actuels Musée historique et musée Lénine, portaient le nom de la chapelle d'Ibérie, l'une des plus célèbres de Russie, car elle renfermait la plus vénérée des icônes de Moscou, l'image miraculeuse de la Vierge ibérienne, copie de celle du couvent ibérien du Mont Athos, datant de 1648.

Au XIXe siècle, des hommes de loi se tenaient près des portes d'Ibérie, à la disposition des particuliers pour donner des consultations juridiques ou rédiger des documents officiels.

Les portes d'Ibérie, de même que la chapelle, ont été détruites en 1919 et 1920.

Page 288.

6. Sorte de jeu de furet, mais sans anneau. Les personnes qui tiennent la ficelle la font glisser entre leurs mains ; si l'une d'elles s'arrête, la personne qui est au centre a le droit de lui taper sur les doigts.

Page 291.

7. Cette expression désigne une nuit d'été orageuse avec des éclairs et des roulements de tonnerre incessants.

Page 299.

8. Situé près de l'ancienne barrière de Kalouga et de l'ancien jardin Niéskoutchny, le monastère du Don a été fondé en 1592 par le tsar Théodore Ivanovitch sur le lieu même de la victoire remportée par Boris Godounov sur les Tatars. Il porte le nom de la Vierge du Don sous la protection de laquelle les Russes s'étaient alors placés.

Le monastère, désaffecté, est devenu un musée.

Page 301.

9. Voici cette ravissante poésie de Pouchkine, écrite en 1829, pendant son voyage à Erzéroum :

Sur les collines de Géorgie repose l'obscurité de la nuit
L'Aragva bruit à mes pieds.
J'ai le cœur triste et léger ; mon chagrin est clair,
Mon chagrin est plein de toi,
De toi, seulement de toi... Rien ne tourmente,
Rien ne trouble ma mélancolie,
Et mon cœur à nouveau brûle et aime
Car il ne peut pas ne pas aimer.

Page 307.

10. Ce nom signifie « au cou mince ». C'est la déformation plaisante de Tonkotchéiev, l'auteur d'une œuvre, *El Trovador ou Vengeance pour vengeance. Histoire vécue espagnole de 1826,* publiée dans *Le Télégraphe de Moscou* en 1833. L'auteur y employait effectivement les signes de ponctuation espagnols, points d'exclamation et d'interrogation inversés (voir M. P. Alexéiev, *Essais sur l'histoire des relations littéraires hispano-russes du* XVI*e au* XIX*e siècle,* Éd. de l'Université de Léningrad, 1964, p. 184-185).

Page 311

11. Une sagène représentait 2,13 m.

Page 315.

12. Malek-Adel est le héros du plus célèbre roman de Mme Cottin, *Mathilde* (1805), qui connut une extrême popularité en Russie. Dans *Eugène Onéguine,* Pouchkine en fait ironiquement une des lectures favorites de Tatiana devenue amoureuse (chap. III, str. IX).

13. Chanson populaire russe très connue qui figurait dans la plupart des recueils de chansons. Une de ses premières publications se trouve dans un recueil de 1818.

14. Romance sur les paroles d'une poésie du prince P. A. Viazemski, datant de 1816.

15. Il s'agit du monologue d'Iermak à la scène III de l'acte V de la tragédie romantique *Iermak,* de A. S. Khomiakov (1804-1860), qui parut en édition séparée à Moscou en 1832. Cette œuvre de jeunesse du futur chef de file des Slavophiles, consacrée au cosaque qui conquit la Sibérie, fut écrite en 1826 et fut représentée peu après à Saint-Pétersbourg avec un grand succès.

Page 324.

16. *Le Télégraphe de Moscou,* revue littéraire bimensuelle, qui parut de 1825 à 1834 sous la direction de N. A. Polevoï, publiait les œuvres des écrivains romantiques.

Page 329.

17. Aleko est le héros du poème en vers de Pouchkine *Les Bohémiens* (1824). Aleko, jeune Russe hors-la-loi, est recueilli par une troupe de Bohémiens. Il épouse la belle Zemphyra qui le trompe quelque temps après avec un jeune homme de la troupe. Une nuit, Aleko les surprend et poignarde son rival avec une froide délectation. Il tue également Zemphyra. Les Bohémiens chassent l'assassin.

Page 338.

18. L'Arbat est un ancien quartier de Moscou aux charmants hôtels particuliers. C'était, au XVIIIe siècle et dans la première moitié du XIXe, le quartier le plus aristocratique de la ville. Il a été aux trois quarts démoli récemment pour permettre la construction de grands immeubles modernes

Page 342.

19. Le Champ des Vierges était un lieu de promenade dont l'extre mité sud aboutissait au Nouveau Monastère des Vierges.

20. Jusque vers 1840, les Moscovites appelaient encore « Gué de Crimée » la rue qui portait et porte encore le nom de « Rempart de Crimée » et qui allait du pont de Crimée à la place de Kalouga (actuellement place d'Octobre). Le rempart, construit à la fin du XVIe siècle contre les incursions tatares, avait été détruit à cet endroit vers 1820.

Page 347.

21. L'hôtel Demouth portait le nom de son premier propriétaire, Philippe Jacob Demouth (1750-1802) ; il se trouvait sur la Moïka, près du pont Vert (puis pont de la Police, actuellement pont du Peuple), en plein centre de la ville, tout près de la perspective Nevski.

Page 348

22. Ces vers sont extraits d'une poésie de Pouchkine, écrite en 1826 à l'occasion de la mort d'une jeune Italienne, Amalia Riznitch, femme d'un négociant de Trieste établi à Odessa où la connut Pouchkine en 1823. Il eut pour elle une passion violente. Elle retourna en Italie où elle mourut en 1825. Le poète n'apprit sa mort qu'en 1826 et écrivit alors l'admirable élégie *Sous le ciel bleu de son pays natal.*

Page 349.

23. Pour l'édition française de 1863 (Paris, Dentu), Tourguéniev ajouta l'épilogue suivant :

La lecture finie, Vladimir Pétrovitch baissa la tête comme dans l'attente d'une première parole. Mais ni Sergueï Nikolaïévitch ni le maître de la maison ne rompirent le silence. Vladimir, lui-même, ne levait pas les yeux de son cahier.

— Je crois m'apercevoir, messieurs, dit-il enfin, avec un sourire contraint, que ma confession vous a plu médiocrement.

— Non, répondit Sergueï Nikolaïévitch. Mais...

— Quoi ? mais ?...

— Je veux dire que nous vivons dans un temps étrange, et que nous sommes nous-mêmes d'étranges gens.

— En quoi ?

— Oui, nous sommes d'étranges gens, répéta Sergueï Nikolaïévitch. — Vous n'avez rien ajouté à ce que vous nommez votre confession, n'est-ce pas ?

— Rien.

— Hum ! — Cela se voit du reste. Eh bien ! — il me semble qu'en Russie seulement...

— Une pareille histoire est possible ? interrompit Vladimir ; allons donc !

— Vous ne m'avez pas laissé finir ma phrase. Je voulais dire qu en Russie seulement, un pareil récit est possible.

Vladimir se tut un instant. — Quelle est votre opinion à vous ? demanda-t-il, en se tournant vers le maître de la maison.

— Je suis de l'avis de Sergueï Nikolaïévitch, répondit celui-ci ; mais ne vous effrayez point. Nous ne voulons pas dire par là que vous soyez un homme pervers — au contraire. Nous voulons dire que les conditions sociales, au milieu desquelles nous avons tous grandi, se sont formées chez nous d'une façon toute spéciale, qui n'avait jamais été et qui, probablement, ne sera plus jamais. — Votre récit simple et *dépouillé d'artifice* nous a inspiré une sorte d'effroi. — Non qu'il nous ait choqué comme immoral : il recèle quelque chose de plus sombre et de plus profond qu'une simple immoralité. Personnellement, vous êtes à l'abri de tout reproche, n'ayant commis aucune faute. Mais, à chaque ligne de votre récit, perce je ne sais quelle faute générale, commune à tout un peuple, que j'oserais presque appeler un crime national.

— Oh ! quel grand mot pour une petite chose ! fit observer Vladimir.

— Le cas est petit, la chose ne l'est point. Il y a, je le répète, et vous le sentez vous-même, il y a, comme le dit un certain soldat, dans *Hamlet* :

Something rotten in the state of Denmark.

— Espérons, en tout cas, que nos enfants auront autre chose à raconter de leur jeunesse, et qu'ils le raconteront autrement

FIN

Édith Scherrer

NID DE GENTILHOMME

PREMIER AMOUR

DU MÊME AUTEUR

dans la même collection

MÉMOIRES D'UN CHASSEUR. *Préface de Pierre Moinot. Traduction d'Henri Mongault.*

PÈRES ET FILS. *Préface et traduction de Françoise Flamant.*

dans la collection Folio théâtre

UN MOIS À LA CAMPAGNE. *Édition de Françoise Flamant. Traduction de Denis Roche.*

Impression CPI Bussière
à Saint-Amand (Cher), le 25 octobre 2010.
Dépôt légal : octobre 2010.
1er dépôt légal dans la collection : décembre 2007.
Numéro d'imprimeur : 103070/1.
ISBN 978-2-07-034488-8./Imprimé en France.

